Nina Hirschlehner

Lass uns Träume sammeln

Die Autorin
Nina Hirschlehner, geboren 1995 in Steyr (Oberösterreich), erhielt 2014 ihren Abschluss im Bereich Design und Produktinnovation. Neben dem Schreiben ist das Reisen eines ihrer größten Hobbys. Sie liebt es, neue Orte zu erkunden und Inspirationen für ihre Geschichten zu sammeln. 2014 erschien ihr erster Roman, seitdem gibt es für sie nichts Schöneres, als mit ihren Büchern Leser zu begeistern.

Das Buch
Weiße Weihnacht und eine zerbrechliche Liebe in New York

Eigentlich liebt Claire weiße Weihnachten. Und eigentlich sollte sie jetzt mit ihrer Familie den Weihnachtsabend genießen. Eigentlich. Doch Claire kann nicht nach Hause, denn sie hat sich mit ihrer Mutter gestritten. Schon wieder. Deshalb sitzt die 22-Jährige zur besinnlichsten Zeit des Jahres alleine in einem New Yorker Hauseingang und friert sich die Zehen ab. Doch dann kommt zufällig Jamie vorbei und bietet ihr ein Zimmer in seiner Wohnung an. Jamie, ihr früherer Mitschüler, der schon in der Schule immer zu den coolen Kids gehört hatte. Widerwillig nimmt Claire sein Angebot an und wird seine neue Mitbewohnerin. Obwohl sie es nicht will, fühlt sie sich zu ihm hingezogen. Dabei glaubt sie schon lange nicht mehr an die Liebe. Und außerdem ist da noch Jamies Freundin, mit der Claire ein Geheimnis teilt …

Nina Hirschlehner

Lass uns Träume sammeln

Roman

FOREVER

MIX
Papier aus verantwortungsvollen Quellen
FSC® C083411

Originalausgabe bei Forever
Forever ist ein Digitalverlag
der Ullstein Buchverlage GmbH, Berlin Dezember 2017

Umschlaggestaltung: zero-media.net, München
Titelabbildung: © FinePic®
Autorenfoto: © privat
Satz: Pinkuin Satz und Datentechnik, Berlin
Druck- und Bindearbeiten: CPI books GmbH, Leck
ISBN 978-3-95818-941-6

Die kälteste Nacht

Mein Körper zitterte unkontrolliert. Die Kälte drang tief bis in meine Knochen vor, und sie schmerzte. Ich hatte das Gefühl, meine Fingerspitzen würden bald abfallen. Das war der kälteste Winter, den wir seit langem gehabt hatten. Seit Jahren wünschte ich mir weiße Weihnachten, und nun, wo es endlich so weit war, verfluchte ich jede Minute von diesem *Heiligen Abend.*

Die Versuchung, zurück nach Hause zu gehen und meine Mutter um Verzeihung zu bitten, wurde immer verlockender. Aber ich konnte nicht zurück. Nicht nur, weil sie diejenige gewesen war, die mich auf die Straße gesetzt hatte. Ich hielt es in diesem Haus einfach nicht mehr aus. Immer dieser Streit um nichts. Ich konnte mich nicht einmal mehr daran erinnern, wann wir das letzte Mal nicht gestritten hatten. Bestimmt war das schon ein paar Monate her.

Erschöpft ließ ich mich auf die Treppe vor einem Haus sinken. Hier war ich zumindest ein wenig geschützt vor dem ständig fallenden Schnee.

In meiner Tasche kramte ich nach der Thermoskanne, die ich vor meinem Aufbruch noch eingepackt hatte. Ursprünglich war darin Tee gewesen, mittlerweile hatte ich ihn durch etwas weitaus Stärkeres ersetzt. Ich nahm einen kräftigen Schluck, in der Hoffnung, der Alkohol würde mich etwas aufwärmen. Aber natürlich tat er das nicht. Die Kanne war schon fast leer, und ich fror noch immer schrecklich.

Ich wollte nicht hier draußen sein. Ich wollte in einem wohlig warmen Wohnzimmer sitzen und Heiligabend mit meiner Familie verbringen, so wie es vermutlich alle anderen Menschen in New York gerade machten. Ob ich einfach wie Maria und Josef an den Türen klingeln und hoffen sollte, dass mich jemand hineinließ? Nein, ich wollte meinen Platz im Trockenen nicht riskieren. Am Ende würden mich die Hausbewohner noch von ihrer Treppe verscheuchen, und ich müsste zurück in den Schnee. Das wollte ich nicht. Da war es immer noch besser, alleine hier draußen zu frieren.

»Claire?«

Ich blinzelte gegen das Licht der Straßenlaternen, um etwas zu erkennen. Die Stimme kam mir nicht bekannt vor. Und auch nicht das Gesicht, das dazugehörte. Endlich konnte ich es ausmachen: Ich sah dichtes, dunkles Haar und Augen, die so hell strahlten wie die Scheinwerfer des Taxis, das mich vorhin um ein Haar überrollt hatte.

»Wer bist du?«, wollte ich wissen, um sicherzugehen, dass ich mir diese Gestalt nicht bloß einbildete. Vielleicht verwandelte sich mein Körper gerade in Eis, und Gott – oder wer auch immer dafür verantwortlich war – schickte mir einen Engel vorbei, um mir das mitzuteilen.

»Ich bin Jamie, erinnerst du dich? Wir sind auf die gleiche Schule gegangen.« Nein, das war bestimmt kein Engel, dazu war seine Stimme zu rau. Und zu sexy. »Ich habe dich auf der letzten Schulfeier gesehen. Weißt du noch? Du hast die Lehrer beschimpft und wurdest rausgeschmissen.«

Nun, ich hatte das Ganze etwas anders in Erinnerung. Aber es war auch schon einige Zeit her.

»Du musst mich verwechseln.« Ich schlang die Arme fester um meine Tasche und wandte den Blick ab, in der Hoffnung, er würde den Hinweis verstehen und sich vom Acker machen. Ich wollte im Moment niemanden sehen – außer, er steckte mir etwas Kleingeld zu. Jamie machte nicht den Eindruck, als hätte er das vor.

Ich spürte seinen Blick auf mir brennen. Zumindest wurde mir dadurch etwas wärmer. Um nicht zu sagen heiß.

Ärger machte sich in meinem Bauch breit. Warum konnte er nicht einfach verschwinden? Konnte er nicht verstehen, dass es mir unangenehm war, so gesehen zu werden? Den mitleidigen Ausdruck auf seinem Gesicht konnte er sich jedenfalls sparen. Ich wusste selbst ganz gut, wie beschissen meine Situation war. Er musste mich nicht auch noch darauf hinweisen.

»Was … machst du denn hier draußen?«, wollte er wissen, als ich nichts mehr hinzufügte.

Ich warf ihm einen kurzen, abschätzigen Blick zu. »Und du?«

»Mir war langweilig, und da dachte ich, ich mache einen schönen Spaziergang.«

»Im Schnee. Um diese Uhrzeit. Am Weihnachtsabend.«

Jamie grinste. Was war nur los mit ihm? Wie konnte man bei diesem Wetter so gutgelaunt sein? »Ich mag Schnee. Du nicht?«

Sah ich so aus, als würde ich Schnee mögen? Ich hasste ihn. Die Wolken versperrten den Blick auf den Himmel, und es war kein Stern zu sehen – ganz zu schweigen vom Mond. Sogar der hatte mich heute Nacht im Stich gelassen.

»Okay …« Jamie wirkte etwas unschlüssig, und ich betete, er würde sich nun endlich verabschieden und seinen *schönen Spaziergang* fortsetzen. »Willst du nicht mit mir kommen? Mein Appartement ist nicht weit von hier.«

Ich schüttelte den Kopf und wandte den Blick ab. »Gute Nacht, Jamie.«

»Komm schon, Claire. Auch wenn du es nicht zugeben willst: Du kennst mich. Du weißt, dass du nichts zu befürchten hast.«

»Gute Nacht, Jamie«, wiederholte ich nur und zog meine Tasche näher zu mir, um es mir bequem zu machen. Zumindest so bequem, wie es nur möglich war. Ich lehnte meinen Kopf gegen die kalte, harte Hauswand. So würde es schon irgendwie gehen. Ich musste nur darauf achten, weg zu sein, bevor die Bewohner des Hauses von meinem unerwünschten Besuch Wind bekamen.

Ich merkte, dass Jamie zögerte und mich immer noch etwas unschlüssig musterte, doch dann atmete er tief durch. »Na gut, wie du willst. Mein Angebot steht.« Er streckte mir eine kleine Karte entgegen, die ich erst prüfend begutachtete, bevor ich sie ihm abnahm. Es war eine Visitenkarte. Darauf standen seine Adresse, die Telefonnummer und E-Mail-Adresse. Ich besaß nicht einmal einen Computer, und ich hatte dementsprechend auch keine E-Mail-Adresse. Nicht, dass ich ihm schreiben wollte. Dann fiel mein Blick auf seinen Namen: *Jamie Rushton.* Und mit einem Mal flackerte ein Bild in meinem Kopf auf. Ich erinnerte mich an ihn.

»Für den Fall, dass du es dir anders überlegst.«

Der Weihnachtsmorgen

Der neue Morgen begrüßte mich mit den heftigsten Kopfschmerzen aller Zeiten. Ich konnte kaum die Augen öffnen, um herauszufinden, ob meine Tasche noch sicher neben mir lag. Ich hatte eindeutig zu viel getrunken, das war ein grober Fehler gewesen. Es war schon einfach, schlafende Leute auszurauben. Aber schlafende Betrunkene zu bestehlen, war schon fast lächerlich leicht. In diesem Zustand bettelte man doch schon fast darum, beklaut zu werden. Leider hatte ich mir das im Vorhinein nicht überlegt. Das Einzige, woran ich gedacht hatte, war, alles zu vergessen, was gestern passiert war. Aber auch das schien mir nicht gelungen zu sein … Zumindest nicht komplett.

Mein Blick wanderte über die Zimmerdecke, die ich nicht erwartet hatte. Ich hatte erwartet, dicke, dunkle Wolken über mir zu sehen, wenn ich aufwachte. Und ich hatte erwartet, halberfroren zu sein. Aber mir war wohlig warm.

Erschrocken fuhr ich hoch und sah mich um. Ich lag auf einer geradezu unverschämt weichen Couch in einem Raum, der gähnend leer war. Bis auf ihn.

»Guten Morgen.« Jamie grinste mich über die Schulter hinweg an. Er stand in der Küche vor dem offenen Kühlschrank, der im Gegensatz zum Rest der Wohnung zum Bersten voll war. Ganz automatisch begann mein Magen zu knurren, und ich verfluchte ihn. Genauso wie Jamie. Was hatte er getan? Wie war ich hierhergekommen? »Hast du gut geschlafen?«

»Was ist passiert?«, wollte ich wissen. Ungeduldig strampelte ich die Decke von meinen Beinen und ließ meinen Blick durch die Wohnung wandern, auf der Suche nach meiner Handtasche. Sie lag neben mir auf dem Boden. »Wie bin ich hierhergekommen? Ich hatte dir doch gesagt, dass ich dich nicht begleiten will.«

»Ich weiß.« Jamie schloss den Kühlschrank und versperrte mir damit den Blick auf die frischen Lebensmittel darin. Das war gut, sie lenkten mich ohnehin nur vom Wesentlichen ab. »Aber du warst betrunken.«

»Ach, und das bedeutete, dass meine Meinung nicht zählt?« Verärgert verschränkte ich die Arme vor der Brust. Was glaubte er, wer er war?

»Nein. Das bedeutet, dass dein Urteilsvermögen beeinträchtigt war. Außerdem habe ich mal gehört, dass man mit Alkohol im Blut schneller erfriert.«

Genervt verdrehte ich die Augen. Wie auch immer. Ich griff nach meiner Tasche. »Ein Tipp für die Zukunft: Hör auf, Leute zu entführen. Das sieht die Polizei nicht so gerne.«

»Hey, wo willst du hin?«

Ich war schon fast zur Tür hinaus.

»Weg«, gab ich zurück. Auch wenn ich es nicht wollte, brachte seine Stimme mich doch dazu, noch einmal stehen zu bleiben. Das schlechte Gewissen in mir siegte, denn immerhin hatte ich dank ihm die Nacht nicht auf der Straße verbringen müssen. Mit einem tiefen Seufzen drehte ich mich zu Jamie um, der mich seinerseits mit hochgezogenen Augenbrauen musterte.

»Hör zu, es war wirklich nett, mich hier schlafen zu lassen. Aber es war nicht nötig. Ich komme schon alleine klar.«

»Das bezweifle ich nicht.«

»Gut.« Ich zögerte einen Moment, da ich mir nicht sicher war, wie er das gemeint hatte. War das eben Sarkasmus gewesen? Normalerweise war das doch mein Ding. »Also dann.«

»Aber das bedeutet nicht, dass du nicht bleiben kannst.« Eigentlich … »Du musst mir nicht sagen, was gerade bei dir los ist. Wirklich. Aber ich habe ein leeres Gästezimmer, und es wäre schade, es nicht zu nutzen.«

Einen Moment lang betrachtete ich Jamie, bevor ich mich endlich dazu überwinden konnte, ihm den Rücken zuzuwenden. »Vielleicht findest du ja noch jemanden, der Interesse hat. Viel Glück dabei.«

Auch wenn ich es gerne wollte – ich konnte nicht hierbleiben. Ich konnte seine Hilfe nicht annehmen, ich musste mich um meinen Kram selbst kümmern. Und dazu gehörte es auch, endlich wieder einen klaren Kopf zu bekommen. Als ich gestern aus der Wohnung meiner Mutter gestürmt war, war ich wütend gewesen. Ich hatte nicht viel nachgedacht, und das war dumm gewesen. Schrecklich dumm. Ich wusste doch eigentlich ganz genau, dass Weglaufen keine Option war, es löste keine Probleme. Mir blieb also nur eine einzige Möglichkeit: Ich musste zurück.

Abschied

Letzte Worte waren so eine Sache. Besonders, wenn sie zum Abschied fielen. Ich konnte mich nicht erinnern, was das Letzte war, das ich zu Mom gesagt hatte, bevor ich aus der Wohnung gestürmt war. Dabei war ich mir gestern noch absolut sicher gewesen, nie mehr zurückzukehren. Es wäre also gut möglich gewesen, dass diese Worte die letzten gewesen wären, die ich jemals an meine Mutter gerichtet hatte. Und ich hatte sie vergessen.

Vermutlich war es so etwas wie *»Du siehst mich nie mehr wieder!«* gewesen. Also eine Lüge. Auch das noch.

Mein Herz schlug schmerzhaft fest, als ich das alte Wohnhaus betrat und die Treppen hoch in den vierten Stock lief. Alles in mir sträubte sich dagegen, diese Wohnung zu betreten, und das aus gutem Grund: Hier drin folgte ein Streit auf den anderen. Mein Magen begann schon zu schmerzen, wenn ich nur daran dachte, meiner Mutter gegenüberzutreten. Aber es musste sein.

»Mom, ich bin wieder da.« Ich lauschte in die Stille. Dass meine Schwester nicht zu Hause war, wusste ich ja. Sie war über die Feiertage zu unseren Großeltern nach Baltimore gefahren. Ich hatte nicht mit ihr kommen wollen. Aus irgendeinem Grund kam sie einfach besser mit Dads Tod klar als Mom oder ich. Etwa vier Jahre war es nun her, dass er nicht von seiner Arbeit nach Hause gekommen war. Wenn ich die Augen schloss, konnte ich ihn noch deutlich vor mir sehen. Ich wollte die Feiertage nicht mit seinen Eltern verbringen und so tun, als wäre alles in

Ordnung. Und das nur, damit sie uns in ein paar Tagen wieder hierher zurückschickten. »Mom, wo bist du?«

Langsam machte ich mich auf den Weg ins Wohnzimmer, wo ich sie vermutete. Obwohl es bereits hell war, war die Lichterkette am Baum noch eingeschaltet. Es handelte sich dabei um einen kleinen Baum aus Plastik, den sie jedes Jahr wieder aus dem Keller hervorkramte. Meine Schwester und ich hassten dieses Ding.

Meine Mutter schlief auf der Couch. Am Boden um sie herum lagen ein paar Flaschen Eierlikör verstreut. In der Wohnung stank es so stark nach Rauch, dass meine Augen zu brennen begannen.

Mit angehaltenem Atem zog ich den Stecker der Lichterkette aus der Steckdose und wandte mich dann zu meiner Mutter um. Etwas hilflos betrachtete ich sie. Wenn ich sie weckte, würde der nächste Streit nicht lange auf sich warten lassen. Vielleicht war es doch keine so schlechte Idee gewesen, einfach abzuhauen. Mit einem Mal erschien mir die Vorstellung, vor unserem Dauerkonflikt wegzulaufen, gar nicht mehr so feige und perspektivlos. Ich wusste ja, dass es keinen Sinn hatte, mit ihr zu diskutieren, also warum sollte ich damit meine Zeit verschwenden?

In dem Buchladen, in dem ich arbeitete, verdiente ich zwar nicht viel, aber es würde schon irgendwie für eine Wohnung reichen, in der meine Schwester und ich leben konnten. Im Notfall müsste ich noch einen Zweitjob annehmen, aber alles war besser als das hier. In ein paar Wochen würde meine Schwester achtzehn werden, und schon bald war sie mit der Highschool fertig. Dann konnte sie ihr Leben selbst in die Hand nehmen und war nicht mehr von unserer Mutter abhängig.

»Mom, wach auf.« Vorsichtig rüttelte ich an ihrer Schulter. Egal, wie oft und intensiv wir beide auch stritten, ich konnte nicht gehen, ohne mich bei ihr zu verabschieden. Ich wollte nicht, dass sie sich Sorgen um mich machte. »Wach auf.«

Offensichtlich widerwillig blinzelte sie mir entgegen. Als ich merkte, dass sie sich aufrichtete, machte ich einen Schritt zurück.

»Wie spät ist es?«, wollte sie wissen.

Mein Blick wanderte zur Stereoanlage. »Kurz vor zehn.«

»Und da weckst du mich? Heute ist ein Feiertag, Claire.«

Wenn es darum ging, lange zu schlafen, war für sie jeder Tag ein Feiertag. Seit dem Tod unseres Vaters ging es mit ihr bergab. Sie hatte ihren Job verloren und verließ kaum noch das Haus.

»Ich muss mit dir reden.«

Meine Mutter musterte mich etwas verwirrt. »Warum bist du denn schon angezogen? Willst du wo hin?«

Hatte sie denn schon vergessen, dass ich die Nacht nicht zu Hause verbracht hatte? Oder war ihr einfach entgangen, dass ich die Tür laut hinter mir zugeknallt und die Flucht ergriffen hatte?

Ich atmete tief durch, auch wenn der Rauch in meiner Lunge kratzte. »Ja. Ich gehe, Mom. Ich ziehe aus, ich dachte, das solltest du wissen.«

Ich wartete ab und gab ihr Zeit, das Gesagte zu verdauen. Ihr Blick ging ins Leere, und ich hatte das Gefühl, sie würde nicht so recht begreifen, was ich eben gesagt hatte.

»Mom? Hast du mir zugehört?«

»Hab ich.« Ohne mich dabei anzusehen, erhob sie sich von der Couch. Sie schwankte ein wenig, und ich hatte Angst, sie würde gleich wieder umfallen und erneut einschlafen. »Das wird ja auch Zeit. Du bist zweiundzwanzig Jahre alt, Claire. Ich dachte schon, du würdest mir ewig auf der Tasche liegen.«

Auch wenn ich mir vorgenommen hatte, ihre Worte nicht mehr an mich heranzulassen, konnte ich nichts gegen den Schmerz tun, der sich in meiner Brust ausbreitete. Ich wollte mich noch davon abhalten, aber da war es bereits zu spät. Die Worte verließen meinen Mund, ohne dass ich etwas dagegen tun konnte.

»Auf der Tasche liegen? Machst du Witze? Wer von uns geht arbeiten? Wer von uns macht den Einkauf und kümmert sich um Rose? Das bin ich, nicht du!«

Ohne mir eine Antwort zu geben, wandte meine Mutter mir den Rücken zu und stapfte aus dem Wohnzimmer und in die Küche. Fassungslos sah ich ihr hinterher. Das musste ich mir nicht bieten lassen! Ich ließ meine Tasche auf den Boden fallen und lief ihr hinterher. Am Küchenfenster hatte sie bereits ihren üblichen Platz eingenommen und griff nach der Packung Zigaretten, die dort bereitlag.

»Mom. Verstehst du, was ich sage? Ich gehe. Von nun an musst du dich selbst um alles kümmern. Du musst dir einen Job suchen und dein Leben auf die Reihe bekommen.«

Desinteressiert pustete meine Mutter den Rauch durch die Küche, und ich hatte das Gefühl, meine Brust würde vor Wut zerspringen. Hörte sie mir denn gar nicht zu? Glaubte sie, ich machte Witze? Ich konnte diese Gleichgültigkeit nicht mehr ertragen. Am liebsten hätte ich sie bei den Schultern gepackt und so lange geschüttelt, bis ihr altes Ich wieder zum Vorschein kam! Doch ich wusste, dass das keinen Sinn hatte.

Ich musste fest blinzeln, um die Tränen zurückzuhalten, die leider nicht alle vom Zigarettenrauch stammten. Meine Hand zitterte, als ich den Haustürschlüssel aus meiner Hosentasche hervorzog. Mit voller Wucht schlug mein Herz gegen meine Rippen. Wenn ich das hier durchzog, dann gab es kein Zurück mehr. Dann war meine Entscheidung endgültig.

»Wie du willst«, sagte ich und legte meinen Schlüssel auf dem Fensterbrett neben ihrem Aschenbecher ab. »Hier, den brauche ich nicht mehr. Ich wünsche dir alles Gute.«

Nur langsam wandte ich ihr den Rücken zu und machte mich auf den Weg zur Wohnungstür, um meiner Mutter die Chance zu geben, es sich anders zu überlegen. Ich wusste, dass es töricht war, aber ich war bereit, es noch einmal mit ihr zu versuchen, sollte sie die Gelegenheit nutzen, um sich zu entschuldigen. Oder zumindest etwas zu sagen, ganz egal, was. Vor der Tür verharrte ich noch eine Sekunde, doch nichts kam.

Mit fest zusammengebissenen Zähnen trat ich durch die Tür

und schloss sie leise hinter mir, um die Nachbarn nicht zu wecken. Immer noch brannten meine Augen, diesmal war ich mir sicher, dass es nicht am Rauch lag. Wie konnte sie nur so sein? Wie konnte ihr alles so egal sein? Sie war doch unsere Mutter!

Ich hatte kaum drei Stufen hinter mich gebracht, als ich erschrocken in meiner Bewegung einfror. Meine Tasche. Ich hatte meine Tasche in der Wohnung vergessen! Wie hatte mir das passieren können?

Ich fuhr herum und starrte auf die verschlossene Tür vor mir. Alles, was ich besaß, war in dieser Tasche: mein Handy, mein Geld, alles! Und den Schlüssel hatte ich vor nicht einmal einer Minute zurückgegeben.

Langsam machte sich Panik in meiner Brust breit. Was sollte ich nur tun? Ich konnte nicht zurück! Ich konnte nicht an dieser Tür klingeln und meine Mutter darum bitten, mich noch einmal kurz in die Wohnung zu lassen. Mal ganz abgesehen davon, dass sie ohnehin nicht aufmachen würde. Am Ende nahm sie auch noch mein erarbeitetes Geld, um ihr Weinregal neu aufzufüllen. Allerdings war das im Moment meine geringste Sorge.

Ich dachte an gestern Nacht und die Kälte, die so tief in meinem Körper geschmerzt hatte. Das konnte ich nicht noch einmal durchstehen. Jamie würde mich bestimmt kein zweites Mal aus dem Schlamassel ziehen. Ich musste mich um mich selbst kümmern.

Auch wenn sich alles in mir dagegen sträubte, hob ich die Hand und klopfte gegen die fest verschlossene Tür.

»Mom!«, rief ich dabei. »Ich bin es. Ich weiß, der Moment ist beschissen, aber bitte mach die Tür auf. Ich hab meine Tasche vergessen. Ohne die muss ich heute Nacht auf der Straße übernachten.«

Vorsichtig legte ich meinen Kopf gegen die Tür, um zu lauschen. Es war absolut still in der Wohnung. Entweder Mom hatte mich nicht gehört, oder sie ignorierte mich. Vermutlich eher Letzteres.

»Mom, bitte.«

Leise Schritte drangen zu mir vor, und mein Herzschlag beschleunigte sich. Sie befand sich im Wohnzimmer, sie musste mich gehört haben! Vermutlich holte sie gerade die Tasche, denn ihre Schritte wurden lauter. Sie näherten sich der Tür.

Ich konnte meine Erleichterung kaum in Worte fassen. Auch wenn wir oft stritten, waren wir doch immer noch eine Familie. Es war also nicht zu spät, um die Beziehung zu kitten. Etwas Abstand würde uns beiden bestimmt guttun, und dann –

Mein Herz setzte einen Schlag aus. Das Geräusch, das ich vernahm, war nicht die Türklinke. Es war ein Klappern. Das Klappern der Türkette, die sich vorschob. Sekunden später hörte ich erneut Schritte, die sich langsam in der Wohnung verloren.

Ich konnte es nicht fassen. Sie hatte mich ausgesperrt. Ich hatte sie angefleht, mir zu helfen, und sie hatte mich einfach ausgeschlossen!

»Mom!« Ich klopfte fester gegen die Tür, verzweifelt. Ich spürte bereits die Kälte, die Angst vor dem, was auf mich wartete. »Mom, das kannst du mir nicht antun! Mach die Tür auf!«

Ich biss fest die Zähne aufeinander, um dem Brennen in meinem Hals und meinen Augen nicht nachzugeben. Am liebsten wäre ich an Ort und Stelle zusammengebrochen, die Tränen waren bereit zu fließen, doch ich musste mich zusammenreißen. Irgendwie würde ich schon einen Weg finden, zu überleben. Das tat ich doch immer. Hätte ich nach Dads Tod einfach aufgegeben so wie Mom, wer wusste, wo wir dann stehen würden? Wir hätten kein Geld gehabt, um Essen, geschweige denn die Wohnung zu bezahlen.

Wütend wischte ich mir die ersten Tränen aus dem Gesicht, die sich doch noch ihren Weg über meine Wangen gebahnt hatten.

Okay, ganz ruhig, versuchte ich, mich selbst zu besänftigen. Es war noch nicht zu spät. In ein paar Tagen kam Rosalie aus Baltimore zurück. Sie hatte einen Schlüssel für Moms Wohnung.

Ich musste es nur schaffen, mich ein paar Tage durchzuschlagen, dann würde alles gut werden. Dann würde ich Zugriff auf meine Bankdaten haben und alles, was ich brauchte, um eine Wohnung oder zumindest ein Hotelzimmer zu mieten. Aber wie sollte ich bis dahin an Geld gelangen? Der Buchladen, in dem ich arbeitete, hatte über die Feiertage geschlossen. Und ohne einen Ausweis würde mich doch niemand einstellen …

Ich schloss die Augen. Konnte dieser Tag denn noch irgendwie schlimmer werden? Vermutlich nicht.

Während ich die Stufen hinunterlief, ging ich im Kopf meine Optionen durch: Eine Arbeit zu finden war im Moment so gut wie unmöglich. Kein Geld – keine Wohnung. Das bedeutete, wenn ich mich nicht unbedingt an den Straßenrand setzen und Leute anbetteln wollte, musste ich wohl oder übel jemanden um Hilfe bitten. Aber wen? Ich hatte kaum Freunde, und jeder, der mir eventuell helfen könnte, war über Weihnachten nach Hause zu seiner Familie gefahren. Eigentlich ließ das nur eine einzige Option offen, aber die wollte ich nicht wählen, wenn es nicht unbedingt nötig war. Vielleicht würde ich doch noch irgendwie eine andere Lösung finden.

Blick in die Zukunft

Nur langsam schlenderte ich durch die vergleichsweise leeren Straßen der Stadt. Ich betrachtete die Auslagen in den Schaufenstern der geschlossenen Läden und verfluchte dabei die Tatsache, dass mit Abstand jede einen schöneren Weihnachtsbaum beinhaltete als unseren. Eigentlich war es meine eigene Schuld. Wenn ich einen schönen Baum gewollt hätte, dann hätte ich ihn selbst besorgen müssen. Aber ich hatte es nicht getan.

Warum eigentlich nicht? Es war schließlich nicht so, dass ich nicht daran gedacht hätte. Doch aus irgendeinem Grund hatte ich es mir dann anders überlegt. Vermutlich wegen Rosalie. Da meine Schwester über Weihnachten bei unseren Großeltern war, hatte ich es nicht für nötig empfunden, eine große Sache aus der Weihnachtszeit zu machen. Ich hatte weder die Wohnung dekoriert noch etwas Besonderes zu Essen geplant. Zum Glück.

Der Streit mit meiner Mutter lag mir immer noch im Magen. Und auch meine eigene Dummheit. Ich musste lernen, nicht so impulsiv zu handeln. Ich hatte ja gesehen, wohin mich das brachte.

Ich konnte einfach nicht fassen, dass sie mich so meinem Schicksal überließ. Ja, wir beide hatten im Streit Dinge gesagt, die wir vermutlich nicht so gemeint hatten, aber das hieß doch nicht, dass Mom mir nichts mehr bedeutete. Umgekehrt war es jedoch offensichtlich etwas anders …

Mein Blick wanderte hoch zum Himmel, von dem immer noch dicke Schneeflocken herabfielen. Ob der Schneefall in den nächsten Stunden nachlassen würde? Vermutlich nicht. Vermutlich wollte mir das Schicksal damit zeigen, was ich davon hatte, so stur zu sein.

Das hast du verdient, hörte ich die Stimmen in meinem Kopf, die immer auftauchten, wenn ich mich ohnehin bereits schlecht fühlte. Es war, als würde mein Unterbewusstsein die Gelegenheit nutzen und noch mal zutreten, wenn ich bereits am Boden lag.

An einer Ampel blieb ich stehen und wartete darauf, dass es Grün wurde. Um ehrlich zu sein, hatte ich keine Ahnung, wohin ich wollte. Ich spazierte nur durch die Gegend, um mich aufzuwärmen. Denn wenn ich stehen blieb, hatte ich das Gefühl, lebendig zu erfrieren. Darum zappelte ich auch am Straßenrand ungeduldig herum, während ich die Autos beobachtete, die an mir vorbeizogen.

Eines davon fuhr knapper am Randstein als die anderen, und bevor ich wusste, was passierte, spürte ich auch schon eine kalte Nässe auf meinem Mantel und meiner Hose.

Ungläubig wanderte mein Blick an mir herab. Der Wagen war mit voller Geschwindigkeit durch die Pfütze gefahren, die sich aus geschmolzenem Schnee angesammelt hatte und sich nun auf meinen Kleidern ausbreitete. Das war doch bestimmt Absicht gewesen!

Angewidert versuchte ich, den Schmutz von meiner Hose zu wischen, machte es dabei aber nur viel schlimmer. Genau das hatte mir noch gefehlt. Das machte diesen Tag vollkommen.

Wütend stapfte ich über die Straße und setzte dann meinen Weg fort. In meinem Kopf suchte ich dabei nach einer Lösung für mein Problem. Wenn ich doch nur jemanden hätte, bei dem ich die Nacht verbringen könnte …

Du hast aber keine Freunde, Claire.

Das wusste ich selbst.

Ernüchtert blieb ich stehen und sah mich um. Mein Blick wanderte in eine Nebenstraße, und meine Beine blieben ganz automatisch stehen. Da saßen Leute auf Pappkartons auf dem kalten Asphalt. Sie waren in dreckige Decken gewickelt und starrten vor sich hin, als würden sie nicht auf eine Backsteinwand, sondern auf einen Flachbildfernseher blicken.

Ein kalter Schauer lief mir über den Rücken. Die letzte Nacht war bereits eine schreckliche Erfahrung für mich gewesen. Ich hasste die Kälte. Ich hasste sie so sehr. Die nächsten Stunden tatsächlich auf der Straße verbringen zu müssen wäre der reinste Alptraum. Besonders in nassen Kleidern. Ich hatte keine Lust, mir eine Lungenentzündung zuzuziehen.

Ich schluckte und wandte den Leuten den Rücken zu. Das alles wollte ich nicht. Ich wollte nicht so enden. Auch wenn es bedeutete, dass ich über meinen eigenen Schatten springen musste.

Widerwillig zog ich die Visitenkarte aus meiner Manteltasche.

Jamie Rushton.

Alleine der Name ließ mir eine kalte Gänsehaut über den Rücken laufen. Es war ein Risiko, ihn um Hilfe zu bitten. Immerhin waren wir zusammen zur Schule gegangen, und eigentlich versuchte ich seit meinem Abschluss, dieses Thema gänzlich aus meinem Kopf zu verbannen. Aber ich hatte wohl keine andere Wahl. Ich war nicht in der Position, Hilfe auszuschlagen.

Ich las die Adresse auf der Karte, bevor ich sie wieder in meine Tasche steckte. Heute Morgen war ich bereits aus seiner Wohnung gestürmt, daher wusste ich, wo er wohnte. Das war nicht das Problem. Eher, dass sich alles in mir dagegen sträubte, seine Hilfe anzunehmen. Ich wollte selbst zurechtkommen, wie ich es die letzten Jahre getan hatte, aber wie konnte ich das? Ohne Geld und ohne Dach über dem Kopf.

Ganz automatisch setzten sich meine Beine in Bewegung. Jamies Wohnung war nicht weit von hier, ich hatte sie also schnell erreicht. Die Eingangstür zu dem Gebäude stand offen, weshalb ich nicht läuten musste.

Mein Herz schlug schmerzhaft fest in meiner Brust, als ich die Treppen zu seiner Wohnung hochstieg. Was, wenn er es sich bereits anders überlegt hatte? Wenn ich ihn gekränkt hatte und er mir nun gar nicht mehr helfen wollte?

Aber einen Versuch war es zumindest wert.

Ich streckte bereits meine Hand nach der Türglocke aus, doch sein Name an der Tür ließ mich zögern. In der Highschool war er stets einer der *Beliebten* gewesen. Dass er mich überhaupt kannte, grenzte an ein Wunder. Und auch, dass er trotzdem nett zu mir war. Vor allem nach der letzten Schulfeier …

Na, Claire, wie ist es dir seit der Highschool ergangen? Das waren die Worte gewesen, die diesen Abend hatten eskalieren lassen.

Wie es mir seit der Highschool ergangen war? Schrecklich! Seit Dad in meinem Abschlussjahr gestorben war, war einfach alles den Bach runtergegangen. Plötzlich hatte ich mir jedes Wort, jede bissige Bemerkung zu Herzen genommen – egal, ob von Mitschülern oder meiner Mutter. Ich hatte das Gefühl gehabt, einfach gar nichts mehr richtig zu machen. Mom hatte sich immer weiter gehenlassen, und plötzlich hatte sämtliche Verantwortung auf meinen Schultern gelegen. All die Wut und die Angst, nicht gut genug zu sein, hatten sich in mir angestaut, bis sie sich dann bei dieser einen, gutgemeinten Frage entladen hatten.

Ich erinnerte mich nicht genau daran, was ich den Lehrern an den Kopf geworfen hatte. Das alles war einfach so schnell gegangen. Ich hatte mich in Rage geredet, und die Hälfte von dem, was aus meinem Mund gekommen war, vermutlich nicht einmal gemeint. Aber es hatte sich gut angefühlt, das alles endlich loszuwerden. Zumindest, bis ich wieder zu Sinnen gekommen war. Bis mir klargeworden war, welchen großen Fehler ich begangen hatte.

Rose hatte mir diesen Zwischenfall zum Glück verziehen, aber ich selbst bekam immer noch einen Knoten im Magen, wenn ich an die Feier zurückdachte.

Erschrocken machte ich einen Schritt zurück, als sich die Tür öffnete. Ohne es zu bemerken, musste ich die Türklingel betätigt haben.

»Claire.« Die Überraschung in Jamies Stimme war nicht zu

überhören, als er mich entdeckte. Scheinbar war ich überzeugend gewesen, als ich ihm versichert hatte, dass ich seine Hilfe nicht brauchte. Nur mich selbst hatte ich leider nicht überzeugen können.

»Es tut mir leid.« Verärgert über mich selbst, wischte ich mir die Tränen aus den Augen, die plötzlich wie aus dem Nichts aufgetaucht waren. Meine Finger fühlten sich kalt und taub an, und die heißen Tränen brannten auf meiner Haut. »Ich weiß, ich war alles andere als freundlich zu dir, und eigentlich sollte ich es nicht einmal in Erwägung ziehen, hier aufzukreuzen. Aber … ich wusste einfach nicht, wo ich hinsollte. Und …«

Ich verstummte, als Jamie einen Schritt zur Seite machte.

»Komm doch erst einmal rein.«

Einen Moment lang zögerte ich, doch dann kam ich seiner Aufforderung nach. In der Wohnung war es angenehm warm, und es duftete nach Tannenzweigen. Der Baum in der Mitte des Wohnzimmers leuchtete hell und war kein Vergleich zu dem meiner Mutter. Die Erinnerung an den mickrigen Plastikbaum schmerzte. Aber nicht so sehr wie die an meine Mutter.

Ob sie wohl in der Zwischenzeit meine Tasche durchwühlt hatte?

»Wo warst du die letzten Stunden?«, wollte Jamie wissen, als er die Tür hinter mir schloss und mir die Jacke abnahm.

Schweigend verschränkte ich die Arme vor der Brust, da ich durch die durchnässte Kleidung immer noch fror. Mein Blick wanderte zu der Couch, auf der ich heute Morgen aufgewacht war, und zu der Wolldecke, die über der Rückenlehne lag. Ich konnte mich aber davon abhalten, danach zu greifen. Ich war zu Gast hier, ich konnte von Glück sprechen, dass Jamie mich überhaupt hereingelassen hatte. Besonders so, wie ich aussah.

»Heißt das, du willst nicht darüber reden?«

Nein. Ich vertraute meiner Stimme nicht. Außerdem war es mir peinlich, ihm zu erzählen, was in den letzten Stunden geschehen war.

Als ich weiterhin kein Wort sagte, näherte sich Jamie mir.

»Wie du willst. Aber mein Angebot steht: Du kannst hierbleiben, mein Gästezimmer steht dir zur Verfügung.«

»Ich habe aber kein Geld«, sagte ich, ohne ihn dabei anzusehen. Ich hasste es, das zuzugeben. Es war mir unendlich peinlich. »Ich habe gar nichts mehr. Ich kann dir also nichts geben.«

»Machst du Witze?« Jamie grinste. »Du musst mir nichts geben. Sieh es als kleines Dankeschön dafür an, dass du den Lehrern letztes Jahr all das an den Kopf geworfen hast, was wir anderen uns nie zu sagen getraut haben.«

Mein Gesicht begann zu glühen. Jamie war auf der Schulfeier gewesen, auf der ich mich bis auf die Knochen blamiert hatte. Dabei war das doch gar nicht meine Absicht gewesen. Mir waren einfach die Sicherungen durchgebrannt. Plötzlich war ich wieder achtzehn Jahre alt gewesen und hatte Angst davor gehabt, in die Schule zu gehen. Angst vor den Blicken und davor, verurteilt zu werden.

Du musst aufhören, so schlecht gelaunt zu sein. Du ziehst uns nur alle mit hinunter.

»Ich wusste nicht, dass du auch da warst.«

»Viele von uns waren dort«, meinte Jamie und machte es damit nicht besser. »Zumindest die, die Geschwister haben, die noch zur Highschool gehen.«

»Du hast also Geschwister?« Ich wusste nicht einmal, warum ich ihn das fragte. Es war nicht so, als wäre ich scharf darauf, ihn besser kennenzulernen. Aber irgendwie erschien es mir unhöflich, hier zu stehen und auf keine seiner Fragen zu antworten.

»Nein, aber meine Freundin. Du müsstest sie eigentlich kennen. Ich glaube, ihr beide wart im selben Jahrgang …«

»Hey, kann ich deine Toilette benutzen?«

Um Jamie zu stoppen, wich ich einen Schritt zurück. Dieses Gespräch schlug eine Richtung ein, die mir nicht gefiel. Ich hasste es, über die Highschool zu reden. Alleine der Gedanke an diese Zeit brachte meinen Magen dazu, sich zu verknoten.

Etwas verwirrt blinzelte er mich an, bevor er in Richtung Wohnungstür zeigte.

»Den Gang entlang und dann links. Fühl dich wie zu Hause.«

»Danke.«

»Und hey, wenn du willst, kannst du auch gerne ein Bad nehmen.«

Augenblicklich wandte ich mich zu ihm um und fixierte ihn. »Soll das heißen, ich stinke?«

»Nein, ich –« Er brach den Satz ab, und ich konnte zusehen, wie Jamies Wangen sich rot verfärben. »So habe ich das nicht gemeint. Du siehst erfroren aus, da dachte ich …«

»Schon gut.« Ich seufzte. Ich musste wirklich aufhören, in jedem Satz einen Vorwurf zu suchen, schließlich wohnte ich nicht mehr zu Hause. »Danke, ich überlege es mir.«

Als ich das Bad betrat, musste ich erst einmal stehen bleiben und das verdauen, was ich da sah. Es war riesig. Und so sauber. Normalerweise kannte ich so etwas nur aus Filmen.

Leise verschloss ich die Tür hinter mir und sah mich erst einmal um. Am Rand der Badewanne lagen haufenweise Seifen und Badebomben. Da ich wohl davon ausgehen konnte, dass Jamie so etwas nicht benutzte, vermutete ich, dass sie seiner Freundin gehörten.

Ganz automatisch verspannte sich mein Körper. Sie war in meinem Jahrgang gewesen. Wer sie wohl war? Vermutlich war es besser, wenn ich es nicht wusste. Ich hatte alle Mädchen aus meinem Jahrgang gehasst. Oder besser gesagt, sie hatten mich gehasst.

Du bist ein Niemand, Claire. Keinen interessiert es, was du sagst oder tust. Und das wird sich auch nie ändern.

Ich wandte mich an den Spiegel, der über dem Waschbecken an der Wand hing, und musste erst einmal schlucken. Ich war nicht nur obdachlos, ich sah auch noch so aus. Mein Make-up war durch den Schnee völlig verronnen, und meine Haare waren zerzaust. Ganz zu schweigen von dem dunklen Haaransatz, der das ausgewaschene Pastellblau überschattete. Ich benötigte dringend neue Farbe. Aber das war im Moment vermutlich mein geringstes Problem. Ich würde wohl mit dieser Frisur leben müssen, bis ich wieder etwas Geld angespart hatte.

Ich schnappte mir eines der Haargummis aus dem Regal und band mir die Haare hoch. Danach nutzte ich die Beautyprodukte aus dem Schrank, um mich abzuschminken. Diese Waschbäraugen konnte ich nicht mehr länger ansehen.

Widerwillig zog ich den Reißverschluss meiner Jacke auf. Mir war immer noch kalt, und ich hatte kaum Gefühl in den Fingern.

Morgen würde ich damit beginnen, mich auf die Suche nach einem vorübergehenden Job zu machen, der nicht illegal war. Vermutlich war das im Moment und unter diesen Umständen alles andere als einfach. Aber vielleicht hatte ich ja ausnahmsweise mal Glück.

Auch wenn ich es ursprünglich nicht geplant gehabt hatte, ließ ich nun doch dampfendes Wasser in die Wanne. Noch voll bekleidet, setzte ich mich an den Rand und begann, die Etiketten der Shampoos und Badezusätze zu lesen. Jamies Freundin hatte Geschmack. Am liebsten hätte ich alles ausprobiert, aber ich würde mich wohl oder übel für eines entscheiden müssen. Am besten etwas Beeriges.

Ich warf eine dunkelrote Badebombe in das Wasser und beobachtete dabei, wie sie sich sprudelnd zu Schaum verwandelte. Das Wasser verfärbte sich, und eine Schicht aus Glitzer bildete sich an der Oberfläche. Hoffentlich würde das nicht an der Haut kleben bleiben.

Als die Wanne voll war, schälte ich mich doch endlich aus meiner Kleidung und weichte meine schmutzige Hose in etwas Wasser und Seife im Wachbecken ein, um sie wieder sauberzubekommen. Schließlich war das alles, was ich noch hatte. Dann ließ ich mich in das heiße Wasser sinken. Es brannte schmerzhaft auf meiner kalten Haut, doch das war mir egal. Im Badezimmer duftete es himmlisch, und wer wusste, wann ich das nächste Mal die Gelegenheit bekam, ein Bad wie dieses zu nehmen?

Mein Blick wanderte zum Fenster, das neben der Badewanne lag. Ich betrachtete den bewölkten Nachthimmel. Schon wieder kein Mond. Wie sehr ich das doch hasste. Wo war er, wenn ich ihn am meisten brauchte? Wenn ich den Mond betrachtete, konnte ich meine Gedanken schweifen lassen. Aber so drehte sich alles in meinem Kopf nur um die Frage, welche der Mädchen in der Highschool jüngere Geschwister gehabt hatten. Ich wusste es nicht mehr. Und es konnte mir auch egal sein. Wenn ich Glück hatte, bekam ich Jamies Freundin gar nicht zu Gesicht. Wenn ich Glück hatte, war ich längst über alle Berge, bis sie nach Hause kam.

Wo sie wohl steckte? Heute Morgen war er alleine gewesen – bis auf mich, natürlich. Am Weihnachtsmorgen. Bedeutete das, dass sie längere Zeit weg war? Vielleicht war sie auch zu Besuch bei ihrer Familie. Offenbar war jeder froh, nach Hause zu kommen, bis auf mich. Ich wäre glücklich, wenn ich nie mehr wieder einen Fuß in diese Wohnung setzen müsste.

Ich betrachtete die schimmernden Schaumberge vor mir. Was würde ich geben, um ein Leben wie dieses führen zu können? Ich könnte versuchen, einen besser bezahlten Job zu finden, aber ich liebte meine Arbeit in dem kleinen Buchladen. Und im Moment war es mir eindeutig wichtiger, überhaupt an etwas Geld zu gelangen.

Dieser Gedanke erfüllte meinen Körper mit Unruhe. Ich musste etwas tun. Irgendetwas. Ich konnte nicht tatenlos hier herumliegen, während meine Zukunft den Bach hinunterlief. Und die von Rosalie gleich mit. Das durfte nicht passieren!

Obwohl ich viel lieber noch liegen geblieben wäre, kletterte ich aus der Badewanne und wickelte mich in den weißen, flauschigen Bademantel, der an der Rückseite der Tür hing. Ich wusste nicht, ob ich ihn benutzen durfte, aber Jamie hatte gemeint, ich sollte mich wie zu Hause fühlen. Also tat ich das auch, wenn auch nur für einen Abend.

Im siebten Himmel

Jamie saß immer noch auf der Couch, als ich aus dem Bad kam. Mittlerweile hatte er seinen Laptop auf dem Schoß und tippte konzentriert.

Einen Moment lang zog ich in Erwägung, kehrtzumachen, um ihn nicht zu stören, doch seine Stimme hielt mich zurück.

»Hey, ich bestelle mir gerade etwas zu essen«, sagte er, ohne dabei vom Bildschirm aufzusehen. »Willst du auch was?«

»Ich sagte doch, ich habe kein Geld.«

Sein Blick wanderte zu mir, und er beobachtete mich, als ich mich zu ihm setzte. »Das war nicht meine Frage. Hast du Hunger?«

»Ja.«

»Magst du Pizza?«

»Ja.«

Er grinste. »Dann ist dieses Problem gelöst. Tomaten, Käse, Schinken, Champignons?«

Verwirrt legte ich die Stirn in Falten. »Keine Champignons.«

»Na schön.«

Während er mit der Bestellung beschäftigt war, ließ ich meinen Blick noch einmal durch die Wohnung schweifen. Der Baum war darin der einzige Blickfang, ansonsten gab es hier fast gar nichts. Keine Bilder, keine Kerzen, nichts. Es war schon fast trostlos.

»Was?«, fragte ich, als mein Blick Jamie streifte und ich bemerkte, dass er mich ansah. »Was ist los? Ist es wegen des Bademantels? Ich dachte nur –«

»Du weißt schon, dass du dich auch abschminken kannst?«, fiel Jamie mir ins Wort. »Ich sagte doch, du sollst dich wie zu Hause fühlen.«

Eigentlich wollte ich beleidigt sein, aber meine Verwirrung war zu groß dafür.

»Ich bin abgeschminkt.«

»Nein, bist du nicht.« Jamie lachte und deutete mit der ausgestreckten Hand auf mein Gesicht. »Du hast noch deine Augenbrauen.«

Ich schnaubte. »Was weißt du schon über Augenbrauen?«

»Meine Freundin ist Beautybloggerin«, meinte er.

Das erklärte zumindest die Unmengen an Badebomben.

»Und Beautyblogger haben keine Augenbrauen?«

Grinsend schüttelte er den Kopf. »In der Regel nicht.«

Hat deine Freundin welche?, wollte ich wissen, doch ich bekam kein Wort hervor. Meine Gedanken kreisten um die Frage, welches Mädchen damals einen Hang zu Beautyprodukten gehabt hatte. Im Prinzip jedes außer mir. Aber welches hatte auch noch jüngere Geschwister?

Ich sollte ihn einfach fragen, wie seine Freundin hieß, dann hätte ich das hinter mir und müsste mir nicht mehr den Kopf darüber zerbrechen.

»Hast du denn auch einen Freund?«

Gerade noch rechtzeitig konnte ich mich davon abhalten, laut aufzulachen. Wieder kam ich zu dem Schluss, dass Jamie mich nicht richtig gekannt hatte. Ansonsten wüsste er nämlich, warum ich diesen Gedanken mehr als lächerlich fand.

Ich hatte doch nicht einmal richtige Freunde, geschweige denn einen festen Freund.

»Nein«, gab ich zurück, bemüht, so neutral wie möglich zu klingen. »Im Moment habe ich niemanden.«

»Oh.« Jamie klang bedrückt, als hätte er mit einer anderen Antwort gerechnet. »Bist du einsam?«

»Nicht jeder, der Single ist, ist einsam«, erklärte ich, unterbrach mich aber selbst, als ich den Ausdruck auf Jamies Gesicht bemerkte. Und nicht jeder, der in einer Beziehung ist, ist auch verliebt, fügte ich in Gedanken hinzu. Ob Jamie einsam war? Bestimmt war es langweilig, alleine in dieser großen Wohnung zu leben. Grade wollte ich ihn fragen, wann seine Freundin wiederkäme, als Jamie den Laptop vor sich schwungvoll zuklappte.

»So, das Essen ist bestellt. Was willst du in der Zwischenzeit machen?«

Gar nichts.

»Möchtest du mir jetzt vielleicht erzählen, warum du gestern Nacht auf der Straße schlafen wolltest?«

Ich wandte den Blick von ihm ab. Als ob ihn das etwas anginge! Ich hatte keine Lust, darüber zu reden. Wenn Jamie das nicht akzeptieren konnte, dann musste ich wohl oder übel gehen. Auch wenn ich das sehr, sehr schade finden würde. Besonders, da meine Hose noch nicht trocken war.

»Schon gut, ich hab's ja kapiert.« Mit einem tiefen Seufzen ließ er sich in die Couch zurücksinken. »Es hat mich nur so überrascht, dich auf diese Art und Weise wiederzusehen. Du warst doch gut in der Schule, ich hatte eigentlich erwartet, dich auf dem College anzutreffen.«

Ich schwieg. Nicht jeder konnte reiche Eltern haben, so wie Jamie. Ich erinnerte mich noch genau an ihn, er war zwei Jahre älter als ich, und im Gegensatz zu mir war er immer einer der Beliebten gewesen. Er hatte haufenweise Freunde gehabt und immer das Beste vom Besten besessen. Nie im Leben hätte ich erwartet, dass er sich an mich erinnern würde.

»Tut mir leid.« Offenbar etwas verlegen, fuhr er sich durchs Haar. »Anscheinend habe ich einen Hang dazu, das Falsche zu sagen. Wie wäre es, wenn ich ab jetzt einfach den Mund hielte, bis das Essen da ist?«

Das war eine ganz hervorragende Idee.

Mein Blick wanderte zu meinen Händen. Vorsichtig kratzte ich die letzten Splitter von Nagellack von meinen Fingernägeln.

Mit einem Mal war es so still in der Wohnung – beinahe unerträglich.

Noch einmal sah ich mich um, doch es war immer noch so leer.

»Wohnst du schon lange hier?«

Jamie folgte meinen Blick und grinste. »Nein, wir sind gerade erst eingezogen. Wir hatten noch keine Zeit, um die Wohnung einzurichten.«

Ich nickte. Das ergab natürlich Sinn.

Eine Weile saßen wir schweigend nebeneinander, und da war wieder diese Stille. Krampfhaft versuchte ich, ein neutrales Gesprächsthema zu finden, aber ich konnte mich einfach nicht konzentrieren. Immer wieder schweiften meine Gedanken ab. Und auch Jamie schien nicht das Bedürfnis zu haben, einen neuen Gesprächsversuch zu unternehmen. Kein Wunder, ich hatte ihn verschreckt.

Willst du oder kannst du nicht reden?, hörte ich wieder diese Stimmen in meinem Kopf und betete, dass sie endlich mal die Klappe halten würden. Das war doch schon Jahre her. Ich war nicht mehr das schüchterne Mädchen, das vor Fremden keinen Ton hervorbrachte … Oder etwa doch?

Als es dann endlich an der Tür klingelte, sprang Jamie augenblicklich von der Couch auf. Er wirkte schon fast erleichtert über diese Störung.

»Das muss unser Essen sein«, meinte er. Schon als Jamie die Tür öffnete, strömte mir der verführerische Duft entgegen, und mein Magen begann zu knurren. Gott, ich konnte mich nicht daran erinnern, wann ich das letzte Mal etwas gegessen hatte. Es musste schon eine ganze Weile her sein.

»Also dann.« Jamie stellte die beiden Pizzaschachteln samt Pepsi-Dosen vor uns auf dem Wohnzimmertisch ab. Ich musste all meine Willenskraft aufbringen, um nicht sofort danach zu greifen. »Lass es dir schmecken.«

* * *

»Ich hab noch was zu tun«, meinte Jamie, nachdem er die Reste unserer Pizza in der Küche verstaut hatte. »Noch einen Termin. Ich hab aber gerade keinen Zweitschlüssel …«

»Kein Problem«, fiel ich ihm ins Wort. »Ich kann sowieso nirgends hin. Ich werde mich schon irgendwie stumm beschäftigen.«

»Gibt es etwas, das du gerne tust?« Jamie schien wirklich bemüht, etwas zu finden, um mich bei Laune zu halten.

Ich zuckte mit den Schultern. »Ich male gerne, aber –«

Aber ich kann auch fernsehen, wollte ich hinzufügen, doch Jamie kam mir zuvor.

»Wunderbar. Ich hab da noch eine Leinwand und Farbe, die ich nie verwendet habe, warte einen Moment.«

Perplex sah ich Jamie hinterher, der plötzlich den Gang hinuntereilte. Er hatte tatsächlich Malutensilien zu Hause?

»Hier.« Mit einer einen Meter großen Leinwand und einer Papiertüte kam Jamie zurück ins Wohnzimmer. »Da ist alles drin, Farben, Pinsel, Palette. Es dürfte dir an nichts fehlen.«

Immer noch etwas verwirrt, nahm ich ihm die Tüte ab.

»Danke.«

»Kein Problem.« Er grinste, bevor er sich auf den Weg zur Tür machte. »Ich bin gespannt, was du malst.«

Das war ich allerdings auch.

Als die Tür hinter Jamie ins Schloss fiel, wanderte mein Blick zur leeren Leinwand. Ich hatte keinen blassen Schimmer, *was* ich zeichnen sollte. Ich wusste nur, dass es unendlich guttat, wieder den Pinsel in die Hand zu nehmen.

Zahlen und Fakten

Jamies Gästezimmer war ein Traum. Zwar hatte ich in dieser Nacht nicht viel geschlafen, aber immerhin mehr als in den Nächten davor. Das Bett war federweich, ich hatte das Gefühl, auf einer Wolke zu liegen. Auf einer wohlig warmen, kuscheligen Wolke, die ich am liebsten nie wieder verlassen wollte. Doch ich hatte vermutlich keine andere Wahl als langsam aufzustehen. Ich wusste nicht recht, wie spät es war, doch durch das Fenster konnte ich sehen, dass einige Sonnenstrahlen durch die stahlgraue Wolkendecke hervorblitzten. Es war Morgen.

Widerwillig kletterte ich aus dem Bett und warf noch einen kurzen Blick darauf. Es war doppelt so groß wie das in der Wohnung meiner Mutter. Aber eines hatten sie beide gemeinsam: Wenn ich erst einmal weg war, würde ich sie vermutlich beide nie mehr wiedersehen. Wer wusste, wie das nächste Bett aussehen würde, in dem ich schlafen würde?

Gegenüber dem Bett stand ein kleiner Schminktisch – auf den hatte Jamies Freundin vermutlich bestanden. Ich warf einen kurzen Blick in den Spiegel und band meine Haare neu zusammen, da sie vom Schlafen noch völlig durcheinander waren. Ein unerwartetes Grinsen stahl sich auf mein Gesicht, als ich mein Spiegelbild betrachtete. Auch wenn ich es gar nicht wollte, musste ich an das denken, was Jamie gestern über meine Augenbrauen gesagt hatte. Irgendwie wünschte ich, er hätte ein paar Fotos in der Wohnung – von seiner Freundin zum Beispiel. Und schon war das Lächeln wieder verschwunden.

Ich wollte wissen, wer sie war. Als ob das einen Unterschied machen würde. Mir reichte die Tatsache, dass sie einer der Gründe war, warum ich nachts kaum ein Auge zubekam. Mehr musste ich doch gar nicht wissen.

Beim Vorbeigehen warf ich einen kurzen Blick auf das abstrakte Gemälde, das ich gestern gefertigt hatte. Eigentlich war ich ganz zufrieden damit. Es war größtenteils in meinen Lieblingsfarben gehalten – Grau und Blau. Beim Malen konnte ich meine Gedanken schweifen lassen, ich liebte es einfach, die Farben miteinander zu vereinen und etwas Neues zu schaffen.

Jamie hatte ich das Bild allerdings noch nicht gezeigt, da ich mir gestern nicht sicher gewesen war, ob ich es nicht doch noch abändern würde. Heute erschien es mir allerdings gut, so wie es war.

Nervös zupfte ich an meinen schwarzen Jeans und meinem Beatles-Tanktop, die mittlerweile zum Glück getrocknet waren. Ich hatte Angst davor, dieses Zimmer zu verlassen. Ich wusste nicht, was mich draußen erwartete. Jamie, vermutlich. Aber würde er auch alleine sein? Und würde er mich daran erinnern, dass ich mir schnellstmöglich eine Wohnung suchen sollte? Das wusste ich doch selbst! Ich hatte auch gar nicht vor, seine Gastfreundschaft auszunutzen. Das hier war ein Notfall gewesen. Heute war ein neuer Tag und eine neue Chance für mich, alles zum Guten zu wenden.

Noch einmal atmete ich tief durch, bevor ich leise die Türklinke nach unten drückte und einen vorsichtigen Blick in das Wohnzimmer warf. Von Jamie war keine Spur zu sehen. Ob er noch schlief? Ich hatte keine Ahnung, wo sich das Schlafzimmer befand. Zu gerne hätte ich mich hier etwas umgesehen, aber das erschien mir unhöflich. Also schloss ich nur die Tür hinter mir und bewegte mich langsam durch das Wohnzimmer.

Ganz automatisch führten meine Beine mich auf den Weihnachtsbaum zu. Kleine, silberne Sterne hingen daran, von denen ich nicht die Augen lassen konnte. Sie waren so wunderschön.

Einige von ihnen glitzerten sogar. Ohne dass ich etwas dagegen tun konnte, näherte sich meine Hand einem von ihnen.

Erschrocken zog ich sie allerdings wieder zurück, als sich die Wohnungstür öffnete und Jamie eintrat.

»Guten Morgen.« Er grinste – so wie immer. Ich wünschte, ich hätte so viel zu lachen wie er. »Hast du Hunger? Ich habe uns Frühstück besorgt.«

Eigentlich war ich noch satt von der Pizza gestern. Aber andererseits roch es verführerisch nach frischem Gebäck. Ich hatte einen langen Tag vor mir. Etwas Stärkung würde also bestimmt nicht schaden.

»Setz dich. Trinkst du Kaffee oder Tee?«

Während Jamie in der Küche verschwand, setzte ich mich auf die Couch und warf einen Blick in die Tüte, die er auf dem Tisch davor abgestellt hatte. Ich sah darin Heidelbeermuffins und Brötchen.

»Tee.«

»Wirklich?« Er klang amüsiert.

»Was ist daran so witzig?«, wollte ich wissen. Das Misstrauen in meiner Stimme konnte ich dabei kaum verbergen.

»Gar nichts«, meinte Jamie, und ich hörte, wie er Wasser in eine Kanne füllte. »Es überrascht mich einfach. Meine Freundin lebt für Kaffee. Manchmal habe ich das Gefühl, sie besteht aus nichts anderem.«

Kaffee und Beauty. Welch originelle Mischung.

»Ich mag keinen Kaffee«, erklärte ich.

»Ich auch nicht.« Mit zwei Tassen, in denen Teebeutel baumelten, kehrte Jamie aus der Küche zurück. »Da haben wir ja etwas gemeinsam.«

Wer hätte das gedacht?

»Danke für das Frühstück«, sagte ich, ohne ihn dabei anzusehen. »Es wäre nicht nötig gewesen, aber danke.«

»Machst du Witze? Du bist doch mein Gast.«

Ja, aber wie lange noch? So konnte das doch nicht weitergehen.

»Gleich nach dem Essen mache ich mich auf die Suche nach einem Job«, erklärte ich ihm. »Und nach einer Schlafmöglichkeit. Ich werde schon irgendetwas finden.«

»Und wie willst du das machen?« Er zog einen Muffin aus der Tüte und hielt ihn mir entgegen. »Du hast doch gesagt, du hast deine Sachen verloren. Wie ist das überhaupt passiert?«

»Ich habe sie zu Hause vergessen. Und dahin kann ich nicht zurück.«

Ich sah Jamie nicht an, als ich das sagte. Das konnte ich nicht. Er hatte mich heute Nacht hier schlafen lassen, darum schuldete ich ihm die Wahrheit. Das bedeutete aber nicht, dass ich gerne darüber sprach. Oder ausführlich.

»Ich kann erst in zwei Wochen wieder arbeiten gehen, aber das macht nichts. Ich finde schon einen anderen Job für zwischendurch.«

»Und wo willst du bis dahin wohnen?«

Jamie nahm einen Bissen von seinem eigenen Muffin. Meinen hatte ich noch nicht angerührt. Wenn ich über all diese Sachen nachdachte, verging mir der Appetit.

»Ich finde schon eine Lösung«, versicherte ich ihm. Es war ja nicht so, als hätte ich eine andere Wahl. Ich *musste* eine Lösung finden. Für mich und auch für meine Schwester. Alleine konnte ich sie nicht bei meiner Mutter lassen. Sie war zu jung, um sich um sie zu kümmern.

»Ich habe eine Lösung. Bleib hier, bis du genug Geld für eine Wohnung hast. Oder bis du wieder nach Hause kannst.«

Nachdrücklich schüttelte ich den Kopf. Nicht nur, dass das mit dem Nachhausegehen völliger Unsinn war. Aber ich konnte auch nicht hierbleiben.

»Ich habe es dir schon einmal gesagt: Ich kann dir nichts geben.«

»Das musst du auch nicht.«

»Ich will deine Gastfreundschaft nicht ausnutzen.«

»Und was willst du dann?«

Jamie legte seinen Muffin zur Seite und betrachtete mich, doch ich hielt den Blick abgewandt.

Was ich wollte? Ein normales Leben, zum Beispiel. Ich wollte meine Tasche zurück, damit ich eine Wohnung finanzieren konnte. Ich wollte, dass diese dummen Feiertage endlich vorbei waren!

»Ohne mich wirst du in einem Obdachlosenheim oder wieder auf der Straße landen. Ist es das, was du willst, Claire?«

Wieder. Seine Worte stachen wie Messer in meine Brust. Natürlich wollte ich das nicht. Er hatte doch keine Ahnung, wie es sich anfühlte, keine andere Wahl zu haben! Seine Eltern hatten genug Geld, um einen ganzen Wolkenkratzer für ihn zu kaufen. Ach, was sagte ich da? Für ihn *bauen* zu lassen. Er würde sich nie mit solchen Dingen herumschlagen müssen.

Kannst du dir etwa keine Farben leisten? Ich hatte das Gefühl, die Welt um mich herum würde stehenbleiben. Jamies Wohnzimmer schien sich zu verändern, und mit einem Mal fand ich mich in einem langen Korridor wieder – umgeben von einer Gruppe Mädchen.

»*Geht dir das ganze Schwarz nicht langsam auf die Nerven?*«, fragte eines davon, und mein Blick wanderte an mir hinab. Meine Hose war schwarz, meine Schuhe und mein T-Shirt auch. Ich trug gerne Schwarz. In knalligen Farben fühlte ich mich einfach nicht wohl. Darin hatte ich das Gefühl, unangenehm aus der Menge hervorzustechen, und das wollte ich nicht. Allerdings schien das Schwarz die Blicke der anderen noch stärker auf sich zu ziehen.

»*Sei nicht so zu Claire*«, sagte ein anderes Mädchen, von dem ich einst gedacht hatte, sie wäre meine Freundin. »*Sie kann gemein nichts dafür, dass ihr Vater tot ist und ihre Mutter kein Geld hat.*«

»Claire.«

Jamie sprach meinen Namen aus, aber ich reagierte nicht. Ich war zu sehr damit beschäftigt, darüber nachzudenken, was ich falsch gemacht hatte. Irgendetwas musste ich getan haben, um das alles zu verdienen. Vielleicht in einem anderen Leben? Ich wusste es nicht. Ich hatte schlichtweg *keine Ahnung.*

»Claire, ich habe es nicht so gemeint. Ich will dir doch nur helfen. Bitte lauf nicht wieder weg.«

Mein Blick wanderte zu Jamie. Es war, als hätten seine Worte mich aus einer Art Traumwelt gerissen, die ich alleine nicht verlassen konnte. In seiner Stimme schwang so etwas wie Besorgnis mit, die mich wachrüttelte.

»Selbst wenn ich wollte«, setzte ich an, machte dann aber eine Pause, da meine Stimme gefährlich zitterte. »Ich wüsste nicht, wohin.«

Ein Grinsen stahl sich auf sein Gesicht. »Du hast also keine andere Wahl als hierzubleiben.«

Ich zwang mich zu einem Lachen und wischte mir dabei die drohenden Tränen aus den Augen.

»Du klingst wie ein Psycho, das ist dir schon klar, oder?«

»Und dir ist hoffentlich klar, dass du mir willenlos ausgeliefert bist.«

Ich musste grinsen – dieses Mal wirklich. Vermutlich gab es Schlimmeres als zu Vollbädern und Süßwaren verdonnert zu werden.

»Ich mache dir einen Vorschlag«, meinte Jamie dann, mit einem Mal völlig ernst. »Da du offensichtlich nicht umsonst hier wohnen willst, kannst du mir ja im Haushalt etwas zur Hand gehen. Damit schlagen wir zwei Fliegen mit einer Klappe, was meinst du?«

Zugegeben, ich hätte gewettet, dass Jamie jemanden hatte, der für ihn die Wohnung in Schuss hielt. Dass er sich selbst um alles kümmerte, überraschte mich. Auf eine positive Art und Weise.

»Einverstanden«, stimmte ich zu. Ich zögerte, doch dann griff ich nach dem Muffin. *Jetzt* hatte ich Hunger. Es war unglaublich, aber Jamie hatte es geschafft, mich aufzuheitern.

Ich merkte, dass sein Blick an meinem Unterarm entlangwanderte und dabei an dem Tattoo hängenblieb. Er inspizierte die Mondlaufbahn, die darauf abgebildet war.

»Nettes Tattoo«, meinte er.

»Danke.«

»Hat es eine Bedeutung?«

Ich warf ihm einen kurzen Blick von der Seite zu. »Wer würde sich ein Tattoo stechen lassen, das keine Bedeutung hat?«

»Haufenweise Leute.« Punkt für ihn. »Also, raus mit der Sprache. Was hat es mit den Monden auf sich?«

Nervös zupfte ich an meinem Teebeutel. Es war mir unangenehm, darüber zu sprechen. Jamie würde mich nur für verrückt halten, da war ich mir sicher. So war es doch immer schon gewesen. Ich war immer das merkwürdige Mädchen, das an Dinge glaubte, die es nicht gab. An Dinge, die man nicht beweisen konnte.

»Ich mag den Mond eben, okay? Und auch wenn es seltsam klingt, bin ich davon überzeugt, dass er viel mehr Einfluss auf diese Welt hat, als du vielleicht denkst.«

Es war nicht zu übersehen, dass Jamie da anderer Meinung war. Er schien sich ein Lachen nur mit Mühe verkneifen zu können. Hatte ich es doch gewusst. Auch er hielt mich für verrückt. Warum hatte ich ihm auch die Wahrheit gesagt? Warum hatte ich gedacht, er würde anders reagieren als all die anderen?

»Du glaubst an diesen Quatsch?«

Ich spürte, wie mein Gesicht heiß wurde. Na toll, das hatte ich davon. Ich vertraute ihm etwas an, und er lachte über mich. Ich würde es wohl nie lernen.

»Und woran glaubst du?«

»Zahlen und Fakten.« Jamie grinste. »Ich glaube an alles, was bewiesen werden kann.«

»Das ist schön für dich.«

Ich hoffte, dass damit das Thema beendet war. Ich hatte keine Lust mehr, mich für das zu rechtfertigen, woran ich glaubte.

»Aber dir ist schon klar, dass der Mond nichts weiter als eine hässliche, schwarze Kugel ist, oder?«, fragte Jamie, und ich fluchte innerlich. Warum konnte er es nicht einfach dabei belassen? »Ich meine, ohne die Sonne wäre er nichts. Er strahlt nur, wenn er von ihr beschienen wird.«

Genervt atmete ich tief durch. »Er hat die Macht, ganze Meere zu bewegen. Können deine Zahlen und Fakten das auch?«

»Nein«, räumte Jamie ein und grinste. »Aber ich würde mir auch niemals eine Gleichung tätowieren lassen.«

Noch ein Punkt für ihn.

Sternenstaub

»Okay.«

Mit einem Karton in der Hand kam Jamie zur Tür hereinspaziert. Nach dem Frühstück hatte er mir aufgetragen, hier zu warten, während er etwas aus dem Keller holte. Das hatte ich getan. Ich hatte die Zeit genutzt, um mit Hilfe seines Laptops nach Jobs zu suchen. Allerdings war ich dabei nicht allzu weit gekommen. Er war einfach zu schnell wieder hier gewesen.

»Ich hätte hier schon einmal die erste Aufgabe für dich.«

Skeptisch beobachtete ich ihn, wie er die Schachtel auf dem Couchtisch abstellte, auf dem vorhin noch unser Frühstück gestanden hatte.

»Und das wäre?«, wollte ich wissen.

»Hilf mir, den Baum abzuschmücken.«

Mein Blick wanderte zu dem bunt leuchtenden Weihnachtsbaum. Zu den Kugeln und den funkelnden Sternen. Heute war der sechsundzwanzigste Dezember.

»Schon?«

»Schon?«, wiederholte Jamie meine Frage leicht amüsiert. »Claire, der Baum steht da seit Thanksgiving. Langsam habe ich genug davon.«

»Manche lassen ihn bis Januar stehen«, gab ich zu bedenken, doch an seinem Blick erkannte ich, dass Jamie keiner dieser Menschen war.

Mit einem tiefen Seufzen erhob ich mich von der Couch und begann damit, die Kugeln von den zarten Ästen zu nehmen.

»Lasst ihr euren Baum denn bis Januar stehen?«

Jamie warf mir einen prüfenden Blick zu, doch den ignorierte ich. Und auch die Erinnerung an unseren letzten Weihnachtsbaum versuchte ich aus meinem Kopf zu streichen.

»Nein. Aber dieses Ding, das meine Mutter jedes Jahr hervorzaubert, kann man auch kaum einen *Baum* nennen.«

Ich steckte die Kugeln behutsam zurück in die Schachteln, aus denen sie stammten. Sie waren aus Glas und sollten schließlich nicht kaputtgehen.

»Ihr versteht euch nicht sonderlich gut, was?« Zwar wirkte die Frage beiläufig, aber das war sie nicht. Ganz und gar nicht. Doch das konnte Jamie schließlich nicht wissen.

»Nicht wirklich«, gab ich schlicht zurück, bemüht, mich auf die teuren Kugeln zu konzentrieren. Nicht, dass ich noch eine fallen ließ und Schulden bei Jamie machte. »Was ist mit dir? Zahlen deine Eltern für diese Wohnung?«

»Teilweise.« Am Klang seiner Stimme erkannte ich, dass Jamie nicht gerne über dieses Thema sprach. Endlich. Endlich hatte ich ein Gesprächsthema gefunden, das ihm unangenehm war und nicht mir. »Sie haben sich bereiterklärt, meinen Teil der Kosten zu decken, bis ich mit dem Studium fertig bin und in die Firma meines Vaters einsteigen kann.«

»Es geht doch nichts über eine gesicherte Zukunft.« Ich hasste es, wie zynisch ich klang. Das wollte ich nicht. Aber ich konnte es einfach nicht verhindern.

Jamie hatte alles. Ein Dach über dem Kopf, Eltern, die ihm alles gaben, was er sich wünschte, eine Freundin und schon bald einen sicheren Arbeitsplatz. Und was hatte ich? Eine Mutter, die es nicht interessierte, wenn ich nachts nicht nach Hause kam, einen Job, der kaum Geld einbrachte, und einen ganzen Haufen Pech. Da durfte ich wohl ein kleines bisschen eifersüchtig sein, oder nicht?

»Was hast du deiner Freundin zu Weihnachten geschenkt?«, fragte ich, um mich von diesem Gedanken abzulenken.

»Noch nichts.«

Ich hielt in meiner Bewegung inne und schielte an den grünen Ästen vorbei zu ihm hinüber. »Wie bitte?«

»Sie war doch nicht hier. Sie bekommt ihr Geschenk, wenn sie zurück ist.«

»Und … wann wird das ungefähr sein?«

Jamie zuckte mit den Schultern. Irrte ich mich, oder wirkte diese Geste unheimlich gleichgültig? »Das wird sie mir schon noch rechtzeitig sagen.«

Gut, das war gut. Bis dahin war Rosalie hoffentlich aus Baltimore zurück und hatte meine Tasche aus der Wohnung unserer Mutter geholt. Mit etwas Glück würde ich dann nicht mehr auf Jamies Hilfe angewiesen sein.

»Weiß sie denn, dass du jemanden bei euch aufgenommen hast?«

»Nein.« Er sagte das, als wäre es offensichtlich. »Aber das wird sie schon sehen, wenn sie zurückkommt.«

Er wollte sie also vor vollendete Tatsachen stellen. Nun, das war ganz bestimmt eine wunderbare Idee.

»Keine Sorge, so lange werde ich nicht bleiben. In ein paar Tagen kommt meine Schwester von unseren Großeltern zurück, und dann bin ich weg.«

Jamie stoppte in seiner Bewegung. »Und was dann?«

»Dann werden wir beide gemeinsam in eine Wohnung ziehen.«

»Claire, was ist bei euch zu Hause los? Warum willst du nicht dorthin zurück?«

Du bist zweiundzwanzig Jahre alt, Claire. Ich dachte schon, du würdest mir ewig auf der Tasche liegen.

Ich warf ihm einen kurzen Blick zu. »Ich glaube, ich schulde dir keine Antworten.«

»Nein, das tust du nicht.« Einen Moment lang beobachtete Jamie mich, wie ich weiterhin den Baum abschmückte. Dann atmete er tief durch und wandte mir den Rücken zu. »Wie auch immer, ich habe noch etwas zu erledigen. Wenn du das hier inzwischen fertig machen könntest, wäre das phantastisch.«

»Kein Problem.«

»In einer halben Stunde bin ich wieder hier. Wenn du Hunger oder Durst hast, bedien dich nur.«

»Okay.«

Vor der Tür zögerte Jamie noch einen Moment, doch dann griff er nach seiner Jacke und verschwand aus der Wohnung.

Endlich hatte ich das Gefühl, wieder richtig durchatmen zu können.

All diese Fragen. Es war nicht so, als würde ich nicht mit ihm reden wollen. Es war mir nur so unangenehm, über diese Themen zu sprechen. Das musste er doch bemerken.

Mittlerweile hatte ich alles in den Kisten verstaut – bis auf die Sterne. Es fiel mir schwer, sie wegzuräumen.

Einen von ihnen nahm ich vom Ast und betrachtete ihn genauer. Er funkelte im Licht. Bestimmt war die ganze Dekoration unheimlich teuer gewesen. Die beiden konnten es sich ja leisten …

Bevor ich überhaupt wusste, was ich da tat, hatte ich auch schon einen der Sterne in meiner hinteren Hosentasche verstaut. Jamie würde ihn bestimmt nicht vermissen, und ich würde mich dadurch immer an die Zeit bei ihm erinnern. Ob ich das auch wollte, war eine andere Sache. Das wusste ich jetzt noch nicht. Aber zumindest wollte ich mir die Option offenlassen.

Prepaid

Aus einer halben Stunde waren eine Stunde und siebenundvierzig Minuten geworden. Es war seltsam, in einer leeren Wohnung zu sitzen und darauf zu warten, dass jemand zurückkam. Besonders, wenn es sich dabei um eine fremde Wohnung handelte.

Genau genommen wusste ich rein gar nichts über Jamie. Ich hatte ihn auf der Highschool nur flüchtig gekannt und er mich offensichtlich gar nicht, ansonsten wäre er nicht davon ausgegangen, dass ich mit seiner Freundin befreundet gewesen sein könnte. Ich war mit niemandem befreundet gewesen. Und selbst wenn ich jemanden gefunden hatte, mit dem ich mich gut verstanden hatte, war es nur eine Frage der Zeit gewesen, bis die anderen diese Person vergrault hatten. Zehn Tage, um genau zu sein. Länger hatte es nie gedauert, bis ich wieder alleine am Mittagstisch gesessen hatte.

Ich hatte schon immer lieber gelesen und Musik gehört, als mich nach der Schule mit anderen zu treffen. Und genau das hatten sie mir übelgenommen.

Sie denkt, sie ist besser als wir, hatten sie gesagt. Als ob das der Grund gewesen wäre, warum ich nicht zu den Partys und den Shoppingausflügen gegangen war.

Um mich von diesen Gedanken abzulenken, hatte ich mich etwas in der Wohnung umgesehen und dabei eine kleine Abstellkammer mit Putzmitteln entdeckt. Zwar hatte Jamie mir nur eine Aufgabe erteilt, und in der Wohnung war es alles andere als schmutzig, aber ich hielt es einfach nicht mehr aus, nichts zu tun.

Bevor ich wusste, was ich tat, hatte ich auch schon den Besen in der Hand und fegte den Flur und die Küche. Zu Hause hatte ich ständig saubergemacht – weil die Wohnung im Chaos versunken wäre, wenn ich mich nicht um die Ordnung gekümmert hätte.

Beim Putzen konnte ich den Kopf abschalten, und genau das war es, was ich im Moment brauchte.

Erschrocken zuckte ich zusammen, als plötzlich die Tür aufflog.

»Ich bin wieder da«, verkündete Jamie, und ich ließ das Sofakissen fallen, das ich eben noch aufgeschüttelt hatte. Ich fühlte mich ertappt, als wäre es mir nicht erlaubt gewesen, während seiner Abwesenheit irgendetwas anzufassen. »Es hat etwas länger gedauert.«

»Ist mir gar nicht aufgefallen«, log ich und griff wieder nach dem Besen.

»Was machst du da?« Mit verwirrter Miene musterte Jamie mich, als er sich die Jacke auszog.

»Ich hab doch gesagt, dass ich mich revanchieren möchte«, erklärte ich. »Da dachte ich, ich kann dir im Haushalt helfen. Nicht, dass es hier schmutzig wäre oder so. Ich wollte nur –«

»Claire«, fiel Jamie mir schon fast ungeduldig ins Wort. »Du bist mein Gast, nicht Aschenputtel. Du musst hier nicht saubermachen. Wir haben zwar eine Abmachung, aber du musst es auch nicht übertreiben.«

Ich biss fest die Zähne zusammen und wandte verlegen den Blick ab. Ich hatte ihm doch nur helfen wollen.

Als er mir den Besen abnahm, um ihn wieder zu verstauen, ließ ich mich mit verschränkten Armen auf die Couch fallen. Was sollte ich denn seiner Meinung nach den ganzen Tag lang tun? Einfach nur herumsitzen? Das konnte ich nicht. Das würde mich nur verrückt machen.

»Übrigens habe ich dir etwas mitgebracht.« Jamie grinste und ließ beim Vorbeigehen eine Plastiktüte, die er eben aus dem Vorzimmer geholt hatte, auf meinen Schoß fallen.

»Was ist das?«, fragte ich, während ich die Tüte skeptisch musterte.

»Sieh hinein«, rief er mir aus der Küche zu. Ich warf einen vorsichtigen Blick in seine Richtung, doch Jamie war damit beschäftigt, in den offenen Kühlschrank zu starren. Also wandte ich mich wieder an sein Mitbringsel.

Neugierig griff ich in die Tüte und zog eine kleine Packung daraus hervor. »Du schenkst mir ein Handy?«

»Prepaid«, erklärte er mit vollem Mund. Er hatte die Reste der Pizza von gestern in der Mikrowelle gefunden. »Du hast doch gesagt, du hattest dein Handy in deiner Tasche. Das hier kannst du vorübergehend verwenden. Du weißt schon, für Notfälle.«

Verwirrt blinzelte ich ihn an. »Ich … weiß gar nicht, was ich sagen soll.«

»Wie wäre es mit danke?« Er grinste. »Pack es aus, dann kann ich dir gleich meine Nummer einspeichern. Ich bin mir sicher, dass du nicht den ganzen Tag hier in der Wohnung herumhängen willst. So können wir uns zumindest jederzeit erreichen.«

Als ich keine Anstalten machte, das Handy auszupacken, sondern ihn nur weiterhin anstarrte, nahm er mir die Packung ab. Das angebissene Stück Pizza legte er währenddessen auf dem Wohnzimmertisch ab, so konnte er besser mit dem Plastik kämpfen.

»Jamie«, sagte ich, als ich die erste Überraschung verdaut hatte. Er hielt in seiner Bewegung inne und musterte mich fragend. »Danke. Für das Handy, meine ich. Und dafür, dass ich hierbleiben darf.«

»Ich sagte doch, es ist kein Problem. Wir sind schließlich zur selben Schule gegangen, da muss man zusammenhalten.«

Von Zusammenhalt hatte ich in der Schule nicht sonderlich viel bemerkt. Aber das hatte ganz bestimmt nicht an Jamie gelegen, immerhin hatte ich während meiner Schulzeit kaum ein Wort mit ihm gewechselt. Trotzdem bemühte ich mich um ein Lächeln.

»Vermutlich.«

»Hey, hast du Lust auf einen kleinen Spaziergang? Es ist zwar kalt draußen, aber der Schnee ist der Wahnsinn.« Er grinste. »Ich meine, wir können auch hierbleiben und den ganzen Tag fernsehen.«

»Du musst nicht versuchen, mich bei Laune zu halten«, erklärte ich. »Ich bin mir sicher, du hast einiges zu tun. Davon will ich dich nicht abhalten. Ich finde schon eine Beschäftigung.«

»Das bezweifle ich nicht, aber wer unterhält mich?« Er drückte mir das Handy in die Hand und erhob sich von der Couch. Einen Moment lang sah ich ihm hinterher. Er machte sich auf den Weg zur Tür. »Kommst du?«

Ich bewegte mich keinen Millimeter von der Stelle. »Ich kann nicht«, erklärte ich dann. »Ich trage diese Kleidung schon seit drei Tagen. Ich kann mich damit nicht in die Öffentlichkeit wagen.«

Jamie legte die Stirn in Falten. »Das ist dein Problem?« Er deutete in die Richtung, in der das Bad lag. »Am Ende des Gangs liegt das Schlafzimmer. Such dir was aus.«

»Wie bitte?« Fassungslos schüttelte ich den Kopf. »Ich soll die Kleidung deiner Freundin anziehen?«

»Warum denn nicht? Ihr müsstet eigentlich die gleiche Größe haben.«

»*Warum nicht?*«, fiel ich ihm ins Wort und lachte dabei freudlos auf. Die Vorstellung, dass eine fremde Frau meine Sachen durchwühlen würde, gefiel mir ganz und gar nicht. Warum sollte es bei ihr anders sein? »Die Sachen gehören mir nicht.«

Jamie gab ein abschätziges Geräusch von sich. »Ich bitte dich. Ihre Garderobe ändert sich alle zwei Wochen. Du könntest die Hälfte davon rausnehmen, und es würde niemand bemerken. Such dir etwas aus und dann los.«

»Aber ich –«, wollte ich protestieren, doch Jamie kam mir zuvor.

»Du kannst nicht hier sitzenbleiben, bis die Läden wieder öffnen, Claire. Such dir etwas aus, ich warte.«

»Von mir aus«, murrte ich und marschierte an Jamie vorbei den Flur entlang. Jeder Schritt, der mich seinem Schlafzimmer näher brachte, ließ mein Herz schneller schlagen. Es war seltsam, diesen Raum zu betreten.

Ich schloss die Tür hinter mir und sah mich erst einmal verstohlen im Zimmer um. Es war so schlicht. Vermutlich lag das daran, dass die beiden noch keine Zeit gehabt hatten, die Wohnung einzurichten. Schade irgendwie.

Ich wusste nicht, warum, aber ich hatte gehofft, zumindest hier ein Foto von Jamies Freundin zu finden. Nur um zu sehen, worauf ich mich einließ. Aber vermutlich war es besser, wenn ich keine Ahnung hatte.

Ich öffnete den gigantischen Schrank, der beinahe die ganze Länge des Schlafzimmers einnahm. Er war vollgestopft mit bunten Kleidern, Blusen und Dingen, die ich beim Shoppen nicht einmal anfassen würde.

Ratlos ließ ich mich auf das Bett sinken, sprang aber schnell wieder auf. Das war *Jamies* Bett. Und das seiner Freundin. Ich sollte hier nicht sitzen. Und ich sollte mir nicht zu viel Zeit lassen, immerhin wartete er auf mich.

Ziellos durchstöberte ich den Kleiderschrank nach etwas, das mich nicht wie ein Mitglied der Gummibärenbande aussehen ließ. Schwer zu glauben, aber das war gar nicht so einfach. Schließlich begnügte ich mich mit einer dunkelblauen Jeans und einem schwarzen, dünnen Pullover. Meine eigenen Kleider warf ich auf dem Weg ins Wohnzimmer in den Wäschekorb im Bad, damit ich sie später waschen konnte.

Als ich zurückkam, fand ich Jamie mit einem Buch in der Hand auf der Couch sitzend vor.

»Du liest gerne?« Ich klang überraschter als geplant.

»Hin und wieder.«

»Also oft.« Ich grinste, denn diese Untertreibung kannte ich nur zu gut. Nur Leute, die viel lasen, wollten das verbergen. »Weißt du, ich arbeite in einem Buchladen.«

»Warte!« Jamie schlug das Buch zu, erhob sich von der Couch und musterte mich skeptisch. »Hast du mir gerade etwas Persönliches von dir erzählt?«

»Ich komme gerade aus deinem Schlafzimmer«, gab ich zu bedenken. »Ich glaube, unsere Beziehung hat ihren Höhepunkt an Intimität erreicht.«

Er grinste. »Scheint so. Bist du bereit?«

Ich atmete tief durch. Allein der Gedanke an Schnee verursachte in mir den Drang, mich sofort wieder im Bett zu verkriechen. Ich hasste die Kälte, den Matsch und den Schmutz. Warum konnte nicht endlich Frühling werden? Wo blieb die Klimaerwärmung, wenn man sie mal brauchte?

»Ja, bereit.«

Winterwunderland

Vermutlich gab es auf dieser Welt kaum etwas Magischeres als den Central Park im Winter.

Ich hatte das Gefühl, bisher mit geschlossenen Augen durch die Gegend gelaufen zu sein. Mit einem Mal war es, als wäre ich noch nie zuvor richtig hier gewesen. Über genau diese Brücke hier war ich schon tausendmal gegangen, doch ich hatte sie noch nie wirklich *gesehen.*

Ich lehnte mich über den steinernen Rand und sah auf das Gewässer unter uns. Eine hauchdünne Schicht aus Eis lag darauf – bei weitem nicht genug, um sich auf die Oberfläche zu trauen.

»Sieh dir die Äste an.« Jamie deutete über uns. Die dünnen Äste der Bäume waren völlig vereist und trugen viel mehr Schnee, als ich es ihnen zugetraut hätte. »Ich liebe den Winter. Alles ist so …«

Magisch? Weiß? Kalt?

»Ruhig.«

Ich konnte mir ein Lachen nicht verkneifen. »Ruhig? Jamie, nicht einmal hier auf der Brücke sind wir die Einzigen.«

Ich drehte mich um und beobachtete die spanische Familie, die schon seit zehn Minuten versuchte, ein perfektes Foto von sich zu schießen. Bisher jedoch noch ohne Erfolg.

Ihre aufgebrachten Stimmen drangen wie eine Melodie zu uns herüber. Ich verstand kein Spanisch, aber ich wusste auch so, womit der Familienvater zu kämpfen hatte. Es war sein Sohn, der einfach nicht stillsitzen und in die Kamera lächeln wollte.

Ich konnte ihn nur zu gut verstehen. In meinem Leben hatte ich genug Fotosessions hinter mir. Ich kannte den Druck, der auf einem lastete. Man sollte glücklich aussehen. So, als würde man den Moment genießen. Am liebsten wollte man aber ganz woanders sein.

»Du weißt, was ich meine«, sagte Jamie dann, nachdem er der Familie ebenfalls einen Moment lang zugesehen hatte, und wandte sich kopfschüttelnd an mich. »Ich rede nicht von den Leuten, sondern vom großen Ganzen.«

Auch wenn ich es nicht gerne zugab, wusste ich doch ziemlich genau, wovon Jamie sprach. Im Frühling und im Sommer wuchs und blühte alles. Im Herbst fielen die Blätter von den Bäumen. Aber im Winter, da war es, als würde die Zeit stehenbleiben. Als würde sich der Park selbst in eine Art Winterschlaf versetzen.

Ganz automatisch machte ich einen Schritt zurück, als ich das Klappern von Hufen vernahm. Es war eine Pferdekutsche, die sich uns näherte und die spanische Familie von der Brücke verscheuchte.

»Hey, willst du mit der Kutsche fahren?« Jamie klang mit einem Mal so aufgeregt. Wie ein kleines Kind. Doch ich schüttelte nur verwirrt den Kopf.

»Was?«

»Ich wollte schon immer diese verdammte Kutschfahrt machen, aber meine Freundin wehrt sich standhaft dagegen. Sie meint, es wäre kalt, und sie will nicht nach Pferd riechen.«

»Es *ist* kalt«, räumte ich ein, jedoch ohne den Blick dabei von der Kutsche abzuwenden. Ein junges Paar saß darin, dicht aneinandergekuschelt und in eine Decke gehüllt. So eine Kutschfahrt durch die verschneite Stadt war bestimmt unheimlich romantisch. Und das war ein weiterer Grund dafür, warum ich bestimmt nicht mit Jamie in so ein Ding steigen würde. »Aber vielleicht kannst du sie ja noch irgendwann überreden.«

»Ja.« Ich versuchte, die Enttäuschung in seiner Stimme zu ignorieren. »Vielleicht.«

Ich biss mir auf die Zunge und sah Jamie hinterher, der sich bereits wieder auf den Weg gemacht hatte. Nach Hause, wie ich hoffte. Denn langsam begann die Kälte zu schmerzen. Ich wollte gar nicht daran denken, wie es sich anfühlte, die Nacht draußen verbringen zu müssen. Ohne ein Dach über dem Kopf. Vermutlich verdankte ich Jamie sogar mein Leben. Und um das gutzumachen, müsste ich tausendmal mit ihm in einer Pferdekutsche fahren.

»Hey«, sagte ich und beeilte mich, zu ihm aufzuschließen und dabei auf dem spiegelglatten Weg nicht auszurutschen. »Du liest doch gerne. Soll ich dir zeigen, in welchem Buchladen ich arbeite?«

Jamie lächelte, doch so ganz verschwand die Traurigkeit nicht aus seinen Augen. Bestimmt vermisste er seine Freundin. Es musste so sein. Er war einsam.

»Ja«, meinte er. »Das klingt gut.«

»Ich meine, der Laden hat zwar zurzeit geschlossen«, setzte ich an, »aber wenn ich wieder arbeite, könntest du mich ja mal besuchen. Vielleicht ist ja das eine oder andere Buch für dich dabei.«

Er nickte. »Ich bin mir ziemlich sicher, dass ich etwas finden werde.«

* * *

Behutsam schnupperte ich an dem Tee, den Jamie mir eben überreicht hatte. Ich mochte Tee, besonders an kalten Tagen, aber ich war immer etwas skeptisch, was diese Sorten mit *Namen* anbelangte. Und damit meinte ich nicht so etwas wie *Pfefferminz-* oder *Früchtetee.* Es waren diese besonderen Mischungen, denen ich nicht vertraute. Und davon hatte Jamie mehr als genug. Oder besser gesagt, seine Freundin schien geradezu besessen zu sein von *Schlaf Gut Tees*, *Fühl Dich Wohl Tees* und *Nimm's Leicht Tees.* Was sollte das überhaupt bedeuten? Wie sollte mir ein beinahe geschmackloses Heißgetränk dabei helfen, *es leichtzunehmen*? Um diese Wirkung zu erzielen, benötigte ich eine ganz andere Kräutermischung, und diese war leider nicht legal.

»Er ist nicht so schlecht, wie er klingt«, meinte Jamie, als er merkte, dass ich zögerte.

»Was? Du meinst, dieser Tee schmeckt nicht nach *Hol Dir Harmonie*? Ich wittere Betrug.«

Grinsend nippte Jamie an seiner eigenen Tasse, um sich aufzuwärmen. Unser Spaziergang war etwas ausgeartet. Ich hatte ihm gezeigt, wo ich arbeitete, und er hatte mir gezeigt, wo der Firmensitz seines Vaters lag. Oder genauer: wo er nach seinem Studium arbeiten würde. Wieder einmal hatte ich dabei festgestellt, dass Jamie und ich aus völlig verschiedenen Welten stammten. Auf der Highschool waren wir alle noch mehr oder weniger gleich gewesen, aber seit unserem Abschluss hatten unsere Leben völlig verschiedene Richtungen eingeschlagen. Er war auf dem besten Weg, die Firma seines Vaters zu übernehmen. Und ich – ich hatte keine Ahnung, wohin mein Weg mich führte.

»Claire? Kann ich dich etwas fragen?«

»Mhm«, meinte ich gedankenversunken, während ich noch einmal skeptisch an meiner Tasse roch. Was war das bloß für ein Geruch? Es fiel mir so schwer, irgendetwas aus diesem Gemisch herauszufiltern. Vielleicht sollte ich doch noch einmal die Packung holen, um sicherzugehen, dass Jamie nicht versuchte, mich zu vergiften.

»Warum bist du zu Hause ausgezogen?«

Nun sah ich doch von meiner Tasse auf und musterte Jamie. Hatte ich nicht klargemacht, dass ich nicht darüber sprechen wollte? Nur weil ich bei ihm wohnte, bedeutete das nicht, dass wir Freunde werden mussten … Aber ich befürchtete, dass wir diese Linie bereits überschritten hatten. Wir aßen gemeinsam, machten Spaziergänge und hingen abends gemeinsam rum. Wenn man das nicht als Freundschaft bezeichnete, was dann?

»Wir haben immer nur gestritten, meine Mutter und ich«, erklärte ich dann. Es fühlte sich komisch an, die Worte auszusprechen, denn sie brachten eine plötzliche Welle von Schuldgefühlen mit sich. An einem Streit waren schließlich immer zwei Parteien beteiligt. Es war genauso sehr meine Schuld wie ihre. »Egal, was ich gesagt oder getan habe, sie hatte immer etwas daran auszusetzen. Nie konnte ich irgendetwas richtig machen.«

Ich machte eine Pause und nippte am Tee, um Zeit zu gewinnen. Meine Stimme hatte Anstalten gemacht zu brechen. Das Letzte, was ich wollte, war, vor Jamie zu heulen. Zum Glück brachte mich der undefinierbare Geschmack des *Hol Dir Harmonie Tees* schnell auf andere Gedanken. Vielleicht wirkte er ja doch. Irgendwie.

»Irgendwann habe ich begriffen, dass das Leben zu kurz ist, um immer nur zu versuchen, es anderen recht zu machen. Darum bin ich gegangen.«

»Und hast du die Entscheidung bis jetzt nicht bereut?«

Ich dachte einen Moment lang nach. Hatte ich sie bereut? Zugegeben, es war alles andere als schön gewesen, plötzlich mit nichts dazustehen. Ich bereute, so kopflos gewesen zu sein, meine Tasche zu vergessen. Aber nicht, einen Schlussstrich gezogen zu haben.

»Nein«, sagte ich dann, schon fast überrascht darüber, wie richtig es sich anfühlte, es auszusprechen. »Ich weiß, es ist egoistisch, aber ich wollte das alles nicht mehr. Ich will das Beste für mich und auch meine Schwester. Sobald sie von unseren Großeltern zurückkommt, hole ich sie zu mir, und wir suchen uns eine eigene Wohnung.«

Jamie nickte, doch ich merkte, dass er unbedingt etwas sagen wollte. Ich konnte mir auch zu gut vorstellen, was es war. Vermutlich hatte er Fragen über Fragen. So etwas wie: *Warum hast du es zu Hause nicht mehr ausgehalten? Was ist passiert?*

Mein Herz schlug schnell, als ich innerlich betete, er würde mir keine dieser Fragen stellen. Ich war nicht bereit, ihm eine

Antwort darauf zu geben. Noch nicht. Und wenn alles glattlief, würde es auch nie so weit kommen. Unsere Wege würden sich bald wieder scheiden.

»Ich weiß noch, wie ich von zu Hause ausgezogen bin.«

Erleichtert atmete ich tief durch. Das war keine Frage. Und es klang stark nach einem Themenwechsel.

»Und ich vermisse es kein bisschen, zu Hause zu wohnen. Meine Mutter ist nie da, sie ist immer damit beschäftigt, Feiern zu organisieren und sich mit *wichtigen* Leuten zu treffen. Und mein Vater hat mir immer nur Vorschriften gemacht. Ich meine, wenn er mal da war.«

»Das klingt auch nicht gerade nach den besten Verhältnissen.«

Jamie zuckte mit den Schultern. »Es war okay, aber nicht das, was ich wollte. Hier habe ich alle Freiheit der Welt. Ich bin zwar die meiste Zeit allein, aber zumindest schreibt mir niemand vor, was ich zu tun habe.«

Noch einmal sah ich mich in der Wohnung um. Ich hatte ja schon einmal festgestellt, dass sie gähnend leer war. Immerhin waren Jamie und seine Freundin gerade erst eingezogen.

»Wie lange wohnst du schon hier, hast du gesagt?«

»Seit Oktober.«

Überrascht legte ich die Stirn in Falten. »Oktober.«

»Ich weiß, was du denkst«, behauptete Jamie. »Aber wir hatten einfach noch keine Zeit, einkaufen zu gehen. Und alleine hatte ich keine Lust.« Er machte eine Pause, und sein Gesichtsausdruck veränderte sich. Noch in derselben Sekunde wusste ich, dass seine nächsten Worte mir nicht gefallen würden. »*Wir* könnten doch einkaufen gehen!«

Ich verzog das Gesicht. Einkaufen. Für *seine* Wohnung? Ich war mir ziemlich sicher, dass seine Freundin davon alles andere als begeistert sein würde.

»Jamie –«

»Ach, komm schon.« Sein flehender Blick fixierte mich, und

ich schaffte es nicht, mich von ihm abzuwenden. »Du würdest mir einen riesigen Gefallen tun.«

»Ich kann mir nicht vorstellen, dass deine Freundin es gut finden würde, wenn eine andere Frau ihre Wohnung dekoriert.«

»Machst du Witze?« Jamie lachte auf. »Sie wäre begeistert. Sie ist doch ohnehin nie hier, und wenn, dann soll sie es schön haben. Außerdem muss sie ja nicht wissen, dass ich etwas Hilfe hatte.«

Und genau das war der Grund, warum ich mich bei dem Gedanken daran nicht wohl fühlte. Wenn ich mir vorstellte, wie es mir ginge, wenn ich in ihrer Position stecken würde …

»Bitte, Claire«, wiederholte Jamie. »Es könnte ewig dauern, bis wir gemeinsam die Zeit finden, die Wohnung einzurichten. Du musst auch nichts aussuchen, du musst mir nur deine Meinung zu den Dingen sagen, die mir gefallen.«

»Ich weiß nicht …«

»Bitte.«

Ich biss fest die Zähe aufeinander. Jamie hatte diese Sache mit dem Hundeblick ziemlich gut drauf. Ich wollte standhaft bleiben, aber es fiel mir einfach so unheimlich schwer.

»Na schön«, willigte ich schließlich ein. Ich tat es nur, um Jamie zu helfen. Das war ich ihm schuldig.

»Phantastisch.« Er grinste bis über beide Ohren, und ich spürte, wie sich ein warmes Gefühl in meiner Brust breitmachte. Und das lag nicht am Tee. »Morgen früh geht es los. Um acht Uhr.«

Jamie sprang von der Couch auf und lief in die Küche, offensichtlich hatte er seine Tasse bereits ausgetrunken, während ich immer noch vorsichtig an meinem Tee nippte.

»Also dann, ich sollte noch etwas lernen. Wir sehen uns dann morgen.«

»Ja. Bis morgen.«

Ich drehte mich nicht zu Jamie um, aber ich vernahm keine Schritte, weshalb ich annahm, dass er immer noch im Türrahmen der Küche stand. Er schien auf etwas zu warten, aber ich wusste nicht, was es war.

»Claire?« Mein Blick wanderte zu Jamie. »Du darfst dich nicht schuldig fühlen, wenn du das tust, was für dich das Beste ist.«

Ich wandte mich von ihm ab, als ich spürte, wie meine Augen zu brennen begannen.

»Weißt du was?«, sagte ich, »der Tee ist eigentlich gar nicht so schlecht.«

Shoppingqueen

»Ist es dir nicht peinlich, im Möbelhaus deines eigenen Vaters einzukaufen?«, fragte ich und sah mich dabei im Gang um. Jamies Anwesenheit schien sämtliche Angestellten völlig aus der Fassung zu bringen. Sie verfolgten uns mit ihren Blicken. Dass sie dabei ihre Kundschaft vernachlässigten, schien sie nicht zu interessieren. Klar, wer dachte schon an Umsatz, wenn der zukünftige Boss im Haus war?

Grinsend zuckte Jamie mit den Schultern. »Ich hatte schon peinlichere Momente.«

Dieser Satz weckte mein Interesse. »Zum Beispiel?«

Jamie ließ sich auf eine Couch aus hellem Leder fallen und kuschelte sich in die Kissen. Dann verzog er das Gesicht und sprang wieder auf.

»Das würdest du gerne wissen, was?«

Ja, wollte ich sagen, doch ich kam nicht dazu. Mit einem Mal tauchte ein Typ in weißem Hemd auf, der mir die Sicht auf Jamie versperrte.

»Mr. Rushton«, sagte er atemlos, als wäre er hierher gerannt. »Welche Freude, Sie hier zu sehen. Kann ich irgendetwas für Sie tun? Benötigen Sie etwas Bestimmtes?«

»Um genau zu sein, brauche ich so gut wie alles«, meinte Jamie. Ich beobachtete ihn dabei, wie er dem Mann erklärte, was er sich für seine Wohnung vorstellte, und mit einem Mal fühlte ich mich so fehl am Platz. Der Möbelverkäufer ignorierte mich völlig. Kein Wunder, vermutlich war ihm sehr wohl bewusst, dass ich nicht

Jamies Freundin war. Und dass ich deshalb auch eigentlich kein Mitspracherecht hatte, was diese Wohnung betraf. Darum lag seine ganze Konzentration auf dem jungen Firmenerben.

»Und dann brauche ich noch Lampen. Viele Lampen, ich mag es gerne hell.«

»Sehr gerne.« Der Mann deutete den Gang hinunter. »Ich zeige Ihnen unser aktuelles Sortiment, bestimmt ist etwas für Ihre Wohnung dabei.«

»Da bin ich mir sicher«, meinte Jamie grinsend, während er neben dem Mann herschlenderte.

Ich blieb ich etwas unschlüssig stehen und sah den beiden hinterher. Sollte ich ihnen folgen? Jamie kam offensichtlich auch ganz gut ohne mich zurecht. Es gab keinen Grund, mich in seine Lampen-Wahl einzumischen.

Ich spürte die Blicke der anderen Angestellten und Kunden auf mir. Auch sie schienen nicht so recht zu wissen, was hier vor sich ging. Leider konnte ich es ihnen auch nicht erklären, denn ich hatte absolut keine Ahnung. Warum hatte Jamie mich gebeten – nein, angefleht –, ihn zu begleiten, wenn er nun doch alles alleine machte? Er brauchte mich doch gar nicht.

Sollte ich mich setzen und hier auf ihn warten? Nein, ganz bestimmt nicht. Ich würde hier nicht herumsitzen wie ein angeleinter Hund! Wenn ich nicht in die schicke Möbelwelt seines Vaters passte, dann hätte er das auch gleich sagen können, anstatt mich hier bloßzustellen.

Wut staute sich in meinem Bauch an, und ich verschränkte die Arme vor der Brust. Warum hatte ich mich auch überreden lassen, mit ihm zu kommen?

Ohne auf die Blicke der anderen zu achten, machte ich kehrt und stampfte zurück zum Ausgang. Mein Job war hier schließlich erledigt.

»Claire.« Ich war noch nicht einmal bei den Rolltreppen angelangt, als Jamie mich auch schon eingeholt hatte. »Wo gehst du denn hin?«

»Keine Ahnung«, gab ich trocken zurück. Ohne Jamie konnte ich nicht zurück in die Wohnung. Ich hasste es, von ihm abhängig zu sein.

»Ich dachte, wir suchen eine Lampe aus.«

Es gibt kein Wir. Du machst dein Ding und wir unseres.

»Nein, Jamie.« Ich blieb stehen und fuhr herum. »*Du* suchst eine Lampe aus. Ich bin nur Luft. Ich frage mich wirklich, was ich hier eigentlich soll. Warum konnten wir nicht in ein normales Möbelhaus gehen? In eins, wo man nicht erst Pelz und Perlen tragen muss, um beachtet zu werden. Warum schleppst du mich hierher?«

Verwirrt blinzelte Jamie mich an. »Ich bekomme Prozente, wenn ich meine Sachen hier kaufe.«

Ungläubig schüttelte ich den Kopf. Hatte er mir eben überhaupt zugehört? Was interessierte es mich, ob er hier Prozente bekam? In einem *normalen* Möbelhaus bekäme er alles zum Bruchteil des Preises dieser Möbel. Aber natürlich war nur das Beste gut genug für Jamie Rushton.

Nur weil du dir nichts Anständiges leisten kannst, musst du nicht diejenigen verurteilen, die mehr ausgeben.

Manchmal war ich mir nicht einmal sicher, ob die Stimmen in meinem Kopf aus meiner Erinnerung stammten oder ob mein Gehirn nun auch schon anfing, über mich herzuziehen.

»Hör zu«, setzte Jamie an, als ich nichts erwiderte, »es tut mir leid, dass du dich hier unwohl fühlst. Wenn du willst, können wir auch woanders einkaufen.«

Und wieder spürte ich, wie unsere Welten auseinanderdrifteten. In ein paar Wochen war ich weg, aber diese Wohnung würde Jamie noch eine ganze Weile begleiten.

»Schon gut«, meinte ich dann. »Geh und such dir deine Lampen aus. Ich warte unten auf dich.«

»Willst du nicht mitkommen?«

Ich schüttelte den Kopf und rang mir ein Lächeln ab, auch wenn mir das alles andere als leichtfiel.

»Geh.«

Jamie zögerte einen Moment, als würde er sich bei dem Gedanken, mich hier alleine zu lassen, nicht wohl fühlen. Doch schlussendlich schien ihm klarzuwerden, dass es das einzig Richtige war.

»Okay. Dann sehen wir uns unten.«

* * *

Gelangweilt streifte ich im Erdgeschoss des Gebäudes herum. Ich beobachtete die Menschen an den Kassen und beneidete sie um fast jedes Stück, das sie kauften. Bestimmt hatten die Meisten von ihnen Gutscheine unter ihren Weihnachtsbäumen gefunden, die sie nun eintauschten.

Wie schön musste es sein, einfach kaufen zu können, was man wollte.

Mein Blick wanderte zur Deko-Abteilung, ganz in der Nähe des Ausgangs. Zwar hatte ich Jamie versprochen, hier auf ihn zu warten, aber wer wusste, wann er da oben fertig war? Und von dort drüben hatte ich einen ganz guten Blick auf die Kassen, ich konnte ihn also kaum verpassen. Dieser Gedanke überzeugte mich, und ich setzte mich ganz automatisch in Bewegung.

Ich liebte es, Zeit in der Deko-Abteilung zu verbringen, auch wenn ich mir nie wirklich etwas kaufte. Ich überlegte mir gerne, was ich mir aussuchen würde, wenn ich eine Wohnung hätte. Und Geld.

Das machte ich auch jetzt. In meinem Kopf sammelte ich Dinge, die ich mir auf jeden Fall zulegen musste, wenn ich erstmal wieder flüssig war.

Gedankenversunken wanderte ich von Regal zu Regal, doch besonders begeistert war ich nicht von dem, was ich da sah. Da war ein Kerzenständer, der mir gut gefiel, aber die Verarbeitung war schlampig. Eine Tischdecke mit Pflanzenmuster hatte mir gut gefallen, aber die Farbauswahl war einfach schrecklich gewesen. Vermutlich war ich nur zu wählerisch. Oder ich hatte kein Auge für Designerware, denn in diesem Laden schien einfach alles überteuert zu sein. Sogar die Kerzen.

Ich nahm eine davon in die Hand und musterte sie. Ausnahmsweise war an diesem Stück rein gar nichts auszusetzen. Das Wachs hatte eine silberblau schimmernde Farbe und eine besondere Maserung, die bestimmt ganz wundervoll aussehen würde, wenn erst einmal eine Flamme dahinter brannte.

Ich zögerte einen Moment, dann warf ich aber doch einen Blick auf das Preisschild. Sofort stellte ich die Kerze wieder ab. Das konnte doch nicht deren Ernst sein!

»Also wirklich, was hat Ihnen jetzt nicht gepasst?«

Erschrocken zuckte ich zusammen und fuhr zu dem Mann herum, der mit einem Mal hinter mir aufgetaucht war. Er musterte mich mit einer Mischung aus Belustigung und Verwirrung. Auch wenn er kein Namensschild trug, nahm ich an, dass er hier arbeitete.

»Wie bitte?«

»Ich folge Ihnen nun schon eine ganze Weile, wie Sie von Stand zu Stand gehen und ständig nur die Nase rümpfen. Ich wollte wissen, woran das liegt.«

»Oh.« Ich zuckte mit den Schultern. »Die Sachen sind schön, das ist es nicht.«

»Und was ist es dann?«, hakte der Mann interessiert nach. Er musste Mitte fünfzig sein, überlegte ich, während ich ihn genauer betrachtete. Wenn er hier wirklich arbeitete, musste ich wohl vorsichtig sein, was ich sagte. Besonders, was den Preis anging. Es war so wohl schon offensichtlich genug, dass ich nicht hierhergehörte – bunte Haare, zerrissene Jeans und Bandshirts wurden hier vermutlich nicht oft gesehen. Ich musste mir nicht auch noch die Blöße geben und zugeben, dass ich mir kein einziges Stück in diesem Laden leisten konnte.

»Na ja, mir fehlt das Besondere daran. Hier steht, dass alles Einzelstücke sind, aber sie sind nicht wirklich außergewöhnlich.

Außergewöhnlich schlecht verarbeitet vielleicht.« Als Beweis hielt ich dem Mann den Kerzenständer entgegen, den er sorgsam begutachtete. »Ich weiß nicht, was es ist, aber irgendetwas passt einfach nicht. Wenn ich der Designer wäre, ich hätte es anders gemacht.«

Nachdenklich nickte der Mann. »Das stimmt wohl, ich bin auch nicht wirklich zufrieden mit dem Angebot …«

»Claire!«

Mein Blick wanderte zu Jamie, der auf uns zugelaufen kam.

»Da bist du ja. Ich dachte, wir treffen uns am Ausgang …« Er verstummte, als sein Blick auf den Mann traf, der ihn seinerseits verwirrt musterte. »Dad.«

Dad?

»Jamie. Ich wusste nicht, dass du kommst.«

Jamie grinste. »Deine Angestellten wussten es auch nicht.«

Und mit einem Mal war ich die Einzige, die nichts zu lachen hatte. Was um alles in der Welt passierte hier gerade?

Der Mann – Jamies Vater – deutete auf mich. »Das ist eine Freundin von dir?«

Jamie nickte. »Ja, Claire hilft mir, ein paar Dinge für die Wohnung auszusuchen.«

Ich wollte protestieren, doch ich kam nicht dazu, da der Mann in diesem Moment zustimmend nickte und sich wieder an mich wandte. »Ich denke, das ist eine gute Idee. Sie hat ein gutes Auge.«

Verwirrt wechselte ich einen Blick mit Jamie, dann räusperte ich mich kurz.

»Ich wollte nicht unhöflich sein«, wandte ich mich an Mr. Rushton. »Die Sachen sind unheimlich schön.« Schnell griff ich wieder nach der Kerze. »Hier«, sagte ich. »Daran habe ich zum Beispiel rein gar nichts auszusetzen.«

Bis auf den Preis.

Er grinste. »Kritisch zu sein ist keine schlechte Eigenschaft, meine Liebe. Heuchlerisch hingegen sehr wohl. Sie haben einen guten Geschmack, was halten Sie von einem Praktikum? Wenn alles gut läuft, kann ich mir gut vorstellen, Ihnen einen Ausbildungsplatz bei unseren Designern anzubieten. Bestimmt können die noch einiges von Ihnen lernen.«

Überrascht blinzelte ich Jamies Vater an. »Stellen Sie immer Leute in der Deko-Abteilung ein?«

»Manchmal auch bei den Gartenartikeln.« Er zwinkerte mir zu. »Also?«

Ich schluckte. Ein Praktikum bedeutete, dass ich auf mein Gehalt verzichten musste. Ich müsste meinen aktuellen Job kündigen, und wenn diese Probezeit nicht gut verlief, stand ich womöglich ganz ohne Arbeit und ohne Einkommen da. So verlockend der Gedanke auch klang, hier eine Ausbildung absolvieren zu dürfen, konnte ich dieses Risiko doch nicht eingehen.

»Es tut mir leid.« Mein Magen schmerzte, als ich das sagte. »Das Angebot ist sehr großzügig, aber ich kann es nicht annehmen.« Ich zögerte einen Moment und hielt ihm dann die Kerze entgegen, doch Mr. Rushton schüttelte nur den Kopf.

»Behalten Sie sie«, meinte er, dann wandte er uns beiden den Rücken zu und marschierte davon.

»Ich wollte ihn nicht beleidigen«, sagte ich, ohne Mr. Rushton dabei aus den Augen zu lassen.

»Glaub mir, wenn er wirklich beleidigt wäre, hätte er dir die Kerze nicht geschenkt. Er ist es nur nicht gewöhnt, nicht das zu bekommen, was er will.« Jamie griff nach meinem Arm und zog mich mit sich. »Komm, ich habe uns ein paar coole Sachen ausgesucht. Shoppen macht hungrig, findest du nicht? Wie wäre es mit einem Hot Dog?«

Ich betrachtete die Kerze in meinen Händen. Sie würde mich für immer daran erinnern, dass ich diese Chance nicht wahrgenommen hatte. Vermutlich war es genau das, was Mr. Rushton mir damit hatte klarmachen wollen.

Plus eins

Jamie musste an diesem Vormittag zu einem Termin, weshalb ich seine Wohnung ganz für mich alleine hatte. Ich konnte kaum beschreiben, wie langweilig mir war.

Nach dem Frühstück hatte ich meine Wäsche gewaschen und ein Bad genommen. Dann hatte ich aus einer Laune heraus angefangen, das Bad zu putzen, obwohl es bereits mehr als sauber war. Ich hielt es einfach nicht aus, nichts zu tun. Daran war ich nicht gewöhnt. Zwar hatte Jamie von mir verlangt, mich zurückzulehnen und nichts zu tun, aber das ging nicht. Wenn ich etwas Geld gehabt hätte, wäre ich auch noch einkaufen gegangen, obwohl der Kühlschrank voll war.

Warum nur ließ Jamie mich nicht im Haushalt helfen? Das war doch unsere Vereinbarung gewesen. Ich durfte hier wohnen, dafür half ich ihm beim Kochen und Saubermachen. Dachte er, dass ich keine gute Hausfrau war? Konnte er es denn so viel besser?

Schnell eilte ich zur Tür, als es mit einem Mal klingelte. Ich wusste nicht, ob ich aufmachen durfte – schließlich wohnte ich offiziell gar nicht hier. Aber ich konnte das Klingeln wohl schlecht ignorieren. Vielleicht war es ja auch Jamie, der seinen Schlüssel vergessen hatte. In diesem Fall *musste* ich sogar aufmachen.

»Hi«, sagte ich, als ich den jungen Mann erblickte, der vor der Tür stand.

»Hi«, gab er zurück, offenbar verwundert, jemand anderen

als Jamie vorzufinden. Mindestens genauso verwundert wie ich, denn Jamie hatte nichts von Besuch erwähnt. »Ich frage mich, wer von uns beiden gerade überraschter aussieht.«

Der Mann grinste, doch ich konnte mir im Moment kein Lächeln abringen. Sein Akzent verriet mir, dass er nicht aus New York stammte. Ich war mir nicht ganz sicher, aber auf mich wirkte er britisch.

»Entschuldigung. Aber wer bist du?«

»Das Gleiche wollte ich dich auch fragen.« Der Mann legte die Stirn in Falten. »Du bist doch nicht Jamie, oder? Ansonsten gäbe es hier einiges zu klären.«

Nun konnte ich nicht anders als zu lachen.

»Ich bin Claire«, sagte ich. »Jamie ist gerade nicht hier, er muss aber jeden Moment zurückkommen.«

»Wundervoll, dann warte ich hier.«

Bevor ich etwas erwidern konnte, schob er sich an mir vorbei in die Wohnung, und mein Magen zog sich zusammen. Wenn Jamie wüsste, dass ich wildfremde Menschen in seine Wohnung ließ, würde er mich bestimmt rauswerfen.

Nicht einmal die einfachsten Sachen kannst du richtig machen, Claire.

»Hey, du könntest mir zumindest deinen Namen verraten.«

Verwirrt drehte er sich zu mir um. »Oh. Verzeihung, wo sind meine Manieren? Mein Name ist Dylan. Jamie und ich haben uns bei seinem Auslandssemester in London kennengelernt.«

»Und weiß er, dass du hier bist? Ich meine, er hat nichts erwähnt …«

»Er hat auch nicht erwähnt, dass er eine neue Freundin hat.«

Ich spürte, wie mein Gesicht heiß wurde. »Hat er nicht. Ich bin nicht seine Freundin.«

»Okay.« Grinsend ließ Dylan sich auf die Couch fallen, als wäre er hier zu Hause. »Wenn du das so sagst, wird es wohl stimmen.«

Ich verzichtete darauf, nachzufragen, was das zu bedeuten

hatte. Ohne ein Wort zu sagen, schloss ich den Laptop, bevor Jamies britischer Freund sah, auf welchen Seiten ich mich da herumtrieb. Es war mir peinlich, nach der günstigsten Wohnung in ganz New York zu suchen, während Jamie und seinesgleichen mit Geld um sich werfen konnten.

»Wohnst du denn hier?«, wollte Dylan wissen, doch ich drehte mich nicht zu ihm um. Ich hasste Smalltalk. Darin war ich so fürchterlich schlecht. Auch wenn sich meine Angst vor Fremden mit der Zeit gebessert hatte, fühlte ich mich bei Gesprächen mit solchen immer noch nicht wohl.

»Nur vorübergehend«, gab ich knapp zurück.

Wie gerne hätte ich mich ins Gästezimmer verzogen und Dylan alleine hiergelassen. Aber das konnte ich nicht. Wenn ich ihn schon in Jamies Wohnung ließ, musste ich zumindest ein Auge auf ihn haben.

Also ließ ich mich widerwillig auf der anderen Seite der Couch nieder, bemüht, so viel Abstand wie nur möglich zwischen uns zu bringen.

»Okay.« Dylan sah sich um. »Hier ist es ja immer noch ziemlich kahl. Als ich das letzte Mal hier war, sah es genauso aus. Man sollte meinen, Jamie hätte die besten Connections, um seine Wohnung aufzuhübschen.«

»Er war schon im Möbelhaus«, erklärte ich. »Die Sachen werden aber erst geliefert.«

Dylan nickte, ohne mich dabei aus den Augen zu lassen. Er beugte sich ein Stück vor, um mich genauer zu mustern.

»Sei ehrlich, Claire. Du wohnst doch nicht nur einfach so hier.«

»Doch.«

»Das kann ich mir aber nicht vorstellen.«

Nun warf ich ihm doch einen kurzen Blick zu. »Und warum nicht?«

Doch ich sollte die Antwort nicht erfahren, da ich in diesem Moment hörte, wie sich die Tür öffnete. Eine Sekunde später kam Jamie auch schon zum Vorschein.

»Da bin ich«, verkündete er, doch dann fiel sein Blick auf unseren Gast, und sein Gesichtsausdruck veränderte sich. Er wirkte verwirrt. »Was ist hier los?«

»Du hast Besuch«, erklärte ich.

»Das kann ich sehen, aber ich kenne den Kerl nicht.«

Ich spürte, wie mit einem Mal sämtliche Farbe aus meinem Gesicht verschwand.

»Das ist nicht dein Ernst«, sagte ich und wandte mich dabei an Jamie, der sich auf den Weg in die Küche machte.

»Jamie!«, rief Dylan ihm theatralisch hinterher. »Oh, Jamie. Warum leugnest du unsere innige Beziehung?«

»Innig?« Jamie schnaubte. »Du lässt dich einmal im Jahr blicken, und das letzte Mal, als du hier warst, bist du sturzbetrunken aufgetaucht und hast dich in meinem Gästezimmer übergeben.«

»Moment«, unterbrach ich das Gespräch. Mein Blick wanderte von Jamie zu Dylan und wieder zurück. »Meinst du dieses Gästezimmer? Ich *wohne* in diesem Gästezimmer.«

Jamie grinste mich kurz an, bevor er mir wieder den Rücken zuwandte.

Hilfesuchend blickte ich Dylan an, doch auch er wirkte belustigt.

»Tut mir leid«, meinte er, doch es war offensichtlich, dass das gelogen war. »Aber ich wusste ja nicht, wer nach meiner Abreise dieses Zimmer beziehen würde.«

Natürlich nicht. Trotzdem hätte ich diese Tatsache lieber nicht erfahren. Bestimmt hätte ich dann weitaus besser geschlafen als in dem Wissen, was in Jamies Gästezimmer passiert war.

»Ich hab es reinigen lassen«, erklärte Jamie, der mit einem Mal mit zwei Bierdosen in den Händen zurückkam und Dylan eine davon reichte. »Möchtest du auch etwas trinken, Claire?«

Ich schüttelte den Kopf. Eigentlich wollte ich bei diesem Wiedersehen gar nicht dabei sein. Vermutlich sollte ich den beiden ihre Privatsphäre gönnen.

Gerade wollte ich mich von der Couch erheben, als Dylans Worte mich noch einmal zurückhielten.

»Wisst ihr, was wir machen sollten? Wir sollten alle zusammen heute Abend weggehen. Die alte Truppe. Und Claire, du kannst auch mitkommen.«

Ich verzog das Gesicht, kam aber nicht dazu, ihm zu antworten, da Jamie mir zuvorkam.

»Ich weiß nicht, ob das eine gute Idee ist«, meinte er. »Die Meisten sind doch ohnehin gerade nicht in New York. Das wäre eine ziemlich magere Gruppe.«

»Dann eben nur wir drei.« Dylan grinste. »Und wer sonst noch Zeit hat. Du kannst mich nicht im Stich lassen, Jamie. Ich bin nur noch heute in New York City. Ich will meinen Spaß haben, bevor ich zurück nach London fliege.«

Jamies Blick wanderte zu mir. »Claire?«

Ich öffnete den Mund, um zu erklären, dass ich kein Interesse hatte, doch Dylan nahm mir die Entscheidung ab.

»Natürlich hat sie Lust! Sei kein Spielverderber, Rushton.«

Immer noch war sein Blick auf mich gerichtet. »Sei ehrlich. Wenn du keine Lust hast, zwingt dich niemand mitzukommen. Nicht einmal Dylan.«

Um ehrlich zu sein, hasste ich Partys.

So etwas sagt man nur, wenn man nie zu einer eingeladen wird.

Etwas verunsichert zuckte ich mit den Schultern. Das war das erste Mal, dass mich jemand zu einer Feier einlud. Wie konnte ich etwas verurteilen, wenn ich es noch nie versucht hatte? Zugegeben, die Erzählungen, die mir zu Ohren gekommen waren, hatten mir nicht sonderlich zugesagt – laute Musik, Alkohol, Hemmschwellenverlust. Aber das war vor vier Jahren gewesen. Mittlerweile waren wir doch alle reifer. Zumindest hoffte ich das.

»Warum eigentlich nicht?«, meinte ich dann, immer noch nicht überzeugt. »Das wird bestimmt lustig.«

Bevor ich wusste, was passierte, hatte ich die Worte auch schon ausgesprochen. Ich war mir selbst nicht sicher, ob ich log oder die Wahrheit sagte. Aber ich wollte mir diese Chance auf keinen Fall entgehen lassen. Mein achtzehnjähriges Ich würde mich dafür hassen.

Ich merkte, dass Jamie nicht überzeugt war, dafür war es Dylan umso mehr.

»Perfekt.« Er hob die Hand und wartete darauf, dass ich einschlug, was ich auch widerwillig tat. Ich war mir alles andere als sicher, dass es eine gute Idee gewesen war, zuzustimmen. Vermutlich hätte ich auf Jamies Angebot eingehen und ablehnen sollen. Aber nun war es zu spät. Die Party würde stattfinden.

Fremde Welten

»Noch können wir einen Rückzieher machen«, meinte Jamie, der neben mir die Treppen zur Wohnung hochstieg, in der das *Gesellige Treffen* stattfinden sollte.

Nervös knetete ich den Saum des Kleides, das ich mir von seiner Freundin geliehen hatte. Es war für meinen Geschmack viel zu kurz, aber es passte zu dem Anlass. Wir beide waren herausgeputzt und kurz vor dem Ziel. Natürlich war es zu spät, um einen Rückzieher zu machen, und vermutlich wusste Jamie das auch. Also schüttelte ich nur den Kopf.

»Wir sollten es durchziehen.«

»Wie du willst.« Er warf mir einen kurzen Blick zu, während er die Klingel betätigte. »Das Kleid steht dir übrigens richtig gut.«

Besser als deiner Freundin?, wollte ich fragen, doch da öffnete sich auch schon die Tür, und ein junger Mann mit dunklen Haaren und Vollbart kam zum Vorschein.

»Rushton.« Er grinste. »Ich freue mich so, dass ihr gekommen seid. Du musst Claire sein«, wandte er sich an mich. »Ich habe schon viel von dir gehört.«

Woher?, wollte ich fragen, kam aber nicht dazu.

»Claire, das ist Zack, unser Gastgeber.«

»Freut mich«, gab ich knapp zurück, da ich bereits das Getöse vernahm, das aus der Wohnung drang. Dylan hatte von ein paar Leuten gesprochen. Der Lärmpegel ließ mich aber vermuten, dass er dabei mehr als untertrieben hatte.

»Kommt rein.« Zack bedeutete uns, ihm zu folgen, was wir auch taten.

Ich sah mich in der Wohnung um, in der Jamie und ich gelandet waren. Sie war gespickt mit Partygästen. Mein Puls beschleunigte sich unter den vielen Blicken, und mein Körper verspannte sich jedes Mal, wenn ich jemanden lachen hörte. Lachten sie über mich? Sie wussten, dass ich nicht dazugehörte.

Und das wirst du auch nie, Claire.

»Alles in Ordnung?«, hörte ich Jamie fragen, doch ich nickte nur. Mir fehlte die Luft, um ihm eine richtige Antwort zu geben. Außerdem wollte ich nicht, dass Jamie das Gefühl hatte, ich würde mich unter seinen Freunden unwohl fühlen. Also zwang ich mich zu einem Lächeln.

»Alles gut.«

Er deutete auf die andere Seite des Raumes. »Da hinten ist Dylan.« Jamie sprach laut, die Musik war ohrenbetäubend – so wie die Gespräche der Gäste. »Setzen wir uns zu ihm.«

Ich nickte und folgte Jamie quer durch den Raum. Ich nutzte die Tatsache, dass die Leute Platz für ihn machten, um unbeschadet und unbemerkt durch die Menge zu schleichen.

»Hey!« Dylans Augen blitzten auf, als er uns entdeckte. Er saß auf der Couch, gemeinsam mit ein paar aufgetakelten Mädchen und Zack – dem Gastgeber. »Ich hätte nicht gedacht, dass ihr wirklich kommt.«

»Wir haben es doch versprochen, oder nicht?«, meinte Jamie grinsend, als wir uns einen Platz auf dem Sofa suchten. Es war eng, und mein Körper fühlte sich unangenehm angespannt an.

Zu Hause hatte ich mir noch eingeredet, dass dieser Abend lustig werden würde. Dass es mir bestimmt guttat, unter Leute zu kommen. Jetzt fragte ich mich nur noch, was ich hier überhaupt wollte.

Mein hilfesuchender Blick wanderte zu Jamie, doch dieser war in ein Gespräch mit Dylan verwickelt. Ich konnte kaum ein Wort von dem verstehen, was die beiden besprachen. Und selbst wenn, hätte ich vermutlich nicht mitreden können. Meine Augen brannten vom Rauch der Zigaretten um mich herum, und Unruhe machte sich in meinem Körper breit.

Was tat ich überhaupt hier? Ich kannte doch keinen dieser Leute. Warum hatte Jamie mich mitgenommen? Offensichtlich unterhielt er sich gut, vielleicht hätte er besser alleine gehen sollen.

Wir alle sind besser dran ohne dich.

Plötzlich hatte ich das Gefühl, alles in mir würde langsam taub werden. Die Stimmen um mich herum schienen zu verstummen, und die Angst in mir ebbte ab. Es war, als wollte sich mein Körper vor einer nahenden Panikattacke schützen, indem er sämtliche Emotionen abstellte.

Mein Blick wanderte durch den Raum, doch ich nahm keines der Gesichter richtig wahr. Nicht einmal das schrille Lachen eines der Mädchen weiter rechts machte mir im Moment etwas aus. Es war, als wäre ich unsichtbar. So wie früher.

Meine Gedanken schweiften ab, und schon kurze Zeit später befand ich mich nicht mehr in einem Raum voller Menschen, sondern in dem Buchladen, in dem ich arbeitete. Behutsam räumte ich ein Buch nach dem anderen ins Regal und strich dabei vorsichtig über jedes Cover. Ich liebte meine Arbeit. Und vor allem liebte ich schön gestaltete Bücher.

Ich hatte tausend Ideen, wie man das Äußere eines Buchs aufhübschen konnte, aber weder die Gelegenheit noch die Mittel, meine Vorstellungen umzusetzen.

»Also, Claire.«

Erschrocken zuckte ich zusammen, als Zack mich mit einem Mal von der Seite ansprach und mich damit aus meiner Taubheit riss. Mein Blick wanderte langsam zu ihm, und mir wurde klar, wie nahe er bei mir saß.

»Studierst du auch?«

Ich schüttelte den Kopf. »Nein, ich arbeite.«

Zacks dunkle Augen musterten mich verwirrt, als würde er den Inhalt meiner Worte nicht verstehen. Vermutlich waren das hier alles Studenten, die nur darauf warteten, das Erbe ihrer Eltern anzutreten. Zumindest würde das die schicke Wohnung erklären.

Noch ein Zeichen, dass ich nicht hierhergehörte.

»Okay«, meinte er dann und schien angestrengt über ein Thema nachzudenken, worüber wir sprechen könnten – wo wir doch ganz offensichtlich nichts gemeinsam hatten. »Woher kennst du Jamie eigentlich?«

Wenn ich ehrlich war, hätte ich lieber stumm auf der Couch gesessen und mich gelangweilt, als dieses Gespräch zu führen. Ich hasste es. Ich wollte einem Wildfremden nicht meine Lebenssituation erklären.

Aber was hatte ich denn erwartet, was auf einer Party passieren würde? Leute trafen sich, um zu reden. Das wusste ich doch eigentlich. Und trotzdem war es mir unangenehm.

Als ich nichts erwiderte, räusperte Zack sich und rückte ein Stück näher. »Weißt du, Jamies Freundin ist schon eine Weile weg, und du wohnst bei ihm. Da dachte ich …«

»Nein«, beeilte ich mich zu sagen. »Ich habe zurzeit keine Wohnung. Jamie ist so nett und überlässt mir sein Gästezimmer, nicht mehr.«

»Ach so.«

Ich wollte nicht nachfragen, was das bedeuten sollte. Besonders, als ich Zacks Hand an meiner Schulter fühlte.

»Du siehst heiß aus, hat dir das schon mal jemand gesagt?«

Nein.

»Ich bin gleich wieder da«, sagte ich und sprang von der Couch auf, um diesem Gespräch zu entfliehen.

Ohne mich umzusehen, marschierte ich auf den Tisch zu, auf dem eine Schüssel mit Punsch stand. Ich füllte meinen Becher auf und betrachtete dabei die Bilder an der Wand, die garantiert nicht billig gewesen waren. Sie gefielen mir, sie waren so abstrakt und erinnerten mich daran, wie viel Spaß mir das Malen doch machte.

»Hey.«

Ich spürte, wie mich jemand mehr oder weniger sanft ein paar Schritte zur Seite zog und ich mich fast am Punsch verschluckte.

Als ich mich umdrehte, entdeckte ich Zack – was mich nicht sonderlich überraschte.

»Die Party ist lahm, nicht wahr? Willst du verschwinden?«

War er nicht der Gastgeber?

»Ich bin nicht alleine hier«, gab ich zurück, bemüht, meine Stimme so abweisend wie möglich klingen zu lassen. Doch ich befürchtete, dass das nicht reichen würde, um Zack abzuwimmeln, weshalb ich auch noch einen Schritt zurück machte und dabei mit dem Rücken gegen eine Wand stieß.

Einen Moment betrachtete mich Zack unentschlossen, als wüsste er nicht, wie er das verstehen sollte. »Wenn es um die Fahrgelegenheit geht …«

»Es geht darum, dass ich kein Interesse habe, Zack.«

Sein Blick verfinsterte sich. Mir war klargewesen, dass er diese Nachricht nicht besonders gut aufnehmen würde, aber er sollte wissen, was Sache war. Er verschwendete hier seine Zeit. Ich war nicht auf der Suche nach einer Beziehung, oder was auch immer Zack mir bieten wollte.

Ohne mir eine Antwort zu geben, stieß Zack die Tür zu meiner Rechten auf und zog mich trotz meiner Gegenwehr in den Raum hinein.

»Warum denkst du, so mit mir sprechen zu können?«, fragte er, als er die Tür hinter uns geschlossen hatte und die Geräusche verstummten. Seine Stimme klang zornig.

Zack näherte sich mir, doch ich wich zurück.

»Anders verstehst du es ja offensichtlich nicht.«

»Du hast keine Ahnung, mit wem du es zu tun hast«, knurrte er, und ich klammerte mich an dem Waschbecken hinter mir fest.

»Und du weißt offensichtlich nicht, wann Schluss ist«, gab ich zurück, und als Zack noch einen Schritt auf mich zumachte, reagierte mein Körper von ganz allein. Bevor ich wusste, was geschah, tropfte mein Punsch auch schon von Zacks Gesicht.

Mein Blick wanderte von ihm zu meinem leeren Becher, und ich war kurz davor, mich zu entschuldigen. Aber nur kurz. Denn in diesem Moment packte mich Zack unsanft am Arm und presste mich gegen die Badezimmerwand.

»Du –«, setzte er an, kam aber nicht dazu, den Satz zu Ende zu sprechen.

Mit einem Mal öffnete sich die Badezimmertür, und Jamie kam zum Vorschein.

»Was ist hier los?«, wollte er wissen, doch ich sah ihn nicht an. Und Zack auch nicht.

Ich riss mich von ihm los und marschierte aus dem Zimmer.

»Ich möchte nach Hause«, erklärte ich und versuchte dabei, die Angst zu überspielen, die immer noch tief in meinen Knochen steckte. Das Herz schlug mir bis zum Hals, und meine Knie zitterten. Ich wollte gar nicht erst daran denken, was passiert wäre, wenn Jamie nicht aufgetaucht wäre.

»Claire«, hörte ich seine Stimme hinter mir. Ich hatte es bereits bis zur Garderobe geschafft, wo ich mir meinen Mantel überzog und dann zur Tür eilte. »Claire, warte. Was ist da gerade passiert?«

»Gar nichts«, gab ich zurück, wobei meine Stimme zitterte. Ich schluckte und lief weiter die Treppen hinunter – weg von der Wohnung, dem Lärm und Jamie.

»Warte.« Unten angekommen, packte mich Jamie am Arm und zwang mich damit dazu, stehen zu bleiben. Auch wenn ich das gar nicht wollte. Ich wollte weg von hier und das so schnell wie möglich. »Was hat Zack gesagt?«

Es ging nicht darum, was er gesagt hatte, sondern wie er auf meine Abfuhr reagiert hatte. Zugegeben, Zack sah gut aus. Jede andere wäre vermutlich glücklich, von ihm beachtet zu werden. Aber ich nicht.

Fällt es dir wirklich so schwer, dich anzupassen?

Die Worte schmerzten tief in meiner Brust. Was war nur los mit mir? Warum konnte ich nicht so sein wie die anderen? Warum fiel es mir so schwer, Kontakte zu knüpfen?

Ich schluckte. »Das ist nicht wichtig. Ich habe vermutlich überreagiert.«

»Überreagiert?« Jamie klang verwirrt. »Claire, du kannst mich nicht mal ansehen. Irgendetwas muss passiert sein.«

»Ja«, räumte ich ein. »Ich hab ihm meinen Punsch ins Gesicht geschüttet. Man kann ihm wohl nicht vorwerfen, dass er wütend geworden ist.«

Jamie zögerte und inspizierte mein Gesicht eingehend. Trotzdem konnte ich seinen Blick nicht erwidern. Ich hatte überreagiert, das war alles.

»Du hast ihn also mit deinem Punsch begossen.« Irrte ich mich, oder klang Jamie leicht amüsiert?

»Tut mir leid«, sagte ich etwas kleinlaut. Ich hatte ihn nicht vor seinen Freunden bloßstellen wollen. Nur zu gut konnte ich mir vorstellen, was da drin gerade über mich geredet wurde. Doch Jamie schien das anders zu sehen.

»Machst du Witze?« Er lachte. »Ich konnte Zack noch nie leiden. Wenn ich ehrlich sein soll, bin ich jetzt sogar ganz froh, dass wir gekommen sind.«

Ich bemühte mich um ein Lächeln. »Schön, dass du zufrieden bist.«

»Na, komm.« Jamie legte mir seinen Arm um die Schultern. »Wir gehen nach Hause. Mir war ohnehin nicht besonders nach Feiern zu Mute.«

»Ja«, stimmte ich zu. »Mir auch nicht.«

Weggespült

Es war schon fast erschreckend, wie schnell Jamies Firma lieferte. Vorgestern hatte er sich all diese Möbel ausgesucht, und heute Vormittag standen sie bereits in seiner Wohnung.

Um ehrlich zu sein, war es mir egal, wie es in seiner Wohnung aussah, solange ich nur ein Dach über dem Kopf hatte. Zugegeben, die Designerstücke machten sich gut, und ich hatte nicht mehr das Gefühl, auf einer Baustelle zu leben. Aber durch die neuen Möbel und die Deko-Elemente fühlte sich das Ganze schon fast an wie ein Zuhause. Und genau das war mein Problem. Ich durfte mich hier nicht zu Hause fühlen, immerhin würde ich schon bald wieder ausziehen.

Gedankenversunken saß ich am Fenster und beobachtete das Schneetreiben in der Stadt. Der Wind wehte so stark, dass es aussah, als hätte jemand eine dieser New York-Schneekugeln zu heftig geschüttelt. Mir gefiel der Anblick.

»Na, woran denkst du?«

Ich hatte nicht einmal gemerkt, dass Jamie bereits zurück war. Er war einkaufen gewesen, um für Silvester genug zu Hause zu haben – zumindest hatte er es so ausgedrückt. Silvester war erst in zwei Tagen, es gab also keinen Grund, sich jetzt schon den Kopf darüber zu zerbrechen. Außerdem war es doch nur ein Tag wie jeder andere.

»Gar nichts«, gab ich zurück, ohne den Blick abzuwenden.

Durch die Glasscheibe konnte ich erkennen, dass Jamie näher kam. Er zog die Mütze vom Kopf und fuhr sich mit der Hand durchs Haar.

»Das stimmt doch nicht«, meinte er und grinste. »Das sehe ich doch. Du sitzt mit einer Tasse Tee am Fenster und beobachtest den Schnee beim Fallen.«

Auch wenn ich es nicht gerne zugab, hatte es mir dieser *Hol-Dir-Harmonie*-Tee angetan.

Ich atmete tief durch und drehte mich zu Jamie um. Ich dachte an gestern. Aber das konnte ich ihm nicht sagen. Ich wollte mir nicht eingestehen, dass er recht gehabt hatte und es eine dumme Idee gewesen war, auf diese Party zu gehen. Was hatte ich mir nur dabei gedacht gehabt? Jemand wie ich passte nicht auf solche Feiern, das hätte mir eigentlich klar sein müssen. Und trotzdem hatte irgendetwas in mir darauf gedrängt, es doch noch einmal zu versuchen.

War es mir tatsächlich so wichtig, dazuzugehören? Und akzeptiert zu werden?

»Wirklich, es ist nichts. Ich bin nur müde.«

Jamie wirkte etwas unentschlossen, doch dann nickte er und wollte mir gerade den Rücken zuwenden, als mir etwas einfiel.

»Jamie«, sagte ich schnell und erhob mich von der Fensterbank. »Es ist mir wirklich unangenehm, das zu fragen, aber könntest du mir vielleicht etwas Geld leihen? Nur ein paar Dollar.«

Verwirrt legte er die Stirn in Falten. »Wenn du etwas brauchst, sag es nur. Ich bringe es dir mit, wenn ich das nächste Mal einkaufen gehe.«

Nervös verschränkte ich die Arme vor der Brust. Konnte er nicht einfach ja oder nein sagen?

»Schon«, räumte ich ein, »aber hier geht es um etwas, das ich wirklich selbst kaufen sollte.«

»Und was wäre das?«

Ich biss die Zähne aufeinander. Musste ich es denn wirklich auch noch aussprechen? »Tampons, Jamie. Ich brauche Tampons.«

»Oh.« Er zögerte einen Moment, und ich spürte, wie die Anspannung in mir stieg. Wenn er jetzt so etwas sagte wie: »*Im Bad sind doch bestimmt ein paar. Nimm die*«, würde ich ihn mit eigenen Händen niederstrecken. Es reichte doch wohl, dass ich bereits die Klamotten seiner Freundin trug. Zumindest was das anging, wollte ich etwas haben, das *mir* gehörte.

Geistesabwesend griff er in seine hintere Hosentasche und zog seine Geldbörse hervor, um mir dann einen 50-Dollar-Schein entgegenzustrecken.

»Hier, kauf damit, was du möchtest.« Als ich zögerte, ihm das Geld abzunehmen, fügte er hinzu: »Zahl es mir zurück, wann immer du kannst.«

»Danke.« Ohne Jamie dabei anzusehen, griff ich nach dem Schein und machte mich auf den Weg zum Eingangsbereich. Dabei hoffte ich inständig, er würde mich nicht fragen, ob er mich begleiten sollte. »Bis später«, sagte ich noch, bevor ich meinen Mantel schnappte und aus der Wohnung flüchtete.

Mein Kopf glühte. Dieses Gespräch war so schrecklich peinlich gewesen. Warum hatte er auch nachhaken müssen? Und warum hatte ich mit meinem Einkauf nicht noch eine Stunde warten können?

Ich musste zugeben, dass mir das Wetter vom Fenster aus besser gefallen hatte. Die Kälte war schneidend, und die Menschen um mich herum hatten ihre Gesichter in Krägen und Schals versteckt. Jeder war froh, endlich nach Hause zu kommen – bis auf mich. Am liebsten hätte ich mich irgendwo versteckt, bis ich vergaß, was eben passiert war.

Zum Glück war ein Supermarkt gleich in der Nähe von Jamies Wohnung, und ich musste nicht weit gehen. In dem Laden war es weitaus wärmer als draußen, und ich zog den Reißverschluss meiner Jacke auf, bevor ich mich auf den Weg zu den Hygieneartikeln machte. Danach wollte ich noch einen Abstecher zu den Beautyprodukten machen, um mir etwas Make-up zu besorgen, doch ich kam nicht weit.

Wie angewurzelt blieb ich stehen, als ich die beiden Mädchen entdeckte, die kichernd vor einem Spiegel standen und die neuesten Produkte unter die Lupe nahmen.

Mein Herzschlag beschleunigte sich, und mein Gehirn trug mich zurück in die Highschool. Ich sah die beiden vor den Spiegeln in der Mädchentoilette stehen und lachend Lipgloss auftragen.

Lach doch mal, Claire, hatte die Rothaarige gesagt. *Sonst bekommst du nie jemanden ab. Jungs verlieben sich nicht in traurige Mädchen.*

Mit einem Ruck stand ich wieder im Supermarkt und starrte die beiden Mädchen an. Dann setzte mein Verstand ein, und ich machte schnell kehrt. Mein Weg führte mich quer durch den ganzen Supermarkt, bis ich mich in einem der Gänge versteckte.

Versteckte. Wie ein ängstliches Kind, das ich im Grunde immer noch war. Ich fürchtete mich vor Worten, die mir eigentlich gar nichts anhaben konnten. Zumindest nicht körperlich. Trotzdem konnte ich nichts dagegen tun, dass mir übel wurde. Damals in der Highschool hatten sie es geschafft, aus jeder Mücke einen Elefanten zu machen. Sie hatten mich mit Dingen verletzt, von denen ich nicht einmal gewusst hatte, dass sie mir wichtig waren. Meine Kleidung, mein Musikgeschmack, meine Hobbys.

Wenn sie doch nur wüssten, was im Moment in meinem Leben los war. Das wäre ein gefundenes Fressen für sie.

Ich hielt einen Moment lang inne und sah mich um. Ihre Stimmen waren nicht zu hören, vermutlich trieben sie sich immer noch in der Beautyabteilung herum. Während ich es irgendwie geschafft hatte, mich mit Spirituosen zu umgeben.

Mein Blick wanderte an den Regalen entlang, und mein Kopf versuchte sich auszumalen, was passierte, wenn ich auf die beiden traf. Sie waren bei weitem nicht die Schlimmsten gewesen, und doch hatte ich Angst, alles würde sich wiederholen.

Bevor ich wusste, was ich da überhaupt tat, griff ich nach einer Flasche Whiskey und schlich mich damit zur Kasse. Zumindest einmal in meinem Leben schien das Glück auf meiner Seite zu sein, denn die desinteressierte Verkäuferin machte keine Anstalten, mich nach einem Ausweis zu fragen.

Ich konnte meine Erleichterung kaum beschreiben, als ich endlich wieder im Freien war. Zwar tat die Kälte weh, aber immerhin hatte ich das Gefühl, endlich wieder durchatmen zu können.

Noch einmal sah ich mich um, bevor ich mich schnell aus dem Staub machte. Es schneite immer noch unaufhörlich, weshalb ich Schutz an einer abgelegenen Bushaltestelle suchte.

Erschöpft ließ ich mich auf die Bank sinken und schraubte die Flasche auf.

Der erste Schluck brannte in meinem Hals, doch das störte mich nicht. Ich wollte die Angst und die Paranoia wegspülen, und das erschien mir im Moment die einzige Möglichkeit, mich nicht verrückt zu machen.

Nachdenklich nippte ich an der Flasche. Vielleicht war es gar nicht so schlecht, dass ich die beiden gesehen hatte. Dass sie hier in New York waren, bedeutete, dass keine von ihnen Jamies Freundin war. Zwar blieben noch genügend andere Mädchen, aber die Meisten von ihnen machten mir keine Sorgen. Probleme hatte ich nur mit fünf: Jasmine, Abigale, Imogen, Lola und Michelle. Imogen und Jasmine hatte ich eben ausgeschlossen, doch die anderen waren immer noch im Spiel.

Einen Moment lang schloss ich die Augen. Ich wollte doch nicht wissen, wer es war. Wenn es eine der drei Verbleibenden war, würde das meine Sicht auf Jamie völlig verändern, und das wollte ich nicht.

Ich nahm noch einen weiteren Schluck.

Claire, bitte. Siehst du nicht, dass ich mit der Beerdigung alle Hände voll zu tun habe? Ich habe keine Zeit, mich auch noch um deine Probleme zu kümmern. Sieh zu, dass du alleine zurechtkommst.

Dieses Mal war es die Stimme meiner Mutter, die in meinem Kopf widerhallte wie ein nicht enden wollendes Echo. Ich hatte versucht, mit ihr über meine Angst zu reden. Über die Angst, zur Schule zu gehen. Aber sie hatte nicht zugehört.

Wie paralysiert betrachtete ich die Autos, die an mir vorbeizogen, doch in Wirklichkeit nahm ich sie kaum wahr. Stattdessen sah ich einen Film vor meinen Augen, der immer und immer wieder abgespielt wurde. Normalerweise verfolgte er mich nur nachts, aber heute schien er stärker auf sich aufmerksam machen zu wollen als sonst.

Erschrocken fuhr ich hoch, als ich plötzlich ein Hupen vernahm. Es war der Bus, der an der Haltestelle stehengeblieben war. Der Busfahrer musterte mich fragend, und erst da wurde mir klar, wo ich mich in Wahrheit gerade befand. Nicht in der Schule und auch nicht zu Hause, sondern an der Bushaltestelle.

Mein Blick wanderte zu der Flasche in meiner Hand. Sie war leer. Und mir war übel.

Ich wusste nicht, wie viel Zeit vergangen war, aber bestimmt wartete Jamie bereits auf mich. Ich warf die Flasche in den Mülleimer und wollte aufspringen, um mich auf den Weg zu machen. Ein plötzlicher Schwindel ließ mich allerdings augenblicklich zurück auf die Bank fallen. Es war wohl doch keine so gute Idee gewesen, auf leeren Magen zu trinken. Aber es war doch keine Absicht gewesen, die ganze Flasche zu leeren! Ich wusste nicht, wie das passiert war.

Ich gab dem Busfahrer ein Zeichen, dass er ruhig ohne mich weiterfahren konnte, bevor ich einen neuen Versuch startete, nach Hause zu gehen.

Traumsammler

Ich öffnete die Augen und blinzelte gegen ein grelles Licht. Mein Kopf schmerzte, und ich hatte das unangenehme Gefühl, diese Situation schon einmal erlebt zu haben.

Vorsichtig rieb ich mir den Schlaf aus den Augen und versuchte dann noch einmal, mich umzusehen, wobei ich Jamie vor mir entdeckte. Es dauerte einen Moment, bis ich mich orientiert hatte. Ich lag auf der Couch im Wohnzimmer. Schon wieder. Und auch diesmal hatte ich absolut keinen Schimmer, wie ich hierhergelangt war. Ich konnte mich an rein gar nichts erinnern.

»Was ist passiert?«, wollte ich wissen, wobei meine Stimme schrecklich kratzig war.

»Du hättest mir auch sagen können, dass du das Geld für Alkohol brauchst.« Jamies Stimme klang alles andere als mitfühlend. Kein Wunder, immerhin hatte ich mir diese Migräne selbst zuzuschreiben. »In der Küche befindet sich weitaus hochwertigeres Zeug als das, was du vermutlich intus hast.«

Er verschränkte die Arme vor der Brust, doch ich schloss nur die Augen, da mir das Licht weh tat.

»Es tut mir leid, Jamie«, sagte ich und meinte es absolut ernst. »Das war nicht meine Absicht. Ich war *wirklich* Tampons kaufen, aber …«

Ich verstummte, als meine Erinnerung zurückkehrte. Das rothaarige Mädchen und die Blondine. Der Traum, der mich seit Jahren verfolgte.

»Aber?«, hakte Jamie nach, als ich nicht weitersprach.

Ich öffnete die Augen wieder und betrachtete die Decke über mir. Wie sollte ich ihm das bloß erklären? Das konnte ich nicht.

Mein Blick wanderte zu ihm. Jamie saß auf dem Teppich vor der Couch und musterte mich. Die Härte war zumindest ein wenig aus seinen Zügen gewichen.

»Es tut mir leid«, wiederholte ich nur.

Er atmete tief durch, als ihm klarwurde, dass er nicht mehr aus mir herausbekommen würde. Dann griff er nach einem Wasserglas, das auf dem Wohnzimmertisch bereitgestellt war. »Hier, trink etwas.«

Nur widerwillig richtete ich mich auf und griff nach dem Glas. Mir war immer noch schlecht, aber langsam erholte ich mich wieder.

»Wie bin ich nach Hause gekommen?«, fragte ich dann. »Ich erinnere mich nicht daran.«

Jamie zuckte mit den Schultern. »Du standst plötzlich vor der Tür. Offensichtlich ging es dir nicht gut.«

»Hab ich irgendetwas gesagt?«

»Nein.«

Jamie hatte eine Sekunde zu lange gezögert. Ich glaubte ihm nicht. Anscheinend hatte ich im betrunkenen Zustand doch irgendetwas von mir gegeben, aber ich hatte keine Ahnung, was es war. Und um ehrlich zu sein, war es im Moment auch mein geringstes Problem.

Die Angst, die ich heute verspürt hatte, war schrecklich gewesen. Ich wollte das nicht noch einmal erleben. Ich musste einen Weg finden, darüber hinwegzukommen. Nur wie?

»Claire?«

Mein Blick wanderte zu Jamie, doch er sprach nicht weiter. Er wirkte so ernst.

»Was?«, wollte ich wissen und zog die Decke höher, die Jamie mir über die Beine gelegt hatte. Plötzlich war mir schrecklich kalt.

»Ich hab dich doch schon mal nach der Bedeutung deines Tattoos gefragt.«

Mein Blick wanderte zu den Monden an meinem Unterarm. »Ja.«

»Wie wäre es, wenn du mir jetzt die Bedeutung von dem erklärst, was darunterliegt?«

Ohne es zu wollen, sah ich Jamie in die Augen.

»Ich hab also doch was gesagt«, schlussfolgerte ich, und Jamie schüttelte den Kopf.

»Nein. Du hast versucht, die Haut an der Stelle aufzukratzen.«

Er hatte recht. Mein Arm war gerötet. Dabei gab es dort gar nichts mehr aufzukratzen. Die Narben waren verheilt und hatten nichts als dunkle Striche auf der Haut hinterlassen, die von den Monden überdeckt wurden – von weitem nicht mehr zu sehen. Doch wenn man genauer hinsah, erkannte man sie noch immer. Und Jamies Gesichtsausdruck nach hatte er genauer hingesehen.

Mein Magen schmerzte, und ich hatte keine Ahnung, ob das am Alkohol oder meinen Nerven lag.

»Das ist ewig her«, erklärte ich und wandte dabei den Blick ab. Ich konnte ihm einfach nicht mehr länger in die Augen sehen. Die Vorwürfe darin waren kaum zu ertragen.

»Mag sein. Aber ganz offensichtlich ist heute etwas passiert, sonst würdest du dich nicht so benehmen.«

Ich schwieg. Wenn Jamie wüsste, wie recht er doch hatte …

»Wie gesagt. Es ist lange her.«

»Und trotzdem verfolgt es dich.« Jamie griff nach meinem Arm. »Claire, du darfst dir von deiner Vergangenheit nicht deine Zukunft vermasseln lassen.«

»Welche Zukunft?« Bevor ich es verhindern konnte, hatte ich die Worte auch schon ausgesprochen. Diese heftige Reaktion schob ich auf den Alkohol in meinem Blut. »Sieh mich an, Jamie. Sogar meine Mutter weiß, dass aus mir nichts wird. Ich habe kein Geld, kein Zuhause, gar nichts. Ohne das Geld von meiner Mutter muss ich einen zweiten Job annehmen, um für meine Schwester und mich sorgen zu können. Es gibt rein gar nichts, was meine Vergangenheit mir vermasseln könnte. Ich meine, was soll mir schon Gutes passieren?«

Einen Moment lang betrachtete Jamie mich mit ausdruckslosem Gesicht. Ich versuchte, in seinen Augen etwas zu erkennen, scheiterte aber kläglich. Der Ärger und die Strenge von vorhin waren verschwunden.

»Aber es muss doch etwas geben, wovon du träumst«, meinte er dann, völlig überzeugt.

Ich atmete tief durch und erhob mich von der Couch. »Ich träume nicht. Dazu habe ich keinen Grund.«

»Machst du Witze?« Fassungslos schüttelte er den Kopf und folgte mir in die Küche. »Jeder hat Träume!«

»Nun, ich nicht.« *Mehr*, fügte ich in Gedanken hinzu, beschloss jedoch, es dabei zu belassen. Jamie hatte schon genug über mich erfahren, mit dem er mich bei der nächstbesten Gelegenheit bloßstellen konnte. Ich musste ihm nicht noch mehr Zündstoff liefern.

Wovon sollte ich schon träumen? Im Moment zählte nur, dass ich mein Leben irgendwie wieder in den Griff bekam. Und dafür war ich selbst verantwortlich. Wenn alles wieder in geordneten Bahnen verlief, *dann* konnte ich mir Gedanken darüber machen, wie es weitergehen sollte und was ich mir für die Zukunft wünschte. Aber nicht jetzt. Meine *Träume* mussten warten.

»Das meinst du nicht ernst«, wiederholte Jamie, als könnte er es einfach nicht fassen. Natürlich nicht. Er hatte doch alles. Für ihn war es einfach, nach den Sternen zu greifen. Ihm fehlte es ja an nichts. »Du musst doch irgendwelche Wünsche für die Zukunft haben, Claire.«

»Mein Wunsch ist es, meiner Schwester ein Zuhause bieten zu können.« Ich stellte das leere Wasserglas in die Spüle. »Und dass sie ihren Schulabschluss macht.«

»Das wünschst du dir für deine Schwester«, sagte Jamie und fixierte mich dabei. Auch wenn ich es nicht wollte, musste ich seinen Blick erwidern. »Aber was ist mit dir?«

»Ich sorge dafür, dass sich ihre Träume erfüllen.«

Jamie schüttelte den Kopf.

»Okay, komm mit.« Er packte mich am Arm und zerrte mich aus der Küche.

»Wohin gehen wir?«, wollte ich wissen, als er mir meinen Mantel entgegenhielt.

»Wir gehen in die Stadt«, erklärte er. »Träume sammeln.«

* * *

Ich wusste nicht, wie spät es war, aber mittlerweile war es dunkel geworden. Und noch kälter, sollte das denn überhaupt möglich sein. Der Schnee wirbelte wild um uns herum, und mein einziger Wunsch war es, zurück in die Wohnung zu gehen. Doch so schnell würde das bestimmt nicht geschehen.

Jamie zog mich am Arm durch die Straßen, und ich hatte absolut keine Ahnung, wohin er überhaupt wollte.

Träume sammeln. Was war das bloß für eine dumme Idee? Warum konnte er nicht akzeptieren, dass es für mich im Moment schlichtweg wichtigere Dinge gab als Träume?

Mein Blick wanderte zu dem Laden, den Jamie ansteuerte. Es war ein kleines Café, dessen Auslage mit kunstvollen Torten gefüllt war. Schon als er die Tür öffnete, strömte mir der verführerische Geruch von Kaffee entgegen, und mein Magen begann zu knurren. Dadurch, dass heute Vormittag die Möbel geliefert worden waren, war ich noch nicht dazu gekommen, zu Mittag zu essen.

»Hier.« Jamie deutete auf einen freien Tisch am Fenster. »Den nehmen wir, oder?«

Stumm ließ ich mich auf die Bank fallen und öffnete den Reißverschluss meines Mantels. »Was machen wir hier, Jamie?«, wollte ich wissen. »Zu Hause hätten wir genauso gut Tee trinken können.« Ich hasste es, dass ich seine Wohnung als *zu Hause* bezeichnete. Es war schließlich nicht so, als würde ich dort wohnen.

»Siehst du diese Frau?« Er deutete mit dem Kinn auf eine Kellnerin in rosa Uniform. »Sie ist eine Freundin meiner Mutter.«

»Und weiter?«, wollte ich wissen, verstummte dann aber, als genau diese Dame auf unseren Tisch zusteuerte.

»Jamie!« Ein breites Grinsen erschien auf ihrem Gesicht, als sie ihn entdeckte. »Wie schön, dich wieder einmal zu sehen. Wen hast du da mitgebracht?«

»Trudy, das ist Claire.«

»Hi.« Ich lächelte etwas verlegen.

»Es freut mich, dich kennenzulernen.« Ihr Lächeln hielt stand. »Was kann ich euch bringen?«

Jamie warf einen Blick auf den laminierten Zettel, der in der Mitte des Tisches lag. Er studierte ihn einen Moment lang, bevor er sich wieder an die Bedienung wandte. »Zweimal den Tageskuchen und deine Früchtetee-Mischung.«

Trudy nickte und wandte uns beiden den Rücken zu, um uns die Bestellung zu bringen. Währenddessen fixierte ich Jamie.

»Also, was wollen wir hier?«

»Ich will dir etwas beweisen«, meinte er und lehnte sich zurück. »Wenn es darum geht, seine Träume zu verfolgen, dann ist Trudy ein Paradebeispiel. Vor ein paar Jahren ist ihr Mann an Leukämie gestorben, und sie stand mit ihren beiden Töchtern und einem Haufen Schulden allein da.«

Ich schluckte, und mein Blick wanderte ganz automatisch zu der Frau in Rosa, die gerade behutsam ein Stück Schokokuchen auf einem Teller platzierte.

»Sie hat immer davon geträumt, ein Café zu eröffnen, allerdings hat es Freds Krankheit nicht zugelassen.«

Hör auf, mir Namen zu nennen, wollte ich sagen. Ich wollte das nicht hören, diese Geschichte trug nicht gerade dazu bei, dass meine Laune stieg.

»Aber weißt du was? Sie hat nie aufgegeben und sich ihren Traum erfüllt. Der Laden läuft unwahrscheinlich gut, die Schulden hatte sie in kürzester Zeit beglichen.«

Ich schüttelte den Kopf. »Das hast du dir alles ausgedacht, gib es zu.«

Jamie grinste. »Denkst du? Du magst doch die Sterne, nicht wahr? Sie sind voll von Wünschen und Träumen, die irgendwann in Erfüllung gehen. Oder willst du mir erzählen, dass du dir noch nie etwas von einer Sternschnuppe gewünscht hast?«

»Heißt das, es muss erst ein Stern sterben, bevor ein Wunsch in Erfüllung geht?«

Bevor Jamie etwas erwidern konnte, tauchte Trudy mit einem Tablett auf und stellte es vor uns auf den Tisch. Darauf standen zwei Teller mit Kuchen und zwei wundervolle Porzellantassen mit goldenem Blumenmuster darauf.

»Hier, bitte schön.«

»Hey, Trudy«, antwortete Jamie und warf mir einen kurzen Blick zu. »Kann ich dich mal was fragen?«

»Natürlich.«

»Wovon träumst du?«

Trudy lachte überrascht auf. »Dieses Café ist mein Traum.«

Jamie bedachte mich mit einem kurzen Ich-hab's-doch-gesagt-Blick, dann wandte er sich wieder an Trudy. »Schon, aber wovon träumst du noch? Das ist doch bestimmt noch nicht alles.«

Grinsend nahm Trudy die Teller vom Tablett und stellte sie vor uns.

»Na ja«, setzte sie dann an. »Das Geschäft läuft gut. Sehr gut sogar. Meine älteste Tochter ist bald mit dem College fertig, wir haben überlegt, eine zweite Filiale zu eröffnen. Das würde mir sehr gefallen.«

»Siehst du?« Jamie deutete mit der Hand auf Trudy. »Jeder hat Träume. Sogar diejenigen, die schon alles erreicht haben.«

»Oh, Jamie.« Ich konnte zusehen, wie sich ihre Wangen rot verfärbten. »Ich habe doch nicht alles erreicht. Aber ich muss zugeben, ich bin froh, meinen Traum nicht aufgegeben zu haben. Und jetzt lasst es euch schmecken.«

Ich sah der Dame hinterher. Sie wirkte so lebendig. Und das trotz allem, was sie erlebt hatte. Sie hatte nie aufgehört, an sich und ihren Traum zu glauben.

Warum konnte Mom nicht ein bisschen mehr so sein wie sie? Nur ein klein wenig.

»Du denkst nach«, stellte Jamie fest, der bereits in seinem Kuchen stocherte. »Das ist gut. Und jetzt sag mir, was du dir vom Leben wünschst.«

Ich schüttelte den Kopf. »Was wünschst du dir? Willst du das Unternehmen deines Vaters übernehmen?«

Jamie wandte den Blick von mir ab. Ha! Ich hatte einen Nerv getroffen. Er wollte die Firma also nicht übernehmen.

»Es ist nicht so, als hätte ich eine Wahl. Ich meine, ich werde das Unternehmen eines Tages leiten, aber ich wüsste tausend Dinge, die ich lieber machen würde.«

»Und das wäre?«

Er grinste. »Eine Weltreise zum Beispiel. Ich wollte auch schon immer mal als Barkeeper arbeiten, aber wenn das mein Vater wüsste …«

»Du willst mir also erzählen, ich brauche Träume, die sich nie erfüllen werden«, fiel ich Jamie ins Wort. »Ist es nicht besser, realistisch zu bleiben, als einer Sache hinterherzutrauern, die man nie erreichen wird?«

Eine Weile lang sah Jamie mich nur ausdruckslos an. Er hatte mich hierhergebracht, um mich zum Nachdenken zu bringen, doch ganz offensichtlich war dieser Schuss nach hinten losgegangen. Mit einem Mal schien er derjenige zu sein, der seine Worte überdachte.

Schließlich schüttelte er den Kopf.

»Ich sage nicht, dass sich keiner meiner Träume erfüllen wird«, erklärte er dann, doch die Begeisterung war aus seiner Stimme verschwunden. Mein Magen zog sich schuldbewusst zusammen. Ich hatte ihm nicht die Laune verderben wollen. Es reichte doch, wenn ich mies gelaunt war. Ich musste Jamie damit nicht auch noch anstecken. »Aber ich glaube einfach, wenn man keine Träume hat, dann wird einem auch nie etwas Außergewöhnliches passieren.«

»Nicht jeder ist zu etwas Außergewöhnlichem geboren«, gab ich zu bedenken und nahm mir fest vor, von nun an etwas optimistischer zu klingen. »Ich meine, was wäre das für eine Welt, wenn jeder genau das bekommen würde, was er sich wünscht?«

»Eine schöne Welt.« Jamie lächelte. »Findest du nicht?«

Ich zuckte mit den Schultern. Vielleicht hatte er recht, aber das änderte nichts an den Tatsachen. Meine Zukunft machte im Moment auf mich keinen sehr rosigen Eindruck. Ich wollte mir selbst keine Hoffnungen machen, nur um dann enttäuscht zu werden. Wer sich keine großen Ziele setzte, konnte auch nichts verlieren.

»Was ist mit dem Angebot meines Vaters?« Jamie nahm einen Schluck von seinem Tee. »Wäre das denn nichts für dich?«

»Du weißt genau, dass ich das Angebot nicht annehmen kann«, sagte ich.

»Warum?«

»Weil es nicht geht. Ich kann keinen unbezahlten oder von mir aus auch schlecht bezahlten Praktikumsplatz annehmen, ich brauche Geld. Ich muss für Rose sorgen können.«

»Genau das ist es doch, was ich versuche, dir klarzumachen«, meinte Jamie. »Wer nie ein Risiko eingeht, der wird auch nie gewinnen.«

Ich schwieg einen Moment lang. Manchmal hatte ich wirklich das Gefühl, Jamie wollte mich einfach nicht verstehen. Wenn es hier nur um mich ginge, dann würde ich das Risiko vielleicht eingehen. Aber ich musste auch an meine Schwester denken.

»Mach es mir nicht schwerer, als es ist«, bat ich Jamie. »Das bringt Verantwortung nun mal mit sich. Man tut, was man tun muss. Nicht, was man gerne möchte. Wenn du dich schon nicht in meine Lage versetzen kannst, dann akzeptiere zumindest meine Entscheidung.«

»Na schön.« Jamie wirkte etwas zerknirscht. »Aber ich würde dir das so sehr gönnen. Du bist talentiert, Claire, das weiß ich. Solltest du es dir anders überlegen, sag mir Bescheid. Ich bin mir sicher, ich kann meinen Vater überzeugen, das Angebot aufrechtzuerhalten.«

Ich nickte, ohne Jamie dabei anzusehen. Es war nett von ihm, das für mich tun zu wollen. Aber ich würde nicht auf sein Angebot zurückkommen. Ich hatte meine Entscheidung getroffen.

Die Nacht der tausend Lichter

»Willst du dir den Ball Drop ansehen?«, fragte Jamie und ließ sich dabei auf die Couch fallen. Ohne eine Antwort abzuwarten, griff er nach der Fernbedienung.

Vermutlich gab es an diesem Abend keinen einzigen Menschen in New York, der sich dieses Spektakel zu Silvester entgehen ließ. Jedes Jahr leitete eine riesige leuchtende Kugel auf einem Hochhaus am Times Square den Countdown zum neuen Jahr ein. Sich das Ganze live vor Ort anzusehen, kam für mich wegen der gewaltigen Menschenmassen auf keinen Fall in Frage. Aber alles im Fernsehen mitzuverfolgen, war eine andere Sache.

»Ich hätte ohnehin ja gesagt«, informierte ich Jamie, bewegte mich dabei allerdings keinen Millimeter von der Häuserfront weg. Immer wieder hörte ich, wie Raketen in den Himmel schossen, doch es war zu bewölkt. Ich konnte nichts sehen – nur mein eigenes Spiegelbild und das Wohnzimmer hinter mir.

»Davon bin ich ausgegangen. Ich meine, wer will den Ball Drop denn nicht sehen?«

Meine Familie.

Ohne es zu wollen, musste ich an Rosalie denken und daran, dass sie womöglich versuchen würde, mich zu erreichen. Aber mein Handy lag zu Hause. Ich hasste mich dafür, dass ich ihre Handynummer nicht auswendig kannte. Ich hoffte nur, dass sie einen schönen Abend bei den Großeltern verbrachte. Vermutlich waren die beiden längst im Bett, und Rose würde alleine wach bleiben und auf das Feuerwerk warten. Wir teilten unsere Leidenschaft für bunte Lichter und glänzende Dinge.

Ich vermisste sie so schrecklich. Das war das erste Mal, dass wir Silvester nicht gemeinsam verbrachten. Ich konnte es immer noch nicht fassen, dass wir heute Nacht nicht zusammen waren. Und dass ich sie nicht einmal anrufen konnte …

Mit einem tiefen Seufzen erhob ich mich, um Jamie Gesellschaft zu leisten. Immerhin wollte ich heute Nacht nicht völlig alleine sein. »Verbringst du Silvester nicht mit deinen Eltern?«

Er schüttelte den Kopf. »Schon lange nicht mehr. Meine Eltern feiern den Jahreswechsel nicht, für sie ist es nichts Besonderes.«

Das war es für mich auch nicht, aber es war Tradition.

»Ich mag es, das neue Jahr zu feiern. Du weißt schon, neues Jahr, neues Glück und so.«

»Was lässt dich denken, dass nächstes Jahr besser wird?«, fragte ich ihn. »Warum sollte es nicht noch weiter bergab gehen?«

Jamie betrachtete mich einen Moment lang, bevor er mit den Schultern zuckte. »Dieses Jahr wird genauso, wie du es dir wünschst, Claire. Du allein bist dafür verantwortlich, ob es ein gutes oder ein schlechtes wird.«

Wenn es doch so einfach wäre …

»Ich hab eine Idee.« Mit einem Mal sprang Jamie von der Couch auf und verschwand im Gang. Etwas verwirrt sah ich ihm hinterher, bis er nach wenigen Sekunden wieder auftauchte. In der Hand hielt er eine längliche Packung, aus der er einen Stab hervorzog. »Wenn wir das Feuerwerk schon nicht sehen können, dann machen wir uns unser eigenes.«

Ich wollte fragen, was das zu bedeuten hatte, doch da zückte er bereits ein Feuerzeug.

»Hier.«

Wie gebannt starrte ich auf den Funken sprühenden Stab, den Jamie mir entgegenhielt. Ich konnte kaum die Augen davon lassen. Es war tatsächlich wie ein kleines, privates Feuerwerk – nur für mich.

»Was ist los?«, wollte er wissen, als ich keine Anstalten machte, ihm dieses Ding abzunehmen. »Hast du noch nie einen Sternspritzer gesehen?«

»Sternspritzer?« Ich legte die Stirn in Falten und griff behutsam nach dem Stab. Die Funken berührten meine Haut, aber es tat nicht weh. Es war einfach magisch.

»Sag bloß, ihr hattet so etwas nie zu Hause?«

»Nein.« Vorsichtig hielt ich meine freie Hand näher an die Funken, die daran abprallten. Es fühlte sich warm an. Und es roch so gut. Ich konnte den Geruch nicht beschreiben, aber ich würde ihn bestimmt bis an mein Lebensende im Gedächtnis behalten.

»Wow. Eure Feiertage müssen ein Reinfall gewesen sein.«

»Das waren sie.«

Erst als die Stille im Wohnzimmer laut zu werden begann, wurde mir klar, was ich da eben gesagt hatte.

Ich hob den Blick und suchte nach Jamies Gesicht. Er betrachtete mich mit einer Mischung aus Bedauern und Unschlüssigkeit. Ich wusste, dass er mich fragen wollte, was das zu bedeuten hatte. Er wollte wissen, warum ich Weihnachten dieses Jahr nicht zu Hause verbracht hatte. Ich konnte die Fragen in seinen Augen sehen. Die Fragen und die Reflexion der Sternfunken. Ich konnte sie ganz deutlich erkennen, und dann – ganz plötzlich – erloschen sie.

Mein Blick wanderte zurück zu dem Stab in meiner Hand. Es war vorbei. Das Feuerwerk hatte nur ein paar Sekunden lang gedauert, und ich hatte die Zeit nicht genutzt. Ich wusste nicht, was ich gedacht hatte. Dass der Stab endlos lange brennen würde? Ich hatte die letzten, magischen Sekunden verpasst.

»Keine Angst, wir haben noch mehr.« Während Jamie losging, um die restlichen Sternspritzer zu holen, starrte ich weiterhin den erloschenen in meiner Hand an. Ich hatte es verpasst. Ich hatte doch nur kurz weggesehen, und plötzlich war alles vorbei gewesen.

Ich konnte nicht von zu Hause ausziehen. Wer würde sich dann um meine Mutter kümmern? Sie selbst bestimmt nicht. Ich konnte sie nicht alleine lassen. Ich konnte sie nicht auch noch verlieren.

Mit einem Mal machte sich Panik in mir breit. Meine Lungen blockierten, und ich bekam keine Luft mehr.

Ich konnte sie nicht auch noch verlieren.

»Claire.« Ich spürte, dass Jamie nach meinem Arm griff und mir half, mich hinzusetzen. »Was ist denn los? Ich sagte doch, es gibt noch mehr Sternspritzer. Kein Grund zur Panik.«

»Ich muss nach Hause«, stellte ich fest. »Ich muss zurück zu meiner Mutter, ich kann sie nicht alleine lassen. Was, wenn ihr etwas passiert?«

»Claire.« Jamie drückte mich an den Schultern zurück auf die Couch. »Sie ist eine erwachsene Frau. Was soll ihr schon passieren?«

Er hatte doch keine Ahnung!

»Ich muss gehen.« Wieder versuchte ich aufzustehen, doch Jamie ließ das nicht zu.

»Du kannst jetzt nicht raus, Claire. Bald ist Mitternacht, die Straßen sind gespickt voll. Willst du wirklich zum Jahreswechsel in irgendeiner Menschenmenge feststecken?«

»Nein, aber ich –« Ich brach den Satz ab, da ich einfach keine Erklärung hatte. Ich wusste doch auch nicht, warum ich es plötzlich so eilig hatte, zurück nach Hause zu gelangen. Es war nur so ein Gefühl. Das Gefühl, hier mit Jamie zu sein, während meine Mutter alleine zu Hause saß. Ganz alleine mit ihren Gedanken. Gemeinsam mit Alkohol war das keine gute Mischung. Sollte sie sich etwas antun, würde ich mir das niemals verzeihen. »Ich muss zu ihr.«

»Du kannst ja versuchen, sie anzurufen«, schlug Jamie vor. »Ich meine, noch ist nicht Mitternacht. Gute Chancen, dass die Leitungen noch nicht völlig überlastet sind.« Er versuchte zu grinsen, doch meine Nervosität war auf ihn übergesprungen, das war nicht zu übersehen. »Du rufst deine Mutter an und ich meine Freundin, dann hätten wir das mit dem lästigen Neujahrstelefonieren erledigt. Was meinst du?«

Ich zögerte einen Moment lang, doch dann nickte ich. Jamie hatte recht. Es würde ewig dauern, bis ich zu Hause wäre. Und selbst dann würde ich nicht in die Wohnung gelangen, schließlich hatte ich keinen Schlüssel. Vermutlich machte ich mich auch wegen nichts verrückt, aber ein Anruf konnte nicht schaden.

Glückwünsche

Mit dem Handy auf dem Schoß saß ich auf dem Bett in Jamies Gästezimmer. Durch die Tür hinweg hörte ich ihn schon seit einigen Minuten mit seiner Freundin telefonieren. Zwar verstand ich nicht, was er sagte, aber ich hörte seine Stimme.

Ich schloss die Augen und lauschte einen Moment lang dem Klang. Sollte ich das wirklich tun? Sollte ich meine Mutter anrufen? Nach allem, was ich zu ihr gesagt hatte? Und was sie zu mir gesagt hatte?

Ich dachte schon, du würdest mir ewig auf der Tasche liegen.

Mein Auszug hatte sie kein bisschen gekümmert.

Warum machte ich mir überhaupt Sorgen? Jamie hatte recht: Sie war eine erwachsene Frau. Sie konnte auf sich selbst aufpassen. Aber genau da lag das Problem: Sie konnte eben *nicht* auf sich selbst aufpassen. Dafür war schließlich ich da gewesen. Aber jetzt hatte sie niemanden mehr, der sich um sie kümmerte.

Mein Blick wanderte zu dem Handy in meinen Händen. Die einzige Person, die ich im Moment wirklich anrufen wollte, war meine Schwester. Aber ich kannte Rosalies Telefonnummer nicht auswendig. Und die meiner Großeltern ebenfalls nicht. Aber die von meiner Mutter, die kannte ich nur zu gut.

Noch einmal atmete ich tief durch, bevor ich die Nummer wählte und mir das Handy ans Ohr hielt. Während ich wartete, lauschte ich weiter Jamies Stimme. Er lachte. So lästig schien dieser Anruf für ihn nicht zu sein.

Ich fragte mich, ob er seiner Freundin von mir erzählte. Davon, dass er mir das Gästezimmer zur Verfügung stellte. Oder ob er dieses Thema erst einmal vermied, um keine schlechte Stimmung zu schaffen? Es war schließlich keine gute Idee, mit einem Streit in das neue Jahr zu starten.

Warum ging ich eigentlich davon aus, dass diese Nachricht in einem Streit enden würde? Warum konnte ich mir auf Biegen und Brechen nicht vorstellen, dass Jamies Freundin kein Problem mit meinem Besuch haben könnte? Weil es einfach nicht in mein Bild von ihr passte.

»Hallo?«

Meine Augen weiteten sich, und mir wurde klar, dass ich das Handy an meinem Ohr völlig vergessen hatte. Ich war so in Gedanken versunken gewesen, dass ich nicht einmal mehr an meine Mutter gedacht hatte!

»Mom, hi. Ich bin es.«

Mit einem Mal herrschte Stille. Ob das an der Verbindung lag? Vielleicht hatte sie mich nicht gehört.

»Was willst du?«

Okay, die Verbindung war einwandfrei.

Ich schluckte. »Ich wollte nur wissen, ob es dir gutgeht.«

Wieder diese Stille.

»Und ich wollte dir einen guten Rutsch wünschen. Also ins neue Jahr, meine ich.«

»Du brauchst nicht zu glauben, dass ein Anruf reicht, damit du wieder nach Hause kommen kannst.«

Nun war ich diejenige, die schwieg. Was sollte das denn? Warum konnte sie nicht einfach sagen: *Danke, Claire. Dir auch einen guten Rutsch?* Früher hätte sie das getan. Langsam hatte ich das Gefühl, ich kannte die Person nicht einmal, die den Platz meiner Mutter eingenommen hatte. Diese Frau war mir völlig fremd.

»Ich wollte doch nur –« Schnell bremste ich mich selbst. Warum war ich schon wieder drauf und dran, mich zu rechtfertigen? Dafür gab es keinen Grund! Ich hatte nichts falsch gemacht!

»Weißt du was? Vergiss es. Tut mir leid, falls ich dich geweckt habe.«

Bevor meine Mutter noch etwas erwidern konnte, legte ich auf.

Die Wut brannte schmerzhaft in meinem Bauch und die Tränen in meinen Augen. Warum war ich so dumm, ihr immer wieder eine Chance zu geben? Ich wusste doch, was ich davon hatte. Ich wurde jedes Mal wieder enttäuscht.

Mit einem Mal fühlte ich mich so kraftlos. Rückwärts ließ ich mich auf das Bett fallen und schloss die Augen. Ich sollte einfach schlafen, überlegte ich. Was für einen Sinn hatte es ohnehin, das neue Jahr zu feiern? Wer sagte, dass etwas zu feiern gab? Es war das Ende eines beschissenen Jahres. Aber vielleicht wurde das nächste Jahr sogar noch beschissener? Und darüber sollte ich mich auch noch freuen? Nein, danke.

Ob Rosalie wohl auch versuchen würde, unsere Mutter anzurufen? Ich hoffte für sie, dass sie es nicht tun würde. Sie sollte eine schöne Zeit in Baltimore haben und sich nicht die gute Laune verderben lassen. So wie ich.

»Claire.« Ich hörte Jamies Stimme aus dem Wohnzimmer zu mir vordringen. Doch ich regte mich nicht. Ich öffnete nicht einmal die Augen. »Claire, komm schon. Es ist fast Mitternacht. Du verpasst alles!«

* * *

»Ich hoffe, du hast etwas zu trinken«, meinte ich, als ich mich endlich dazu hatte überwinden können, das Gästezimmer zu verlassen.

Mein Weg führte mich direkt in die Küche, ich sah mich nicht einmal nach Jamie um. Ich konnte ihn im Moment nicht ansehen. Gut möglich, dass meine Augen noch gerötet waren. Das würde mir eine Lüge erschweren.

»Mehr als genug«, meinte er. Die Geräusche im Hintergrund

verrieten mir, dass er den Fernseher bereits eingeschaltet hatte. Das war gut. Das bedeutete, dass er beschäftigt war. Bestimmt hatte er schon längst vergessen, dass ich überhaupt mit meiner Mutter telefoniert hatte.

»Also.« Vor Schreck hätte ich beinahe die Sektflasche in meiner Hand fallen lassen. Ich hatte die Kühlschranktür geschlossen, und da stand Jamie. Er hatte die Augenbrauen fragend hochgezogen und musterte mich. »Wie geht es deiner Mutter?«

Ich schnaubte und begann damit, die Flasche zu öffnen. »Gut, offensichtlich. Viel zu gut.«

»Wenn du das so sagst, klingt es wie etwas Negatives«, stellte Jamie fest, und damit hatte er völlig recht. Nicht, dass es schlecht war, dass es ihr gutging. Das Problem war, dass es sie nicht interessierte, wie es mir ging. Dass es sie nicht interessierte, wie es *irgendjemandem* ging. Es war leicht, zufrieden zu sein, wenn man sich nur um sich selbst kümmerte. »Was ist los?«

»Nichts.« Ich griff nach dem Glas, das ich heute Nachmittag noch zur Spüle gestellt hatte, und füllte es mit Sekt. Ohne Jamie dabei anzusehen, nahm ich einen kräftigen Schluck. Die Flüssigkeit rann meine Kehle hinunter. In meiner Vorstellung würde sie die negativen Gedanken wie Säure auflösen und ein für alle Mal verschwinden lassen. Aber ich befürchtete, dass das nicht so einfach war. Jeder Schluck, den ich nahm, machte alles nur noch viel schlimmer. Ich fühlte mich wie vor ein paar Tagen. Ich versuchte, meine Sorgen verschwinden zu lassen, aber sie wurden immer mächtiger. Sie waren stärker als ich.

»Claire.« Jamie nahm mir das Glas ab und stellte es zur Seite. »Rede mit mir. Was hat deine Mutter gesagt? Was ist passiert?«

»Was passiert ist?« Auch wenn ich das gar nicht wollte, musste ich lachen. Mit einem Mal erschien mir die Situation so skurril, dass sie schon fast witzig war.

Ich strich mir die Haare aus dem Gesicht und griff dann nach der Kante der Arbeitsfläche, um mich daran festzuhalten. Langsam wurde ich etwas unsicher auf den Beinen.

»Ich habe sie angerufen und gefragt, ob bei ihr alles in Ordnung ist. Und ich habe ihr einen guten Start ins neue Jahr gewünscht. Und weißt du … weißt du, was sie darauf gesagt hat?«

»Nein.« Jamie klang etwas verwirrt, als könnte er mir nicht ganz folgen. Kein Wunder. Bestimmt hatte seine Freundin anders auf seine guten Wünsche reagiert.

»Sie hat gesagt, dass ich gar nicht daran denken soll, nach Hause zu kommen.«

»Was?« Die Entrüstung auf Jamies Gesicht war nicht zu übersehen. Doch je länger ich darüber nachdachte, desto weniger überraschte mich das Verhalten meiner Mutter. Ich kannte sie schließlich. Was hatte ich mir nur gedacht, als ich sie angerufen hatte? Dass sie sich innerhalb der letzten Tage völlig geändert hatte? Das war doch lächerlich.

»Das hat sie einfach so gesagt?«, hakte Jamie nach, als ich nichts erwiderte und nur nach der Sektflasche griff, um mir noch einmal nachzuschenken. »Ohne Vorwarnung?«

»Oh, es gab eine Vorwarnung«, räumte ich ein. »Und die hat vier Jahre lang gedauert. Ich hätte wissen müssen, dass ich von ihr nichts anderes erwarten kann. Deshalb bin ich doch gegangen.«

»Claire, was ist zwischen euch vorgefallen?«

»Oh.« Mein Blick fiel auf den Fernseher, und ich konnte die großen Zahlen sehen, die die letzten Sekunden bis Mitternacht runterzählten. Ganz automatisch griff ich nach Jamies Hand und zog ihn zurück ins Wohnzimmer. »Es ist fast so weit!«

»Das ist es wohl«, meinte Jamie, und ich ignorierte den skeptischen Unterton in seiner Stimme. Stattdessen nahm ich noch einen weiteren Schluck Sekt. Der war gut. Sehr gut sogar.

Stumm beobachteten Jamie und ich im Fernsehen, wie der große Ball aus Licht die letzten Meter hinabstieg, bis das neue Jahr erreicht war. Die Leute im Fernsehen jubelten und grölten. Sie umarmten und küssten sich, und mit einem Mal kehrte die Einsamkeit zurück.

Ich ließ das Glas von meinen Lippen sinken.

Was machte ich hier überhaupt? Warum glaubte ich, Alkohol würde meine Probleme lösen? Wenn jemand einen Unterschied machen konnte, dann war alleine ich das. Jamie hatte recht. Ich alleine war für mein Glück verantwortlich. Nicht Mom und auch sonst niemand.

Gerade als ich das dachte, spürte ich Jamies Berührung an meinem Rücken, und als ich mich zu ihm umdrehte, küsste er mich. Der Moment dauerte nur eine Sekunde lang, doch das reichte aus, um meine ganze Welt auf den Kopf zu stellen. Völlig perplex blinzelte ich ihn an, bekam jedoch kein Wort hervor.

»Was?« Er grinste. »Wolltest du etwa hinaus auf die Straße gehen und den erstbesten Typen küssen, der dir entgegengeschwankt kommt?«

Er griff nach dem Glas in meiner Hand und nahm ebenfalls einen Schluck.

Es dauerte einen Moment, bis ich mich gefangen hatte und den Blick von ihm abwenden konnte.

»Nein«, räumte ich ein. »Aber ich war ohnehin noch nie ein großer Fan von Traditionen.«

Geister der Vergangenheit

Ich fror fürchterlich. Meine Kleidung war völlig durchnässt, und ich hatte das Gefühl, sie würde sich jeden Moment zu Eis verwandeln. Gemeinsam mit meinem Körper. Er fühlte sich taub an, nur mein Herz schlug schneller als je zuvor.

Das triumphierende Lachen schallte immer noch in meinem Kopf nach und verfolgte mich wie ein Ohrwurm.

Ganz bestimmt würde das eine lange Nacht werden.

Mein Blick wanderte wirr durch die Gegend auf der Suche nach einem Ausweg, aber da war keiner. Es gab keinen Weg hier raus. Ich würde die ganze Nacht hier drin verbringen und dann morgen, wenn ich Glück hatte, vom Hausmeister gefunden werden.

Wenn ich Glück hatte. Wenn ich bis dahin noch nicht erfroren war.

Ich schlang meine schmerzenden Arme enger um meinen Körper, um mich aufzuwärmen, doch das half nur bedingt. Heiße Tränen liefen über meine Wangen. Das war Tag Nummer zehn. Der eindeutige Beweis dafür, dass der Virus existierte, der es mir nicht erlaubte, Freunde zu haben. Und auch nicht, mich zu verlieben. Denn wenn ich meine Gefühle nur etwas besser im Griff hätte, dann wäre ich jetzt nicht hier in dieser Lage.

Mein Körper zitterte unkontrolliert, und meine Zähne schlugen immer wieder aufeinander.

Vielleicht hatten sie recht. Vielleicht war ich tatsächlich nicht dafür bestimmt, Freunde zu haben. Ihre Worte hallten in meinem Kopf wider. Wer konnte mich denn schon mögen?

Schweißgebadet wachte ich aus meinem Traum auf. Mein Herz schlug geradezu schmerzhaft fest, und ich hatte immer noch die Bilder in meinem Kopf. Die leeren Gänge der Highschool, die dunklen Gassen, die kalte Nacht. Mir war klar, dass es nur ein Traum gewesen war, doch die Erinnerung war noch immer so real. Es war, als wäre das alles erst gestern passiert.

Meine Knie zitterten, als ich aus dem Bett kletterte, um mir etwas zu trinken zu holen. Ich hasste es, dass mich dieser Traum immer und immer wieder heimsuchte. Ich kannte ihn doch bereits in- und auswendig. Eigentlich dürfte er mir keine Angst mehr einjagen. Und doch tat er es.

Mit einem Glas Wasser und einer Decke über den Beinen kauerte ich mich auf die Couch. Hier würde ich erst einmal bleiben. Ich war noch nicht bereit, zurück ins Bett zu gehen. Ich wollte nicht einschlafen und dort weitermachen, wo der Traum aufgehört hatte. Der schlimmste Teil stand mir nämlich noch bevor.

Ich schloss die Augen und atmete tief durch, um mich zu beruhigen. Zwar versuchte ich mir einzureden, dass es sich um nichts weiter als einen dummen Traum handelte, aber das nahm mir mein Körper nicht ab. Er wusste, dass es mehr war.

Als plötzlich das Licht im Wohnzimmer anging, riss ich erschrocken die Augen auf.

»Claire? Was ist los, kannst du nicht schlafen?« Jamie klang so munter. Das beruhigte mich. Es bedeutete, dass ich ihn nicht geweckt hatte.

»Ich hatte nur Durst.« Als Beweis hielt ich mein Wasserglas in die Höhe. »Ich wollte dich nicht stören.«

»Du hast mich nicht gestört«, wehrte er ab. »Ich war noch wach.«

Ich wollte ihn fragen, warum er um halb drei Uhr morgens wach war, doch ich brachte die Worte einfach nicht über die Lippen. Ich war zu erschöpft.

»Bist du dir sicher, dass alles in Ordnung ist?« Jamie kam näher und musterte mich, doch ich hielt den Blick abgewandt. »Du zitterst, ist dir kalt?«

»Geh ins Bett, Jamie.« Die Worte klangen schroffer, als ich beabsichtigt hatte. Ich wollte nicht unhöflich sein, immerhin machte er sich nur Sorgen. Aber im Moment fehlte mir einfach die Energie, um ihm zu erklären, was los war.

Er zögerte einen Moment lang, doch dann setzte er sich zu mir. Stur starrte ich den Couchtisch vor mir an, in der Hoffnung, er würde dadurch begreifen, dass seine Anwesenheit nicht erwünscht war.

»Hast du schlecht geträumt?«

So beiläufig wie möglich zuckte ich mit den Schultern. Und da waren sie wieder – die Bilder in meinem Kopf.

Warum tust du mir das an? Ich hörte, wie sich meine eigene Stimme in der Erinnerung überschlug. *Ich dachte, du wärst meine Freundin!*

»Ich träume auch oft schlecht«, fuhr Jamie fort, als ich ihm nicht antwortete. »Manchmal träume ich von einem Tornado, der über die Stadt herzieht. Und alle schaffen es, sich rechtzeitig in Sicherheit zu bringen, nur ich nicht. Ich hasse das. Aber aus irgendeinem Grund kommt dieser Traum immer wieder, als wolle er mir irgendetwas sagen. Verstehst du?«

Ich schwieg. Mir war schon klargewesen, dass ich nicht die Einzige war, die ab und zu schlecht träumte. Aber das half mir im Moment auch nicht weiter.

»Einmal habe ich geträumt, ich wollte meine Großeltern in Florida besuchen. Auf halber Strecke ist das Flugzeug in Turbulenzen geraten und wäre fast abgestürzt. Um ein Haar hätte ich vor Angst ins Bett gemacht.« Jamie grinste, doch es fiel mir immer noch schwer, mich zu bewegen. Oder gar etwas zu erwidern. Mein Körper fühlte sich an wie gelähmt.

»Oder einmal –«

»Ich habe geträumt, ich wäre wieder in der Schule«, fiel ich Jamie ins Wort, bevor er mir eine neue Horrorgeschichte auftischen konnte, die mich bestimmt heute Nacht noch einmal heimsuchen würde.

So, ich hatte es gesagt. Hoffentlich war er nun endlich zufrieden.

Verwirrt blinzelte Jamie mich an.

»In der Highschool? Zugegeben, das Essen in der Cafeteria war alles andere als umwerfend, aber ich habe wahrhaft Schlimmeres erlebt.« Er machte eine Pause, dann wurde er endlich ernst. »Hat es etwas mit deinem Ausraster auf der Schulfeier zu tun?«

»Meine Schulzeit war eben nicht die beste, okay?« Wieder fuhr ich Jamie an, ohne es zu wollen. Ich hatte einfach die Schnauze voll, immer wieder an diesen Patzer erinnert zu werden. Und auch an alles andere, das mit der Highschool zu tun hatte. »Ich war an diesem Tag einfach wütend. Auf die Schule, die Lehrer, einfach alles. Ich habe diesen Ort in keiner guten Erinnerung. Und als ich dann dort war und diese Mädchen gesehen habe, da ist einfach eine Sicherung durchgebrannt.«

»Was soll das heißen?«

Ich wandte den Blick von ihm ab. Als ob ich ihm das verraten würde. Immerhin wollte er darüber reden, nicht ich. Ich wollte einfach nur alleine sein.

»Claire.« Jamie machte eine kurze Pause. »Willst du mir nicht von deinem Traum erzählen? Vielleicht hilft dir das ja, damit klarzukommen.«

Nein, eigentlich wollte ich das nicht. Ich wollte mit niemandem darüber reden. Es war mein Geheimnis, das tief in meiner Brust vergraben war und nur nachts zum Vorschein kam. Wie Dämonen, die sich von der Dunkelheit ernährten.

»Ich meine, du musst mir nichts erzählen«, räumte Jamie ein. »Aber es wäre nur fair. Immerhin habe ich dir auch von meinen schlimmsten Alpträumen erzählt.«

Da hatte er wohl recht. Ich schloss die Augen und atmete tief durch. Es wurde Zeit, die Dämonen freizulassen. Ein für alle Mal.

»Ich war damals alles andere als beliebt«, erklärte ich dann, und das war vermutlich die Untertreibung des Jahrhunderts. Sogar den Strebern aus dem Mathekurs war es leichtergefallen, Anschluss zu finden. »Ich habe nie irgendwo dazugepasst. Es war der reinste Alptraum, morgens aufzustehen und zu wissen, dass man den ganzen Tag über alleine sein würde.«

Jamie legte die Stirn in Falten. »Das ist es, wovon du geträumt hast?«

Ich biss mir auf die Lippe.

»Das war doch bloß die Vorgeschichte. Ich habe geträumt, einen Anruf zu bekommen, mitten in der Nacht. Es war meine damalige beste Freundin.« Sie war genauso gewesen wie ich. Wir beide hatten einfach keinen Weg gefunden, zu den anderen durchzudringen. Und genau das hatte uns verbunden. »Sie hat mich gebeten, in die Schule zu kommen. Dringend. Es war Mitte Oktober.«

»Was macht man im Oktober nachts in der Schule?«, wollte Jamie wissen. Und um ehrlich zu sein, hatte ich mir diese Frage auch gestellt. Aber ich war nicht in der Position gewesen, meine einzige Freundin hängenzulassen, wenn sie Hilfe brauchte. Also war ich gefahren – ohne Fragen zu stellen.

»Hast du die Highschool schon einmal menschenleer gesehen?«, fragte ich, um seiner Frage aus dem Weg zu gehen. »Es ist unheimlich.«

Ich sah den Gang vor mir, als wäre es erst gestern gewesen. Jeder Schritt war so laut gewesen wie Kanonenschüsse. Ich hatte ihren Namen gerufen, doch niemand hatte geantwortet.

»Ich habe sie auf dem Sportplatz hinter der Schule gefunden. Gemeinsam mit ein paar anderen Mädchen, die mir das ganze vorherige Schuljahr zur Hölle gemacht hatten.« Ich machte eine Pause und wartete auf eine Reaktion seinerseits, doch nichts geschah. Jamie betrachtete mich nur mit großen Augen und wartete darauf, dass ich weitersprach. Doch genau da lag das Problem: Ich konnte es nicht. Alleine die Erinnerung ließ meinen Magen schmerzen, als hätte ich eben einen Kübel Säure in einem Zug geleert. Darüber zu sprechen war mir so unangenehm.

»Was ist dann passiert?«, wollte Jamie wissen. Seiner Stimme merkte ich an, dass er die Antwort gar nicht abwarten konnte. Es war, als würde er auf die nächste Folge seiner Lieblingsserie warten, die erst in einer Woche kam. Seine Nerven waren knapp vor dem Zerbersten. »Claire?«

»Einen Moment später habe ich mich im Schwimmbecken wiedergefunden, das bereits für den Winter geleert war.«

»Bist du gefallen?«

Es fiel mir schwer, ein Lachen zu unterdrücken. »Ja, das dachte ich auch. Zumindest, bis mich jemand von oben mit dem Gartenschlauch bespritzt hat. Ich bin garantiert nicht gefallen. Das alles war geplant.«

Was hast du, Claire? Willst du nicht jemanden rufen, der dir da raushilft? Oder gibt es etwa niemanden, der für dich kommen würde?

Sie hatten recht gehabt. Ich hatte damals noch kein eigenes Handy besessen und nicht die Chance gehabt, jemanden anzurufen. Und selbst wenn, hätte ich nicht gewusst, wen. Denn meine beste Freundin war plötzlich eine von ihnen gewesen.

Halt dich von ihm fern. Er gehört mir, hast du verstanden?

Erst dann hatte ich zu begreifen begonnen: Ich hatte mich in einen Jungen verliebt, der nicht einmal wusste, dass ich existierte. Und dafür war ich gleich doppelt bestraft worden. Nicht nur, dass ich ihn niemals hätte haben können, mein Geheimnis war auch noch an die falschen Ohren gelangt.

»Hast du schon mal eine ganze Herbstnacht nass in einem leeren Schwimmbecken verbracht?«, fragte ich Jamie, um mich selbst aus dieser immer wiederkehrenden Erinnerung zu befreien.

Er schüttelte den Kopf.

»Es ist *kalt.*« Schnell presste ich die Lippen aufeinander, als ich merkte, dass meine Stimme brach. Nur nicht heulen, beschwor ich mich selbst. Nicht deswegen. Nicht vor Jamie.

Dieser blickte mich bloß ausdruckslos an. Vermutlich versuchte er noch herauszufinden, ob es sich bei der Geschichte tatsächlich nur um einen Traum handelte.

Wie sehr wünschte ich, dass es so wäre. Die Nacht war eisig kalt und sternenklar gewesen – eine der wenigen Nächte, in denen man das Gefühl hatte, das Universum zu durchschauen. Mein einziger Trost war der Mond gewesen, der mit mir auf den Morgen gewartet hatte.

Seitdem suchte ich jedes Mal, wenn ich einsam oder traurig war, den Mond am Nachthimmel. Nur versteckte er sich die meiste Zeit hinter den Wolken, als käme er nur zum Vorschein, wenn ich ihn wirklich am dringendsten brauchte.

Deshalb hatte ich mir einen anderen Weg gesucht, ihn immer bei mir zu haben – wenn auch nur auf dem Unterarm.

»Also, jetzt weißt du es.« Ich räusperte mich, um meine Stimme wieder fester klingen zu lassen. »Deshalb konnte ich nicht schlafen. Ich hoffe, du bist zufrieden.«

Jamie zögerte einen Moment, als wäre er sich da nicht so ganz sicher. »Aber das war alles nur ein Traum, oder?«

Mein Blick fand seinen. Sollte ich ihn belügen? Würde das die Situation besser machen? Vermutlich nicht. Allerdings war Jamies Mitleid das Letzte, was ich im Moment wollte. Das alles war schon so lange her. Wären da nicht diese Träume, hätte ich es bestimmt bereits vergessen. Es war Schnee von gestern.

Aber warum verfolgte es mich dann bis in meinen Schlaf? Ganz offensichtlich hatte ich eben nicht damit abgeschlossen.

Wieder spürte ich, wie meine Augen zu brennen begannen, und wandte den Blick von Jamie ab. Ich konnte die Kälte schon fast wieder auf meiner Haut fühlen. Und auch die Angst in meiner Brust. Ich hatte nicht gewusst, wie lange ich in diesem Becken bleiben musste. Auch nicht, ob ich jemals rauskommen würde.

Ich spürte, dass Jamie mich näher zu sich zog, als ich nichts erwiderte. Ich wollte mich wehren, aber mein Widerstand ließ schnell nach. Ich atmete seinen Geruch ein und versuchte, mich zu beruhigen. Ich durfte mich nicht von einem Traum derart verunsichern lassen.

Behutsam strich Jamies Hand über meinen Rücken. Ohne es zu wollen, musste ich an den Kuss denken. Wir kamen uns viel zu nah.

»Ich hatte keine Ahnung, dass du auf der Highschool solche Probleme hattest«, sagte Jamie, als ich mich aus seiner Umarmung befreite.

So beiläufig wie möglich zuckte ich mit den Schultern. »Ich habe eben nicht dazugepasst. Die anderen nannten es den Zehn-Tage-Virus. Das war die Zeitspanne, in der alle meine Freundschaften zu Bruch gingen. Das Erschreckende daran ist, dass diese Theorie immer ins Schwarze traf. Irgendwann habe ich dann schon selbst geglaubt, von einem Virus befallen zu sein.«

»Zehn Tage.« Jamie legte nachdenklich die Stirn in Falten. »Wir haben uns am Weihnachtsabend getroffen. Das bedeutet, das wäre dann übermorgen, richtig?«

»Ich habe nicht nachgerechnet, Jamie.«

»Das solltest du aber.« Jamies Blick fixierte mich. Er wirkte so ernst, wie ich ihn noch nie zuvor gesehen hatte. »Ich beweise dir, dass es diesen Virus nicht gibt. Dann siehst du, welchen Unsinn diese Leute da verzapft haben.«

»Das ist nicht nötig«, widersprach ich. »Mir ist klar, dass es so etwas wie einen Zehn-Tage-Virus nicht gibt.«

»Doch, es ist nötig. Du kannst mir erzählen, was du willst, aber ich sehe, dass dich diese Geschichte noch immer belastet. Ansonsten würdest du nicht davon träumen.« Wo er recht hatte. »Ich werde dir beweisen, dass unsere Freundschaft nicht nach zehn Tagen vorbei ist.«

Vielleicht nicht nach zehn Tagen, aber spätestens, wenn Jamies Freundin nach Hause kam. Denn nach allem, was ich bis jetzt über sie erfahren hatte, war sie einer dieser Alpträume, die mich nachts nicht schlafen ließen.

»Da bin ich gespannt«, meinte ich und erhob mich dabei von der Couch. »Ich denke, ich sollte langsam wieder ins Bett gehen. Es tut mir leid, dass ich dich wachgehalten habe.«

»Schon okay.« Er zögerte einen Moment, als wollte er noch etwas hinzufügen. Doch dann stand er ebenfalls auf. »Schlaf gut. Und träum zur Abwechslung etwas Schönes.«

»Ich werde mir Mühe geben«, versicherte ich ihm.

Süß wie Zucker

Hin und wieder tat ich so, als würden mich gewisse Dinge kaltlassen. Dabei steckten sie in Wahrheit tief in meiner Brust und schienen mein Herz in die Mangel zu nehmen. Ein einfacher Gedanke reichte aus, damit es sich schmerzhaft zusammenzog. Und auch ein Blick von Jamie, der mich immer wieder daran erinnerte, dass ich ihm gestern Nacht mein Innerstes offenbart hatte.

Ich verstand immer noch nicht, warum ich das getan hatte. Niemandem, absolut niemandem hatte ich bisher von diesen Träumen erzählt. Warum gerade ihm? Einem Fremden, den ich nach meinem Auszug vermutlich nie wiedersehen würde?

Normalerweise behielt ich all meine Sorgen und Ängste für mich. Es war mir lieber, der Schmerz machte mich kaputt, als dass jemand anderer davon erfuhr. Das hatte ich in meinem letzten Jahr auf der Highschool gelernt.

»Ich habe nachgedacht«, meinte Jamie plötzlich aus heiterem Himmel. Er rührte gedankenverloren in seiner Tasse, dabei war noch gar kein Zucker in seinem Tee. Ob ihm das wohl bewusst war? »Diese Mädchen, von denen du gestern erzählt hast«, fuhr er fort, als ich nichts erwiderte. »Wie waren ihre Namen?«

Hast du Angst, deine Freundin könnte eine von ihnen gewesen sein?, wollte ich ihn fragen, doch ich hielt mich zurück. Schließlich hatte ich mir vorgenommen, keinen Gedanken mehr an die Vergangenheit zu verschwenden. Egal, wie sehr es mich reizte, herauszufinden, um wen es sich bei Jamies Freundin handelte. Es machte keinen Unterschied.

»Das verrate ich dir nicht.«

»Warum?« Jamie stellte seine Tasse beiseite. »Warum willst du sie auch noch schützen?«

»Vielleicht will ich gar nicht sie schützen, hast du schon einmal daran gedacht?«

Verwirrt blinzelte Jamie mich an. Offenbar hatte er diesen Hinweis nicht verstanden. Aber das machte nichts.

Ich griff nach meinem Tee und machte mich damit auf den Weg ins Wohnzimmer. Ich war gerade dabei, auf Jamies Laptop eine Wohnung zu suchen, die ich auch bezahlen konnte. Ich wollte nicht, dass Rosalie arbeiten musste, solange sie noch zur Schule ging. Ich würde auch so für sie sorgen können. Ich musste nur etwas achtsamer mit meinem Geld umgehen.

»Komm schon, Claire.« Jamie lief mir hinterher wie ein Entenbaby, das seine Mutter nicht verlieren wollte. »Sag es mir.«

Ich stellte die Tasse auf dem Wohnzimmertisch ab und griff stattdessen nach dem Laptop. In New York gab es genug günstige Wohnungen. Nur ließen mir die Meisten davon einen kalten Schauer über den Rücken laufen. Eine Wohnung, die billig und in einem sicheren Umfeld war, war bereits weitaus schwerer zu finden.

»Ignorierst du mich?«

Ich könnte einen zweiten Job annehmen, dadurch würde ich mehr Geld verdienen. Zumindest, bis Rose mit der Schule fertig war. Das wäre eine Möglichkeit …

»Claire –«

»Jamie«, fiel ich ihm ins Wort. »Siehst du nicht, dass ich beschäftigt bin? Ich arbeite daran, dass du dein Gästezimmer zurückbekommst.«

»Ich will es aber wissen, Claire. Wenn du es mir nicht verrätst, wird es mich bis an mein Lebensende verfolgen.«

Ich biss mir fest auf die Zunge. Nichts Falsches sagen! Bloß nichts Falsches sagen.

Langsam schüttelte ich den Kopf. »Es würde keinen Unterschied machen, Jamie. Die Sache ist ein für alle Mal vorbei. Warum ist es dir überhaupt so wichtig, die Namen zu erfahren?«

»Warum?« Jamie lachte freudlos auf. »Denkst du, ich könnte mit jemandem zusammen sein, der in der Lage ist, einem anderen Menschen so schlimme Dinge anzutun?«

Offensichtlich.

Ich atmete tief durch. »Hör zu, Jamie. Ich weiß nicht, wer deine Freundin ist, und ich will es auch nicht wissen. Es war ein Fehler, dir von all dem zu erzählen. Ich will nicht, dass du dich da hineinsteigerst, denn ich habe damit abgeschlossen. Es ist lange her, und wir alle haben uns verändert. Du kannst niemanden für etwas verurteilen, das vor so vielen Jahren passiert ist.«

»Und wenn du in dieser Nacht erfroren wärst, dürfte ich sie dann dafür verurteilen?«

»So weit wäre es nie gekommen.«

»Woher weißt du das?« Jamie ließ sich neben mir auf die Couch fallen und musterte mich so eindringlich, dass ich den Blick von ihm abwenden musste. Es war schließlich nicht so, als hätte ich damals keine Angst gehabt. Es war kalt gewesen. Schmerzhaft kalt. Und ja, ich hatte mit dem Gedanken gespielt, von dieser Nacht nicht mehr aufzuwachen. Aber es war, wie ich bereits gesagt hatte. Die Sache war Jahre her. Wir alle waren erwachsen geworden. Bestimmt auch diese Mädchen. Ohne es zu wollen, dachte ich an die beiden, die ich im Supermarkt gesehen hatte. Nur weil sie immer noch an Make-up interessiert waren, bedeutete das nicht, dass sie nicht erwachsen geworden waren …

»Weißt du, Jamie«, setzte ich dann an, »am Ende zählt nicht, wie die Leute einen behandeln. Das hat nichts mit dir als Person zu tun. Das Einzige, was wirklich zählt, ist, wie du andere behandelst. Das zeigt, wer du wirklich bist. Und ich will mich nicht auf dieses Niveau herablassen.«

Jamie zögerte und betrachtete mich einen Moment lang. Ich hoffte, dass sich dieses Thema damit erledigt hatte, doch so einfach schien er nicht aufgeben zu wollen.

»Okay, machen wir es anders. Ich sage dir den Namen meiner Freundin, und du verrätst mir, ob sie damals dabei war oder nicht.«

»Jamie.« Ich sprang von der Couch auf, als würde ich seine Worte dadurch nicht mehr hören können. Langsam machte sich Wut in mir breit. »Hör auf damit. Wenn du mir wirklich helfen willst, dann *hör auf*. Ich will nicht daran denken und auch nicht dauernd daran erinnert werden. Ich mag dich, Jamie. Zu wissen, dass deine *Freundin*, in deren Wohnung ich zurzeit lebe, eines dieser Mädchen ist, würde alles kaputtmachen.« Ich schluckte hart, da meine Stimme zu zittern begonnen hatte. »Und das will ich nicht.«

»Ich will es auch nicht«, versicherte Jamie mir und erhob sich ebenfalls. Nur langsam kam er auf mich zu. »Aber du musst doch auch verstehen, dass mich das nicht in Ruhe lässt.«

Das tat ich. Aber ich war egoistisch genug, nicht darauf einzugehen. »Ich werde dir die Namen nicht verraten. Aber ich sage dir dafür etwas anderes: Der äußere Schein trügt oft, Jamie.« Ich hob den Blick und sah ihn an. »Man darf nicht alles glauben, was man sieht. Salz sieht auch aus wie Zucker. Hast du dir schon einmal Salz in den Tee gegeben?«

Verwirrt legte Jamie die Stirn in Falten. »Nein?«

»Sei froh. Es ist schrecklich.« Erschöpft ließ ich mich zurück auf die Couch fallen. Jamies Laptop stand immer noch offen auf dem Wohnzimmertisch. Ich hatte mir zuvor ein paar viel versprechende Wohnungen angesehen, und eine davon würde ich nach dem Frühstück besichtigen.

»Was ist das?«, wollte Jamie wissen, als er sich weiter herüberbeugte und die Wohnungen irritiert musterte. »Suchst du nach dem perfekten Schauplatz für einen Mord?«

Genervt verdrehte ich die Augen. »Nicht jeder kann sich eine Luxuswohnung im Herzen der Stadt leisten«, erklärte ich. »Besonders, wenn man für zwei bezahlen muss.«

Jamie verzog das Gesicht. »Wie alt ist deine Schwester?«

»Sie ist siebzehn. Das bedeutet, sie ist bald mit der Highschool fertig. Aber bis dahin muss ich die Rechnungen für uns beide bezahlen.«

Mit einem Mal schwiegen wir. Die Stille war bedrückend. Warum erzählte ich ihm das bloß? Ich hatte mir doch vorgenommen, ihn aus meinem Privatleben rauszuhalten. Wir waren Mitbewohner, nichts weiter.

»Also hast du dich für eine der Wohnungen entschieden?«

Ich zuckte mit den Schultern. »In einer Stunde habe ich einen Besichtigungstermin. Es ist nur eine von vielen Wohnmöglichkeiten, aber irgendwo muss man anfangen zu suchen. Und wer weiß? Vielleicht gefällt mir die Wohnung ja.«

Jamies Gesicht sprach Bände. Er glaubte nicht, dass mir die Wohnung gefallen würde, und wenn ich ehrlich sein sollte, glaubte ich es auch nicht. Aber ich musste positiv denken.

»Soll ich dich begleiten?«, fragte er. »Du weißt nicht, was das für eine Gegend ist …«

»Wenn ich dort wohne, kannst du mich auch nicht jeden Tag nach Hause begleiten«, gab ich schnippischer zurück als geplant. Auch wenn Jamie es vermutlich nur gut meinte, hatte ich das Gefühl, er vertraute mir nicht. Oder meinem Menschenverstand.

»Das hatte ich auch gar nicht vor.«

Na toll, er klang beleidigt.

Ich atmete tief durch. »Es tut mir leid, Jamie. Ich wollte nicht unhöflich sein, wirklich. Es ist nur …« Ich verstummte und merkte, dass Jamie mit einem Mal hellhörig wurde. »Es geht nicht darum, dass mir die Wohnung gefällt, sondern dass sie für Rose geeignet ist. Ich will ein Zuhause für sie schaffen.«

»Okay.« Ein Lächeln schlich sich auf Jamies Gesicht, doch es wirkte nicht so ansteckend wie sonst, und das war meine Schuld. »Dann suchen wir ein Zuhause für sie.«

* * *

»Das ist nicht dein Ernst.« Jamie begutachtete den Wohnblock vor uns, der bestimmt schon bessere Zeiten gesehen hatte. Ich hatte das Gefühl, bereits der kleinste Windstoß würde ihn zu Fall bringen. Natürlich war das Unsinn. Hier lebten schließlich Leute. Und die hatten auch keine Angst. Zumindest glaubte ich das.

»Ich bin mir sicher, dass es schlimmer aussieht, als es ist«, meinte ich und ging voran – in das Wohnhaus hinein. Die Frau, mit der ich gesprochen hatte, hatte mir von einer Wohnung im fünften Stock erzählt. Und natürlich gab es hier keinen Aufzug. Das bedeutete, wir mussten Treppen steigen.

»Und ich bin mir ziemlich sicher, dass es noch viel schlimmer ist.« Offenbar widerwillig lief Jamie mir hinterher. Wenn er keine Lust hatte, das Haus mit mir zu besichtigen, warum war er dann mitgekommen? Ich hatte ihm doch gesagt, dass ich das alleine machen würde. Er hatte darauf bestanden, mich zu begleiten. Andererseits, wenn ich mir die Gegend in Erinnerung rief, in der wir uns hier befanden, war ich doch ganz froh darüber, ihn bei mir zu haben.

»Ganz ehrlich, Claire. Hier willst du doch nicht leben, oder?«

»Es ist in meinem Budget.« Ich versuchte, seiner Frage auszuweichen. Natürlich wollte ich hier nicht leben, aber es war besser als nichts.

Im fünften Stock angekommen, sah ich mich um, bis ich die Tür fand, von der die Frau gesprochen hatte. Den Schlüssel hatte sie für mich unter der Türmatte liegen lassen.

Bei genauerem Hinsehen kam ich zu dem Entschluss, dass die Tür schon einmal geöffnet worden war. Und zwar mit Gewalt. Aber wie sagte man? In das gleiche Haus wurde nie zweimal eingebrochen. Hoffentlich traf das auch auf diese Wohnung hier zu.

»Wow.« Skeptisch sah Jamie sich darin um. »Ich frage mich, warum die Tür überhaupt abgeschlossen war. Wer will hier schon freiwillig rein?«

»Jemand, der keine anderen Perspektiven hat.« Ich stand in

der Mitte der Wohnung und kämpfte gegen die Tränen an. Ein seltsamer Geruch lag in der Luft, es war eisig kalt, und die Wände hatten eine seltsame Farbe, die stark an Schimmel erinnerte.

Hier drin gab es rein gar nichts. Keine Möbel, nichts. Ich würde alles selbst auftreiben müssen. Aber das würde ich schon irgendwie schaffen.

»Du spielst doch nicht wirklich mit dem Gedanken, diese Wohnung zu nehmen? Claire?« Jamie griff nach meinem Arm, doch ich gab ihm keine Antwort. Es war die erste Wohnung, die wir begutachteten, aber ich fürchtete, dass sämtliche Unterkünfte in dieser Preisklasse genauso waren wie diese hier. »Das ist nicht dein Ernst, oder? Ich habe doch gesagt, du kannst bei mir wohnen. Und deine Schwester auch. Es ist genug Platz für alle.«

»Bis deine Freundin zurückkommt«, gab ich zu bedenken und machte kehrt, um die Wohnung zu verlassen. Ich konnte nicht eine Sekunde länger hierbleiben. »Vergiss es, Jamie. Wir finden schon etwas.«

»Etwas wie das da?« Er lief mir hinterher und deutete dabei auf die Wohnung, die wir hinter uns ließen. »*Niemand* sollte hier leben. Du ganz besonders nicht.«

»Glaub mir, wenn ich eine andere Wahl hätte –«

»Die hast du«, fiel er mir ins Wort. »Du kannst meine Hilfe annehmen. Wenn es sein muss, bezahle ich die Wohnung für euch.«

Langsam reichte es mir. Auf den Treppen blieb ich stehen und drehte mich zu Jamie um. »Du meinst, deine Eltern bezahlen sie. Du hast keine Ahnung, wie es ist, für etwas arbeiten zu müssen, nicht wahr, Jamie? Du hast immer alles bekommen. Leider sind nicht alle solche Glückspilze wie du. Ich denke, dieses Haus hier ist dafür Beweis genug. Ich weiß, du meinst es nur gut. Aber bitte, bitte hör auf, so zu tun, als würde Geld in dieser Welt keine Rolle spielen. Das tut es nämlich sehr wohl.«

Bevor Jamie etwas erwidern konnte, setzte ich meinen Weg fort. Ich hatte nicht vor, einen Streit mit ihm zu beginnen, aber ich hatte es einfach nicht mehr ausgehalten. Ich hatte ihm endlich sagen müssen, was schon so lange in meiner Brust brannte.

»Ich weiß, du hörst das nicht gerne, Claire. Aber was ist mit dem Angebot meines Vaters?«, wollte Jamie wissen, als er mich eingeholt hatte. »Wenn du das Praktikum überstehst, hast du einen festen Job. Bis dahin könnt ihr beide weiter bei mir wohnen. Das würde sich schon irgendwie regeln lassen.«

Kopfschüttelnd blieb ich stehen. Ich musste dieses Gespräch beenden, bevor Jamie mir den ganzen Weg zurück die Ohren volljammerte. »Du willst es nicht verstehen, oder?«

»Nein.« Der Ausdruck auf seinem Gesicht war völlig ernst, was ich nicht von ihm gewöhnt war. »Ich verstehe es nicht, Claire. Ich dachte, dieses Angebot hätte dir gefallen. Stimmt das etwa nicht?«

»Doch, natürlich.« Schon fast verzweifelt griff ich mir mit der Hand an die Stirn. Von diesem Gespräch begann mein Kopf zu schmerzen. »Natürlich würde mir eine Ausbildung zur Designerin gefallen, aber das ist doch nichts weiter als –«

»Als was?«, fiel Jamie mir ins Wort, und ich biss mir auf die Zunge. »Als ein Traum? Es ist völlig in Ordnung, Träume zu haben, Claire. Niemand verurteilt dich für das, was du dir wünschst.«

Du *willst Künstlerin werden? Dazu braucht man aber Talent, Claire. Schlag dir das besser schnell aus dem Kopf.*

»Das sagst du so leicht. Sieh dich um, Jamie. Denkst du wirklich, jemand, der hier lebt, hat Platz in der Firma deines Vaters? Hast du die Leute gesehen, die dort einkaufen? Alleine die Hundehalsbänder ihrer Chihuahuas sind mehr wert als alles, was ich besitze.«

»Es geht hier nicht um Geld.«

»Doch natürlich«, fiel ich ihm ins Wort. »Es geht *immer* um Geld.« Ich verstummte, als ich Jamies Blick erwiderte und mir plötzlich klarwurde, dass dieses Gespräch etwas aus den Fugen geraten war.

»Es geht gar nicht um das Praktikum, nicht wahr?«

Ich schluckte, um dieses verräterische Brennen in meinem Hals loszuwerden. Das Letzte, was ich wollte, war, auf offener Straße zu heulen zu beginnen.

»Können wir nach Hause gehen?« Meine Stimme war viel zu leise. »Bitte.«

Jamie zögerte einen Moment, doch dann nickte er und setzte sich in Bewegung. »Aber du kannst mir nicht erzählen, dass es hier niemanden gibt, der an eine bessere Zukunft glaubt.«

Ich schwieg, in der Hoffnung, Jamie würde dieses Thema dadurch fallenlassen. Doch ich hatte umsonst gehofft.

»Hey«, sagte er, als eine vermummte Frau an uns vorbeikam. Sie blieb stehen und musterte Jamie verwirrt. »Was ist Ihr Traum?«

Sie gab ein sarkastisches Geräusch von sich. »Das war ein Scherz, oder?«

»Lass uns gehen.« Ich packte Jamie am Arm und zog ihn mit mir. »Siehst du? Die Leute hier haben keine Träume. Genau wie ich es gesagt habe.«

»Und willst du wirklich einer dieser Leute sein?« Jamie schüttelte den Kopf. »Das kann ich mir nicht vorstellen.«

»Nein, aber –«

»Nichts aber.« Mit einem Mal klang Jamie schrecklich motiviert. »Wir finden schon noch etwas für dich. Daran habe ich gar keine Zweifel.«

Mondgeflüster

Dicke Wolken beherrschten den Nachthimmel. Hin und wieder war der Wind stark genug, um einige davon zu vertreiben und den Mond freizugeben, doch das war nicht genug. Ich brauchte mehr.

Schon als kleines Kind hatte ich den Mond geliebt. Immer wenn ich traurig oder einsam gewesen war, hatte ich mich ans Fenster gesetzt und den Nachthimmel beobachtet. Besonders bei unseren Urlauben auf dem Land hatte ich mich kaum an den Sternen sattsehen können. Damals, als unser Vater noch am Leben gewesen war, hatten wir fast jeden Sommer unsere Sachen gepackt und New York verlassen. Es war die schönste Zeit des Jahres gewesen.

Gedankenversunken starrte ich den halbvollen Mond an. Wenn ich tatsächlich einen Wunsch frei hätte, würde er ihn mir erfüllen? Mir gefiel die Vorstellung, dass der Mond mächtiger war, als jeder glaubte. Zwar war mir bewusst, dass mir niemand einen Wunsch erfüllen würde, aber ihm traute ich es noch am ehesten zu.

Doch selbst wenn ich einen Wunsch frei hätte, wofür sollte ich ihn aufwenden? Dafür, dass alles glatt lief und ich Rose rechtzeitig abfangen konnte, bevor sie die Wohnung unserer Mutter betrat? Oder dafür, dass ich bald eine geeignete Wohnung finden würde?

Mit einem Mal spürte ich ein unangenehmes Ziehen im Magenbereich. Ich dachte an Jamie und all das, was ich ihm heute an den Kopf geworfen hatte. Dabei war das doch gar nicht meine

Absicht gewesen. Ich hatte ihn nicht verletzen wollen. Er konnte doch nichts dafür, dass er mehr Glück im Leben hatte als ich. Und ganz besonders konnte er nichts für meine Launen.

Langsam schien der Virus seine ersten Anzeichen zu zeigen. Bald waren die zehn Tage vorüber, und ich begann schon jetzt, die Freundschaft zu Jamie ins Wanken zu bringen. Von wegen, er würde mir das Gegenteil beweisen. Das konnte er nicht. Niemand konnte mich heilen.

Als der Mond erneut von dunklen Wolken verdeckt wurde, beugte ich mich nach vorne, um nach meiner Hose zu greifen, die vor dem Bett auf dem Boden lag. In der hinteren Tasche hatte ich immer noch den Stern versteckt, den ich von Jamies Weihnachtsbaum gestohlen hatte. Ich konnte es nach wie vor nicht fassen, dass ich das getan hatte. In meinem ganzen Leben hatte ich noch nie etwas entwendet, und dann war da dieser silberglitzernde Stern gewesen, und ich hatte einfach danach greifen müssen. Alleine der Gedanke daran schien einen Knoten in meine Eingeweide zu basteln. Ich musste ihn zurückgeben.

Erschrocken zuckte ich zusammen, als es mit einem Mal an die Tür klopfte. Schnell ließ ich den Stern wieder verschwinden und räusperte mich. »Ja?«

»Hey, du bist noch wach.«

Ich zuckte mit den Schultern, ohne Jamie dabei anzusehen. »Ich konnte nicht schlafen. Was ist mit dir?«

»Mir ging es so ähnlich.« Er zögerte. »Kann ich reinkommen?«

Nachdem ich genickt hatte, schloss Jamie die Tür hinter sich und setzte sich zu mir ans Bett. »Also«, setzte er vorsichtig an, »was du heute gesagt hast …«

»Können wir das bitte einfach vergessen? Es tut mir leid, dass ich meine schlechte Laune an dir ausgelassen habe. Die letzten Tage waren alles andere als leicht für mich, und es war einfach, dir die Schuld dafür zu geben. Dabei bin ich für meine Situation ganz allein verantwortlich, und das weiß ich auch.«

»Du musst dich nicht entschuldigen. Du kannst nichts für deine Situation und auch nichts dafür, wie sich deine Mutter im Moment verhält.«

Du brauchst nicht zu glauben, dass ein Anruf reicht, damit du wieder nach Hause kommen kannst.

Ich hasste es, dass ich diese Worte einfach nicht loswerden konnte. Ob ihr überhaupt bewusst war, wie sehr sie mich damit verletzt hatte?

Mir war auch so klargewesen, dass ich nicht nach Hause konnte. Aber es von meiner Mutter zu hören, war doch etwas ganz anderes. Ich hatte kein Zuhause mehr.

»Jamie.« Ich zögerte, da mich mit einem Mal schreckliche Angst beschlich. Ich wollte nicht, dass Jamie mich aus der Wohnung warf. Aber ich konnte ihm die Wahrheit nicht länger verschweigen.

»Ja?«

Sollte ich einen Rückzieher machen? Nein. Jetzt oder nie. Ich lehnte mich zurück und griff unter das Kopfkissen. Ich hatte den Stern schnell gefunden. Er funkelte im Licht und erinnerte mich noch einmal daran, warum ich ihn überhaupt genommen hatte. Ich wollte ihn nicht zurückgeben, aber ich hatte keine andere Wahl. Ich konnte nicht mit Jamie zusammenwohnen und dabei genau wissen, dass ich ihn bestohlen hatte. Das war falsch, so wollte ich nicht sein.

»Hier.« Ohne ihn dabei anzusehen, streckte ich Jamie den Stern entgegen. »Der gehört dir. Ich habe ihn genommen.«

Ich wartete, doch Jamie machte keine Anstalten, mir den Stern abzunehmen. Vorsichtig hob ich den Kopf und suchte seinen Blick. Er wirkte verwirrt.

»Und weiter?«, wollte er wissen, woraufhin ich die Stirn in Falten legte.

»Na, der Stern gehört mir nicht. Ich habe ihn genommen, ohne zu fragen. Jetzt will ich ihn dir zurückgeben.«

»Wo hast du den eigentlich her?«

»Er war bei dem Weihnachtsschmuck.«

»Oh.« Jamie zuckte mit den Schultern. »Du kannst ihn behalten, wenn du willst. Als Erinnerung. Ich bin mir sicher, dass wir den gleichen Schmuck nicht zwei Jahre hintereinander verwenden werden. Wenn du willst, kann ich dir die ganze Schachtel geben.«

Fassungslos schüttelte ich den Kopf. »Hast du mir gerade überhaupt zugehört? Ich habe den Stern *gestohlen.*«

»Aber wenn ich ihn dir schenke, gehört er dir«, meinte Jamie. »Das bedeutet, es handelt sich dabei um kein Diebesgut, oder irre ich mich da?«

»Nein, aber –«

»Na, dann haben wir ja alles geklärt.« Jamie grinste. »Erinnere mich vor deinem Auszug noch einmal, dann hole ich dir die restlichen Sterne aus dem Keller.«

»Ich –«, setzte ich an, brach den Satz aber ab. »Danke«, sagte ich stattdessen und schloss den Stern fest in meine Hand.

»Kein Problem.« Jamie gähnte. »Okay, *jetzt* bin ich müde. Ich geh dann mal ins Bett, wir sehen uns morgen.«

Kurz vor der Tür blieb Jamie noch einmal stehen, und mein Herz machte einen Satz. Sein Blick war auf das Bild gerichtet, das dort neben der Tür lehnte. Ich hatte ganz vergessen, dass Jamie es noch gar nicht zu Gesicht bekommen hatte.

Er drehte sich zu mir um und deutete dabei auf das Gemälde. »Warum hast du das vor mir versteckt?«, wollte er wissen. »Es sieht richtig gut aus.«

»Es gefällt dir?«

»Aber ja.« Ein Lächeln machte sich auf seinem Gesicht breit. »Es ist düster und vielschichtig. Ich finde, es passt zu dir.«

Der Zehn-Tage-Virus

Als ich am nächsten Tag aufwachte, war von Jamie keine Spur. Es war seltsam, normalerweise war er stets vor mir wach und geisterte bereits in der Wohnung herum. Doch nicht heute.

Leise bewegte ich mich durch das Wohnzimmer. Ich konnte kein einziges Geräusch vernehmen, was entweder bedeutete, dass Jamie noch schlief, oder dass er bereits unterwegs war. Wobei ich mir Ersteres nicht vorstellen konnte.

Mein Weg führte mich in die Küche, um mir erstmal eine Tasse Tee zu machen und richtig wachzuwerden. Letzte Nacht hatte ich nicht besonders viel geschlafen, auch nicht, nachdem Jamie gegangen war. Ich hatte mir alles wieder und wieder durch den Kopf gehen lassen. Es fiel mir unheimlich schwer, ihn zu verstehen. Er war so nachsichtig. Wie konnte es ihm nur so leichtfallen, mir jedes Mal zu verzeihen, wenn ich ihn unfair behandelte? Ich an seiner Stelle hätte bestimmt anders reagiert. Ich war bei weitem nicht so geduldig.

Gerade wollte ich nach der Teekanne greifen, als mein Blick auf einen kleinen blauen Zettel fiel, der über der Spüle klebte.

Hey Claire,
ich musste heute früh raus, bin vor Mittag nicht zurück. Schreib mir, was ich uns zu essen mitnehmen soll.
Mach dir einen schönen Tag.
Bis später.
Jamie

Grinsend betrachtete ich den Zettel. Er hatte mir eine Nachricht geschrieben, so als würde er mir eine Erklärung für sein Verschwinden schulden.

Vielleicht war es gar nicht so schlecht, dass Jamie heute etwas vorhatte. So konnten wir zumindest nicht in einen Streit geraten. Heute war es schließlich so weit, heute war der dritte Januar. Das bedeutete, dass der Zehn-Tage-Virus heute seine Wirkung zeigen musste. Zumindest, wenn die Theorie der Highschool-Mädchen stimmte, was ich bezweifelte. Auch wenn ich vielleicht irgendwann mal daran geglaubt hatte, war ich heute klüger.

Ich lief zurück ins Gästezimmer, um das Handy zu holen, das Jamie mir zur Verfügung gestellt hatte. Ich wollte ihm sagen, dass ich seine Nachricht erhalten hatte. Und dass ich Lust auf Griechisch hatte.

Doch ich hatte mir kaum das Handy ans Ohr gehalten, als ich bereits ein leises Klingeln vernahm. Verwirrt legte ich die Stirn in Falten und folgte dem Geräusch bis zur Haustür. Auf dem kleinen Abstelltisch im Vorraum lag Jamies Telefon.

Ich stöhnte. Wie sollte ich ihn denn bitte erreichen, wenn er sein Handy zu Hause ließ? Mein Blick wanderte auf das Display, auf dem mein Name aufleuchtete. Ich drückte auf den Ablehnen-Knopf, damit er nicht über den verpassten Anruf informiert wurde. Das Klingeln verstummte auf die Sekunde, und anstatt meines Namens leuchtete Jamies Homescreen auf.

Eigentlich wollte ich es dabei belassen und zurück in die Küche marschieren, um mir meinen Tee zu machen, doch etwas hielt mich davon ab. Ich hatte den Fehler gemacht, einen Blick auf seinen Bildschirmhintergrund zu werfen. Ohne es zu wollen, zögerte ich. Ich hatte nicht viel erkannt, aber was ich gesehen hatte, hatte mich neugierig gemacht.

Einen Moment lang zögerte ich, doch dann warf ich einen weiteren Blick auf das Foto, bevor das Bild erlosch. Ich sah ein Paar, das sich küsste. Allerdings konnte ich durch das starke Gegenlicht kaum etwas von den Personen erkennen. Ich ging einfach davon aus, dass es sich dabei um Jamie und seine Freundin handelte. Warum sonst sollte er ein solches Bild als Hintergrund verwenden?

Ich spürte, wie mein Magen zu schmerzen begann. Zwar hatte ich mir in den letzten Tagen eingeredet, dass ich nicht wirklich erfahren wollte, wer Jamies Freundin war, aber das war Unsinn gewesen. Gerade jetzt wurde mir bewusst, wie wichtig es für mich war, zu erfahren, mit wem Jamie sein Leben teilte. Ich musste es wissen, sollte es eines dieser Mädchen sein, die mich zur Außenseiterin gemacht hatten.

Plötzlich fühlte ich eine schreckliche Unruhe in mir, als ihre Worte durch meinen Kopf schallten: *Du kannst nicht mit Claire befreundet sein. Sie ist anders als wir. Sie ist krank.*

Und alle hatten ihnen geglaubt – mich eingeschlossen. Ich wollte nicht, dass das Gleiche mit Jamie und mir passierte. Das musste ich verhindern.

Ich durfte dem Virus gar nicht erst die Chance geben, unsere Freundschaft zu zerstören. Das bedeutete, ich musste Jamie aus dem Weg gehen – heute ganz besonders.

Ohne so recht zu wissen, was ich überhaupt tat, griff ich nach meinen Stiefeln und dem Mantel, bevor ich das Prepaid-Handy auf dem Beistelltisch ablegte und aus der Wohnung stürmte.

Fahndung

Manchmal fühlte ich mich, als würde ich in ein tiefes Loch fallen. Meine Gedanken kreisten um nur ein einziges Thema, und ich schaffte es einfach nicht, diesen Trott zu durchbrechen. Ich brauchte jemanden, der mich aus diesem Gedankensumpf zog, aber es gab niemanden. Und das war nur meine Schuld.

Ich starrte auf den gefrorenen Bach vor mir und fragte mich wieder einmal, was mit mir nicht stimmte. Warum konnte ich nicht einmal nachdenken, bevor ich handelte? War das wirklich so schwer?

Mittlerweile war es längst Nachmittag, und Jamie war vermutlich bereits zu Hause. Bestimmt fragte er sich gerade, wo ich steckte. Und weshalb er sich die Mühe gemacht hatte, mir ein Handy zu kaufen, wenn ich es nicht bei mir hatte.

Meine Gedanken spielten verrückt. Sollte ich zurück zu ihm gehen? Ich könnte behaupten, nur einen Spaziergang unternommen zu haben, aber das würde er mir vermutlich nicht abnehmen. Immerhin hatte Jamie geschrieben, er würde mittags nach Hause kommen. Das war doch so etwas wie eine Aufforderung, ebenfalls da zu sein, damit wir gemeinsam essen konnten. Dafür, dass er sein Handy vergessen hatte, konnte er nichts. Und auch nicht für all das, was ich mir deshalb in meinem Kopf zusammengereimt hatte.

Ich wusste nicht, was es war, aber der Gedanke an die Highschool schien mir jedes Mal aufs Neue das Gehirn zu vernebeln. Plötzlich schienen meine Vernunft, mein Verstand und mein rationales Denkvermögen auszusetzen. Es war, als wäre ich wieder achtzehn Jahre alt und auf der verzweifelten Flucht vor etwas, dem ich nicht entkommen konnte.

Im Nachhinein war ich stets schlauer. Zum Beispiel wurde mir jetzt gerade klar, dass ich nicht hier, sondern bei Jamie sein sollte. Und dass ich mich von Worten beeinflussen ließ, die bereits Jahre zurücklagen. Ich hasste das. Ich wollte nicht, dass diese Mädchen mein Leben kontrollierten. Nicht mehr. Ich war doch mittlerweile erwachsen. Ich musste lernen, mit der Vergangenheit abzuschließen. Zwar hatte ich gedacht, dass ich das bereits getan hatte, aber meine Flucht war wohl der eindeutige Beweis dagegen. Die Vergangenheit spukte mir immer noch im Kopf herum.

»Da bist du ja.«

Erschrocken fuhr ich herum, und da stand Jamie. Seine Wangen waren gerötet, und sein Atem ging stoßweise. Langsam kam er auf mich zu, und mein Griff um das Geländer festigte sich.

Wieder war ich kurz davor, zu flüchten. So wie ich es immer tat, wenn ich Angst bekam.

»Und ich war schon kurz davor, eine Fahndung einleiten zu lassen.« Er bemühte sich um ein Lächeln, doch es misslang. Die Besorgnis in seinem Gesicht war nicht zu übersehen.

Ich hasste mich dafür. Was hatte ich mir nur dabei gedacht, einfach abzuhauen? Ohne rationalen Grund? So etwas tat doch kein normaler Mensch! Ich hingegen tat es ständig. Ich dachte nie nach, sondern lief immer nur weg. Das war einfacher als sich seinen Problemen zu stellen. Aber es war keine Lösung.

»Es tut mir leid, Jamie«, begann ich, »ich hätte dir eine Nachricht dalassen sollen, aber –« Ich verstummte, da mir klarwurde, dass ich keine Ausrede hatte. Nicht einmal eine Sekunde hatte ich daran gedacht, ihn zu informieren, wo ich steckte. Ich war so schrecklich egoistisch.

»Aber?«

Ich zuckte mit den Schultern. »Ich musste einfach weg.«

Jamie nickte und lehnte sich mit dem Rücken gegen das Geländer neben mir.

»Ah«, meinte er. »Einfach weg. Und das gerade heute.«

Mein Blick wanderte zu meinen Händen. Sie waren gerötet von der Kälte. Er hatte also nicht vergessen, welcher Tag heute war.

»Ist das der Grund, warum du abgehauen bist?«

»Ich bin nicht abgehauen«, versuchte ich, meine Würde zu verteidigen, jedoch ohne Erfolg. Warum versuchte ich, die Situation schönzureden? Jamie würde mir doch ohnehin kein Wort glauben. »Na schön, ich *bin* abgehauen. Ich hatte Angst, okay? Ich habe zwar gesagt, dass ich an diese Geschichte mit dem Virus nicht glaube, aber das entspricht nicht ganz der Wahrheit.« Ich atmete tief durch. »Es ist einfach so tief in meinem Kopf verankert, dass ich die ganze Zeit über unbewusst nach Anzeichen dafür suche.«

»Und hast du welche gefunden?«

Ohne Jamie dabei anzusehen, schüttelte ich den Kopf. »Keine, die ich nicht irgendwie selbst inszeniert habe.«

»Na siehst du.« Jamie griff nach meinem Arm, und ich hob ganz automatisch den Blick. Die Sorge war aus seinen hellen Augen verschwunden. Stattdessen sah ich nichts als Zuversicht. »Ich hab's dir doch gesagt: Mit dir ist rein gar nichts verkehrt. Es gibt keinen Virus, die Einzige, die das nicht begreift, bist du selbst.«

»Schon möglich«, gab ich nur ungern zu. »Und es tut mir leid. Wirklich. Mir war nicht klar, wie sehr ich selbst an diesen Unsinn glaube.«

Ein Lächeln stahl sich auf Jamies Gesicht. »Keine Angst, daran arbeiten wir noch.«

Wir?

»Aber jetzt sollten wir erstmal nach Hause gehen. Langsam habe ich das Gefühl, mir frieren die Fingerspitzen ab.« Er lächelte und deutete mir mit dem Kopf, mit ihm zu kommen. Doch ich zögerte.

Wir drehten uns im Kreis. Ich reagierte über und schlug über die Stränge, und Jamie – Jamie sah es mir nach. So konnte das doch nicht weitergehen. Ich konnte den Bogen nicht immer und immer wieder überspannen und hoffen, er würde mir jedes Mal verzeihen.

»Was ist los?«, fragte Jamie, als ich mich nicht von der Stelle bewegte.

Ich musste mich zusammenreißen. Und mich nicht mehr so stark von meinen Gefühlen leiten lassen. Besonders nicht von meinen Ängsten. Ich wollte mehr so sein wie Jamie.

»Gar nichts.« Ich bemühte mich um ein Lächeln und hoffte, dass es überzeugender wirkte als das von Jamie vorhin. »Lass uns gehen.«

»Also, ich weiß nicht, wie es dir geht«, setzte Jamie an, als wir gerade einmal ein paar Schritte hinter uns gebracht hatten. »Aber ich habe immer noch schrecklichen Hunger.«

Ich konnte nicht leugnen, dass mein Magen knurrte, aber mein Appetit war kaum vorhanden. Also zuckte ich lediglich mit den Schultern.

»Ich kenne ein ganz tolles Restaurant, nicht weit von hier.« Jamie ließ sich durch meinen Mangel an Begeisterung nicht beirren. »Ein italienisches. Was meinst du?«

»Das klingt gut, aber –« Gerade wollte ich noch einmal betonen, dass ich kein Geld hatte, doch Jamie kam mir zuvor.

»Perfekt.« Er grinste und deutete nach rechts. »Da geht's lang.«

* * *

Ich sah mich in dem Restaurant um, in das Jamie mich geschleppt hatte. Es sah aus, als könnte ich mir hier drin nicht einmal ein Glas Wasser leisten.

Dabei hatte ich noch versucht, ihn davon zu überzeugen, zu Hause zu essen. Aus irgendeinem Grund hatte Jamie heute aber keine Lust auf Lieferservice. Ganz offensichtlich schmeckte die

Pizza nicht mehr so gut, wenn sie einmal in einem Karton gelegen hatte. Zwar hielt ich das für Unsinn, aber wenn Jamie sich das einbildete …

Der Tisch, an dem der Kellner uns platzierte, war unheimlich klein, aber das machte mir nichts. Ich mochte das Flair des Lokals. Fischernetze hingen von den Decken, und auf den Tischen waren rot-weiß karierte Tischdecken drapiert.

Zwischen Jamie und mir standen eine Kerze, von der das Wachs tropfte, und ein kleiner Brotkorb.

»Trinkst du Wein?«

Mein Blick wanderte zu Jamie. Er war in die Speisekarte vertieft, während ich es kaum wagte, einen Blick auf die Hauptgerichte zu werfen. Ich hatte Angst vor den Preisen, die danebenstanden. Ich hasste es, Schulden bei ihm zu machen. Auch wenn er immer wieder betonte, er würde mich einladen, konnte ich das doch nicht annehmen. Ich musste mich bei ihm revanchieren. Ansonsten würde ich bis an mein Lebensende Schuldgefühle haben.

»Ich weiß nicht. Erlaubst du mir, Wein zu trinken?«

Das letzte Mal, als ich betrunken nach Hause gekommen war, hatte Jamie alles andere als begeistert gewirkt. Seitdem hatte er mich immer streng gemustert, wenn ich auch nur einen Schluck Alkohol getrunken hatte. So wie an Silvester. Aber vielleicht hatte ich mir das auch nur eingebildet.

Jamie klappte die Karte zu und grinste mich an. »Diesen hier schon. Was möchtest du essen?«

Widerwillig ließ ich meinen Blick nun doch über die Gerichte wandern. »Pizza hatten wir gerade erst. Ich glaube, ich nehme Pasta.«

»Gute Wahl. Welche?«

Das war allerdings die Frage. Auf dem Menü standen Namen von Nudeln, die ich in meinem Leben noch nicht gelesen hatte. Und bestimmt konnte ich sie auch nicht aussprechen. Genau deshalb war es mir lieber, Essen übers Internet zu bestellen …

»Weißt du was?«, wandte ich mich an Jamie und legte dabei die Karte beiseite. »Ich gehe mich kurz frischmachen. Aber du könntest ja in der Zwischenzeit bestellen. Überrasch mich, ich esse alles.«

»Okay.« Jamie wirkte etwas verwirrt, doch zum Glück beließ er es dabei und fragte nicht nach, was ich damit bezwecken wollte.

Ohne mich umzudrehen, marschierte ich auf die Toilettentür zu und atmete tief durch, als ich den kleinen Raum betrat.

Du bist so schrecklich feige, Claire, rügte ich mich in Gedanken, als ich mein Spiegelbild betrachtete. Ständig versuchte ich, jeglicher Konfrontation aus dem Weg zu gehen, aber das würde ich nicht für immer durchhalten. Ich konnte mich nicht jedes Mal im Bad verstecken, wenn mir eine Situation unangenehm war. Die Leute würden sich fragen, ob etwas mit meinem Magen nicht stimmte.

Ich atmete tief durch, bevor ich mich dem Spiegel näherte und mein Make-up checkte. Behutsam strich ich mir die Strähnen aus dem Gesicht, und wieder einmal wurde mir klar, wie dringend ich doch zum Friseur musste. Ich brauchte Farbe in meinem Leben. Dieses ausgewaschene Blau deprimierte mich nur jedes Mal, wenn ich an einem Spiegel vorbeilief.

Hast du Claire gesehen? Die Haarfarbe schreit geradezu nach Aufmerksamkeit …

Vielleicht hatten sie in diesem einen Fall gar nicht so unrecht gehabt. Ich hatte mir die Haare färben lassen, um eine Reaktion von Mom zu erzwingen – doch es war keine gekommen. Es war ihr völlig egal gewesen, dass meine Haare plötzlich himmelblau waren.

Ich konnte nicht leugnen, dass ich enttäuscht gewesen war. Aber ich hatte die Farbe trotzdem beibehalten. Und das nun schon seit mehreren Jahren. Ich liebte das Blau.

Als eine Frau die Toilette betrat, nutzte ich, wenn auch ungern, die Chance, den Raum zu verlassen. In meinem Magen spürte ich die Aufregung. Hoffentlich hatte Jamie bereits bestellt. Eine weitere Ausrede konnte ich mir nicht leisten.

Vor Jamie standen bereits zwei Gläser Rotwein auf dem Tisch. Er hatte es also ernstgemeint: Er erlaubte mir einen Drink. Das überraschte mich.

»Ich dachte, wir belassen es heute bei einem Klassiker«, sagte er, als ich mich setzte. »Ich habe uns Spaghetti Bolognese bestellt.«

Ohne es zu wollen, musste ich an Susi und Strolch denken, und mein Magen protestierte. Dabei gab es dafür doch gar keinen Grund. Es war Mittag, jeder bekam seine eigene Portion, wir waren keine Hunde, und das hier war auch *kein Date.* Kein Grund zur Sorge.

»Das klingt gut«, meinte ich, während Jamie bereits nach seinem Weinglas griff.

»Salute.«

»Du kannst Italienisch?« Misstrauisch schnupperte ich an dem Wein. Er roch süßlich. Ganz und gar nicht so, wie ich es erwartet hatte.

»Sì.« Jamie grinste. »Das ist aber auch schon alles, was mein Repertoire hergibt.«

Vorsichtig nippte ich an meinem Glas. Der Wein war so süß, wie er roch. Und er war gut. Sehr gut sogar. Bestimmt würde es nicht bei einem Glas bleiben.

»Attenzione, Signorina.« Rasch stellte ich das Glas beiseite, als ein Kellner mit zwei dampfenden Pastatellern an unserem Tisch auftauchte. »Buon appetito.«

Mein Blick traf den Teller, und mein Magen begann augenblicklich zu knurren. Ich hatte keine Ahnung gehabt, wie hungrig ich war, bis mir dieser Geruch in die Nase stieg.

»Lass es dir schmecken«, hörte ich Jamie sagen und griff ganz automatisch nach der Gabel.

»Oh Gott«, murmelte ich bereits mit vollem Mund. »Das ist so gut. Kein Vergleich zu den Fertignudeln meiner Mutter.«

»Das ist schön.«

Jamie klang amüsiert, doch das ignorierte ich. Ich wollte mich voll und ganz auf die Pasta konzentrieren. »Wusstest du eigentlich, dass es *Spaghetti Bolognese* gar nicht gibt? Das habe ich bei meiner Reise nach Bologna gelernt. Es gibt dort nur *Tagliatelle al ragù.*« Jamie nahm einen Schluck von seinem Wein. »Warst du schon einmal in Italien?«

Ich lachte freudlos auf. »Du meinst in Little Italy?«

»Nein.« Er wirkte etwas verwirrt, als verstünde er nicht, was daran so lustig war. Er konnte sich wohl nicht vorstellen, dass es Leute gab, die sich keinen spontanen Europa-Trip leisten konnten. »Ich meine das große, das so aussieht wie ein Stiefel.«

»Den Vergleich hab ich nie verstanden.« Ich hielt den Blick auf meine Pasta gerichtet. Es war schwer, die dünnen Nudeln auf meine Gabel zu wickeln, darin hatte ich keine Übung.

»Ist das dein Ernst?«

»Nein, das war ein Scherz. Der Stiefel ist wohl mehr als offensichtlich.« Schnell schob ich mir die Gabel in den Mund, bevor noch etwas danebenging.

Jamie schüttelte den Kopf. »Das meine ich nicht. Du warst noch nie in Italien?«

»Ich war noch nie in Europa«, korrigierte ich und legte die Gabel beiseite, da ich das Gefühl hatte, diese Diskussion würde länger dauern. »Nicht jeder kann sich so einen Luxus leisten, Jamie.«

Ich hätte schwören können, dass sich sein Gesicht rot färbte.

»Oh. Ja, klar, daran habe ich nicht gedacht.«

»Aber du kannst mir ja davon erzählen«, schlug ich vor, um die Stimmung am Tisch aufzulockern. »Ich hab schon so viel von Rom gehört. Warst du dort auch schon?«

»Wie es der Zufall so will.« Jamie grinste. »Aber mir persönlich hat es in der Toskana besser gefallen. Florenz ist eine wundervolle Stadt.«

»Hast du dir David angesehen?« Ich grinste Jamie über den

Rand meines Weinglases zu, und wieder konnte ich beobachten, wie er rot wurde.

»Nein, es gab so viel zu sehen. Dafür hat die Zeit nicht ausgereicht.«

Ja klar.

»Also ich würde ihn mir ansehen, wenn ich schon in Florenz wäre. Immerhin ist er Michelangelos Meisterwerk.«

Jamie schnaubte. »Ich bin mir sicher, dass er gar nicht so toll ist.«

»Das weißt du nicht, wenn du ihn nicht gesehen hast.«

»Na gut.« Er griff nach dem Wasserkrug, um mein Glas aufzufüllen. »Wenn ich das nächste Mal dort bin, werde ich der Galleria dell'Accademia einen Besuch abstatten.«

Es verlangte mir einiges ab, mein Lächeln aufrechtzuerhalten. Das nächste Mal. Er würde noch einmal dorthin fliegen, und ich würde vermutlich nie die Gelegenheit bekommen, Europa zu erkunden. Manchmal konnte das Leben so unfair sein.

Tanz der Vampire

Ich konnte nicht fassen, dass Jamie mich tatsächlich hierzu überredet hatte. Die Luft im Club war heiß und stickig, die Musik ohrenbetäubend laut. Ich konnte kaum meine eigenen Gedanken verstehen, aber das war vermutlich auch besser so.

Das Licht der Scheinwerfer blendete mich und schien die Welt um mich herum wanken zu lassen – dabei hatte ich seit dem Mittagessen keinen Tropfen Alkohol getrunken. Und das würde ich auch nicht. Sollte ich Jamie irgendwo in diesem Gewühl verlieren, würde ich betrunken nie wieder nach Hause finden. Dem musste ich vorbeugen.

»Möchtest du etwas trinken?«, rief Jamie mir über den Lärm hinweg zu. Die Stimmen um uns herum waren so laut, dass ich nicht einmal das Lied wahrnehmen konnte, das im Hintergrund lief. Aber das machte nichts, vermutlich hätte ich es ohnehin nicht gekannt. Das war nicht mein Geschmack.

Ich schüttelte den Kopf, während ich mich noch einmal umsah. Hunderte Leute sprangen ziellos auf und ab, von Rhythmus war keine Spur.

»Warum sind wir noch einmal hier?«, wollte ich dann wissen, als ich mich wieder an Jamie wandte. Es war dunkel, wodurch ich sein Gesicht nur erahnen konnte. Hin und wieder traf ihn ein Scheinwerfer und ließ seine Konturen hervortreten.

»Du denkst zu viel nach, Claire«, erklärte er. »Du musst einfach mal abschalten.«

»Ich weiß nicht, ob ich das kann«, gab ich zu bedenken, während ich einem Mädchen auswich, das mit seiner Zigarette beinahe ein Loch in meinen Mantel gebrannt hätte. Was war nur los mit den Leuten hier drin? Achteten sie denn kein bisschen darauf, was um sie herum geschah?

»Du musst es nur versuchen.« Jamie grinste.

Er hatte gut reden. Wenn seine Kleidung nach diesem Abend ruiniert war, kaufte er sich einfach etwas Neues. Für mich war das nicht ganz so einfach.

Erschrocken schnappte ich nach Luft, als Jamie nach meiner Hand griff und mich tiefer in die Menge zog. Ich roch Rauch und Alkohol und Schweiß. Der Boden bebte, und es war nicht einmal möglich, ruhig an einem Fleck zu stehen – ständig wurde ich hin und her geschubst. Ich war gefangen in einem Meer von Menschen und schien darin zu ertrinken. Zumindest, bis das nächste Lied startete, dessen erste Töne mir bereits eine Gänsehaut verursachten.

Smells Like Teen Spirit.

Plötzlich hatte ich nicht mehr das Gefühl, unterzugehen. Mein Herz schlug im Rhythmus der Musik, und ich spürte, wie mein Körper sich ganz von alleine bewegte. Ich wusste ja, dass mich niemand sehen konnte. Es war dunkel, und die paar Scheinwerfer reichten nicht aus, um jemanden zu erkennen. Ich war umgeben von Fremden, und trotzdem schien ich mit einem Mal eins mit der Menge zu sein.

»Na?«

Ich wusste nicht, wie viel Zeit vergangen war, bis Jamie wieder nach meinem Arm griff. Die Haare klebten mir feucht auf der Stirn, und ich atmete schwer.

»Habe ich nicht gesagt, dass das hilft?«

Auch wenn ich es nicht wollte, musste ich grinsen. Ich fühlte mich euphorisch.

»Verteilen die da irgendwie Drogen in der Luft?«, wollte ich wissen. Eine andere Erklärung fand ich für meinen plötzlichen Stimmungswechsel nicht.

Doch Jamie grinste nur. »Ich glaube nicht. Komm mit.«

Er deutete mir, ihm zu folgen, was ich auch ohne zu zögern tat. Offenbar wusste Jamie, wie man Spaß hatte. Und davon wollte ich mehr.

Sein Weg führte uns zu einer Art Abstellkammer hinter der Bar, in der sich niemand außer uns aufhielt.

Etwas verunsichert sah ich mich um. Die Musik dröhnte immer noch in meinem Kopf, und das, obwohl sie hier hinten so gut wie nicht zu hören war. »Dürfen wir hier überhaupt sein?«

»Besser, wir verraten es keinem.« Jamie griff nach meiner Hand und zog mich auf eine metallene Treppe zu, die nach oben führte.

»Jamie, was machen wir hier?« Ich wollte nur flüstern, doch ich befürchtete, dass meine Stimme viel zu laut war. Es fiel mir schwer, meine eigene Lautstärke einzuschätzen. Durch den Lärm da unten fühlte ich mich fast taub.

»Das siehst du gleich.« Über die Schulter hinweg grinste er mir zu, dann stieß er eine Tür auf, wodurch mir ein eisiger Windstoß entgegenschlug.

Einen Moment lang zögerte ich, bevor ich Jamie nach draußen folgte. Wir befanden uns auf dem Dach des Gebäudes. Es war relativ niedrig, die Hochhäuser umzingelten uns.

Mein Blick wanderte zum Himmel. Ein paar Sterne waren zu sehen, und auch der Mond ließ sich hinter einer Wolke erahnen.

Zeit für einen Wunsch.

»Hier.« Jamie hatte aus dem Schnee, der das Dach bedeckte, einen Ball geformt und warf ihn nun mit voller Kraft in die Dunkelheit.

Ungläubig blickte ich dem Schneeball hinterher, dann wanderte mein Blick zu meiner Begleitung. »Das kannst du nicht machen«, sagte ich. »Was, wenn du jemanden triffst?«

Jamie zuckte mit den Schultern. »Irgendwo trifft dieser Schneeball einen Typen, der sich jedes Mal an der Kasse vordrängt. Oder jemanden, der ständig anderen Taxis klaut. Einen

Falschparker.« Er warf mir einen Blick zu. »Oder jemanden, der anderen das Leben zur Hölle macht.«

»Und wenn er jemanden trifft, der sich rein gar nichts zu Schulden hat kommen lassen?«, fragte ich unbeirrt.

Jamie schüttelte lachend den Kopf. »Also erstmal bin ich der Meinung, dass es so jemanden nicht gibt.« Womöglich hatte er damit sogar recht. »Und außerdem glaube ich fest daran, dass der Schneeball schon seinen Weg finden wird. Hier.« Erneut griff er nach dem gefrorenen Wasser und formte es zu einer Kugel, die er mir in die Hand drückte. »Denk ganz fest an jemanden, den der Ball treffen soll, und dann wirf so fest du kannst.«

Ich betrachtete den Schneeball in meiner Hand. Er war so kalt, dass sich meine Haut unter der schmerzenden Berührung rotfärbte. Mein Blick wanderte in die Ferne. Ich redete mir gerne ein, dass ich niemanden hasste. Dass ich über allem stand, was passiert war. Aber das stimmte nicht. Noch während Jamie gesprochen hatte, waren Bilder in meinem Kopf aufgetaucht. Bilder von Mädchen, denen ich nicht verziehen hatte, sosehr ich es auch versuchte, mir einzureden. Ihnen wünschte ich, dass sie von einem Schneeball getroffen wurden.

Ganz automatisch suchte ich nach dem Mond. Er würde schon dafür sorgen, dass dieser Wurf ins Schwarze traf.

Ich atmete tief ein, dann holte ich aus und warf den Ball so fest ich konnte in die Nacht. Es war schon fast erschreckend, wie gut das tat. Ich fühlte mich mit einem Mal so frei, als würde ich nicht nur Schnee, sondern all meine Sorgen in die Dunkelheit werfen.

»Guter Wurf.« Jamie grinste. »Noch einmal?«

Lächelnd wandte ich mich an ihn. Ich musste zugeben: Das eben hatte richtig gutgetan. Am besten hatte mir die Vorstellung gefallen, wie der Schneeklumpen einen blonden Lockenkopf traf. Vielleicht war es gemein, aber das war mir egal.

Ich bückte mich, um selbst etwas Schnee zusammenzusammeln. Bevor ich ihn warf, wandte ich mich noch einmal an Jamie.

»Unbedingt.«

Rückkehr aus Baltimore

»Und? Irgendwelche Alpträume gehabt?«, fragte mich Jamie, als ich am nächsten Morgen aus dem Gästezimmer kam. Ich war mir nicht mehr sicher, wann genau wir gestern – oder besser gesagt, heute – nach Hause gekommen waren. Ich wusste nur, dass ich trotz der wenigen Stunden Schlaf so munter war wie noch nie.

»Keinen einzigen. Die habe ich gestern allesamt über Bord geworfen.« Grinsend hievte ich mich auf die Küchentheke und beobachtete Jamie, wie er an seiner Tasse Tee nippte und dabei in der Zeitung las. »Danke«, fügte ich dann hinzu. »Auch wenn es mir nicht bewusst war: Das habe ich gebraucht.«

Er ließ die Zeitung sinken und betrachtete mich einen Moment lang. »Es freut mich, dass ich dir helfen konnte«, meinte er. »Ich hoffe, du konntest mit der ganzen Sache abschließen.«

Das hoffte ich auch. Zwar bezweifelte ich, dass es ausreichte, ein paar Schneebälle auf meine imaginären Feinde zu werfen, aber es hatte Spaß gemacht. Es war längst überfällig gewesen, all diesen Frust und den Ärger rauszulassen. Und das, ohne dabei jemanden zu verletzen. Zumindest nicht direkt. Ich hoffte immer noch, niemanden mit den Schneebällen getroffen zu haben.

»Hey, weißt du, was ich gerade in der Zeitung gelesen habe?«

Skeptisch legte ich die Stirn in Falten. »Will ich es überhaupt wissen?«

Jamies Grinsen reichte über sein ganzes Gesicht und ließ mich Schreckliches ahnen. »Hör dir das an«, sagte er, »laut diesem

Mondkalender hier ist heute ein guter Tag zum Fensterputzen. Also, was meinst du? Sollen wir uns direkt an die Arbeit machen oder erst noch frühstücken?«

Ich warf ihm einen verärgerten Blick zu. »Schön, dass dich mein Glaube so amüsiert.«

»Tut mir leid.« An seinem Grinsen merkte ich, dass es ihm nicht wirklich leidtat. Aber das machte nichts. Ich machte mich auch hin und wieder über seine Zahlen lustig. Diesen Seitenhieb musste ich ihm also wohl oder übel gönnen.

»Machst du das öfter?«, fragte ich ihn dann. »Abends weggehen, meine ich.«

Jamie zuckte mit den Schultern. »Seit einer Weile nicht mehr. Mein Vater hat es ohnehin nicht gerne gesehen, und alleine durch die Clubs zu ziehen, ist auch langweilig.«

Ich nickte, da ich genau wusste, was das bedeutete: Seine Freundin hieß es nicht gut.

»Darum war es eine nette Abwechslung.« Er lächelte mich kurz an, bevor er sich wieder seiner Zeitung widmete.

Gedankenversunken betrachtete ich die Bilder und Schlagzeilen auf der Titelseite, bis mir plötzlich etwas klarwurde: Ich hatte vollkommen das Zeitgefühl verloren.

Erschrocken fuhr ich hoch. »Welcher Tag ist heute?«

Jamie warf einen Blick auf sein Handy. »Der Vierte. Warum?«

Der Vierte!

Fluchend sprang ich von der Theke und lief ins Wohnzimmer zu meinem Mantel. Er roch immer noch nach Rauch, aber so viel ich gesehen hatte, hatte ich Brandflecken vermeiden können.

»Heute kommt meine Schwester aus Baltimore zurück. Ich muss sie abfangen, bevor sie die Wohnung betritt. Sie muss meine Tasche und mein Geld holen.«

Jamie war mir gefolgt. »Soll ich dich fahren?«

»Nein.« Ich schüttelte den Kopf, während ich mir hastig die Jacke überzog und in meine Stiefel schlüpfte. »Zu Fuß bin ich schneller.«

»Na dann …« Jamie schien verwirrt. Was glaubte er, wie es mir ging?! »Ich warte hier auf euch.«

* * *

Als ich vor dem Wohnhaus ankam, war ich völlig außer Atem. Ich wusste nicht, wie spät es war, da ich Jamies Prepaid-Handy im Gästezimmer hatte liegen lassen. Ich wusste, dass Rose so gegen Mittag ankommen würde, so war es zumindest ausgemacht gewesen. Angestrengt versuchte ich mich daran zu erinnern, wie spät es gewesen war, als ich zu Jamie in die Küche gekommen war. War es bereits nach elf Uhr? Auf jeden Fall war ich heute viel zu spät aus den Federn gekommen.

Womöglich war ich zu spät. Aber ich musste doch mit Rose sprechen. Dringend.

Vorsichtig näherte ich mich dem Haus. Der Schnee auf dem Gehweg war völlig flachgetreten. Es war unmöglich, einzelne Fußabdrücke aus diesem Gewirr herauszufinden.

Mit dem Rücken lehnte ich mich gegen die Hauswand. Sollte meine Mutter einen Blick aus dem Fenster werfen, würde sie mich hier nicht sehen. Mein Herz schlug wie wild in meiner Brust. Der Gedanke daran, an ihrer Tür zu klingeln, ließ mir flau im Magen werden. Ohne es zu wollen, musste ich an unser letztes Telefonat denken. Sie wollte nicht, dass ich nach Hause kam. Und ich wollte auch nicht zurück. Aber ich wollte Rosalie zu mir holen.

Okay. Ich würde zehn Minuten warten. Wenn Rose bis dahin nicht auftauchte, musste ich wohl oder übel klingeln und hoffen, dass meine Schwester die Tür öffnete.

Gerade als ich das dachte, hörte ich die Reifen eines Autos über die schneebedeckte Fahrbahn rollen. Es war ein Taxi.

Mein Herz machte einen erfreuten Satz. Rose hatte den Zug nach Baltimore genommen. Das bedeutete, sie würde mit dem Taxi vom Bahnhof hierherkommen. Ich hatte den Gedanken kaum zu Ende gedacht, als meine Schwester auch schon aus dem Auto sprang und mir entgegenlief.

»Claire!«

»Hey, Kleine.« Ich schloss meine Schwester fest in meine Arme. Es tat so gut, sie wiederzusehen. Sie war eindeutig zu lange weg gewesen. »Wie geht es dir? Wie geht es den Großeltern?«

»Das wüsstest du, wenn du an dein Handy gegangen wärst.« Rose befreite sich aus meiner Umarmung und stemmte beleidigt die Hände in die Hüften. »Ich habe ein paar Mal versucht, dich anzurufen.«

Ich atmete tief durch. »Es tut mir leid«, versicherte ich ihr. »Aber mein Handy liegt da in der Wohnung.« Ich deutete hoch in den vierten Stock. »Und ich komme nicht rein.«

Verwirrt legte Rose die Stirn in Falten. Ihre Hände ließ sie auch wieder sinken – ihr Ärger hatte noch nie lange angedauert. »Was heißt das, du kommst da nicht rein? Sag bloß, ihr beide habt euch wieder gestritten.«

Die Versuchung, Rosalie anzulügen, war groß. Sie hasste es, wenn Mom und ich uns stritten. Sie selbst ging schließlich jedem Zank mit ihr aus dem Weg. Aber das war keine Lösung auf Dauer. Auch wenn sie nicht mit Türen schlug und schrie, wusste ich doch, dass die Umstände zu Hause ihr genauso weh taten wie mir.

»Ein klein wenig«, räumte ich dann ein, was gut und gerne die Untertreibung des Jahrhunderts war. »Ich bin ausgezogen.«

Rosalies Augen weiteten sich. »*Was?*«

Ein Hupen durchbrach das Gespräch. Es war der Fahrer, der auf sein Geld wartete. Zu gerne hätte ich das Taxi für Rose bezahlt, aber ich hatte kein Geld. Glücklicherweise hatte ich ihr vor ihrer Abfahrt genug Bares für die Reise mit auf den Weg gegeben.

Während sie den Fahrer bezahlte, hievte ich ihren Koffer aus dem Auto und auf den Gehsteig. Er war schwerer als vor ein paar Tagen. Bestimmt hatte Gran ihr wieder viel zu viel eingepackt.

»Was soll das heißen, du bist ausgezogen?«, fragte Rose nach, als das Taxi langsam aus der Straße verschwand und wir wieder alleine waren. Aufgebracht wischte sie sich das braune Haar aus dem Gesicht, das vom Wind immer wieder zerzaust wurde. »Was ist passiert?«

»Das ist wirklich nicht der richtige Moment, um das zu besprechen«, erklärte ich und sah mich nervös um. »Du musst mir einen Gefallen tun, Rose. Meine Tasche liegt im Wohnzimmer. Ich brauche sie. Mein Handy und meine Geldbörse und alles, was ich im Moment habe, befinden sich in dieser Tasche. Du musst sie mir bringen.«

»Warum kommst du nicht einfach mit hinein?«

Ich presste fest die Lippen aufeinander, um nichts Falsches zu sagen. Das konnte ich nicht. Ich konnte da nicht rein. Ich wollte nicht mehr streiten.

»Bitte«, sagte ich. »Tu mir den Gefallen.«

»Na schön.« Rose verschränkte die Arme vor der Brust. »Aber nur unter einer Bedingung. Ich will mit dir kommen.«

»Das geht nicht, Rose.« Ich merkte, wie ihr Blick sich verfinsterte, und beeilte mich, meinen Gedanken zu Ende zu sprechen: »Noch nicht. Ich habe noch keine Wohnung. Bis es so weit ist, musst du bei Mom bleiben.«

»Das verstehe ich nicht«, fiel meine Schwester mir ins Wort. »Warum kann ich nicht mit dir kommen? Du musst doch auch irgendwo schlafen.«

»Das stimmt schon.« Ich schloss die Augen und atmete tief durch. Ich konnte doch schon von Glück sprechen, dass Jamie *mich* bei sich wohnen ließ. Ich konnte nicht auch noch Rose bei ihm einquartieren.

Ich dachte an die Wohnung, die ich gemeinsam mit Jamie besichtigt hatte. Sie wäre jederzeit bezugsbereit. Zumindest mehr oder weniger. Immerhin wäre sie eine Übergangslösung …

»Okay«, willigte ich schließlich ein. »Beeil dich, ich warte hier.«

Auf und davon

Angespannt wartete ich darauf, dass Jamie die Tür öffnete. Den ganzen Weg hierher über hatten Rose und ich kaum ein Wort gewechselt. Ich hatte sie fragen wollen, was Mom gesagt hatte, aber ich hatte es nicht geschafft. Mir war klar, dass auch Rosalie einige Fragen hatte, aber auch sie schwieg. Es war, als wüssten wir beide, dass das nicht der richtige Moment war, um über alles zu reden. Sie war gerade erst aus Baltimore zurückgekehrt, und ich war damit beschäftigt, herauszufinden, was als Nächstes zu tun war.

Rosalies Wohl lag nun in meinen Händen. Zwar war sie fast erwachsen, aber das änderte nichts an der Tatsache, dass ich für sie verantwortlich war.

»Aber hallo.« Jamie grinste, als er die Tür endlich öffnete. »Das letzte Mal, als zwei so hübsche Damen vor meiner Tür gestanden haben, bin ich kurz darauf aufgewacht.«

Ich verdrehte die Augen und wandte mich dabei an Rose, um sie Jamie vorzustellen, doch ihr Anblick ließ mich kurz innehalten. Sie blinzelte Jamie mit großen Augen an, als wäre *sie* diejenige von uns, die träumen würde.

Es fiel mir schwer, mir ein Grinsen zu verkneifen. *Damit* hatte sie bestimmt nicht gerechnet.

»Jamie, das ist meine Schwester. Rose, das ist Jamie, ein Freund.«

»Kommt rein.« Jamie bedeutete uns, ihm zu folgen, bevor er in der Wohnung verschwand.

Wie angewurzelt blieb Rose stehen und linste ins Wohnzimmer.

»Hier wohnst du?«, flüsterte sie mir zu, doch ich schüttelte nur den Kopf.

»Ich bin hier nur zu Gast«, erklärte ich. »Bis ich eine passende Wohnung für uns gefunden habe.«

»Vergiss die Wohnung«, meinte Rose und stolperte dabei Jamie hinterher. Ihren Koffer ließ sie im Gang stehen, als wäre er ohnehin nur unnötiger Ballast. »Ich will lieber hierbleiben.«

»Ich habe Kakao gemacht«, verkündete Jamie, als er aus der Küche zurückkehrte. »Ich bin mir sicher, ihr könnt etwas Wärme gut gebrauchen.«

Ich warf Jamie einen kurzen Blick zu, während ich Rosalies Gepäck in die Wohnung zerrte. Versuchte er da etwa gerade, sich einzuschleimen? Jedenfalls schien es zu funktionieren. Rose schien ganz hin und weg von der Wohnung und von Jamie zu sein.

»Möchtest du auch eine Tasse?«, fragte mich Jamie, während ich meinen Mantel auszog und er mir endlich mit dem Koffer half.

»Wie könnte man da nein sagen?«

Ich sah Jamie hinterher, als er mit Rosalies Sachen im Gästezimmer verschwand. Währenddessen kam meine Schwester auf mich zu.

»Claire, was hast du da an?« Sie konnte sich ein Lachen offensichtlich nur schwer verkneifen.

Mein Blick wanderte an mir hinab. Aus Kleidungsnot hatte ich mir ein paar Sachen von Jamies Freundin *geliehen*, die ich auch heute trug – eine blaue Jeans und ein weißes Hemd.

»Das sieht gar nicht nach dir aus. Ein Glück, dass ich dir ein paar Sachen eingepackt habe.«

Ich verdrehte die Augen und marschierte an ihr vorbei in die Küche, um mir meinen Kakao selbst zu holen. Da standen noch zwei Tassen mit Marshmallows drin auf dem Herd – Rose hatte ihre bereits in der Hand. Eine davon gehörte Jamie, er benutzte stets dieselbe. Deshalb griff ich ganz automatisch nach der anderen.

»Hey, Rose«, hörte ich Jamie sagen, als er zurück ins Wohnzimmer kam. »Wovon träumst du im Leben?«

Ich verdrehte die Augen und lief zu den beiden, um diese Diskussion im Keim zu ersticken. »Lass sie in Ruhe, Jamie.«

»Wovon ich träume?« Rosalie klang amüsiert. Und sie ignorierte mich, mal wieder. Stattdessen hatte sie unseren Gastgeber im Visier.

»Ja.« Er grinste. »Wenn du einen Wunsch frei hättest, was wäre das?«

Sie zögerte einen Moment und schien nachzudenken. »Wenn ich einen Wunsch frei hätte …« Ihre Augen weiteten sich und begannen zu strahlen, als ihr offensichtlich etwas einfiel. Das war ja schnell gegangen. »Ich wäre gerne Modedesignerin!«

Überrascht legte ich die Stirn in Falten und ließ meine Tasse sinken. »Wie bitte? Davon hast du bisher aber noch nie ein Wort gesagt.«

»Natürlich nicht.« Rose verdrehte die Augen, als wäre das ganz selbstverständlich, dass sie ihre Wünsche für sich behielt. »Ich weiß doch, dass die Schule viel zu teuer ist. Ich wollte nicht, dass du dir darüber den Kopf zerbrichst.«

Ich öffnete den Mund, um etwas zu erwidern, doch Jamie kam mir zuvor.

»Offensichtlich liegt die Kreativität in der Familie.« Er warf mir einen kurzen Blick zu, und ich verstand, was er damit sagen wollte: kein Streit. Und er hatte recht. Das war absolut nicht der Moment, um über so etwas zu diskutieren, wo Rose doch gerade erst zurückgekommen war.

»Auf jeden Fall möchte ich später irgendetwas mit Mode machen«, wandte sich Rose dann wieder an Jamie. »Auch wenn ich nur in irgendeinem Laden arbeite und Leute berate.«

»Solange du dein Ziel nicht aus den Augen verlierst, ist alles möglich«, meinte Jamie und warf mir dabei einen Blick zu, den ich sofort verstand. *Hab ich's doch gesagt*, konnte ich in seinen Augen lesen, *jeder hat einen Traum.*

Schon möglich, aber nicht jeder ging in Erfüllung. So wie Rosalies Traum vom Modedesign. Die Chancen, dass sich ihr Wunsch erfüllte, waren so gering wie die, dass ich jemals wieder einen Fuß nach Hause setzte …

»Denkst du das wirklich?« Die Stimme meiner Schwester klang so hoffnungsvoll, dass es mir fast das Herz brach. Er konnte ihr doch keine Hoffnungen machen! Sie würde nur enttäuscht werden.

»Ganz sicher«, meinte Jamie. »Wenn du nur fest daran glaubst.«

Nachteulen

Ich wusste nicht recht, was ich davon halten sollte, dass Jamie und Rose sich scheinbar so gut verstanden. Wir würden bald wieder ausziehen, sie sollte sich nicht zu sehr daran gewöhnen, ihn um sich zu haben.

Vorsichtig drehte ich mich im Bett um, wobei ich bemerkte, dass Rose ebenfalls noch wach war. Sie betrachtete gedankenversunken die Zimmerdecke, als würde sie über irgendetwas angestrengt nachdenken.

»Also«, flüsterte ich, um ihre Aufmerksamkeit auf mich zu ziehen. »Was hat Mom gesagt, als du gleich wieder verschwunden bist? War sie wütend?«

Rose zuckte mit den Schultern, doch sie sah mich nicht an. Ich hätte ihr doch beistehen sollen, überlegte ich. Ich hätte sie das nicht alleine erledigen lassen dürfen.

»Es war okay. Sie hat geschlafen, als ich gekommen bin. Ich habe deine Sachen gepackt und hinaus auf den Gang gebracht. Dann habe ich sie geweckt.«

Ich verzog das Gesicht, als ich mich an den Weihnachtsmorgen erinnerte. Daran, wie ich sie geweckt hatte und wie das geendet hatte.

»Ich habe ihr gesagt, dass ich lieber bei dir leben möchte.«

»Und was hat sie gesagt?«

Wieder zuckte Rose mit den Schultern. »Okay.«

»Okay?« Meine Stimme war etwas zu laut geraten, und ich räusperte mich verstohlen, bevor ich gedämpft fortfuhr: »Was soll das heißen? Sie war einverstanden?«

»Zumindest hat sie mir nicht widersprochen.«

Ungläubig schüttelte ich den Kopf. Wie konnte ihr nur alles so egal sein? Rose war doch noch fast ein Kind. Wie konnte Mom sie nur einfach so gehen lassen, ohne sich auch nur die geringsten Sorgen zu machen? Sie war doch für ihre Tochter verantwortlich!

»Das ist einfach unfassbar.«

Wieder zuckte Rose mit den Schultern. Es gefiel mir nicht, dass sie so tat, als wäre das keine große Sache. Denn das war es. Welche Mutter ließ ihr minderjähriges Kind einfach so ausziehen und fragte nicht einmal, wohin es wollte?

»Aber mal was anderes«, nahm Rose den Faden wieder auf. Ihr Blick wanderte zu mir, und ein Grinsen zeichnete sich auf ihrem Gesicht ab. »Jamie?«

»Was ist mit Jamie?«

Meine Schwester setzte einen Gesichtsausdruck auf, der Bände sprach. Ich wusste natürlich, was sie meinte, aber es war mir unangenehm, darüber zu reden. Besonders hier in seiner Wohnung.

»Er hat eine Freundin, wenn du das meinst.«

»Und wo ist diese Freundin?«

»Auf Reisen«, erklärte ich. »Offensichtlich ist sie eine große Nummer in der Beautywelt und dadurch viel unterwegs. Ich habe sie noch nicht kennengelernt. Und wenn alles gut läuft, werde ich das auch nie.«

Rose schnaubte. »Das kann ja nur eine tolle Beziehung sein, wenn sie nie zu Hause ist.«

Ohne es zu wollen, musste ich grinsen. »Ist da etwa jemand eifersüchtig?«

Ich konnte zusehen, wie Rosalies Wangen sich rosa färbten. Sie fühlte sich ertappt.

»Unsinn! Ich meine, er sieht schon gut aus, aber für mich ist er zu alt! Für dich wiederum …«

»Ist er nichts weiter als ein Freund«, fiel ich Rose ins Wort, um jegliches Missverständnis augenblicklich aus dem Weg zu räumen. Ich hatte gesehen, wie sie Jamie angehimmelt hatte, und ich wollte ihr keine Hoffnungen machen. »Wir kennen uns aus der Schule, und er hat mir angeboten, hierzubleiben, bis ich etwas anderes gefunden habe. Das ist aber auch schon alles. Sobald wir beide unsere Wohnung haben, gehen wir alle wieder getrennte Wege.«

»Du vielleicht.« Rose verschränkte die Arme vor der Brust. »Wenn du kein Problem damit hast, ihn aus deinem Leben zu streichen, gut. Aber ich will Jamie behalten.«

»Er ist kein streunender Welpe«, gab ich zu bedenken.

»Aber er ist genauso süß!« Rosalie grinste. »Und genau genommen ist er sogar besser als ein Welpe. Ich meine, er hat uns Kakao gemacht.«

Na gut, in diesem Punkt hatte sie nicht ganz unrecht. Vermutlich war Jamie einer der liebenswertesten Menschen auf dieser ganzen verdammten Welt. Die Art, wie er seine Mitmenschen behandelte, war so ungewohnt für mich. Die kleinen Notizen, die er mir schrieb, wenn er unterwegs war. Die Art, wie er jeden Menschen mit einem Lächeln begrüßte. Das war …

»Du denkst an ihn«, stellte Rose fest und riss mich damit wieder aus meinen Gedanken.

Nun war wahrscheinlich ich diejenige, deren Gesicht sich rot verfärbte. Auf jeden Fall fühlte ich mich ertappt. Ertappt bei Gedanken, die ich nicht haben sollte und wollte. Das war alles Rosalies Schuld. Sie hatte damit angefangen. Wenn sie mich nicht darauf hingewiesen hätte, wie *süß* Jamie war, hätte ich es bestimmt niemals bemerkt …

»Unsinn«, wehrte ich ab. »Ich habe nur darüber nachgedacht, was du gesagt hast. Und darüber, dass du mir noch gar nichts von deinem Besuch in Baltimore erzählt hast.«

Rose stöhnte, und ich ahnte bereits, was das zu bedeuten hatte: zu viel überschwängliche Feiertagsliebe von Leuten, mit denen man zwar verwandt war, die man aber eigentlich nur flüchtig kannte. Von weitschichtigen Bekannten und deren Familien, die ein ganzes Jahr ohne Kontakt aufholen wollten. Genau deshalb hatte ich Rose nicht begleiten wollen. Na ja, zumindest war das einer der Gründe gewesen.

»Du ahnst gar nicht, was Tante Meredith wieder gesagt hat …«

Chaosbereinigung

Wie immer war ich an diesem Morgen vor Rose wachgeworden. Um sie nicht zu wecken, hatte ich mich so leise wie möglich aus dem Gästezimmer geschlichen, doch ich war nicht weit gekommen. Kaum hatte ich die Tür hinter mir geschlossen, war mir ein seltsamer Geruch in die Nase gestiegen.

»Was zum Teufel machst du da?«, fragte ich Jamie, als ich die Küche betrat und ihn am Herd stehen sah. Er sah aus, als wäre er schon länger munter, und wieder einmal fragte ich mich, wie er das nur fertigbrachte. Ich war Frühaufsteher, und trotzdem war er immer vor mir wach.

»Ich mache Frühstück.«

Ohne mich dabei anzusehen, schüttete er Teig in eine Waffelmaschine. Der konzentrierte Ausdruck auf seinem Gesicht brachte mich zum Schmunzeln.

»Hier.« Jamie hielt mir einen Teller mit goldbraun gebackenen Waffeln darauf entgegen. »Koste die mal. Ich hab so etwas noch nie gemacht, und ich weiß nicht, ob ich es richtig mache.«

»Dafür, dass du das noch nie gemacht hast, sieht es aber ziemlich professionell aus«, stellte ich fest, als ich ihm den Teller abnahm. Noch einmal begutachtete ich die Waffeln, bevor ich ein Stück davon abbrach und in den Mund steckte. »Oh, wow. Jamie, die sind richtig gut.«

»Ja?«

»Ja.«

Er deutete auf die andere Seite der Küche. »Da drüben stehen

Ahornsirup, Marmelade und Zucker. Meine Freundin hat auf dieses Waffeleisen bestanden, aber wir haben noch nie welche gemacht. Da dachte ich, ich muss die Gelegenheit nutzen und das Ding auspacken.«

»Das war eine gute Idee.« Ich streute etwas Puderzucker über meine Waffeln, obwohl das eigentlich gar nicht nötig gewesen wäre. Sie waren auch ohne Zucker bereits himmlisch. »Rose wird sich freuen.«

»Das hoffe ich doch.« Endlich fand Jamie die Zeit, mich anzusehen und zu grinsen. »Ich will mir die ganze Mühe nicht umsonst gemacht haben.«

Wie erstarrt betrachtete ich Jamie, als er sich wieder seiner Arbeit widmete. Ich wusste nicht, was es war, doch etwas in seinem Blick hatte mein Gehirn auf Standby-Modus geschaltet. Er gab sich so viel Mühe, uns eine schöne Zeit zu bescheren, und das, obwohl er keine von uns so richtig kannte.

Mit einem Mal hatte ich das dringende Gefühl, ihm etwas zurückgeben zu müssen. Ich wollte mich für alles revanchieren, das er in den letzten Tagen für mich getan hatte. Ich wollte ihn einfach nur in den Arm nehmen.

»Guten Morgen!«

Erschrocken zuckte ich zusammen, als Rose mit einem Mal in der Küche auftauchte. Was machte sie denn schon hier? Normalerweise schaffte ich es kaum, sie vor zehn Uhr aus dem Bett zu bekommen.

»Hier riecht es ja so gut.«

Jamie grinste sie an. »Ich hoffe, du hast Hunger, Kid.«

Rosalies Augen blitzten auf, als sie den Berg an Waffeln auf der Küchentheke entdeckte. Ihr Blick wanderte zu mir, als müsste sie erst um Erlaubnis fragen, bevor sie sich darauf stürzte. Doch in diesem Fall war ich der falsche Ansprechpartner. Das war Jamies Wohnung – und Jamies Waffeln.

Als er merkte, dass es ruhig geworden war, drehte Jamie sich zu Rose um. »Du hast doch Hunger, oder nicht?«

»Ja!« Augenblicklich kletterte Rose auf einen der Hocker vor der Theke und zog einen Teller zu sich hinüber. Ganz automatisch reichte ich ihr den Ahornsirup, da ich genau wusste, wie gerne sie dieses Zeug mochte. »Mal sehen, ob du genug hast, um meinen Hunger zu stillen.«

* * *

»Ich verstehe jetzt, warum du dir Sorgen machst«, meinte Jamie. Nach dem Frühstück war Rose losgezogen, um eine Freundin zu besuchen, während ich geblieben war, um das Chaos zu beseitigen. »Dieses Kind kann essen …«

Ich konnte nicht anders als zu grinsen. Wo er recht hatte …

»Wir bekommen nicht so oft die Gelegenheit, Waffeln zu essen«, erklärte ich. »Diese Chance muss man nutzen.«

»Genau meine Worte.« Jamie stellte die letzten Teller in die Spülmaschine und schloss diese. Seine Küche war nicht groß, demnach war sie auch schnell wieder sauber. »Danke für deine Hilfe.«

»Kein Problem.« Mit Schwung hievte ich mich auf die Küchentheke und beobachtete Jamie, wie er nach dem Wasserkocher griff.

»Tee?«

»Gerne.«

»Und was machen wir heute?«, wollte Jamie wissen. »Es schneit gerade nicht, wie wäre es mit einer Kutschfahrt?«

Lachend schüttelte ich den Kopf. »Es tut mir wirklich leid, dich enttäuschen zu müssen, aber ich denke, das ist nichts für mich. Rose steht auf solche Dinge, aber ich nicht.«

»Na schön.« Er zuckte mit den Schultern. »Dann schlag du was vor.«

»Ich weiß nicht …«, gab ich nur ungern zu. Ich machte eine kurze Pause. »Jamie, kann ich dich etwas fragen?«

»Natürlich.«

Ich zögerte, da ich wusste, dass dieses Thema stets für Reibungen zwischen uns sorgte. Aber ich hatte keine andere Wahl. Ich musste es einfach wissen. »Wann kommt deine Freundin zurück?«

Er schaltete den Teekocher ein und drehte sich zu mir um. Jamie wirkte nicht gerade überrascht, was mich vermuten ließ, dass er bereits mit dieser Frage gerechnet hatte. Immerhin hatte ich nun meine Sachen wieder. Allen voran mein Geld und meinen Ausweis. Sobald ich eine geeignete Wohnung gefunden hatte, würden Rose und ich ausziehen.

Aber genau da lag das Problem: Ich wollte gar nicht weg. Ich würde Jamie so schrecklich vermissen. Doch das könnte ich ihm niemals sagen. Es wäre falsch.

»Ich will nur wissen, wie schnell wir von hier verschwinden müssen«, erklärte ich, als Jamie nichts erwiderte. Mein Herz begann schneller zu schlagen. Warum sagte er denn nichts? Wenn ich doch nur wüsste, woran er dachte …

»Es eilt nicht«, meinte er dann nur und wandte mir dabei den Rücken zu, als würde mir diese Antwort ausreichen. So war es aber nicht.

»Das bedeutet?«, wollte ich wissen. »Wie lange habe ich, eine Wohnung zu finden? Einen Tag? Zwei Tage? Eine Woche?«

»Solange du brauchst, okay?« Mit einem Mal klang Jamie verärgert, und ich verstummte.

Etwas verwirrt betrachtete ich seinen Rücken, während er zwei Tassen aus der Schublade nahm und Teebeutel hineingab. Dabei hatte er mich noch gar nicht gefragt, welchen Tee ich überhaupt trinken wollte.

»Heißt das, du weißt nicht, wann sie kommt?«, setzte ich nach einer Weile vorsichtig an. Mittlerweile begann das Teewasser langsam zu kochen und füllte die unbehagliche Stille zwischen uns.

»Sie ist viel unterwegs und weiß es selbst noch nicht.«

Und wann hast du das letzte Mal mit ihr gesprochen?, wollte ich ihn fragen, konnte es mir aber gerade noch verkneifen. Das war alles andere als hilfreich.

»Ich gebe dir Bescheid, wenn es so weit ist. Bis dahin könnt ihr beide auf jeden Fall hierbleiben.«

Ich zögerte, da ich mir nicht sicher war, was ich erwidern sollte. Auf der einen Seite wollte ich hierbleiben, aber auf der anderen gefiel es mir nicht, Jamies Freundin zu hintergehen. Ich war mir zu neunundneunzig Prozent sicher, dass sie keine Ahnung von ihren neuen Mitbewohnern hatte. Und auch, dass sie davon alles andere als begeistert wäre. Ich zumindest wäre es nicht.

Also blieb mir kaum eine andere Wahl als so schnell wie möglich eine eigene Wohnung zu finden. Auch wenn es mir schwerfiel, Jamie hinter mir zu lassen. Es war das einzig Richtige.

»Okay.« Ich sprang von der Theke, als Jamie das Wasser aufgoss. »Macht es dir etwas aus, wenn ich mir deinen Computer ausborge?«

Jamie warf mir einen kurzen Blick zu. Auch wenn er nichts sagte, wusste er wahrscheinlich, wozu ich ihn benötigte. Stumm nickte er und hielt mir meine Teetasse entgegen.

»Ich bin im Schlafzimmer, ein wenig lernen«, meinte er. »Wenn du etwas brauchst, klopf einfach an.«

Einen Moment lang sah ich Jamie hinterher, bevor ich mich auf den Weg ins Wohnzimmer machte. Die Tasse stellte ich auf dem Tisch vor dem Sofa ab und griff stattdessen nach Jamies Laptop. Ein paar der Wohnungen hatte ich mir bereits in die Favoritenliste gelegt. Eine davon würde es wohl werden. Ich wusste nur nicht so recht, welche.

Vermutlich sollte ich Rosalie um ihre Meinung fragen. Aber ihre Antwort kannte ich jetzt schon: keine. Sie wollte hierbleiben. In Jamies Wohnung gab es alles, was man sich nur erträumen konnte. Aber leider verlief nicht immer alles so, wie man es sich wünschte. Manchmal musste man auch in den sauren Apfel beißen.

Gesucht – gefunden

»Gute Neuigkeiten.« Ich ließ mich zu Jamie auf die Couch fallen und grinste ihn zufrieden an. Seine gestrige schlechte Laune war mittlerweile verpufft, und auch ich war in bester Stimmung. Und die wollte ich mit ihm teilen.

»Ach ja?« Jamie grinste. »Und die wären?«

Ich spürte ein vorfreudiges Prickeln in meinem Magen. Endlich schien es wieder bergaufzugehen. Ich konnte kaum in Worte fassen, wie aufgeregt ich deshalb war. »Ich habe mich für eine Wohnung entschieden. Es ist alles geregelt, in ein paar Tagen können wir einziehen, und dann bist du uns endlich los.«

»Oh.«

Verwirrt legte ich die Stirn in Falten. Das war nicht die Reaktion, die ich mir erhofft hatte. »Oh? Was bedeutet oh? Freust du dich denn gar nicht?«

»Doch, natürlich.« Jamie bemühte sich um ein Lächeln, doch es war offensichtlich, dass es nicht echt war. »Klar freue ich mich für euch. Aber irgendwie habe ich mich daran gewöhnt, Gesellschaft zu haben. Ich weiß nicht, was ich davon halten soll, plötzlich wieder ganz alleine zu sein.«

»Oh.« Nun verstand ich die Bedeutung dieses Wortes. Ich griff nach Jamies Hand und drückte sie fest. »Du kannst uns natürlich jederzeit besuchen.« Ich lächelte ihn an. »Außerdem nehme ich an, dass deine Freundin nicht für immer unterwegs sein wird, oder etwa doch? Irgendwann muss sie ja schließlich mal nach Hause kommen.« Vorzugsweise dann, wenn wir nicht mehr hier waren. Ich hatte kein Interesse daran, sie kennenzulernen. Oder besser gesagt, erneut kennenzulernen, denn offensichtlich kannte ich sie ja.

Jamie nickte. »Ja, irgendwann.«

Ich zögerte und überlegte, ob ich noch etwas hinzufügen sollte. Irgendetwas Aufbauendes, denn das schien er im Moment wirklich zu brauchen. Doch noch bevor ich etwas Passendes gefunden hatte, ertönte die Türglocke, und ich ließ schnell seine Hand los. »Das ist bestimmt Rose«, meinte ich. »Ich geh schon.«

»Was ist los?« Rose klang skeptisch, als ich die Tür öffnete und sie breit angrinste. Hoffentlich würde sie wenigstens die Reaktion zeigen, die ich mir erhoffte. »Warum grinst du so?«

»Komm erstmal rein«, meinte ich und machte einen Schritt zur Seite, um meine Schwester in die Wohnung zu ziehen, die wir schon bald hinter uns lassen würden.

»Jamie?«, wandte Rose sich unterdessen an ihn. »Was ist los?«

»Das soll dir deine Schwester besser selbst sagen«, meinte er, wobei er immer noch nicht sonderlich begeistert klang. Aber das würde sich schon noch ändern, da war ich mir sicher. Spätestens, wenn seine Freundin nach Hause kam, würde er glücklich sein, uns nicht mehr um sich zu haben. »Wenn mich jemand sucht, ich bin im Schlafzimmer.«

»Claire?«, wandte Rose sich dann an mich, als Jamie mit einem Buch verschwunden war.

»Okay.« Ich konnte mir ein Grinsen nicht verkneifen, als ich auf den Laptop zulief, während Rose sich noch aus ihrer Jacke schälte. »Sieh dir das an!« Ich hielt meiner Schwester den Laptop entgegen, als sie auf mich zukam. »Das ist unsere neue Wohnung!«

»Das?« Rosalies schockierter Blick wanderte vom Computerbildschirm zu mir und wieder zurück, als könnte sie einfach nicht glauben, dass ich das ernstmeinte. »Das soll unsere neue Wohnung sein?«

»Es ist das Beste, was ich finden konnte«, erklärte ich. »Die

Wohnung ist in der Nähe der Schule, und was noch viel wichtiger ist: Ich kann sie mir leisten.«

»Aber, Claire.« Meine Schwester wirkte verzweifelt. »Was, wenn ich auch einen Job annehme? Nach der Schule. Hätten wir dann genug Geld für eine ordentliche Wohnung?«

»Das hier *ist* eine ordentliche Wohnung«, gab ich schon fast etwas verärgert zurück. Tagelang hatte ich im Internet nach Unterkünften gesucht, und diese hier war nicht nur in unserer Preisklasse, sondern auch noch möbliert und schon bald bezugsbereit. Außerdem war sie im Gegensatz zu manch anderen Wohnungen, die ich auf meiner Suche gefunden hatte, der pure Luxus. »Und nein. Ich will nicht, dass du einen Job annimmst. Du sollst dich auf die Schule konzentrieren. Nur noch dieses Jahr, dann kannst du von mir aus machen, was du willst.«

»Aber«, setzte Rose erneut an, doch ich kam ihr zuvor.

»Keine Widerrede, Rose. Wir können hier nicht länger bleiben. Diese Wohnung gehört Jamie und seiner Freundin. Nicht uns. Wir dürfen seine Gastfreundschaft nicht länger ausnutzen.«

»Ist das wirklich der Grund, warum du es plötzlich so eilig hast, von hier wegzukommen?«, wollte Rose wissen. »Oder liegt es daran, dass du dich in Jamie verliebt hast und davor weglaufen möchtest?«

Mein Magen zog sich schmerzhaft zusammen. »Rose«, presste ich zwischen den Zähnen hervor, doch diesmal war sie es, die mich unterbrach.

»Versuch nicht, mich für dumm zu verkaufen«, sagte sie. »Ich kenne dich, Claire. Ich weiß, wie du tickst. Du läufst immer weg, wenn es ernst wird. Deshalb bist du auch nicht bei Mom geblieben!«

Fassungslos sah ich Rose hinterher, die davonstampfte und schließlich die Tür des Gästezimmers hinter sich zuknallte.

Erschöpft ließ ich mich auf die Couch sinken. Meine Brust schmerzte.

»Alles in Ordnung?«

Ich hörte Jamies Stimme hinter mir, drehte mich aber nicht zu ihm um. Ich fühlte mich wie paralysiert.

»Ich habe einen Knall gehört.«

»Rose ist nicht begeistert von der Wohnung«, gab ich zurück und schlang meine Arme um meinen Oberkörper. Hatte sie recht? Lief ich immer nur weg? Ich hatte doch keine andere Wahl gehabt als von zu Hause wegzugehen. Der ganze Streit hätte mich kaputtgemacht. Und Rose auch. Sie musste doch verstehen, dass es das einzig Richtige gewesen war, einen Schlussstrich zu ziehen. Für uns beide. Und vermutlich auch für Mom.

»Ja, klang ziemlich danach.« Jamie setzte sich zu mir auf die Couch, doch ich hielt den Blick immer noch abgewandt. Im Moment war ich zu aufgewühlt, um ihn anzusehen. Ich wusste selbst nicht, wie ich mich gerade fühlen sollte. Rosalies Worte hatten weh getan, so viel war klar. Aber waren sie auch gerechtfertigt gewesen? Wollte ich weglaufen, weil ich Gefühle für Jamie hatte?

Ganz automatisch wanderte mein Blick zu ihm, und mein Herz machte einen Satz. Auch wenn ich es nicht gerne zugab: Es war möglich. Aber das hatte nichts zu bedeuten. Jamie war mein Ritter in glänzender Rüstung. Er hatte meiner Schwester und mir ein Dach über dem Kopf gegeben. Er kümmerte sich um uns, da war es doch nur logisch, dass er mir ans Herz wuchs. Aber diese Gefühle waren nicht echt. Ich durfte Dankbarkeit nicht mit Liebe verwechseln.

»Sie wird sich schon noch an den Gedanken gewöhnen«, versicherte ich Jamie und versuchte dabei auch, mich selbst zu überzeugen.

»Da bin ich mir sicher.« Er lächelte mich an. »Du musst die Wohnung einfach so gestalten, dass sie für deine Schwester unwiderstehlich ist. Das kannst du doch, oder?«

Ich zögerte. Wenn ich ehrlich sein sollte, hatte ich schon tausend Ideen, wie ich die Wohnung verschönern konnte. Das war einer der Gründe gewesen, warum ich mich so sehr gefreut hatte umzuziehen. Ich konnte es kaum abwarten, mit der Arbeit zu beginnen.

»Ja«, meinte ich gedankenversunken. »Ich denke, das kann ich.«

Vinyl

»Hey«, sagte ich, als Rose endlich wieder aus dem Zimmer kam. Jamie war unterwegs, und ich lümmelte alleine auf der Couch im Wohnzimmer. Zwar hatte er mir angeboten, dass ich mit ihm kommen könnte, aber ich hatte mich dagegen entschieden. Ich hatte hierbleiben und warten wollen, bis meine Schwester sich beruhigt hatte. Was hoffentlich jetzt der Fall war.

»Hey.« Sie ließ sich zu mir auf die Couch fallen, vermied jedoch den Blickkontakt. »Es tut mir leid, was ich vorhin gesagt habe«, meinte Rose etwas kleinlaut. »Ich hab's nicht so gemeint.«

»Das weiß ich doch«, versicherte ich ihr. »Und ich verstehe auch, dass es dir hier gefällt. Aber die Wohnung gehört uns nun einmal nicht. Sie gehört Jamie und seiner Freundin. Wir müssen unser eigenes Zuhause finden.«

Rose atmete tief durch. »Ich weiß. Ich finde es nur so schön hier.«

»Ich doch auch.« Mein Blick wanderte zu Boden. Natürlich gefiel es mir, bei Jamie zu wohnen. Es war wie im Himmel. Aber es war nicht von Dauer, und das war mir von Anfang an klargewesen.

»Die Wohnung sieht gar nicht so schlecht aus«, meinte Rose nach einer Weile, und ich hob den Blick. Meinte sie das ernst? »Sie ist nicht so schön wie die von Jamie, aber ich denke, ich werde mich schon irgendwie daran gewöhnen.«

Ich musste grinsen. »Du hast auch gar keine andere Wahl.«

Meine Schwester verdrehte die Augen, doch noch im selben

Moment hörte ich, wie jemand die Tür aufschloss, und gleich darauf vernahm ich Jamies Stimme: »Claire, komm her und hilf mir.«

Augenblicklich sprang ich von der Couch auf und lief Jamie entgegen, der ein gewaltiges Paket in seinen Armen hielt. Es sah schwer aus. »Was zum Teufel ist *das* schon wieder?«

Er grinste. »Glaub mir, das wird dir gefallen. Es ist mein verspätetes Weihnachtsgeschenk an mich selbst.«

»Oh Gott«, stieß ich hervor, als ich nach dem Paket griff, um ihm tragen zu helfen. Es sah nicht nur so aus, es *war* schwer. »Was hast du dir bestellt? Ziegelsteine?«

»Da, vor dem Fernseher.« Jamie deutete auf den Teppich zwischen Fernseher und Couchtisch. »Da stellen wir es hin.«

»Okay.« Ich schüttelte meine Arme aus. »Und was genau ist *es*?«

»Rose, könntest du mir einen Gefallen tun und mir eine Schere aus der Küche holen?«

Auf Jamies Bitte hin sprang Rose von der Couch auf und eilte in die Küche. Ich wünschte, sie würde genauso reagieren, wenn ich etwas zu ihr sagte. Aber dazu hatte ich vermutlich zu wenig Ähnlichkeit mit Jamie.

»Hier.« Mit einem breiten Grinsen im Gesicht hielt sie ihm die Schere entgegen.

»Danke.« Ohne mir eine Antwort zu geben, machte er sich daran, das Paket zu öffnen. »Du hörst mir nicht zu, Claire. Das ist ein verspätetes Weihnachtsgeschenk von mir an mich selbst.«

Verwirrt legte ich die Stirn in Falten und beobachtete Jamie. Was hatte er sich da bloß geschenkt?

Er zog eine Packung aus dem Karton, und meine Augen weiteten sich, als ich sah, was darauf abgebildet war. »Du hast dir einen *Plattenspieler* gekauft?« Meine Stimme spiegelte meine Fassungslosigkeit ganz gut wider. Ich konnte es nicht glauben.

»Hast du denn überhaupt Platten?«

Jamie warf mir einen vorwurfsvollen Blick zu. »Was denkst du denn?«

»Tut mir leid, aber ich kann mir dich nicht als Plattenbesitzer vorstellen.«

»Warum denn nicht?« Ohne mich dabei anzusehen, schälte er das Gerät aus der Verpackung und schleppte es dann zu der Anrichte unter dem Fernseher.

»Keine Ahnung«, räumte ich ein. »Ich hätte es einfach nicht gedacht.«

Jamie öffnete die Türen des niedrigen Schranks, und mehrere Stapel an Platten kamen zum Vorschein. Ich schluckte. Ganz offensichtlich hatte ich ihn falsch eingeschätzt.

»Was für ein Zufall.« Rose grinste mich an und nahm Jamie eine der Platten ab, um sie zu mustern. Währenddessen machte er sich daran, das Gerät anzuschließen. »Claire *liebt* Platten und so alte Musik.«

»Tu ich nicht«, widersprach ich ihr, konnte jedoch nichts dagegen tun, dass ich rot wurde. »Außerdem ist das keine *alte Musik*. Es sind Klassiker.«

Rosalie verdrehte die Augen. »Wenn du das sagst.«

»Was willst du hören?« Jamie warf mir einen kurzen Blick über die Schulter hinweg zu.

Ich zögerte, doch dann näherte ich mich ihm und begutachtete die Auswahl. Sie war beachtlich. Es schien mir schon fast unmöglich, mich für *eine* davon zu entscheiden. »Such du etwas aus«, sagte ich dann, »ich brauche hier noch einen Moment.«

»Okay.« Während Jamie in seiner Plattenkollektion stöberte, ließ ich mich neben Rose auf die Couch fallen. Es fühlte sich schon fast so an wie früher. Mein Vater hatte es geliebt, abends Platten aufzulegen. Und ich hatte es geliebt, die Musik zu hören. Dieses Knistern der Nadel auf der Platte verursachte mir auch heute noch eine Gänsehaut.

Während die ersten Töne eines Abba-Songs zu spielen begannen, atmete ich tief durch und schloss einen Moment lang die Augen. In meiner Vorstellung saß ich nicht in Jamies Wohnung, sondern im Haus meiner Großeltern. Ich hatte es mir auf dem dunkelroten Teppichboden gemütlich gemacht, mein Vater stand am alten Plattenspieler meiner Großeltern und legte gerade seine Lieblings-EP auf. Es war *Bus Stop* von *The Hollies.* Ich wusste nicht, wie viele tausende Male wir dieses Lied in den Weihnachtsferien bei unseren Großeltern gehört hatten. Ich war mir sicher, dass Jamie diese Platte nicht in seinem Repertoire hatte, aber allein das Gefühl, den Plattenspieler in Betrieb zu nehmen, versetzte mich in eine Zeit zurück, in der noch alles in Ordnung gewesen war. Damals hatte es keinen Streit gegeben, und wenn, dann nur darum, wer das nächste Lied aussuchen durfte. Ich war glücklich gewesen.

Die Musik stoppte kurz und begann dann erneut zu spielen. Doch nun handelte es sich um eine andere Platte.

Ich öffnete die Augen. Allerdings konnte ich kaum etwas erkennen, da Tränen meine Sicht versperrten. Ich blinzelte ein paarmal, doch sie verschwanden nicht. Die Tatsache, dass Jamie vor dem Plattenspieler stand und nicht mein Vater, wollte einfach nicht ganz in meinen Kopf.

»Ich bin gleich wieder da«, sagte ich und wandte Rose und Jamie schnell den Rücken zu. Ich wollte nicht, dass sie bemerkten, dass etwas nicht in Ordnung war. Schnell eilte ich ins Gästezimmer und zog die Tür hinter mir zu, schloss sie aber nicht. Die Musik sollte noch zu hören sein. Die Musik und Jamies Stimme.

»Deine Schwester ist kein großer Stones-Fan, was?«

Ich lehnte mich mit dem Rücken gegen die Tür, um der Musik zu lauschen. Und dem Gespräch.

»Doch«, widersprach Rose, und damit hatte sie recht. Ich mochte die *Rolling Stones.* Jeder in unserer Familie mochte sie. Und genau das war das Problem. »Dad und sie haben früher ständig diese Musik gehört.«

»Oh.«

Ich schloss die Augen. *Verdammt, Jamie*, wollte ich sagen, *kannst du nur einmal nicht eins und eins zusammenzählen?*

»Hey Rose, was ist mit eurem Vater passiert? Claire scheint nicht gerade gerne über dieses Thema zu sprechen …«

Mit einem Mal herrschte Stille. Alles, was ich noch vernehmen konnte, war der leise Refrain von *Mother's Little Helper.*

»Er ist vor vier Jahren gestorben«, sagte Rosalie dann, und mein Herz zog sich schmerzhaft zusammen. »Bei einem Verkehrsunfall, als er auf dem Weg zur Arbeit war. Mom hat sich davon nie erholt, und ich glaube, Claire hat auch noch damit zu kämpfen. Deshalb geraten die beiden ständig aneinander.«

Ich stieß mich von der Tür ab und ließ mich stattdessen aufs Bett fallen. Ich wollte das nicht hören. Warum erzählte Rose ihm das alles nur? Und warum tat sie so, als wäre sie selbst über seinen Tod längst hinweg? Das war sie bestimmt nicht! Das konnte sie gar nicht sein. Es war doch erst vier Jahre her …

Ich biss mir auf die Lippe. Vier Jahre. Vier Jahre, in denen ich versucht hatte, mit der Situation umzugehen. Und doch hatte ich es bis heute noch nicht geschafft.

* * *

»Ja«, sagte ich, als ein leises Klopfen ertönte. Ich wusste nicht, wie lange ich schon auf dem Bett saß und auf die Wand starrte. Im Hintergrund hörte ich immer noch die *Rolling Stones*, aber ich wusste nicht, wie viele Lieder ich schon verpasst hatte.

»Hey.« Ich drehte mich nicht zu Jamie um, der sich vorsichtig durch die Tür schob und sie hinter sich schloss. »Hast du es dir anders überlegt mit dem *Ich bin gleich wieder da*?«

Ich reagierte nicht. Ich wusste nicht, was ich darauf erwidern sollte. Eigentlich hatte ich nicht vorgehabt, so lange wegzubleiben, aber ich hatte mich einfach nicht dazu überwinden können, zurück ins Wohnzimmer zu gehen. Zwar waren die Tränen bereits versiegt, aber sicher fühlte ich mich noch nicht.

Jamie seufzte tief und setzte sich dann zu mir auf das Bett. Und zwar genau so, dass er mir den Blick auf die Wand versperrte. »Es tut mir leid«, begann er, »das mit deinem Dad wusste ich nicht. Aber du hättest es mir sagen können. Ich meine, das mit dem Plattenspieler –«

»Ich liebe den Plattenspieler«, fiel ich Jamie ins Wort. Ich schaffte es nicht, ihn anzusehen. Deshalb betrachtete ich stattdessen meine Hände, mit denen ich meine angezogenen Beine festhielt. Meine Haut erschien mir hier im Dunkeln so unfassbar weiß. Der Nagellack, den ich vor Wochen aufgetragen hatte, war zum größten Teil bereits abgesplittert. Vielleicht sollte ich mir einen von Jamies Freundin ausleihen … »Es stimmt schon, er erinnert mich an Dad, aber nicht im negativen Sinne.«

»Nicht?«

Ich hob den Blick und sah Jamie an. In seinen Augen erkannte ich Besorgnis, und ich bemühte mich um ein Lächeln. Zu meiner Überraschung verlangte mir das gar nicht so viel Energie ab, wie ich erwartet hatte. Im Gegenteil. Es ging fast wie von selbst.

»Nein. Ich habe immer gern mit ihm Musik gehört. Wir hatten denselben Geschmack.« Ich machte eine Pause und fügte dann etwas leiser hinzu: »Und wir übrigens auch.«

Endlich stahl sich wieder ein Grinsen auf Jamies Gesicht.

»Ist es nicht komisch, was Musik alles bewirken kann?«, fragte ich ihn. »Schon ein paar Takte sind wie eine Zeitreise. Ich höre diese Lieder, und es ist, als wäre Dad nie weg gewesen. Als wären die letzten vier Jahre nicht passiert. Und trotzdem … Diese Musik ohne ihn zu hören, ist, als würde ich ihn hintergehen. Als wäre ich damit einverstanden, dass er nicht mehr hier ist.« Wieder füllten sich meine Augen mit Tränen. »Aber das bin ich nicht.«

»Du hattest Glück mit deinem Vater, weißt du das?«, meinte Jamie plötzlich, und ich blinzelte ihn etwas verwirrt an. »Manchmal habe ich das Gefühl, ich kenne meinen nicht einmal richtig. Sämtliche Erinnerungen, die ich an ihn habe, bestehen aus ihm mit seinem Handy am Ohr. Seine Geschäfte haben ihn immer mehr interessiert als seine Familie.«

»Oh.« Ich wandte den Blick von Jamie ab. So gesehen hatte er recht. Wir hatten immer eine schöne Zeit gehabt, mein Dad und ich. Abgesehen davon, dass sie zu kurz gewesen war. Ich konnte mich nicht beschweren. Aber für Jamie war es noch nicht zu spät. Sein Vater war noch am Leben, er konnte alles nachholen. Er konnte ihn kennenlernen und Erinnerungen schaffen. Ich konnte das nicht.

»Na los.« Jamie hielt mir seine Hand entgegen, um mir beim Aufstehen zu helfen. »Dein Vater würde nicht wollen, dass du seinetwegen auf die Musik verzichtest. Komm, wir machen noch eine Zeitreise.«

Aus alt mach neu

Mit zwei Tüten voller Einkäufen betrat ich die Wohnung, in der Rose und ich schon bald leben würden. Gestern hatte ich den Mietvertrag unterschrieben. Doch bevor es so weit war, gab es noch einiges zu ändern.

Dass der Vormieter uns seine Möbel überlassen hatte, war zwar praktisch, aber sie verpassten der Wohnung einen altmodischen Touch, den Rose garantiert hassen würde. Und genau deshalb war ich heute hier.

Meine Taschen waren voll mit Farbe und Deko-Elementen, die ich in einem Ramschladen ergattert hatte. Ich war ganz zufrieden mit dem, was ich erstanden hatte. Auch hier war die Qualität nicht umwerfend, aber für den Preis war das vollkommen okay. Der gesamte Einkauf hatte so viel gekostet wie diese dumme Kerze aus Mr. Rushtons Möbelhaus. Ich fragte mich wirklich, welche Art von Leuten dort einkaufte. Es musste schön sein, so viel Geld ausgeben zu können.

Zuallererst machte ich mich auf den Weg in mein Zimmer – dafür, dass ich all das hier bezahlte, durfte ich mir wohl auch aussuchen, welchen Raum ich für mich beanspruchte. Mein zukünftiges Schlafzimmer lag auf der Rückseite der Wohnung, ein hohes Fenster zeigte auf das Wohnhaus gegenüber, doch das machte mir nichts. Wenn man sich weit nach vorne lehnte, konnte man den Himmel sehen – und hoffentlich auch den Mond. Und das war alles, was zählte.

Ich stellte die Tüten ab und packte meine Sachen aus: Lichterketten, Bilderrahmen, die ich erst noch füllen musste, weiße Farbe, um den Wänden einen neuen Anstrich zu verleihen, Polster und Kerzen. Eine Matratze und einen Kleiderschrank gab es hier drin bereits, darum musste ich mir also keine Gedanken machen. Das Gleiche galt für Rosalies Zimmer, in das ich mich nun begab. Eine Tür im Wohnbereich führte zu dem nicht allzu großen Raum, den ich für sie vorgesehen hatte.

Für meine Schwester hatte ich ein sattes Rosa als Wandfarbe ausgewählt – so wie sie es mochte. Außerdem hatte ich ihr ebenfalls eine Lichterkette und Kissen besorgt. Doch um Rose davon zu überzeugen, dass es hier ganz schön sein konnte, musste ich noch etwas Arbeit in das Zimmer stecken.

Ich zog das Haargummi von meinem Handgelenk und band meine Haare auf dem Kopf zusammen. Das würde garantiert ein langer Tag werden. Aber ich wollte heute mit allem fertig werden.

Bestimmt wäre es schneller gegangen, wenn ich Jamie um Hilfe gebeten hätte, aber das war für mich keine Option gewesen. Zum einen wollte ich nicht, dass er die Wohnung in diesem Zustand sah. Und zum anderen sollte er auf Rose aufpassen. Oder sie zumindest bei Laune halten, bis ich wieder da war. Die beiden verstanden sich gut, das dürfte also kein Problem sein.

Ich krempelte die Ärmel hoch, um mich mental auf die Arbeit vorzubereiten. Gestern Nacht hatte ich mir schon alles genau überlegt. Heute würde ich Rosalies und mein Zimmer streichen und dekorieren. Morgen würde ich mich dann noch um den Rest der Wohnung kümmern. Und dann war alles bereit für den Umzug.

Das musste ich dann nur noch Jamie irgendwie beibringen …

Während ich mich daranmachte, sämtliche Kanten im Zimmer abzukleben, dachte ich an das, was er gesagt hatte: dass er sich daran gewöhnt hatte, Leute um sich zu haben. Ich wollte nicht, dass Jamie einsam war. Aber es war nicht meine Aufgabe, ihm Gesellschaft zu leisten, sondern die seiner Freundin. Außerdem hatte ich ihm das Angebot gemacht, uns jederzeit zu besuchen. Mehr konnte ich im Moment wirklich nicht für ihn tun. Auch wenn ich es mir wünschte.

Gegen jeden Willen

»Wo ist Rose?«, flüsterte ich, als ich das Wohnzimmer betrat und Jamie mit einem Buch auf der Couch lümmeln sah.

»In ihrem Zimmer.« Er machte eine Pause und ließ seinen Blick über den Rest der Seite wandern, bevor er das Buch zuklappte und es beiseitelegte. Dann wandte er sich an mich. »Konntest du schon was erledigen?«

Ich konnte mir ein Grinsen kaum verkneifen, als ich mich Jamie näherte und mich zu ihm auf die Couch setzte. »Es sieht so toll aus«, flüsterte ich aufgeregt. »Rose wird ihr neues Zimmer lieben. Ich muss nur noch die Küche und das Wohnzimmer fertig machen, dann können wir eigentlich schon einziehen. Ich bin schon so auf ihr Gesicht gespannt.«

»Das ist wirklich toll.« Jamie lächelte, doch ich merkte, dass etwas nicht stimmte. Seine Freude war nicht echt – sie war aufgesetzt.

»Was ist los?«, wollte ich wissen. »Ist irgendetwas passiert?«

»Nein.« Wieder dieses falsche Lächeln. »Es ist alles in Ordnung.«

Nun schwiegen wir beide. Ich wusste, dass das gelogen war, konnte es aber nicht beweisen. Und ich konnte Jamie nicht dazu zwingen, darüber zu sprechen.

»Okay«, meinte ich leise und erhob mich wieder von der Couch. »Dann gehe ich mal und sehe nach Rose.«

Ich hatte mich kaum umgedreht, als ich auch schon Jamies Stimme hinter mir hörte. »Claire, warte.«

Verwirrt drehte ich mich noch einmal zu ihm um. Langsam machte ich mir Sorgen um ihn. Normalerweise war Jamie nie so wortkarg wie heute. Ich befürchtete bereits das Schlimmste. Zum Beispiel, dass er mir erklären würde, dass wir schon heute ausziehen müssten, weil seine Freundin morgen zurückkam. Dabei hatte ich Rosalies Überraschung noch nicht fertig. Das würde alles kaputtmachen!

»Ich will nicht, dass du gehst.«

Überrascht blinzelte ich Jamie an. »Was?«

»Ich will nicht, dass du aus dieser Tür gehst und nie wieder zurückkommst. Ich dachte, ich hätte noch Zeit, aber euer Auszug rückt mit jeder Minute näher, und ich will das nicht.«

Einen Moment lang sah ich Jamie nur an. Mein Herz zog sich unter seinen Worten schmerzhaft zusammen. Und dann setzte mein Gehirn aus. Ich griff nach seinem T-Shirt, zog ihn näher zu mir und küsste ihn. Mein Herzschlag beschleunigte sich, als Jamie den Kuss erwiderte. Ich fühlte seine Arme um meinen Körper und schmiegte mich enger an ihn.

Dann kehrte die Realität zurück. Erschrocken wich ich von ihm.

»Ich habe dich geküsst«, stellte ich atemlos fest und versuchte dabei, etwas in Jamies Gesicht auszumachen. Ich wusste nicht, wonach ich genau suchte, aber ich fand es nicht.

»Ja.«

»Und du hast mitgemacht!«

Wieder blinzelte Jamie mich nur an, als würde er nicht begreifen, worum es hier ging. So wie ich auch. »Ja.«

»Aber das geht nicht!« Ich biss fest die Zähne zusammen und atmete tief durch, um mich erst einmal zu beruhigen. Meine Stimme war eindeutig zu laut, und ich wollte nicht, dass Rose das Gespräch mithörte. Sie sollte nicht erfahren, was eben passiert war. Niemand sollte das. »Das ist nicht richtig. Du hast eine Freundin, hast du schon einmal daran gedacht?«

»Claire –«

Schnell wandte ich Jamie den Rücken zu. Ich hatte keine Lust, mir seine Ausreden anzuhören. Ich hatte einen Fehler gemacht, keine Frage. Aber er auch, denn er hatte den Kuss nicht abgebrochen – das war ich gewesen. Es interessierte mich nicht, was er sich dabei gedacht hatte. Ob er einsam war oder ob die beiden einfach eine sehr lockere Beziehung führten. Das war mir egal. Es war falsch, und damit war Schluss.

»Steh auf.« Ich griff nach dem Rucksack, der neben der Tür lehnte, und warf ihn nach meiner Schwester, die auf dem Bett herumlümmelte und mit ihrem Handy spielte. »Wir gehen.«

»Wie bitte?« Fassungslos blinzelte Rose mich an, während ich damit beschäftigt war, ihre Sachen in den Koffer zu stopfen. »Was ist denn jetzt plötzlich los? Ich dachte, wir bleiben, bis die Wohnung fertig ist.«

»Die Pläne haben sich geändert«, gab ich schroffer zurück, als ich geplant hatte. Ich wollte Rose gar nicht so anfahren, es passierte einfach so. Ich hatte mich nicht unter Kontrolle: Mein Herz schlug viel zu schnell, meine Finger zitterten, und ich konnte meine Gedanken nicht kontrollieren. Immer wieder sagte ich meinem Kopf, er müsse diesen Augenblick von vorhin aus meinem Gedächtnis löschen, aber ich schaffte es nicht. Stattdessen kreisten meine Gedanken immer wieder um Jamie.

»Was ist passiert, Claire? Habt ihr euch gestritten?«

»Nein.« Ich wusste, dass Rose mir das nicht abnahm, aber das machte nichts. Ich musste ihr nicht Rede und Antwort stehen. Ich war für meine kleine Schwester verantwortlich, und hier konnten wir nicht bleiben. »Wir haben Jamies Gästezimmer schon lange genug in Anspruch genommen. Es ist unhöflich, noch länger zu bleiben, wo wir doch eine ganz akzeptable Wohnung haben.«

»Du sagst es«, stimmte Rosalie mir zu und kletterte endlich aus dem Bett. Ihren Koffer hatte ich bereits fertiggepackt, nun machte ich mich daran, meine Sachen in den Rucksack zu werfen. »Sie ist *akzeptabel.* Diese Wohnung hier ist *ein Traum.* Ich will nicht weg.«

»Da hast du Pech.« Der Klang meiner Stimme ließ mich selbst innerlich zusammenzucken. Noch nie zuvor in meinem Leben hatte ich so bestimmt geklungen. Es gefiel mir nicht, aber nun war es zu spät, um einen Rückzieher zu machen. Anders wollte Rose den Ernst der Lage ja offensichtlich nicht begreifen. »Eine Wohnung wie diese würden wir uns nicht einmal leisten können, wenn wir *beide* arbeiten würden. Es tut mir wirklich leid, dass ich dir nichts Besseres bieten kann, aber so ist es nun einmal. Ich kann daran im Moment nichts ändern. Und jetzt nimm deine Sachen, wir gehen.«

Rose blickte mich eine Weile lang verunsichert an. Ihre Gedanken konnte ich nur zu deutlich aus ihrem Gesicht lesen: *Wer bist du? Ich erkenne dich kaum wieder.*

Ich erkannte mich doch selbst nicht wieder. Das alles passte nicht zu mir. Es war nicht meine Art, bei Fremden zu leben und Männer zu küssen, die ich niemals haben konnte. Ich machte mir das Leben schwerer, als es sein müsste. Aber damit war nun Schluss.

»Geh jetzt«, fügte ich dann leise hinzu, als Rose sich nicht von der Stelle bewegte. Ich fühlte mich so erschöpft. Von allem. Von Rose und von Jamie. Vor allem von Jamie.

Ich merkte, dass Rosalie mir widersprechen wollte, doch dann griff sie nach ihrem Koffer und schlich damit aus dem Gästezimmer. Es war nicht zu übersehen, wie schwer es ihr fiel, diesen Raum hinter sich zu lassen, und ich hasste es, sie dazu zwingen zu müssen. Ich würde doch auch lieber hierbleiben, aber ich konnte es einfach nicht mehr länger ertragen, unter einem Dach mit Jamie zu leben.

Ich war so unsagbar dumm. Er wusste nun, was ich für ihn empfand. Und wenn ich in meinem Leben eines gelernt hatte, dann, dass man seine Gefühle niemals offen darlegen durfte. Sie bildeten eine viel zu große Angriffsfläche.

»Claire.«

Mein Körper erstarrte, als Jamie mit einem Mal im Türrahmen auftauchte. Mist. Ich war noch nicht fertig. Da lag noch haufenweise Kram herum. Aber wenn ich nun zu packen beginnen würde, würde ich Jamie die Chance geben, das zu sagen, was er sagen wollte. Und ich wollte es im Moment einfach nicht hören. Egal, was es war.

Ohne darüber nachzudenken, griff ich nach dem Rucksack und marschierte an ihm vorbei. Rose wartete bereits vor der Tür auf mich. Ihr fragender Blick entging mir keinesfalls, aber ich ignorierte ihn. Sie wollte wissen, was passiert war, und ich war nicht bereit, es ihr zu erzählen. Zumindest nicht jetzt.

»Danke für deine Gastfreundschaft.« Ich bemühte mich um einen möglichst neutralen Tonfall, um Rosalie nicht noch skeptischer zu machen. Doch ich konnte Jamie nicht dabei ansehen, und das verriet vermutlich mehr als mir lieb war. »Rose, sag auf Wiedersehen.«

Ihr verwirrter Blick wanderte von Jamie zu mir und wieder zurück. Stur betrachtete ich den Boden vor meinen Füßen, während ich darauf wartete, aufzubrechen. »Auf Wiedersehen, Jamie.«

»Mach's gut, Kid.«

Trautes Heim, Glück allein

Es gab Nächte, in denen plötzlich alles auf mich niederzuprasseln schien. In denen mir klarwurde, was ich in meinem Leben falsch gemacht hatte, wie unsicher meine Zukunft war und wie einsam ich mich fühlte. In denen ich nichts lieber tun würde als mich im Bett zu verkriechen und zusammenzubrechen.

Heute war eine dieser Nächte.

»Ich hoffe, du bist zufrieden.« Mit vor der Brust verschränkten Armen stand Rose neben mir im Türrahmen und ließ ihren Blick durch die verlassene Wohnung schweifen.

Ich musste schlucken, um den Knoten in meinem Hals zu lösen. Es war nicht so, als würde ich gerne hier leben! Wir hatten keine andere Wahl, das musste Rose doch verstehen. Vielleicht würde sie das auch, wenn ich ihr nur die Wahrheit sagen würde …

Den ganzen Weg über von Jamies Wohnung hierher hatten wir uns bloß angeschwiegen. Es war einfach schrecklich gewesen. Die Stille brannte tief in meiner Brust. Ich hasste es, Rose von dort weg hierher zu zerren, aber ich wusste, dass es das Beste war. Für mich.

Ich gab Rosalie einen Kuss auf die Stirn. »Schlaf gut«, sagte ich, bevor ich nach dem Rucksack griff und damit in mein Schlafzimmer verschwand.

Meine Augen brannten so unerträglich wie nie zuvor. Noch bevor ich den Raum überhaupt betreten hatte, fühlte ich bereits die ersten heißen Tränen über meine erfrorenen Wangen rollen.

Es war so egoistisch von mir gewesen, einfach die Flucht zu ergreifen. Ich hatte das getan, was ich für richtig gehalten hatte, und dabei keinen einzigen Gedanken an Rose verschwendet.

Erschöpft ließ ich mich auf meine Matratze fallen. Zumindest waren die bereits hier gewesen – auf die Lieferung des Bettgestells würden wir wohl oder übel noch ein paar Tage warten müssen. Ich zog die Beine an und starrte in die Finsternis. Mit einem Mal fühlte ich mich wie betäubt.

Als wollte mein Gehirn mich noch zusätzlich quälen, führte es mir immer wieder diese Bilder vor Augen. Diese Bilder von Jamie, die Art, wie er mich angesehen hatte. Es konnte doch nicht sein, dass ich mir das alles nur eingebildet hatte! Ich konnte nicht so dumm sein …

»Claire?«

Es war so finster, dass ich nicht einmal bemerkt hatte, dass Rose das Zimmer betreten hatte.

Ich blinzelte ein paarmal, um meine Sicht zu klären, aber das änderte rein gar nichts. »Es ist spät«, sagte ich und hoffte dabei, dass man meiner Stimme die Tränen nicht anmerken würde. »Du solltest besser schlafen gehen.«

Ich vernahm leise Schritte, als sie sich mir näherte. Wenig später spürte ich auch schon, wie die Matratze unter ihrem Gewicht nachgab. »Was ist da vorhin passiert? Warum bist du abgehauen?«

»Ich bin nicht abgehauen. Ich sagte doch, Jamie –«

»Jamie hat oft genug gesagt, dass er kein Problem damit hat, uns bei sich wohnen zu lassen. Also hör auf mit deinen Ausreden. Was ist wirklich passiert?«

Ich hörte das Knirschen des Schnees unter Autoreifen. Direkt unter meinem Fenster lag eine Kreuzung, hier waren viele Autos unterwegs. Ich würde mich wohl oder übel an den Lärm gewöhnen müssen. Aber damit hatte ich kein Problem. Zumindest hatten wir hier ein Dach über dem Kopf.

»Claire?«

»Wir haben uns geküsst.« Bevor ich wusste, was geschah, hatte ich die Worte auch schon ausgesprochen. Verflixt. Ich hatte doch nicht darüber reden wollen.

Mein Blick wanderte zu meiner Schwester. Es war so dunkel, dass ich ihr Gesicht kaum ausmachen konnte, doch ihr Schweigen sprach für sich. Ganz offensichtlich hatte sie alles erwartet, nur das nicht. Natürlich nicht.

»Ist das dein Ernst?« Ihre Stimme klang atemlos.

Ich nickte. »Es ist einfach so passiert.«

»Aber das ist doch phantastisch!« Rosalie sprang von der Matratze, und der unerwartete Schwung warf mich fast zu Boden. »Was machen wir dann bitte *hier*? Wir müssen diese Wohnung kündigen! Wir ziehen bei Jamie ein. Du ins Schlafzimmer, und ich habe dann das Gästezimmer endlich für mich alleine. Das wird einfach phantastisch!«

»Rose.« Ich hasste es, ihre Traumblase zum Platzen zu bringen, aber es musste sein. Die Welt, die sie sich gerade ausmalte, existierte nicht. Und das würde sie auch niemals. »Jamie hat eine Freundin.«

»Na und?«

»Na und?« Ich schüttelte den Kopf. Musste ich ihr nun wirklich auch noch erklären, was das bedeutete? Es bedeutete, dass wir niemals zusammen sein konnten. Nicht einmal, falls – und die Wahrscheinlichkeit war wirklich gering – Jamie meine Gefühle erwiderte. Ich konnte und wollte seine Beziehung nicht beenden. Ich hatte doch nicht ahnen können, wie sich die Dinge entwickeln würden …

Nein, das war nichts weiter als eine faule Ausrede. Natürlich hätte ich es ahnen können. Ich wollte es nur nicht. Ich wollte mich selbst im Glauben lassen, dass ich immun gegen dieses Lächeln war. Und gegen diese Augen. Im Nachhinein war der Versuch, mich nicht zu verlieben, mehr als lächerlich. Es hatte doch so kommen müssen. Jamie hätte es wissen müssen. Vermutlich war ihm sehr wohl bewusst, wie unwiderstehlich er war. Er hätte mir nicht anbieten dürfen, bei ihm zu wohnen. Es war, als hätte er es geradezu darauf angelegt, mir das Herz zu brechen.

»Er mag dich, Claire«, meinte Rose, und ich hob den Blick. Langsam gewöhnten sich meine Augen an die Dunkelheit, und ich konnte zumindest ihre Umrisse ausmachen. Ich hatte meine Schwester noch nie so ernst klingen gehört. Es war schon fast unheimlich. »Er mag *uns.*«

Ich schnaubte. Natürlich sagte Rose das. Sie hatte sich ebenfalls verliebt – in Jamies Wohnung. Für sie war es wichtig, dass wir uns versöhnten, damit sie ihr federweiches Bett zurückbekam.

»Ich meine es ernst«, fügte Rose hinzu, als ich nichts erwiderte. Sie wartete auf eine Antwort, doch sie würde keine bekommen. Ich hatte den Blick bereits wieder von ihr abgewandt. Für mich war dieses Gespräch beendet. Genauso wie die Sache mit Jamie.

Mit einem tiefen Seufzen setzte meine Schwester sich in Bewegung. »Na schön, dann reden wir morgen weiter. Aber glaub mir, Claire. Jetzt wegzulaufen wäre ein großer, großer Fehler.«

Ein neuer Morgen

»Hast du gut geschlafen?«, fragte ich meine Schwester, als sie heute Morgen aus dem Schlafzimmer schlich. Dass ihre Laune im Keller war, war nicht zu übersehen. Nicht nur deshalb, weil wir nun hier lebten und nicht mehr bei Jamie. Heute begann auch noch die Schule. Und ich musste zur Arbeit.

»Also bei Jamie habe ich besser geschlafen.« Rose ließ sich auf einen der Stühle fallen und betrachtete den Frühstückstisch. Ich war extra früher aufgestanden, um Brötchen für uns zu besorgen – ansonsten war der Kühlschrank nämlich gähnend leer. Ich würde heute nach der Arbeit einkaufen gehen müssen. »Sein Bett war weicher. Und es war wärmer. Und nicht so laut. Seine Wohnung war moderner.«

»Rose –«, setzte ich vorsichtig an, verstummte dann aber wieder. Vermutlich war es völlig egal, was ich tat oder sagte. Sie war sauer auf mich, und das würde sich auch nicht so schnell ändern. »Sieh zu, dass du pünktlich zur Schule kommst«, sagte ich stattdessen und stand auf, um nicht zu spät zur Arbeit zu kommen.

»Ich bin kein Kind mehr«, brummte sie beleidigt.

Etwas ratlos blieb ich in der Küche stehen und betrachtete meine kleine Schwester. Sie musste doch verstehen, dass wir nicht ewig bei Jamie hätten bleiben können. Spätestens, wenn seine Freundin zurückkehrte, wären wir doch in hohem Bogen rausgeflogen. Da war es besser, uns dieses Drama zu ersparen. Aber Rosalie das zu erklären, war vermutlich sinnlos.

»Na schön.« Ich atmete tief durch. »Ich muss mich langsam

auf den Weg machen, vermutlich wird es heute etwas später, du musst dir also selbst was zu essen besorgen. Geld liegt auf dem Tresen.« Beinahe war ich zur Tür hinaus, als mir noch etwas einfiel. »Ach ja, da sind noch ein paar Sachen bei Jamie, die ich gestern nicht mehr eingepackt habe. Könntest du mir einen Gefallen tun und sie für mich holen?«

»Nein.«

Verwirrt legte ich die Stirn in Falten und musterte meine Schwester. Ihr Gesichtsausdruck hatte sich verfinstert. »Wie bitte?«

»Du hast ganz richtig gehört. Geh selbst zu ihm. Ich werde deine Sachen nicht holen. Wenn du sie wiederhaben willst, musst du wohl oder übel selbst hingehen.«

»Rose –«

»Nein«, wiederholte sie mit einer Entschiedenheit in der Stimme, die mich augenblicklich verstummen ließ. »Werd erwachsen, Claire. Du kannst dich nicht ewig vor ihm verstecken.«

»Das hatte ich auch nicht vor«, gab ich etwas beleidigt zurück. Ich wollte mich wirklich nicht verstecken. Ich wollte ihn nur für immer aus meinem Leben streichen. Das war ein Unterschied. Aber Rose hatte recht: Es war mein Fehler gewesen, nicht alles einzupacken. Also musste ich mich selbst darum kümmern. Egal, wie sehr es mir auch widerstrebte, zurück zu seiner Wohnung zu gehen. Ich hatte keine andere Wahl.

Noch während ich die Treppen hinunterlief, begann das Handy in meiner Tasche zu vibrieren. Das Handy, das Jamie mir besorgt hatte. Ohne stehen zu bleiben, warf ich einen kurzen Blick darauf und las dabei seinen Namen auf dem Display.

Ich atmete tief durch. Das konnte ich nicht. Ich konnte jetzt nicht mit ihm reden. Also steckte ich das Handy zurück in die Tasche und versuchte, Jamie zu vergessen. Zumindest fürs Erste. Ich musste mich schließlich auf die Arbeit konzentrieren, da konnte ich nicht ständig gedanklich abschweifen.

Mein Herz begann schneller zu schlagen, als ich an den Kuss

dachte. Und gleichzeitig widersprach mein Magen mit einem unangenehmen Ziehen. Die Verwirrung in seinen Augen war nicht zu übersehen gewesen. Offensichtlich hatte er genauso wenig verstanden, was da passiert war, wie ich. Ich hatte absolut keine Ahnung, was ich mir dabei gedacht hatte. Scheinbar gar nichts. Und Jamie auch nicht, denn er hatte mindestens genauso viel Schuld daran wie ich. Jedenfalls versuchte ich, mir das einzureden.

* * *

Die Arbeit lenkte mich ab, zumindest ein wenig. Immerhin musste ich nun nicht mehr ständig an Jamie denken. Nur noch hin und wieder. Ich hasste das. Ich hätte mich nicht weichklopfen lassen dürfen. Rose und ich hätten sofort ausziehen sollen, sobald die Wohnung zur Verfügung gestanden hatte.

Warum nur hatten wir das nicht getan? War es am Ende meine Schuld gewesen? Hatte ich nicht gehen wollen?

So ungern ich es auch zugab, ich hatte mich daran gewöhnt, Jamie um mich zu haben. Mehr noch: Ich fand Gefallen an seiner Anwesenheit. Deshalb hatte ich gezögert. Der Kuss war schließlich auch nicht aus dem Nichts gekommen …

Ich sah mich im Laden um. Bis auf tausende von Büchern war ich völlig alleine. Den ganzen Tag hatte sich noch kein Kunde blicken lassen. Um ehrlich zu sein, hatte ich damit kein Problem. Ich war ohnehin zu sehr mit mir selbst beschäftigt, als dass ich mich um etwas anderes hätte kümmern können. Ein Glück, dass niemand hier war, der meine Arbeit überwachte. Ich war alles andere als bei der Sache.

Mein Blick wanderte zum Schaufenster, als ich merkte, dass sich jemand dem Eingang näherte. Erschrocken sog ich die Luft ein, und ehe ich wusste, was geschah, fand ich mich auch schon unter dem Verkaufstresen wieder.

Du Feigling!, sagte ich mir selbst. Ich konnte mich doch nicht ewig vor ihm verstecken. Besonders nicht hier. Jamie wusste, dass ich hier arbeitete, und die Tatsache, dass die Tür nicht verschlossen war, ließ vermuten, dass jemand hier sein musste.

Ich hörte das leise Klingeln der Glocke über der Tür, als er das Geschäft betrat. Ich biss mir auf die Zunge. Wenn ich jetzt aufstand, wusste er, dass ich mich versteckt hatte. Besser also, ich blieb hier unten und hoffte, er würde wieder gehen.

»Claire.«

Ich hielt den Atem an. Seine Stimme klang so nah.

»Versteckst du dich vor mir?«

Mein Blick wanderte nach oben, und da war er auch schon.

Ich räusperte mich und stand auf, um mir den Staub von der Hose zu klopfen. »Was? Ich … nein, natürlich nicht«, behauptete ich und spürte dabei, wie mein Gesicht heiß wurde. »Ich habe nur etwas gesucht, ich habe dich nicht gesehen.«

»Ah.« Es war nicht zu übersehen, dass Jamie mir nicht glaubte, aber er legte es auch nicht auf eine Diskussion an. »Na wie auch immer, jetzt haben wir uns ja gefunden.«

Ich bemühte mich um ein Lächeln. »Ja. Ist das nicht schön?«

»Das ist es allerdings. Ich muss nämlich mit dir reden.«

»Das ist gut«, stellte ich schon fast überrascht fest. »Ich muss auch mit dir reden.«

»Perfekt, dann reden wir miteinander, das macht das Ganze etwas flüssiger.«

Ich presste die Lippen aufeinander und sah mich im Laden um. Es waren keine Kunden da, das war der perfekte Moment, um das hier zu erledigen. Ein für alle Mal.

»Hör zu«, setzte Jamie an, bevor ich dazu kam, auch nur irgendetwas zu sagen. »Ich weiß, es ist dir unangenehm, über gestern zu sprechen. Also lassen wir das. Aber du kannst nicht immer vor mir weglaufen, Claire. Was, wenn etwas passiert? Ich muss doch wissen, wo ich dich finden kann.«

Ich biss mir auf die Zunge, um nichts Falsches zu sagen. *Falls wem etwas passiert?*, wollte ich fragen. Denn wenn er Hilfe benötigte, würde er sich wohl an seine Freundin wenden, nicht an mich. Und ich würde schon irgendwie ohne ihn klarkommen.

»Na schön«, gab ich dann trotzdem nach, da ich den Ausdruck auf Jamies Gesicht nicht ertragen konnte. Ich griff nach meinem Notizblock und einem Bleistift. »Ich habe mein eigenes Handy wieder, das andere brauche ich jetzt nicht mehr. Ich schreibe dir meine Nummer auf, für den Fall, dass etwas sein sollte.«

»Und deine Adresse.«

Ich hielt in der Bewegung inne und warf ihm einen Blick zu. »Jamie, ich hab dir doch schon einmal erklärt, dass die Polizei so etwas wie Entführung nicht gerne sieht. Das Gleiche gilt für Stalking.«

»Claire.«

Ich atmete tief durch und begann erneut zu schreiben. »Na schön, wenn es sein muss. Das hier ist meine Adresse. Nur für den Notfall.«

»Danke schön.« Er grinste, als er mir den Zettel abnahm. »Also, warst du heute schon essen?«

»Meine Pause beginnt erst in einer halben Stunde.«

»Perfekt. Ich sehe mich hier etwas um, und dann gehen wir gemeinsam essen.«

»Jamie –«, wollte ich protestieren, doch er kam mir zuvor.

»Als Freunde«, erklärte er. »Das ist es doch, was du sagen wolltest, oder?«

Stumm nickte ich.

»Wir müssen nicht über das reden, was gestern passiert ist, wenn du das nicht willst. Aber ich würde dich nur ungern als Freund verlieren.«

»Geht mir genauso«, gab ich nur ungern zu.

Jamie lächelte, und mein Herz schlug höher. Das sollte nicht so sein. Das hatte mit Freundschaft nichts zu tun. »Dann ist doch alles klar.«

»Unter einer Bedingung«, fügte ich noch schnell hinzu. »Ich bezahle. Immerhin bin ich nicht mehr länger von dir abhängig.«

»Schade, das hat mir gefallen.« Jamie grinste. »Also abgemacht. Ich sehe mich hier um, und in einer halben Stunde treffen wir uns.«

Widerwillig nickte ich. »Abgemacht. Wenn ich dir helfen kann, dann ruf einfach nach mir.«

Hirngespinste

»Worauf hast du Lust?«, fragte mich Jamie, während ich noch die Ladentür hinter mir abschloss.

Ich zuckte mit den Schultern. »Normalerweise hole ich mir nur eine Kleinigkeit aus dem Supermarkt.«

»Du gehst nie richtig essen?« Jamie klang verwirrt. »Das ist nicht gesund, Claire.«

»Jeden Tag essen zu gehen ist nicht gesund für meine Geldbörse«, gab ich zu bedenken. »Außerdem koche ich normalerweise für Rose und mich, wenn ich von der Arbeit nach Hause komme.«

»Ich wusste gar nicht, dass du kochen kannst.«

Ich lachte sarkastisch. »Woher denn? Du weißt nur das über mich, was ich dich wissen lasse.«

»Ach so.« Interessiert hob Jamie die Augenbrauen. »Du hast also noch mehr solcher Geheimnisse? Sag bloß, du kannst auch noch Wäsche waschen.«

»Stell dir vor, auch das gehört zu meinem Repertoire.« Ich beobachtete die Leute um uns herum und fragte mich dabei unwillkürlich, welchen Eindruck wir beide auf sie machten. Glaubten sie, wir wären ein Paar? Oder nur Freunde? Oder gar Geschwister? Vermutlich war es lächerlich, sich darüber den Kopf zu zerbrechen. Und doch tat ich es.

»Ich bin beeindruckt«, räumte Jamie ein. »Ich hatte ja keine Ahnung. Wenn ich gewusst hätte, was du alles kannst, hätte ich dich als Hausmädchen eingestellt, anstatt dich umsonst bei mir wohnen zu lassen.«

Ich verdrehte die Augen. »Hättest du das?«

Er grinste. »Wahrscheinlich nicht, nein.«

»Das dachte ich mir schon.« In meinem Kopf ging ich noch einmal die Räume in Jamies Wohnung durch. Er hatte bestimmt kein Hausmädchen nötig. Sein Zuhause war immer tipptopp. Vermutlich war es nun, wo ich nicht mehr dort wohnte, sogar noch ordentlicher.

»Hey«, fügte ich dann hinzu, als mir etwas einfiel. »Da sind noch ein paar meiner Sachen in deiner Wohnung. Kann ich am Wochenende vorbeikommen, um alles abzuholen?«

»Klar doch.« Jamie zuckte mit den Schultern. »Ich kann sie aber auch vorbeibringen.«

»Nein, ist schon gut.« Seine Worte füllten meinen Körper mit Unruhe. Aus irgendeinem Grund wollte ich nicht, dass Jamie zu uns nach Hause kam. Ich erinnerte mich an das, was er über die Wohnung gesagt hatte, die wir gemeinsam besichtigt hatten. Zwar konnte man die beiden kaum vergleichen, aber ich wollte trotzdem nicht, dass er sah, wo wir lebten. Gegen Jamies Appartement wirkte doch jede andere Wohnung wie eine Sardinenbüchse. »Ich hole sie ab.«

»Okay.« Jamie ließ seinen Blick über die Menschenmengen wandern. »Jetzt weiß ich immer noch nicht, was du essen willst.«

Ich dachte kurz nach. »Ich glaube, ich habe Lust auf Burger.«

»Burger.« Jamie schien überrascht. »Hatte ich schon seit Ewigkeiten nicht mehr. Klingt gut.«

»Perfekt.« Ich deutete auf die andere Seite der Straße. »Da ist ein Diner ganz in der Nähe, dort können wir hingehen.«

»Wunderbar. Ich folge dir.«

* * *

Ich hätte es mir sparen sollen, auch noch die letzten Pommes aufzuessen. Es war ein Fehler gewesen, denn nun konnte ich mich kaum noch bewegen. Ich fühlte mich wie der Wolf aus *Der Wolf und die sieben Geißlein*, dessen Bauch mit Steinen vollgefüllt war. Würde mich jemand in einen Brunnen stoßen, ich würde garantiert untergehen. Aber ich war glücklich. Ich hasste es, mit Jamie zu streiten. Umso schöner war die Versöhnung, die darauf folgte.

Mir war klar, dass meine Zeit mit ihm begrenzt war. Wir lebten nicht mehr zusammen, und seine Freundin würde bestimmt bald zurückkehren. Unsere Wege würden sich wieder trennen, was bedeutete, dass ich unsere letzten verbleibenden Tage nutzen musste.

Ich hörte zu, wie Jamie mir von seinem Studium erzählte, und versuchte ihn mir an der Stelle seines Vaters vorzustellen. Er würde einen guten Job machen, da war ich mir sicher.

Es war schon fast schade, dass wir beinahe zurück im Buchladen waren. Ich hätte ihm gerne noch länger zugehört …

Wie angewurzelt blieb ich auf der Stelle stehen, als ich die Frau entdeckte, die vor dem Buchladen wartete.

»Wir sind aber nicht zu spät dran, oder?«, wollte Jamie wissen, als er sie ebenfalls erblickte. Er holte sein Handy aus der Hosentasche, um einen Blick darauf zu werfen. »Deine Mittagspause ist noch nicht vorbei.«

Ohne auf seine Worte zu achten, marschierte ich los. »Mom. Was machst du denn hier?«

Sie drehte sich zu mir um, und ich erschrak. Meine Mutter sah nicht aus, wie ich es erwartet hatte. Ihre Haare waren gekämmt, ihre Kleidung frei von Flecken. Es war, als hätte ich einen völlig fremden Menschen vor mir.

»Claire.« Sie lächelte mich zaghaft an, und mein Herz zog sich schmerzhaft zusammen. »Ich habe dich gesucht.« Ihr Blick wanderte an mir vorbei, was mich vermuten ließ, dass Jamie mir gefolgt war. »Komme ich ungelegen?«

»Eigentlich –«, setzte Jamie an, doch ich kam ihm zuvor. Ich wollte nicht, dass er sich verabschiedete. Ich brauchte ihn bei mir.

»Nein«, sagte ich. »Was brauchst du?«

Meine Mutter zuckte zusammen, so als hätte ich ihr mit meinen Worten ins Gesicht geschlagen. War es wirklich so abwegig, zu glauben, sie würde mich nur aufsuchen, weil sie etwas von mir brauchte? So war es doch in den letzten Jahren ständig gewesen! Was sollte sich plötzlich geändert haben?

»Ich vermisse dich, Claire. Und auch Rose. Seit ihr beide weg seid, ist die Wohnung so unheimlich leer. Ich fühle mich so einsam wie nie zuvor.« Ihre Stimme brach, und ich merkte, dass Jamie verschwinden wollte. Schnell griff ich nach seinem Arm, um ihn daran zu hindern. Er *musste* bleiben, damit ich stark sein konnte. Ich durfte mich nicht so einfach von ihr um den Finger wickeln lassen.

»Und was genau willst du mir damit sagen?«, fragte ich sie. »Dass ich zurückkommen und wieder den Haushalt für dich schmeißen soll? Ich bin zweiundzwanzig, Mom. Ich kann nicht ewig für dich sorgen.«

»Das weiß ich doch.« Sie wandte den Blick von mir ab. »Ich weiß, dass ich mich falsch verhalten habe. Und das möchte ich wiedergutmachen.

Einen Moment lang betrachtete ich sie nur, ohne dabei etwas zu sagen. Ich wollte glauben, dass sie es ernstmeinte, aber wie konnte ich das? Schließlich wäre das hier nicht das erste Mal, dass sie mir versicherte, sich zu ändern. An diesem Punkt waren wir vor einem halben Jahr schon einmal angelangt. Danach war alles nur noch schlimmer geworden.

»Dein Aussehen zu ändern reicht nicht«, sagte ich dann und hoffte, dass meine Stimme stärker klang, als ich mich fühlte.

»Das weiß ich«, versicherte sie mir. »Ich habe auch einen Job. Ich verdiene nicht viel, aber es reicht, um die Rechnungen zu bezahlen.«

Ich nickte, bemüht, mir meine Überraschung nicht anmerken zu lassen. »Das freut mich für dich.«

Jamie warf mir einen Blick von der Seite zu, und ich konnte seine Gedanken förmlich hören: *Sei nicht so herzlos*, wollte er mir damit sagen. Aber er hatte keine Ahnung. Wenn er meine Mutter so kennen würde, wie ich sie kannte, würde er das nicht denken.

»Wie wäre es, wenn ihr beide mich am Wochenende besuchen kommt? Ich mache euch etwas zu essen.« Ihr Blick wanderte zu Jamie und dann schnell wieder zurück zu mir. »Deinen Freund kannst du gerne mitnehmen.«

Ich ersparte mir, ihr zu erklären, dass Jamie nicht mein Freund war. Dazu war mein Gehirn zu sehr damit beschäftigt, die unerwartete Einladung zu verarbeiten. Sie wollte für Rose und mich etwas zu essen machen? Das konnte ich fast nicht glauben. Es fiel mir schon schwer, mich daran zu erinnern, wann sie das letzte Mal gekocht hatte! Der Ausdruck auf ihrem Gesicht ließ mich allerdings vermuten, dass sie die Einladung tatsächlich ernstmeinte. Zumindest jetzt in diesem Moment. Heute war Montag, bis zum Wochenende konnte noch so einiges passieren.

»Ich rede mit Rose«, meinte ich dann, um ihr nicht an Ort und Stelle eine Antwort geben zu müssen. »Ich melde mich in den nächsten Tagen bei dir.«

Meine Mutter zögerte, als würde sie sich damit nicht zufriedengeben wollen, doch schließlich nickte sie. »Ich nehme an, du musst zur Arbeit.« Sie machte einen Schritt zur Seite, damit ich die Tür des Buchladens aufschließen konnte. »Ich will dich nicht länger aufhalten.«

Ohne ihr eine Antwort zu geben, verschwand ich im Inneren des Ladens und atmete tief durch. Meine Finger zitterten, als ich meine Tasche auf dem Verkaufstisch abstellte, aber das lag nicht an der Kälte.

»Was war das denn eben?«, hörte ich Jamie fragen, der gerade die Tür hinter sich schloss. »Was genau ist zwischen euch vorgefallen?«

»Das habe ich dir doch erklärt.« Ich zog meine Jacke aus und warf sie auf den Drehsessel hinter der Kasse. »Sie hat mich rausgeworfen. Und jetzt will sie sich plötzlich wieder versöhnen? Irgendetwas stimmt da nicht.«

»Oder sie meint es ernst und will sich wirklich ändern.«

Ich warf Jamie einen vorwurfsvollen Blick zu. »Du kennst sie nicht. Seit Dad tot ist, ist sie nicht mehr sie selbst. Sie hat sich weder um Rose noch um mich geschert, und jetzt das. Ich kann nicht glauben, dass sie wirklich die Kurve gekriegt hat.«

»Aber warum denn nicht?« Jamie griff nach dem Stapel Bücher, den er vorhin auf einem Abstelltisch platziert hatte, um ihn nach meiner Mittagspause zu kaufen. »Vielleicht hat euer Auszug sie wachgerüttelt. Hattest du nicht das Gefühl, sie meinte es ernst?«

Gedankenversunken biss ich mir auf die Lippe. Doch. Dieses Gefühl hatte ich sehr wohl gehabt. Aber das hatte nichts zu bedeuten.

»Ich finde, ihr solltet zu diesem Essen gehen. Wenn du deiner Mutter keine Chance gibst, wirst du nie herausfinden, ob sie die Wahrheit gesagt hat oder nicht.«

Ich hasste es, wie recht Jamie doch hatte. Glücklicherweise lag die Entscheidung nicht alleine bei mir. Allerdings konnte ich mir bereits denken, wie Rosalie auf diese Neuigkeiten reagieren würde. Wenn es nach ihr ging, würden wir dieser Einladung auf jeden Fall folgen.

Ich atmete tief durch und griff nach den Büchern, die Jamie mir entgegenhielt. Es waren nicht wenige. »Ich überlege es mir«, versicherte ich ihm dabei. »Aber ich kann nichts versprechen.«

»Versetz dich doch mal in ihre Lage«, fuhr Jamie unbeirrt fort. »Du hast mir erzählt, wie nahe dir der Tod deines Vaters ging. Vermutlich ging es ihr nicht anders.«

Vermutlich.

»Rose und ich müssen auch damit klarkommen. Wir können es uns nicht leisten, uns gehenzulassen, so wie sie es tut.«

»Und sie kann es sich nicht leisten, euch auch noch zu verlieren.«

Auf Jamies Worte hin schwieg ich erstmal. Sie trafen mich wie Messer ins Herz, und meine Augen begannen zu brennen.

»Aber sie hat uns doch nicht verloren«, sagte ich. »Wir sind noch da.«

»Aber irgendwie auch nicht. Claire, sogar mir ist aufgefallen, wie distanziert du deiner Mutter gegenüber warst. Es war, als befändet ihr euch in zwei verschiedenen Dimensionen.«

War das denn so verwunderlich? Nach allem, was in letzter Zeit passiert war? Nach allem, was sie mir an den Kopf geworfen hatte? Ich hatte mein Bestes getan, um ihren Platz einzunehmen und für uns alle zu sorgen, und wie hatte sie es mir gedankt? Mit Beleidigungen und Provokationen.

»Ich meine nur, du solltest die Situation auch mal aus ihrer Perspektive betrachten. Sie ist über ihren Schatten gesprungen und zu dir gekommen. Das Mindeste, was du tun kannst, ist, ihr Angebot anzunehmen. Hör dir an, was sie zu sagen hat, danach kannst du immer noch entscheiden, ob du ihr vergibst oder nicht.«

Ich wandte den Blick von Jamie ab. »Und du bist dir sicher, dass du nicht aus Versehen im falschen Kurs gelandet bist? Dieser Vortrag eben klang mehr nach einem Psychologiestudenten.«

Jamie musste lachen. »Ob du es glaubst oder nicht, in der Geschäftswelt ist ein klein wenig Menschenkenntnis gar nicht so unpraktisch.«

Ich nickte. »Danke, Jamie. Für alles.«

»Kein Problem.« Er lächelte mich an, und wieder spürte ich dieses Gefühl in meiner Brust, das absolut fehl am Platz war. »Wenn du reden willst, kannst du jederzeit zu mir kommen. Das weißt du doch, oder?«

»Das weiß ich«, versicherte ich ihm. Mein Blick wanderte zu dem Stapel an Büchern, der vor mir auf dem Verkaufstresen lag. »Einen Moment, ich packe dir das noch schnell ein.«

»Danke. Seit du nicht mehr da bist, lese ich mehr denn je.«

Ich warf Jamie einen kurzen Blick zu. Ich wollte ihn fragen, was das bedeuten sollte. Hatte ich ihn mit meiner Anwesenheit vom Lesen abgehalten, oder war ihm langweilig, seit er wieder alleine in seinen vier Wänden wohnte? Doch ich beschloss, nicht nachzuhaken. Ich hatte Angst, von seiner Antwort enttäuscht zu werden.

»Es war schön, mit Ihnen Geschäfte zu machen«, sagte ich stattdessen und hielt ihm die Plastiktüte entgegen. »Ich hoffe, Sie beehren uns bald wieder.«

Gute Neuigkeiten

Als ich gestern von der Arbeit nach Hause gekommen war, war Rose bereits im Bett gewesen. Jedenfalls hatte ich das angenommen. Die Tür zu ihrem Zimmer war geschlossen gewesen, und ich hatte sie nicht stören wollen. Zumindest war das meine Ausrede, um ihr nicht von dem Treffen mit Mom erzählen zu müssen. Allerdings würde ich dieses Gespräch nicht mehr lange hinauszögern können. Heute war bereits Dienstag, und ich wollte unserer Mutter im Laufe der Woche Bescheid geben. Bestimmt wartete sie schon auf meinen Anruf …

»Guten Morgen.« Rose gähnte ausgiebig, als sie aus dem Badezimmer in die Küche schlich. Wie ein Stein ließ sie sich auf einen Stuhl fallen und betrachtete mich aus müden Augen, was mich vermuten ließ, dass sie sehr wohl noch wach gewesen war, als ich gestern nach Hause gekommen war.

»Morgen.« Ich stellte eine Tasse Tee vor ihr am Tisch ab. »Was möchtest du frühstücken?«

»Was haben wir?«

»Ich war gestern einkaufen, also so gut wie alles«, erwiderte ich und machte dann eine Pause. Ich musste es ihr sagen. Wenn ich Rose die Wahrheit noch länger verschwieg, würde sie schrecklich wütend werden, sollte sie davon erfahren. Das Letzte, was ich im Moment brauchte, war Streit mit meiner Schwester. »Rate mal, wen ich gestern getroffen habe.«

Rose hob den Blick. Ihre Augen funkelten vor Aufregung. »Jamie?«

Verwirrt legte ich die Stirn in Falten. »Nein. Na gut, ja. Aber ich habe eigentlich jemand anderen gemeint.«

»Du hast Jamie gesehen?«, fragte meine Schwester nach, als hätte sie gar nicht gehört, was ich eben gesagt hatte. »Was hat er gesagt? Habt ihr euch wieder geküsst?«

»Rose, ich habe unsere Mutter getroffen«, sagte ich, als mir das Ganze zu bunt wurde. Es war schließlich nicht so, als würde sich die ganze Welt um Jamie drehen.

Augenblicklich veränderte sich der Ausdruck auf ihrem Gesicht. »Was?«

»Ja, ich war auch überrascht.« Ich setzte mich zu Rose an den Tisch. »Sie wirkte so verändert. Es war, als wären die letzten Jahre nie passiert.«

»Und was hat sie gewollt?«, fragte Rosalie nach kurzem Zögern. Zugegeben, die Begeisterung, die ich von ihr erwartet hatte, blieb aus. Oder sie verzögerte sich nur, das konnte auch sein.

»Sie hat uns am Wochenende zum Essen eingeladen.«

»Was hast du gesagt?«

»Dass ich das erst mit dir besprechen muss«, erklärte ich. »Also, was meinst du?«

»Ich will nicht.« Mit Schwung schob meine Schwester ihren Stuhl zurück und griff nach ihrem Rucksack. »Ich gehe nicht zu diesem Essen, das kannst du ihr sagen.«

»Rose!«, rief ich ihr noch hinterher, doch da war sie bereits zur Tür hinaus.

Etwas ratlos blieb ich am Küchentisch sitzen. Ich hatte mit einer ganz anderen Reaktion gerechnet. Ich hatte gedacht, sie würde sich freuen. Dass gerade ich diejenige von uns beiden war, die dieses Essen in Erwägung zog, kam mir so unwirklich vor. Irgendetwas stimmte nicht mit Rose, und ich musste herausfinden, was das war.

Letzte Chance

Es war bereits spät, und Rose war immer noch nicht zu Hause. Sie hatte zwar gesagt, dass sie sich nach der Schule noch mit Freunden treffen wollte, aber langsam wurde ich ungeduldig. Nicht nur, weil ich mit dem Essen auf sie gewartet hatte. Ich musste noch einmal mit ihr über Moms Einladung reden.

Jamie hatte mich überzeugt. Es war nur fair, unserer Mutter eine Chance zu geben. Ich verstand, dass Rose das anders sah, schließlich war es mir zu Beginn genauso gegangen wie ihr. Aber ich hatte mich eines Besseren belehren lassen. Nun musste ich nur noch meine Schwester davon überzeugen, das auch zu tun. Andernfalls würde sie es bestimmt ewig bereuen.

»Da bin ich«, hörte ich Rosalies Stimme durch die Wohnung hallen und stand von der Couch auf, um sie zu empfangen. Ihrer Stimme konnte ich nicht entnehmen, ob sie gut aufgelegt war. Aber eigentlich machte das auch keinen Unterschied. Dieses Gespräch würde ihre Laune ohnehin augenblicklich in den Keller fallen lassen.

»Hast du Hunger?«, fragte ich, um nicht sofort mit der Tür ins Haus zu fallen.

»Wir waren heute Mittag Burger essen«, meinte Rose, als sie zu mir ins Wohnzimmer kam. »Aber ich könnte schon wieder etwas vertragen.«

»Das ist gut, ich habe uns Nudeln gemacht.« Ich marschierte an meiner Schwester vorbei in die Küche und verließ mich darauf, dass sie mir folgte. Mein Puls beschleunigte sich bei dem

Gedanken an das Gespräch, das gleich folgen würde, doch ich hatte keine andere Wahl: Ich musste das Thema ansprechen. »Also, apropos Essen …«

Rose stöhnte, und ich warf ihr einen kurzen Blick zu.

»Nicht schon wieder, Claire! Ich dachte, wir hätten das bereits besprochen.« Mit diesen Worten verschwand sie in ihrem Zimmer und ließ mich etwas unschlüssig zurück.

Von *besprochen* konnte wohl keine Rede sein. Sie hatte den Besuch abgelehnt, das war alles. Aber sie hatte mir keinen richtigen Grund dafür genannt.

Ich zögerte einen Moment, doch dann folgte ich meiner Schwester. Ich fand sie auf dem Bett sitzend vor. In der Hand hielt sie ihr Handy, in das sie vertieft war.

»Warum willst du nicht zu dem Essen?«, fragte ich sie, doch sie hielt den Blick von mir abgewandt. »Du kannst es mir sagen. Aber wenn du willst, dass ich den Termin absage, dann musst du mir einen Grund liefern, Rose. Also?«

»Wir waren fast zwei Wochen weg.« Rose legte die Arme um ihre Knie und legte ihren Kopf darauf. »Und es war ihr völlig egal. Sie hat nicht einmal angerufen. Nicht einmal an Weihnachten oder Silvester.«

Ich behielt unser Telefonat zu Silvester für mich. Das würde die Situation bestimmt nicht besser machen.

»Seit Dad nicht mehr da ist, hat sie sich nicht um uns geschert, und plötzlich will sie wieder einen auf heile Welt machen. Das kotzt mich an, Claire. Ich will das nicht. Ich will nicht so tun, als wäre alles in Ordnung.«

Es war erschreckend. Vor zwei Wochen hätte ich noch genauso gedacht wie sie. Das war, bevor ich Jamie kennengelernt hatte. Er hatte mir beigebracht, Situationen nicht nur aus meiner Sicht zu beurteilen. Ich musste auch die der anderen berücksichtigen.

Auch wenn ich es nicht gerne zugab, hatte Dads Tod Mom vermutlich härter getroffen als Rose und mich. Ich musste an Trudy denken und daran, dass sie ihren Traum vom eigenen

Café niemals aufgegeben hatte. Mom war nicht so stark gewesen wie Trudy. Sie hatte sich fallenlassen. Aber sie tat ihr Bestes, um wieder auf die Beine zu kommen.

»Wir sollten ihr noch eine Chance geben«, meinte ich dann, woraufhin Rose überrascht den Kopf hob.

»Ist das dein Ernst?« Ihre Stimme spiegelte eine Mischung aus Verwirrung und Ärger wider. »Aber du warst es doch, die ständig mit ihr gestritten hat. Sie hat dich rausgeworfen, Claire! Hast du das etwa schon vergessen?«

»Nein.« Ich schloss die Augen und atmete tief durch. »Natürlich nicht. Aber du hättest sie heute sehen sollen. Sie war ...«

»Wie verändert«, beendete Rosalie meinen Satz verbittert. »Das sagtest du bereits. Und ich glaube dir nicht. Ich will nicht zu diesem Essen gehen, und damit basta.« Sie verschränkte die Arme vor der Brust, als Zeichen, dass sie ihre Meinung nicht so schnell ändern würde.

Ich zögerte einen Moment, doch dann griff ich erneut nach der Türklinke. »Ich gebe dir bis Donnerstag Zeit, bevor ich Mom anrufe«, sagte ich dabei. »Vielleicht überlegst du es dir ja noch anders.«

Rose gab mir keine Antwort. Sie hatte bloß stur den Blick von mir abgewandt und die Arme weiterhin verschränkt. Für sie war das Thema damit offensichtlich erledigt. Aber so einfach war es nicht. Vielleicht war es Rose nicht bewusst, aber wir beide waren alles, was Mom noch hatte. Der Gedanke daran, dass sie vermutlich gerade alleine am Küchentisch saß und auf einen Anruf wartete, ließ meinen Magen vor Schuldgefühlen schmerzen.

Leise schloss ich Rosalies Zimmertür hinter mir und ließ mich erschöpft auf einen Küchenstuhl sinken. Sie hatte ja recht: Wir hatten mit Mom schon viel durchgemacht. Die letzten Jahre waren ein ständiges Auf und Ab gewesen. Noch gestern war ich völlig Rosalies Meinung gewesen. Ich hatte Moms Veränderung für eine Phase gehalten. Für etwas, das genauso schnell wieder verschwand, wie es gekommen war. Aber je länger ich darüber nachdachte, desto klarer wurde mir, wie sehr ich mir wünschte, dass es diesmal anders war. Ich wollte sie wieder in meinem Leben haben. Und ich war mir sicher, dass Rose sich das ebenfalls wünschte.

Wir mussten zu diesem Essen gehen. Und Mom durfte uns nicht enttäuschen. Das war die letzte Chance auf eine Versöhnung.

Tickets und Träume

Oft ertappte ich mich dabei, mir die Schuld an Dingen zu geben, für die ich nichts konnte. Rosalies Ärger über Mom zum Beispiel. Ich konnte nichts für die Art und Weise, wie sie uns in den letzten Monaten behandelt hatte, und doch fühlte ich mich schuldig.

Ich hasste das. Ich wollte mich deshalb nicht schlecht fühlen, dazu gab es keinen Grund. Ich musste die Dinge so akzeptieren, wie sie waren. Und dazu gehörte auch, dass Rose sauer auf mich war, weil ich zu dem Essen mit Mom gehen wollte.

Erschrocken zuckte ich zusammen, als es mit einem Mal an der Tür klingelte. Rose war auf ihrem Zimmer, und ich war gerade dabei, das schmutzige Geschirr abzuwaschen, das vom Abendessen übriggeblieben war. Bisher hatten wir kaum jemandem unsere neue Adresse mitgeteilt, deshalb überraschte es mich immer wieder, die Türglocke zu hören. Auch wenn es meistens nur der Postbote war.

Ich legte den Schwamm beiseite, wischte meine nassen Hände in einem Geschirrtuch ab und machte mich dann auf den Weg zur Tür. Ein kurzer Blick durch den Spion ließ mein Herz über seinen eigenen Rhythmus stolpern.

Schnell schloss ich die Tür auf. »Was machst du denn hier?«

»Irgendwie hatte ich letztens das Gefühl, du willst nicht, dass ich hierherkomme.« Jamie grinste. »Also musste ich kommen.«

Ich verdrehte die Augen, machte aber trotzdem einen Schritt zur Seite. »Komm rein.«

Jamies Blick wanderte durch die Wohnung. Um ehrlich zu sein, war ich mittlerweile ganz zufrieden damit. Die meisten Möbel hatten wir vom vorigen Besitzer übernehmen können, deshalb hatte ich das ersparte Geld in Dekorationen stecken können. Haufenweise Kerzen und Krimskrams zierten den Wohnbereich, der aus Küche, Wohn- und Esszimmer bestand. Ein kleines Bad befand sich zwischen Rosalies und meinem Schlafzimmer. Die Wohnung war nicht groß, aber ich mochte sie. Natürlich war sie kein Vergleich zu Jamies Appartement. Aber ich konnte mit gutem Gewissen behaupten, mir das alles hier selbst erarbeitet zu haben.

»Mhm«, meinte Jamie und machte ein paar Schritte in den Raum hinein.

»Mhm?« Ich folgte ihm und musterte ihn skeptisch. »Was soll das heißen, mhm? Gefällt es dir nicht? Was hast du daran auszusetzen?«

»Gar nichts.« Jamie wandte sich an mich. »Die Wohnung ist makellos. Ich verstehe nicht, warum du mich nicht hierhaben wolltest.«

Zum Glück wurde mir die Erklärung erspart, als Rose mit einem Mal aus ihrem Zimmer kam.

»Jamie!« Sie lief auf ihn zu und fiel ihm um den Hals. Das war einer der Gründe, warum ich ihn nicht hatte einladen wollen. Rose hatte sich daran gewöhnt, ihn in ihrem Leben zu haben. Aber wenn seine Freundin erst zurück war, würde er nicht mehr so viel Zeit für sie aufbringen können. Ich wollte nicht, dass sie enttäuscht wurde.

»Hey, Kid. Wie geht es dir?«

»Phantastisch.« Sie grinste bis über beide Ohren.

»Oh. Na, wenn das so ist, dann brauchst du das hier wohl nicht.« Er zog einen Umschlag aus seiner Jacke hervor und hielt ihn Rose unter die Nase. Ich konnte deutlich sehen, wie ihre Augen sich weiteten und ihre Neugier anstieg.

»Was ist das?«, wollte sie wissen, doch Jamie grinste nur.

»Mach es auf.«

Aufgeregt griff Rose nach dem Umschlag und riss ihn ungeduldig auf. Der Anblick brachte mich zum Schmunzeln. Meine Schwester liebte Überraschungen mehr als alles andere auf dieser Welt. Aber sie war auch der ungeduldigste Mensch auf diesem Planeten.

Die Farbe verschwand aus ihrem Gesicht, als sie den Inhalt entdeckte. »Du hast mir Tickets für Shawn Mendes besorgt?«

»Du hast erwähnt, dass du die Musik magst. Ich kenne den Besitzer der Location. Er meinte, die Tickets gehen weg wie warme Semmeln.«

»Das Konzert ist längst ausverkauft«, bestätigte Rose. Ihr Blick wanderte von Jamie zu den Tickets und wieder zurück. Dann schien die Schockstarre von ihr abzufallen, und sie drückte ihn fest an sich. »Danke, danke, danke!«

»Kein Problem«, meinte Jamie und schnappte dabei nach Luft. Offenbar hatte Rose mehr Kraft in den Armen, als man erwartete.

»Das muss ich gleich meinen Freunden erzählen!« Mit diesen Worten verschwand sie auch schon wieder in ihrem Zimmer und ließ Jamie und mich alleine.

»Das ist wirklich nett von dir«, meinte ich.

Jamie zuckte mit den Schultern. »Ich wollte ihr eine Freude machen. Außerdem konnte ich nicht einfach ein Geschenk für dich vorbeibringen und Rose nichts mitnehmen.« Er grinste, und ich spürte, wie mein Magen sich zusammenzog.

»Jamie, das war wirklich nicht nötig«, versicherte ich ihm. »Ich meine, ich habe dich ja nicht einmal wirklich eingeladen. Ich –« Ich verstummte, als er mir eine kleine Schachtel entgegenhielt. »Was ist das?«

»Mach es auf.«

Einen Moment lang zögerte ich, doch dann nahm ich den Deckel ab. Ich konnte nichts dagegen tun, dass sich ein Grinsen auf meinem Gesicht abzeichnete.

Behutsam nahm ich den Traumfänger aus der Schachtel, um ihn genauer zu betrachten. Er war geschmückt mit Federn und Steinen und silbernen Sternen. Er war perfekt.

»Damit du so viele Träume sammeln kannst, wie du es verdient hast.«

»Jamie –« Ich brach den Satz ab, als ich merkte, dass meine Stimme zu beben begann. »Danke.«

»Das ist das Mindeste.«

Mein Blick wanderte zu ihm. »Hast du vergessen, dass *ich* bei *dir* gewohnt habe, und nicht anders herum?«

Er zuckte mit den Schultern, und ich hatte absolut keine Ahnung, was das zu bedeuten hatte. Doch ich beschloss, nicht weiter darauf einzugehen.

»Willst du den Rest der Wohnung sehen?«, fragte ich ihn, und Jamie legte die Stirn in Falten.

»Wie? Da ist noch mehr?«

»Nicht viel, aber ja.« Ich lächelte. »Ich weiß, im Gegensatz zu deiner Wohnung –«

»Mir gefällt es hier«, fiel Jamie mir ins Wort. Er wirkte dabei völlig ernst. »Glaub mir, eine große Wohnung ist nicht alles. In den vielen Zimmern kann man schnell einsam werden.«

Aber deine Freundin kommt doch bald wieder, wollte ich sagen, verzichtete aber darauf. Ich selbst hatte Jamie doch gebeten, nicht mehr über sie zu sprechen. Da konnte ich das Thema wohl schlecht selbst anschneiden.

»Hilfst du mir, einen Platz für den Traumfänger zu finden?«, fragte ich dann, um abzulenken. »Er soll schließlich auch seinen Zweck erfüllen.«

Ein müdes Lächeln stahl sich auf Jamies Lippen, das meine Brust zum Schmerzen brachte. »Natürlich.«

Familienessen

Die Stille am Tisch war kaum zu ertragen. Die einzigen Geräusche in der Wohnung waren das Ticken der Küchenuhr und das Klappern des Bestecks, während wir unseren Auflauf aßen. Wenn ich ehrlich sein sollte, hatte ich mir die Situation in meinem Kopf ganz anders ausgemalt. Nicht ganz so unangenehm.

Mein Blick wanderte zu meiner Schwester. Zwar hatte sie zugestimmt, mich zu diesem Essen zu begleiten, aber der finstere Blick, den sie schon die ganze Zeit über aufgesetzt hatte, sprach eine andere Sprache.

»Das Essen ist toll, Mom«, sagte ich, um die Stimmung aufzulockern. »Findest du nicht auch, Rose?«

Doch wie erwartet ignorierte sie mich immer noch. Seit wir die Wohnung verlassen hatten, hatte meine Schwester nur noch geschwiegen. Sie war wütend, da sie nicht hatte kommen wollen. Es war ein Kampf gewesen, sie aus dem Haus zu bringen. Doch nun waren wir hier, und ich wünschte, ich hätte Rosalies Sturschädel nachgegeben und wir wären zu Hause geblieben.

»Danke, Claire.« Unsere Mutter lächelte etwas verunsichert. Zu meiner Überraschung hatte sich nichts geändert, seit ich sie zuletzt gesehen hatte. Sie sah gut aus. Und die Wohnung auch. Offensichtlich hatte sie die Wahrheit gesagt, was ihren Lebenswandel anbelangte. Der neue Job schien ihr gutzutun. Warum konnte Rose das nicht sehen?

Ich beobachtete meine Schwester einen Moment lang. Sie stocherte nur unmotiviert auf ihrem Teller herum. Noch vor ein paar Wochen hätte es kein Bremsen gegeben. Sie hätte ihren Teller innerhalb von Minuten geleert und sich auch noch etwas von mir erschnorrt. Heute war ich diejenige, die schon fast fertig war, während Rose noch kaum einen Bissen gegessen hatte.

»Wie geht es dir in der Schule, Rose?«, sprach Mom sie direkt an, in der Hoffnung, dadurch eine Antwort von ihr zu bekommen.

Doch Rose zuckte nur mit den Schultern. »Es ist alles in Ordnung.«

Mom warf mir einen kurzen, unschlüssigen Blick zu, doch ich hatte keine Ahnung, was sie von mir erwartete. Ich konnte doch auch nicht in Rosalies Kopf hineinsehen. Ich wusste nicht, was in ihr vorging. Und ich konnte sie nicht dazu zwingen, sich zusammenzureißen.

»Habt ihr Lust auf eine Nachspeise?«, startete sie dann einen erneuten Versuch. »Ich glaube, ich habe noch eine Packung Eiscreme im Gefrierschrank …«

Das Geschirr klirrte, als Rose demonstrativ ihr Besteck zur Seite legte. »Danke, ich bin satt.«

Ich betrachtete den halbleeren Teller. Ganz bestimmt war sie nicht satt. Sie wollte nur nach Hause. Und vielleicht war das gar keine so schlechte Idee. Es war gut, dass wir zu diesem Essen gegangen waren, aber man musste es auch nicht übertreiben. Wunden heilten nicht von heute auf morgen. Sie brauchten ihre Zeit. Das heute war ein guter Fortschritt, aber Mom konnte nicht von uns verlangen, dass damit wieder alles in Ordnung war.

»Danke, Mom.« Ich bemühte mich um einen weitaus diplomatischeren Tonfall als meine Schwester. »Das Essen war toll, aber es ist spät. Ich denke, wir sollten uns langsam auf den Weg machen.«

Sie nickte. Auch wenn es ihr nicht gefiel, schien sie zu verstehen, was ich wirklich sagen wollte: *Gib uns Zeit.*

»Ich freue mich trotzdem, dass ihr gekommen seid.«

Wie aufs Stichwort schob Rose ihren Stuhl zurück und stand auf. »Kommst du, Claire?«

Ich sah meiner Schwester hinterher, als sie aus dem Zimmer verschwand. Dann wanderte mein Blick zu unserer Mutter. »Es tut mir leid«, flüsterte ich. »Ich weiß auch nicht, was in sie gefahren ist.«

»Es ist schon in Ordnung«, versicherte Mom mir, doch in ihren Augen sah ich, dass es das nicht war. Rosalies Verhalten verletzte sie, und es tat mir weh, das mitanzusehen und nichts dagegen tun zu können. »Ich kann die letzten Jahre nicht an einem Abend gutmachen, das war mir bewusst. Nur …«

»Du hast heute alles richtig gemacht«, fiel ich ihr ins Wort, bevor sie ihren Satz zu Ende sprechen konnte. »Das solltest du wissen.«

Ich schob ebenfalls meinen Stuhl zurück, doch Moms Stimme hielt mich noch einmal zurück. »Warte, Claire«, sagte sie, bevor sie in die Küche eilte.

Etwas verunsichert blieb ich stehen und sah ihr hinterher. Mit einem Mal war ich alleine.

Ich sah mich um: Das Esszimmer diente zugleich als Wohnzimmer. Ich erinnerte mich nur zu gut an das letzte Mal, als ich hier gewesen war. Am Weihnachtsmorgen. Mom war sturzbetrunken gewesen. Mein Herz schmerzte, als ich an ihre Worte dachte. Das war der Alkohol gewesen, versuchte ich mir selbst einzureden. Wenn sie nicht trank, war sie ein völlig anderer Mensch. Das hatte sie heute bewiesen. Ihr altes Ich existierte noch, wir durften sie noch nicht aufgeben.

»Hier.«

Mein Blick wanderte zurück zu ihr. Mit einem Schlüssel in der Hand kam sie auf mich zu.

»Was ist das?«, wollte ich wissen, als sie ihn mir entgegenstreckte.

»Na, das ist dein Schlüssel.«

Ich zögerte. »Mom –«, setzte ich an, doch sie kam mir zuvor.

»Bitte, Claire. Nimm ihn. Das bedeutet nicht, dass ihr zurückkommen müsst. Ich weiß, dass du mittlerweile eine eigene

Wohnung hast. Aber ich würde mich freuen, wenn ihr hin und wieder vorbeischaut.«

Wie versteinert stand ich da und betrachtete meine Mutter. Sollte ich wirklich nach dem Schlüssel greifen, oder würde das nur wieder alles kaputtmachen? Ich hatte doch Abstand gebraucht …

Noch ehe ich wusste, was ich da tat, nahm ich ihr den Schlüssel ab.

Mom lächelte. »Danke.«

»Freu dich nicht zu früh«, warnte ich sie. »Es wird nicht einfach, Rose zurückzugewinnen. Du musst uns beweisen, dass du es ernstmeinst. Dieses Mal gibt es keine Ausreden.«

Sie nickte. »Verstanden.«

»Claire!«, hörte ich Rose aus dem Nebenraum rufen. Ihre Stimme klang ungeduldig. »Kommst du endlich?«

»Ich muss gehen«, erklärte ich, zögerte jedoch einen Moment. Ich hatte den Drang, sie zu umarmen, hielt mich jedoch selbst davon ab. Stattdessen steckte ich den Schlüssel in meine Hosentasche. »Danke für die Einladung, Mom.«

* * *

»Der Abend war ein Reinfall«, murrte Rosalie, als wir die Wohnung verließen. Sie stapfte vor mir durch den Schnee, als könnte sie es einfach nicht mehr abwarten, von hier wegzukommen.

»So schlimm war es doch nicht.« Ich schlang den Mantel enger um meinen Körper, da es hier draußen eisig kalt war, und versuchte, zu meiner Schwester aufzuschließen. »Hast du nicht gesehen, wie gut es Mom mittlerweile geht?«

Rose schwieg. Ihr Blick war stur nach vorne gerichtet, und bei ihrem Tempo konnte ich kaum mithalten. Sie schien es wirklich eilig zu haben, nach Hause zu kommen. Zum Glück war der Weg nicht weit. Zu Fuß brauchten wir nur knappe zehn Minuten bis zu unserer Wohnung.

»Sie hat sich mit diesem Essen wirklich Mühe gegeben, und du warst unausstehlich«, sprach ich weiter, auch auf die Gefahr hin, dass Rosalies Stimmung noch tiefer sank.

Meine Schwester schnaubte. »Da macht sie einmal was richtig, und du bist gleich völlig aus dem Häuschen. Du kannst doch nicht wirklich glauben, dass sie sich plötzlich geändert hat, Claire. Einfach so.«

Zugegeben, anfangs war ich ebenfalls skeptisch gewesen. Aber Mom hatte mich heute vom Gegenteil überzeugt. Sie hatte uns gezeigt, dass sie sich zusammenreißen konnte.

»Ich kann nicht fassen, dass du so naiv bist, Claire.«

Ich warf meiner Schwester einen finsteren Blick zu. »Und ich kann nicht fassen, dass du ihr wirklich keine Chance mehr geben willst.«

»Ach ja?« Rose schüttelte den Kopf. »Normalerweise wärst du meiner Meinung.«

»Was soll das heißen, normalerweise?«

Rose blieb stehen und musterte mich, als müsste ich jede Sekunde selbst auf die Antwort kommen. »Sei ehrlich, Claire. War es wirklich deine Idee, zu dem Essen zu gehen, oder hat Jamie dich dazu überredet?«

»Ich –«, setzte ich an, brach den Satz dann aber wieder ab, als mir klarwurde, was passiert war. »Du hast recht. Jamie hat mich überredet, Mom noch eine Chance zu geben.«

»Wusste ich es doch.« Sie verschränkte die Arme vor der Brust. »Wenn er nicht gewesen wäre, wärst du meiner Meinung.«

»Das stimmt«, stellte ich fest. »Das wäre ich vermutlich.«

»Also siehst du ein, dass der Abend eine Katastrophe war und dass wir das nie, nie mehr wiederholen sollten?«

Ganz automatisch schüttelte ich den Kopf. Wenn Jamie nicht gewesen wäre, dann hätte ich die Einladung unserer Mutter nie angenommen. Ich hätte wie Rose auf stur geschaltet und den Kontakt für immer abgebrochen. Dabei war es das nicht, was ich wollte. Im Gegenteil.

»Nein«, sagte ich. »Verstehst du nicht, Rose? Wenn Jamie mich nicht überredet hätte, hätten wir sie vielleicht nie wieder gesehen.«

»Vielleicht wäre das auch besser gewesen«, murmelte Rose, doch ich ignorierte ihren Einwurf. Ich wusste, dass sie es nicht wirklich so gemeint hatte. In Wahrheit ging es Rose vermutlich nicht anders als mir – sie wünschte sich, dass alles wieder so wurde wie früher. Aber sie war misstrauisch, und das zu Recht.

Eine von uns beiden würde auf jeden Fall überrascht werden. Und ich hoffte, dass es nicht ich war.

Schoko-Cookies

»Was riecht denn hier so gut?«, wollte Rose wissen, als sie sich am nächsten Morgen aus ihrem Schlafzimmer schleppte. Vermutlich hatte sie wieder die halbe Nacht wachgelegen und Videos auf ihrem Handy geschaut. Das machte sie in letzter Zeit immer öfter und kam dadurch auch immer später aus dem Bett.

Heute war mir das allerdings egal. Zum einen, weil Wochenende war, und zum anderen, da meine Laune so gut war wie schon lange nicht mehr.

Das Essen gestern war um einiges besser gelaufen, als ich es erwartet hatte. Endlich gab es die Chance auf eine Versöhnung. Eine dauerhafte. Und das alles hatte ich nur Jamie zu verdanken.

»Ich backe, das siehst du doch.«

Rose kam näher und begutachtete das noch heiße Blech mit frischen Schoko-Cookies drauf. Gerade wollte sie ihre Hand nach einem der Kekse ausstrecken, doch ich war schneller. Mit dem Ofenhandschuh schlug ich ihr auf die Finger.

»Lass das«, sagte ich bestimmt. »Die sind nicht für dich, sie sind für Jamie.«

»Oh.« Interessiert hob meine Schwester die Augenbrauen. »Und gibt es dafür auch einen besonderen Grund?«

Ohne sie dabei anzusehen, zuckte ich mit den Schultern. »Ich habe mich nie richtig bedankt, dass wir bei ihm bleiben konnten.«

»Weil du davongelaufen bist«, erinnerte Rose mich. »Weil du ihn geküsst hast.«

Ich hob den Blick und betrachtete die grässlichen weißen Fliesen an der Küchenwand. Ohne es zu wollen, trugen mich ihre Worte zurück zu diesem Abend. Beinahe konnte ich seine Lippen auf meinen fühlen, und im Gegensatz zu den letzten Tagen machte sich kein schmerzhaftes Ziehen in meinem Bauch breit. Im Gegenteil, es war ein wohlig warmes Gefühl, das mir ein Lächeln ins Gesicht zauberte, das ich dort eigentlich gar nicht haben wollte.

Wieder zuckte ich mit den Schultern. »Das kann ich ja jetzt nachholen. Jamie liebt Süßes, ich bin mir sicher, er wird sich über ein paar Kekse freuen.«

»Nicht nur über die Kekse«, säuselte Rosalie, doch ich ignorierte sie und warf stattdessen einen Blick ins Rohr. Schließlich wollte ich nicht, dass der Teig anbrannte. Ein Blech hatte ich natürlich für meine Schwester mitgebacken, aber das musste sie noch nicht erfahren. Besonders da mir ihre subtilen Anspielungen nicht gefielen.

Es hatte sich schließlich nichts geändert. Jamie war immer noch in einer Beziehung, und da war kein Platz für eine dritte Person …

Ich schüttelte den Kopf. Freundin hin oder her. Das machte keinen Unterschied. Er war nett zu mir gewesen, und dafür wollte ich mich erkenntlich zeigen. Nicht mehr und nicht weniger. Ich machte mir keine Hoffnungen, denn wie ich aus Erfahrung wusste, wurden diese meistens enttäuscht.

* * *

»Hey.«

Mein Herz machte einen unerwarteten Satz, als ich Jamies Lächeln sah, das mich begrüßte. Er öffnete die Tür ein Stück weiter, damit ich in die Wohnung eintreten konnte, was ich auch tat – im Gang war es kalt.

»Ich will dich gar nicht lange stören«, sagte ich und hielt dabei den Teller in die Höhe, den ich ihm mitgebracht hatte. »Ich wollte dir nur ein kleines Dankeschön vorbeibringen. Dafür, dass ich die letzten Wochen hierbleiben durfte.«

»Wow.« Jamie musterte erst die Kekse, dann mich. »Danke. Bring sie doch schon einmal in die Küche, ich komme gleich nach.«

»Ich kann dir aber nicht versprechen, dass sie auch schmecken«, meinte ich, während ich mich auf den Weg in die Küche machte. »Das ist das erste Mal, dass ich gebacken habe, aber ich denke, dafür sind sie ganz gut geworden. Rose hat schon ein paar probiert, und sie meinte –«

Meine nächsten Worte blieben mir im Hals stecken, als ich den Raum betrat und ein blondes Mädchen auf der Küchentheke sitzen sah.

Ich hatte das Gefühl, mein Kopf durchliefe eine Zeitreise. Mit einem Mal war ich wieder ein Mädchen, das vor Angst, in die Schule gehen zu müssen, die ganze Nacht wachlag. Mein Körper war wie betäubt. Erst das Klirren des Tellers auf dem Küchenboden riss mich wieder aus meiner Starre.

»Sieh mal einer an.« Das Mädchen grinste.

»Was ist denn hier passiert?« Mit einem Mal war Jamie aufgetaucht und musterte den zersplitterten Teller und die auf dem Boden verteilten Kekse.

»Sei ihr nicht böse«, meinte Michelle zuckersüß und warf ihre blonden Locken zurück. »Sie kann nichts dafür. Claire war immer schon etwas tollpatschig.« Ihr Blick wanderte zu mir. »Manche Dinge ändern sich wohl nie, was?«

»Ich muss gehen.«

Augenblicklich drehte ich mich um und lief quer durch die Wohnung. Eigentlich wollte ich mich noch für die Unordnung entschuldigen, aber ich brachte kein Wort mehr hervor.

Michelle. Warum musste es ausgerechnet Michelle sein? Von all den Mädchen in New York hatte er sich für das entschieden, das die Highschool für mich zur reinsten Hölle gemacht hatte. Wie war das nur möglich? Wie hatte er das geschafft?

»Claire!«

Ich hörte seine Stimme durch das Treppenhaus schallen, aber ich lief einfach weiter. Ich konnte nicht stehen bleiben und mit ihm reden. Nicht nur, weil ich befürchtete, im Moment keinen Ton hervorzubringen. Vermutlich konnte ich ihm im Moment nicht einmal in die Augen sehen.

Vor dem Haus blieb ich eine Sekunde lang stehen und holte Luft, da ich das Gefühl hatte zu ersticken. Michelle hatte sich kein bisschen verändert – weder vom Äußeren noch vom Charakter. Von wegen, wir waren alle erwachsen geworden. Das war absoluter Unsinn!

Ziellos lief ich durch die Straßen. Eigentlich wollte ich nach Hause, aber ich wusste, dass Rose dort war. Und ich war noch nicht bereit, über das, was eben passiert war, zu reden. Ich konnte es doch im Moment selbst nicht erklären. Erst musste ich mir über alles klarwerden, dann konnte ich nach Hause. Wann immer das auch sein würde.

Salz und Zucker

Das Licht von jemand anderem auszulöschen, ließ das eigene nicht heller scheinen. Das war es, was die Vertrauenslehrerin mir als Tipp mit auf den Weg gegeben hatte, als ich ihr von meinen Problemen mit Michelle erzählt hatte. Als ob das die Situation irgendwie besser gemacht hätte.

Sie hatte behauptet, dass sich Michelle nicht besser fühlen würde, weil sie mich schlechtmachte. Allerdings bezweifelte ich das stark. Der Ausdruck, der vorhin auf ihrem Gesicht gelegen hatte, ließ mich vermuten, dass sie sich durch Gemeinheiten sehr wohl besser fühlte.

Ich ließ die Tür hinter mir zufallen und lehnte mich mit dem Rücken dagegen. Meine Knie zitterten, so aufgewühlt war ich. Ich konnte nicht fassen, dass das eben wirklich passiert war.

»Du bist schon wieder da?«, hörte ich Rosalies Stimme aus ihrem Zimmer. Wenig später kam sie auch schon zum Vorschein. »Was ist denn mit dir passiert?«, wollte sie wissen. »Du siehst aus, als hättest du eben einen Geist gesehen.«

Das traf es eigentlich ganz gut.

»Es ist Michelle.« Meine Stimme klang völlig außer Atem. »Jamies Freundin ist Michelle.«

Verwirrt legte Rose die Stirn in Falten. »*Die* Michelle? Aus deiner Highschoolzeit?«

Ich nickte und ließ mich kraftlos auf einen der Küchenstühle sinken. »Genau die. Ich hab sie gesehen. Sie ist es.«

»Unfassbar. Dieses Miststück.«

Ausnahmsweise widersprach ich ihr nicht, denn sie hatte recht. Michelle war tatsächlich ein Miststück.

»Ich mochte sie ja noch nie. Dabei verstehe ich das gar nicht. Ich kenne ihren Bruder, der ist das komplette Gegenteil von ihr.« Meine Schwester setzte sich zu mir an den Tisch. Sie zögerte einen Moment, bevor sie sagte: »Aber hat Jamie nicht erwähnt, seine Freundin wäre eine berühmte Bloggerin?«

An das Wort *berühmt* konnte ich mich zwar nicht erinnern, trotzdem nickte ich.

Rose zückte ihr Handy. »Wie war noch mal ihr Nachname?«

»Duval«, gab ich ganz automatisch zurück. Irgendwann müsste sich mein Puls doch wieder beruhigen, oder? Langsam hatte ich das Gefühl, einen Schock fürs Leben davongetragen zu haben.

Ich beobachtete Rose, wie sie den Namen in ihr Handy eintippte. Eine Sekunde später weiteten sich ihre Augen. »*Wow*«, sagte sie. »Willst du wissen, wie viele Follower sie auf Instagram hat?«

»Was denkst du denn?«, gab ich etwas gereizt zurück. Schlimm genug, dass Michelle berühmt geworden war. Ich wollte ihre Erfolge nicht auch noch unter die Nase gerieben bekommen.

»Okay …« Beleidigt scrollte Rose weiter durch das Profil. »Hier hat sie ein Bild von Jamie und sich gepostet. Hör dir an, was sie geschrieben hat: *Unendlich dankbar, nach einer langen Reise dieses hübsche Gesicht zu Hause vorzufinden. #myboyfriendisbetterthanyours #blessing #flawless #truelove.*«

Ich schnaubte.

»Ja, nicht wahr?«, stimmte Rose mir zu. »Die dümmsten Hashtags, die ich je gehört habe.«

Es waren nicht die Hashtags, die mich ärgerten. Hatte Rose denn schon völlig vergessen, wie sehr ich unter Michelles Highschool-Herrschaft gelitten hatte? Sie war diejenige gewesen, die den Zehn-Tage-Virus ins Leben gerufen hatte. Und auch diejenige, die die Schwimmbecken-Aktion geplant hatte. Wenn Jamie davon wüsste …

»So hübsch ist sie auch gar nicht«, meinte Rose dann etwas kleinlaut, als ich nichts mehr erwiderte. »Ich meine, ihr Gesicht ist ziemlich künstlich. Sieh dir die falschen Wimpern an.«

Rose hielt mir ihr Handy entgegen, und ich machte den Fehler, einen Blick daraufzuwerfen. Wie ein Magnet zog Jamie meine Aufmerksamkeit auf sich, und meine Brust begann zu schmerzen. Er sah so glücklich aus neben ihr.

»Gib dir keine Mühe«, sagte ich und wandte mich dabei von dem Handy ab. »Sie ist hübsch und berühmt, kein Wunder, dass Jamie sie gut findet.«

»Genau das ist es ja, was ich mir nicht vorstellen kann.« Rosalie schüttelte den Kopf. »Wenn er dich gut findet, wie kann er dann mit *so jemandem* zusammen sein?«

»Er findet mich nicht gut«, widersprach ich ihr, und schon wieder klang meine Stimme gereizter als beabsichtigt. »Sondern Michelle. Ich verstehe es zwar auch nicht, aber wir können daran nichts ändern.«

Stille kehrte ein. Es gefiel mir nicht, aber ich konnte nichts an der Tatsache ändern.

Ich griff in meine Jackentasche, als ich mit einem Mal ein leises Vibrieren vernahm. Auf dem Display konnte ich lesen, dass eine neue SMS von Jamie eingegangen war: *»Was war da heute los?«*

Ich schluckte, bevor ich meine Antwort eintippte: *»Pass auf, dass du kein Salz in deinen Tee gibst.«*

Meine Finger zitterten, als ich auf Senden drückte und danach schnell das Handy ausschaltete. Ich wollte nicht wissen, was er darauf erwiderte. Und ich wollte auch nicht versucht sein, ständig nachzusehen, ob er bereits geantwortet hatte.

»War das Jamie?«, wollte Rose wissen, doch ich gab ihr keine Antwort. Ich stand auf und verstaute das Handy in einer Küchenschublade, bevor ich mich auf den Weg ins Schlafzimmer machte.

Erschöpft ließ ich mich auf mein Bett fallen und betrachtete den Traumfänger an der Wand. Ihn anzusehen, tat weh. Er erinnerte mich an Jamie. Ich dachte an das, was er gesagt hatte: dass er nicht mit jemandem zusammen sein konnte, der solche Dinge tat. Nun, offensichtlich konnte er es ja schon.

Ich schloss die Augen. Es war ein Fehler gewesen, ihm diese letzte Nachricht zu schreiben. Ich hatte mir doch geschworen, ihm keine Namen zu nennen. Doch das hatte ich damit mehr oder weniger getan.

»Claire.« Mit einem Mal stand Rose im Türrahmen. »Ich weiß, du willst nicht darüber reden –«

»Dann lass es«, fiel ich ihr ins Wort. Wie recht Rose doch hatte: Ich wollte tatsächlich weder über Jamie noch Michelle noch ihre Follower reden. Im Moment hatte ich nur den Wunsch, alleine zu sein.

»Aber, Claire, siehst du nicht die Chance, die sich dir hier bietet? Du kannst dich für all die Gemeinheiten rächen, die Michelle dir angetan hat. Klingt das nicht verlockend?«

Das tat es allerdings.

Ich richtete mich auf und musterte Rose misstrauisch. »Was schlägst du vor?«

»Na, du angelst dir Jamie.« Sie grinste, als wäre das eine gute Idee. Mit Schwung ließ sie sich zu mir auf das Bett fallen, so dass ich beinahe das Gleichgewicht verloren hätte, und zog ihre Beine an. »Damit schlägst du zwei Fliegen mit einer Klappe.«

»Auf gar keinen Fall.« Entschieden schüttelte ich den Kopf. »So weit kommt es noch. Ich habe kein Interesse daran, dass Michelle mir ihre Fans auf den Hals hetzt. Das ist ihr früher schon leichtgefallen, und heute fällt es ihr wahrscheinlich nur noch leichter. Nein, danke. Außerdem werde ich bestimmt nicht Jamies Beziehung sabotieren. Solange er mit Michelle glücklich ist, soll es mir recht sein.«

»Aber du bist nicht glücklich.« Rosalie betrachtete mich mit dem gleichen Ausdruck auf dem Gesicht, mit dem sie das Ende ihrer Lieblingsserie angesehen hatte. »Und jetzt sag mir nicht, dass das nicht wichtig ist.«

»Ich brauche Jamie nicht, um glücklich zu sein«, versicherte ich ihr und rang mir ein Lächeln ab, auch wenn mir im Moment absolut nicht danach zu Mute war. Ich wollte nicht, dass Rose sich um mich Sorgen machte. Sie sollte sich besser um sich selbst sorgen und darum, dass sie bald den Abschluss machte.

»Okay«, meinte meine Schwester nach einer Weile widerwillig. »Es ist nur … ich will Jamie nicht verlieren.«

Es verlangte mir einiges ab, meine Gefühle mein Gesicht nicht erreichen zu lassen. Genau das hatte ich befürchtet.

»Das wirst du nicht. Nur weil ich keinen Kontakt zu ihm habe, heißt das noch lange nicht, dass du ihn auch nicht mehr sehen kannst. Du hast doch seine Nummer.«

»Schon.« Rose atmete tief durch. »Aber wie kann ich mit ihm befreundet sein, wenn ich weiß, mit wem er sich die Wohnung teilt?«

Da ging es mir ganz ähnlich.

»Aber das ändert nichts daran, wer Jamie ist«, versuchte ich, Rose zu beruhigen. »Er ist immer noch derselbe wie vor ein paar Tagen, nur dass er jetzt eine unausstehliche Freundin an seiner Seite hat. Aber das darfst du ihm nicht übelnehmen, er weiß es schließlich nicht.« Ich machte eine Pause. »Jamie mag dich, Rose. Er wäre bestimmt traurig, wenn du ihn nur deswegen fallenlässt.«

Einen Moment lang schwieg Rose, doch dann erhob sie sich von meinem Bett. »Na schön. Unter einer Bedingung.«

»Und die wäre?«

»Nimm dir deinen eigenen Rat zu Herzen.«

Audienz

Irgendwo hatte ich einmal ein Sprichwort gehört. Wenn man an seine Vergangenheit dachte und sie einen nicht in Tränen ausbrechen ließ, dann war man darüber hinweg.

In der Theorie klang das ganz gut, aber war es wirklich so einfach? Nur weil ich gelernt hatte, meine Gefühle in der Öffentlichkeit unter Kontrolle zu haben, bedeutete das nicht, dass mir derselbe Gedanke nachts nicht einen emotionalen Zusammenbruch bescherte. Nur weil ich tagsüber nicht losheulte, wenn ich an Dad dachte, bedeutete das nicht, dass ich über seinen Tod hinweg war.

Und nur weil ich so tat, als wäre ich über die Sache mit dem Schwimmbecken hinweg, hieß das nicht, dass ich nicht jedes Mal kurz vor einer Panikattacke stand, wenn ich daran zurückdachte.

So einfach war die Sache mit der Vergangenheit also nicht. Sie verschwand nicht einfach, nur weil sie gerade nicht mehr weh tat. Das alles waren bloß Momentaufnahmen. Die falsche Erinnerung im falschen Augenblick konnte alles kaputtmachen.

Michelle war für mich eine dieser Erinnerungen. Mehr noch – sie war echt. Ein realer Mensch, der mir immer wieder vor Augen führte, dass es keinen Sinn hatte, die Vergangenheit hinter sich zu lassen. Irgendwann holte sie einen doch wieder ein.

Auch wenn ich davon überzeugt war, dass es sich dabei um keine gute Idee handelte, hatte ich mir Rosalies – und damit auch meinen eigenen – Rat zu Herzen genommen. Ich hatte Jamie eine SMS geschickt. Darin hatte ich ihn gebeten, heute um drei Uhr zu Hause zu sein, damit ich endlich meine Sachen aus seiner Wohnung holen konnte.

Zugegeben, ich war nervös, ihn zu sehen. Bestimmt würde er wissen wollen, was da letztens in seiner Wohnung passiert war. Und auch, was diese SMS zu bedeuten gehabt hatte. Ich würde ihm wohl oder übel ein paar Antworten liefern müssen. Und genau davor hatte ich Angst.

Mein Herz raste in meiner Brust, als ich die Klingel drückte und darauf wartete, dass er die Tür öffnete. Ich gab es nur ungern zu, aber Rose war nicht die Einzige, die Jamie nicht verlieren wollte. Mir ging es genauso. Auch wenn ich mit Michelle nicht klarkam, bedeutete das nicht, dass ich ihn ganz aus meinem Leben streichen musste.

Ich hob den Blick, als sich die Tür öffnete, und spürte einen schmerzhaften Stich in meinem Magen. Nicht Jamie stand vor mir, sondern Michelle.

»Du bist spät dran.«

»Wo ist Jamie?«, wollte ich wissen, ohne dabei auf ihre Worte einzugehen.

»Jamie ist nicht hier. Er meinte, du wolltest deine restlichen Sachen abholen. Leider ist ihm etwas dazwischengekommen, da habe ich angeboten, dich reinzulassen.«

Ich legte die Stirn in Falten. »Und lässt du mich auch rein?«

Ein Grinsen machte sich auf ihrem Gesicht breit. »Was denkst du denn? Das hier ist meine Wohnung. Jemand wie du hat hier nichts verloren.«

Ich ignorierte den Knoten, der sich bei ihren Worten in meinem Magen breitmachte. Ganz wie früher. »Und wie denkst du, dass ich an meine Sachen gelangen soll?«

»*Deine* Sachen?« Michelle hob ihre perfekten Augenbrauen an, die – wie ich ja wusste – nicht echt waren. Sie griff in ihre Hosentasche und hielt mir dann einen kleinen, silberglitzernden Stern vor die Nase. »Ich denke, der hier gehört mir.«

Meine Kiefermuskeln verspannten sich. »Du hast in meinen Sachen geschnüffelt?«

»Sie lagen *in meiner Wohnung*«, wiederholte Michelle, als wäre das eine Rechtfertigung. Als würde ihr das das Recht geben, meine Handtasche zu durchsuchen.

»Das ist privat«, presste ich zwischen den Zähnen hervor und überlegte dabei angestrengt, was noch alles in der Tasche war. Geld und Handy hatte ich zum Glück herausgenommen. Aber sonst …

»Oh, das hier hat mir ja ganz besonders gut gefallen.« Wieder zauberte sie etwas aus ihrer Hosentasche hervor – es war ein Foto. Von meiner Schwester und mir. Wir saßen gemeinsam auf einer Rutsche im Garten unserer Großeltern. Rose war gerade einmal vier Jahre alt. Damals war die Welt noch in Ordnung gewesen, und wir hatten gedacht, dass das für immer so bleiben würde. Wie sehr man sich doch irren konnte. Nur wenige Jahre später war unser Vater bei einem Verkehrsunfall auf dem Weg zur Arbeit ums Leben gekommen, und wir waren mit einem Mal mit unserer Mutter alleine gewesen. Keiner von uns hatte die plötzliche Stille ertragen – unsere Mutter am allerwenigsten. Sie hatte versucht, dieses Loch in ihrem Herzen zu stopfen, aber sie hatte es nicht geschafft. Stattdessen war es immer größer geworden und hatte alles andere – jeden Funken an Freude und Lebenslust – in sich verschlungen. Stattdessen hatte sie die Gleichgültigkeit gewinnen lassen, und das hatte ich ihr bis heute nicht verziehen.

»Gib das her.« Ich wollte nach dem Foto greifen, doch Michelle war schneller. Sie zog es aus meiner Reichweite und betrachtete es mit einem überheblichen Grinsen.

»Ihr beide seht euch sehr ähnlich, hat euch das schon einmal jemand gesagt?« Sie hob den Blick und blinzelte mich mit ihren falschen Wimpern an. »Wie alt ist sie, wenn ich fragen darf? Sechzehn? Siebzehn?«

»Gib mir das Foto, Michelle.« Fordernd hielt ich ihr meine Hand entgegen, doch das ignorierte sie.

»Was würde ich geben, noch einmal so alt zu sein.« Verzückt atmete sie tief durch. »Du nicht auch?«

»Michelle.«

»Ach ja.« Sie schlug sich die Hand vor die Stirn. »Ich habe für einen Moment vergessen, mit wem ich hier rede. Natürlich möchtest du *nicht* zurück in diese Zeit.« Mit einem Mal verhärteten sich ihre Gesichtszüge, und ich hatte wieder ihr achtzehnjähriges Ich vor Augen. »Hör mir gut zu, Claire, denn ich wiederhole mich nicht gerne. Jamie ist ein guter Mensch, aber auch seine Hilfsbereitschaft hat ihre Grenzen. Du solltest sie nicht auf die Probe stellen. Du bekommst deine Sachen zurück, aber erst, wenn ich mir sicher sein kann, dich hier nicht mehr zu sehen.«

»Hörst du überhaupt, was du da sagst? Ich bin hier, um meine Sachen abzuholen. Ich wohne hier nicht mehr, was ist dein Problem?«

»Ich weiß nicht, was du mit ihm gemacht hast, aber seit meiner Rückkehr redet er nur noch von euch beiden. Ich will, dass das aufhört. Jamie gehört mir, ich will, dass du deine Finger von ihm lässt. Hast du mich verstanden?«

»Und was, wenn nicht?« Warum dachte ich, es wäre eine gute Idee, Michelle weiter zu verärgern? »Willst du mich wieder die Nacht in einem Schwimmbecken verbringen lassen, nur weil ich ein Auge auf jemanden geworfen habe, der dir nicht passt?«

Ihre Augen verdunkelten sich. »An deiner Stelle würde ich aufpassen, Claire. Du willst doch nicht vor der gesamten Welt bloßgestellt werden, oder? Wenn du denkst, ich war in der Highschool beliebt, dann wirf mal einen Blick auf meinen Blog. Du weißt, wozu ich in der Lage bin. Fordere es besser nicht heraus.« Mit diesen Worten warf sie mir die Tür vor der Nase zu.

Etwas verwirrt blinzelte ich die Stelle an, an der sie eben noch gestanden hatte. Was war das denn gewesen? Hatte sie wirklich vor, mir das *Internet* auf den Hals zu hetzen, sollte ich nicht den Kontakt zu Jamie abbrechen? Zuzutrauen wäre es ihr ja …

Mit geschlossenen Augen atmete ich tief durch. Ich musste mich wohl an den Gedanken gewöhnen, meine Sachen nie wieder zu bekommen. Vermutlich hatte Michelle sie ohnehin bereits entsorgt. Für sie waren sie schließlich nichts weiter als Müll.

Gerade wollte ich mich umdrehen, als mir jemand den Weg versperrte.

»Claire.« Ein Lächeln zeichnete sich auf Jamies Lippen ab, das meinen Puls in die Höhe schießen ließ. »Bin ich froh, dass ich dich noch erwische. Ich dachte schon, ich bin zu spät.«

»Das bist du«, sagte ich leise und schob mich an ihm vorbei, um mich auf den Weg zu machen. Ich konnte hören, dass Jamie mir hinterherrief, doch in der nächsten Sekunde öffnete sich auch schon die Wohnungstür, und Michelles Stimme hallte durch das Treppenhaus.

Hoffentlich war sie zufrieden.

Langfinger

Rosalies Geburtstag war in absehbarer Zeit, und ich hatte absolut keine Ahnung, was ich ihr schenken sollte. Mein Budget war begrenzt, was die ganze Sache nur noch schwieriger machte. Ich wollte ihr nicht wieder wie das letzte Mal bloß Gutscheine kaufen. Auch wenn sie sich darüber jedes Mal freute, sollte es dieses Mal doch etwas Besonderes sein. Immerhin wurde man nur einmal achtzehn.

Ich sah mich in dem Trödelladen um, in dem ich zufällig gelandet war. Mir gefiel es hier. Es gab haufenweise Vintagestücke, die meine Aufmerksamkeit auf sich zogen. Sie waren ausgefallen und bei weitem nicht so teuer wie die Sachen in Jamies Möbelhaus.

Der Gedanke an Jamie verursachte mir Bauchschmerzen. Ich musste ihn mir aus dem Kopf schlagen. Ich wollte keinen Ärger mit Michelle. Nicht schon wieder. Die Hoffnung, dass sie in den letzten Jahren erwachsen geworden war, hatte sie letztens wie Glas zerspringen lassen. Sie war noch genauso durchtrieben wie früher.

Eine Lampe in Form eines Pac-Man-Geistes stach mir ins Auge, und ich blieb stehen, um sie genauer zu begutachten. Das wäre bestimmt etwas, womit man Rosalie begeistern könnte. Sie liebte Spiele.

Behutsam nahm ich die Packung in die Hand und wollte gerade die Beschreibung lesen, als ich mit einem Mal eine Stimme vernahm, die mich zusammenfahren ließ.

»Sie verstehen das nicht.« Ihre aufgebrachte Stimme flutete den kleinen Laden. »Ich brauche irgendetwas Altmodisches. Platten oder eine Schreibmaschine oder solchen Kram. Mein Freund steht auf so was, und ich brauche noch dringend ein Weihnachtsgeschenk für ihn.«

»Aber Weihnachten war vor einem Monat«, hörte ich die Frau an der Kasse sagen, als ich mich vorsichtig in ihre Richtung bewegte. »Außerdem fürchte ich, dass ich Ihnen nicht helfen kann.«

»Aber Sie verkaufen doch so Kram.«

»Es tut mir leid«, wiederholte die Frau. »Vielleicht wollen Sie es bei *Rushton And More* versuchen. Da könnten sie mehr Glück haben.«

»Ich kann nicht bei *Rushton And More* einkaufen«, knurrte Michelle. »Mein Freund *ist Rushton.*«

»Warum denken Sie dann, es wäre eine gute Idee, ihm Einrichtungsgegenstände zu kaufen?«

Ich konnte mir ein Grinsen nicht verkneifen, doch in genau diesem Moment fuhr Michelle herum und nahm mich ins Visier. Es war, als hätte sie meine Schadenfreude gespürt.

Nur langsam verschwand das Grinsen wieder aus meinem Gesicht, und ich wandte mich dem Regal zu meiner Linken zu. Es war vollgestopft mit Hundespielsachen, doch ich tat so, als wäre es genau das, was ich suchte. Vielleicht war es das auch. Vielleicht sollte ich Rose zu ihrem Geburtstag einen Hund kaufen.

»Sie waren keine große Hilfe.« Ich hörte, wie Michelle der Kassiererin etwas zuflüsterte, bevor sich das Klacken ihrer Absätze näherte. Hinter mir blieb sie noch einmal stehen. »Ich hoffe, du hattest deinen Spaß«, knurrte sie, bevor sie davonstöckelte.

Das hatte ich wirklich. Und schon prangte wieder ein breites Lächeln auf meinem Gesicht. Ich hätte nie gedacht, dass ich das jemals sagen würde, aber Michelle hatte mir tatsächlich den Tag versüßt. Da machte es mir gar nichts, dass ich das perfekte Geschenk für Rose immer noch nicht gefunden hatte. Ich hatte ja noch Zeit.

Nachdem ich mich noch etwas im Laden umgesehen hatte, machte ich mich immer noch zufrieden grinsend auf den Weg zum Ausgang, doch ich kam nicht weit.

»Verzeihung.« Es war die Stimme der Verkäuferin.

Verwirrt drehte ich mich um. »Ja?«

»Ich hoffe, Sie verstehen das jetzt nicht falsch, aber dürfte ich einen Blick in Ihre Tasche werfen?« Die Frau streckte mir die Hand entgegen, und als ich sie nur mit gerunzelter Stirn musterte, fügte sie hinzu: »Eine Dame hat mich eben darauf hingewiesen, etwas Verdächtiges gesehen zu haben. Sie verstehen doch, dass wir diesem Hinweis nachgehen müssen. Wenn Sie mich also kurz einen Blick in die Tasche werfen lassen, dann können wir dieses Missverständnis bestimmt aufklären.«

Mit einem genervten Stöhnen öffnete ich meine Tasche und hielt sie der Frau entgegen. Etwas *Verdächtiges* also. Was könnte das wohl sein?

Sie zog ein Notizbuch hervor, das ich in meinem Leben noch nie gesehen hatte. Es war dunkelblau mit dem Mond und glitzernden Sternen darauf. Wenn ich es hier irgendwo entdeckt hätte, hätte ich es bestimmt gekauft.

»Was ist das?«

»Das weiß ich nicht«, erklärte ich. »Es ist nicht meins.«

»Glauben Sie ihr nicht«, fiel Michelle mir ins Wort, die mit einem Mal wiederaufgetaucht war. »Sie liebt glitzernde Dinge. Sie hat sogar die Sterne von meinem Weihnachtsbaum geklaut.«

»Es war ein Stern, und Jamie hat ihn mir geschenkt.« Mein Blick wanderte zu der Verkäuferin. »Ich habe nichts gestohlen. Haben Sie hier keine Überwachungskameras?«

»Auf das Überwachungsmaterial hat nur der Filialleiter Zugriff. Bitte kommen Sie mit mir.« Sie zerrte an meinem Arm, doch ich wehrte mich dagegen, mit ihr zu gehen. Ich hatte nichts

Falsches getan. Es gab keinen Grund, mich wie eine Verbrecherin zu behandeln!

»Soll ich denn inzwischen die Polizei rufen?«, erkundigte Michelle sich übertrieben besorgt.

Ich warf ihr einen verärgerten Blick zu. Kein Wunder, dass ihr das hier gefiel. Bestimmt war sie für den Fund der Verkäuferin verantwortlich. Zuzutrauen wäre es ihr ja. Michelle hatte sich seit der Highschool nicht geändert, das verriet mir der triumphierende Blick, mit dem sie mich bedachte.

»Das ist nicht nötig«, meinte die Frau zu meiner Erleichterung. »Ich kümmere mich um alles. Ich muss Sie leider bitten, zu gehen. Ich werde den Laden vorerst schließen.«

»Das verstehe ich voll und ganz.« Michelle nickte zustimmend. »Ich wünsche Ihnen alles Gute.«

Ich wünsche dir, dass du von einem Taxi überrollt wirst, gab ich in Gedanken zurück, doch ich konnte mich beherrschen und sprach die Worte nicht aus. Nicht, dass zu der Anzeige wegen Diebstahls auch noch gefährliche Androhung kam. Stattdessen versuchte ich, sämtliche Verachtung in einen einzigen, letzten Blick zu legen. Ob mir das gelang, konnte ich nicht so recht sagen, denn Michelles Grinsen hielt stand. Zufrieden wandte sie mir den Rücken zu und marschierte aus dem Laden.

»Also bitte«, sagte die Frau, nachdem sie die Tür hinter Michelle verschlossen hatte. »Kommen Sie mit mir.«

»Ich habe nichts getan«, wiederholte ich, als ich der Verkäuferin in den hinteren Bereich des Geschäfts folgte.

Dort befand sich ein Büro, von wo aus sie die Polizei rief. Währenddessen sah ich mich darin etwas um. Hier war es langweilig. Es gab keine Fenster und nichts Glitzerndes. Ich könnte hier nicht arbeiten.

»Die Polizei wird jeden Moment hier sein«, sagte die Frau, nachdem sie aufgelegt hatte.

»Können Sie nicht zuerst den Filialleiter rufen?«, wollte ich wissen. »Wenn er sich das Videomaterial ansieht, dann wird er sehen, dass ich nichts getan habe. Und die Polizei ist dann völlig überflüssig.«

Die Frau betrachtete mich mit einem Blick, der mir verriet, dass sie nicht im Traum daran dachte, das zu tun. »Mr. Laurey ist nicht im Lande. Sobald er wiederkommt, wird er der Polizei das Überwachungsvideo übergeben.«

»Und wann wird das ungefähr sein?«

Sie warf mir einen ungeduldigen Blick zu. »Das kann ich Ihnen leider nicht sagen. Sie müssen sich wohl etwas gedulden.«

Ich biss fest die Zähne aufeinander. Gedulden? Wie stellte sie sich das vor? Ich wurde hier des Diebstahls beschuldigt, dabei hatte ich absolut nichts getan!

»Sie haben doch eben mit Michelle gesprochen.«

»Nicht die hellste Kerze auf dem Geburtstagskuchen«, meinte die Frau, ohne mich dabei anzusehen.

Genau meine Rede!

»Und trotzdem glauben Sie ihr mehr als mir?«

»Irgendwie muss das Buch in Ihre Tasche gelangt sein«, meinte sie nur. »Und das wird noch geklärt. Also tun Sie uns beide einen Gefallen und halten den Mund, bis die Polizei da ist.«

Falsch verbunden

Vom Obdachlosen zum Schwerverbrecher. So hatte ich mir mein Leben ganz bestimmt nicht vorgestellt.

Als Kind hatte ich mich immer als Malerin gesehen. Oder als Architektin. Ich hatte immer kreativ und frei sein wollen – niemals hätte ich gedacht, mich eines Tages im kahlen Wartezimmer des Polizeipräsidiums wiederzufinden.

Sie hatten mich doch tatsächlich mitgenommen. Ich konnte es immer noch nicht fassen. Das würden sie bestimmt noch bereuen, wenn meine Unschuld erst einmal bewiesen war. Hoffentlich würde das nicht allzu lange dauern.

Mein Handy hatte ich abgeben müssen. Eigentlich sollte ich längst zu Hause sein. Bestimmt fragte Rose sich bereits, wo ich steckte.

Immer noch brodelte es in mir. Michelle. Wie konnte man nur so durchtrieben sein? Ich verstand nicht, was Jamie in ihr sah. War sie wirklich so gut darin, sich zu verstellen, dass er nicht merkte, was für ein Miststück sie war? Das konnte ich mir nicht vorstellen. Es musste etwas anderes sein.

»Wann kann ich gehen?«, fragte ich, als einer der Polizisten, die mich hierhergebracht hatten, den Raum betrat.

»Wenn der Sachverhalt geklärt ist«, gab er zurück, ohne mich dabei anzusehen. Er steuerte den Kaffeeautomaten auf der anderen Seite des Wartezimmers an. »Es sei denn, es hinterlegt jemand die Kaution.«

Ich stöhnte. Wie sollte das jemand tun, wenn ich niemanden

erreichen konnte? Mein Handy lag schließlich im Büro nebenan.

»Kann ich dann zumindest jemanden anrufen?«

Der Polizist deutete auf ein Telefon, das hinter mir an der Wand hing. »Ein Anruf, nicht mehr. Alles Weitere wird Ihnen in Rechnung gestellt.«

Ich wartete, bis der Mann mit seinem Kaffeebecher verschwunden war, dann griff ich nach meiner Handtasche und durchsuchte sie. Mein erster Gedanke war natürlich gewesen, Rose anzurufen und ihr zu sagen, was passiert war. Aber dann dachte ich an die Kaution und daran, dass ich womöglich die ganze Nacht hier sitzen könnte. Meine Schwester würde das Geld auf die Schnelle bestimmt nicht aufbringen können. Ich brauchte jemand anderen.

Einen Moment lang betrachtete ich die Visitenkarte, die Jamie mir gegeben hatte. Ich musste aufhören, ihn ständig um Hilfe zu bitten. Bald. Dieses Mal brauchte ich ihn noch.

Mein Magen schmerzte voller Widerwillen, als ich den Hörer in die Hand nahm und seine Nummer wählte.

»Ja?«

Ich schloss die Augen. Nicht auch das noch.

»Wo ist Jamie?«, wollte ich wissen.

»Wer ist denn da?« Ich konnte das Grinsen auf Michelles Gesicht schon fast vor mir sehen. Es schwang so deutlich in ihrer Stimme mit, dass mir übel wurde.

»Was denkst du denn? Wärst du so nett und würdest Jamie an *sein* Telefon holen?«

»Ich fürchte, das ist nicht möglich. Er ist gerade unter der Dusche, aber ich richte ihm aus, dass du angerufen hast.«

»Michelle –«, setzte ich an, doch sie kam mir zuvor.

»Keine Angst«, meinte sie. *»Ich hab der Polizei alles gesagt, was sie wissen muss. Ich hoffe, das ist dir eine Lehre, und du mischt dich nicht mehr in mein Leben ein.«*

Mein Herzschlag beschleunigte sich.

»*Was hast du der Polizei gesagt?*«, wollte ich wissen, doch es war bereits zu spät. Michelle hatte aufgelegt.

Ich fluchte. Das konnte doch nicht ihr gottverdammter Ernst sein! Was war bloß los mit dieser Frau? Reichte es denn nicht, dass sie mir Ladendiebstahl unterstellte? Musste sie mich nun auch noch auf dem Polizeirevier versauern lassen? Warum tat sie das nur?

»Mr. Laurey ist hier.«

Mein Blick wanderte zu dem Polizisten, der gerade den Raum betrat. Na endlich.

»Er hat uns freundlicherweise das Überwachungsvideo zur Verfügung gestellt.«

»Und weiter?«

»Sie können gehen.«

Ich verschränkte die Arme vor der Brust, doch ich hatte nicht vor zu gehen.

»Das ist alles?«, wollte ich wissen. »Mir wurde unterstellt, etwas gestohlen zu haben, und alles, was Sie dazu zu sagen haben, ist, *Sie können gehen*? Was ist mit Michelle Duval? Hat sie etwas gegen mich ausgesagt?«

»Sie werden verstehen, dass ich diesbezüglich keine Auskunft geben darf.«

Ich schnaubte. »Michelle hat mir das Buch untergejubelt. Das ist doch auch eine Straftat, oder etwa nicht?«

Der Mann betrachtete mich mit einem ausdruckslosen Gesichtsausdruck.

»Überlassen Sie das bitte uns. Außerdem möchte ich Sie bitten, sich von Ms. Duval fernzuhalten.«

»Fernhalten?« Die Fassungslosigkeit in meiner Stimme war kaum zu überhören. Sie war schließlich diejenige, die versucht hatte, mich hinter Gitter zu bringen. Wenn hier von jemandem Gefahr ausging, dann war es wohl sie.

»Habe ich mich undeutlich ausgedrückt?«

»Nein.« Ich biss fest die Zähne zusammen. Auch wenn Michelles Plan nach hinten losgegangen war, hatte sie doch bekommen, was sie wollte: Sie würde mich nicht mehr so schnell zu Gesicht bekommen. »Da sind noch Sachen in ihrer Wohnung, die mir gehören. Darf ich sie mir holen, ohne gleich abgeführt zu werden?«

»Wenn Ms. Duval nicht zu Hause ist und Ihr Besuch genehmigt wird.«

»Perfekt.« Ich nahm dem Polizisten mein Handy ab, das er in der Hand hielt, und marschierte an ihm vorbei. Ich musste hier raus, und zwar schnell.

Vogelfrei

Ich hatte kaum einen Fuß auf die Straße gesetzt, als ich auch schon das Handy aus meiner Handtasche fischte. Rose hatte schon ein paar Mal versucht, mich anzurufen, bestimmt machte sie sich bereits irrsinnige Sorgen. Ich musste ihr sagen, dass alles in Ordnung war. Zumindest oberflächlich, denn in mir drin brodelte es.

Michelle. Ich hatte gedacht, dass dieser Alptraum mit meinem Abschluss ein Ende haben würde, aber da hatte ich mich offensichtlich getäuscht. Sie dachte wohl, sie könnte mich noch genauso herumschubsen wie während unserer Schulzeit. Aber nicht mit mir. Sie würde schon noch sehen, was sie davon hatte.

Während ich darauf wartete, dass Rosalie an ihr Handy ging, blieb ich vor dem Polizeigebäude stehen und beobachtete die tausend verschiedenen Leute, die an mir vorbeimarschierten.

Ich fragte mich, wie viele von ihnen wohl Michelles Blog lasen. Sie war berühmter, als ich erwartet hatte. Das war ganz und gar nicht gut. Sie hatte Einfluss. So wie früher.

Mir wurde schon übel, wenn ich nur daran dachte, was sie mit diesem Einfluss anstellen könnte. Schon in der Schule hatte sie eine ganze Schar an Anhängern gehabt. Damals waren es ein paar Dutzend gewesen, nun waren es mehrere tausende. Wie viele es genau waren, wusste ich nicht, aber es würde vermutlich ausreichen, um einen gewaltigen Shitstorm loszutreten.

»*Claire.*«

Erschrocken zuckte ich zusammen, als ich die Stimme meiner Schwester vernahm.

»Na endlich. Wo warst du denn?«

»Auf dem Polizeirevier.«

»Wie bitte?!«

»Ganz ruhig«, versuchte ich die Situation zu entschärfen. »Es ist alles in Ordnung, und ich komme gleich nach Hause.«

»Aber was ist denn passiert?« Rose klang nicht so, als hätten meine Worte sie beruhigt.

»Michelle ist passiert«, erklärte ich und setzte mich dabei in Bewegung, um Rosalie nicht mehr zu lange warten zu lassen. »Sie ist vollkommen durchgedreht. Ich erzähle dir alles, wenn ich zu Hause bin.«

»Was hat sie getan?«, wollte Rose wissen. Sie klang so ungeduldig. Kein Wunder, an ihrer Stelle würde ich vermutlich nicht anders reagieren.

Ich atmete tief durch und sah mich in der Menschenmenge um. Noch in derselben Sekunde vergaß ich, was ich eben sagen wollte.

Sahen die Leute mich etwa an? Nein, das bildete ich mir nur ein. Und was, wenn nicht? Was, wenn Michelle bereits irgendetwas über mich geschrieben hatte?

Ganz ruhig, Claire, versuchte ich mich selbst zu beruhigen. Ich wurde paranoid, das war alles. Das bildete ich mir nur ein. Trotzdem wurde ich dieses unangenehme Gefühl nicht los, beobachtet zu werden.

»Weißt du was?«, sagte ich, um mich selbst abzulenken. »Ich bin gleich zu Hause, dann erzähle ich dir alles. Versprochen.«

Ich merkte, dass Rose protestieren wollte, doch da hatte ich schon aufgelegt.

Auch wenn ich es nicht gerne zugab: Michelle war gefährlicher, als ich zunächst gedacht hatte. Ihr Versuch, mich loszuwerden, hatte nicht funktioniert. Aber das bedeutete nicht, dass sie sich damit auch zufriedengeben würde. Es war nur eine Frage der Zeit, bis sie einen weiteren Angriff starten würde, da war ich mir sicher. Ich hatte keine Chance, dem zu entgehen. Ihre Augen und Ohren waren überall. Ich war vogelfrei.

* * *

»Ich bin da.«

»Na endlich!« Kaum hatte ich die Wohnung betreten, kam Rose auch schon auf mich zugelaufen. »Erzähl mir *alles*! Was ist passiert?«

Erschöpft ließ ich mich auf die Couch fallen. Eigentlich fehlte mir im Moment die Energie, um Rose alles im Detail zu berichten, aber ich hatte wohl keine andere Wahl. »Ich war heute in so einem kleinen Laden auf der Suche nach einem Geburtstagsgeschenk für dich«, begann ich zu erklären. »Und da habe ich Michelle getroffen.«

Meine Schwester verzog das Gesicht. »Die Geschichte fängt schon mal super an.«

»Und sie wird noch besser«, versicherte ich ihr. »Sie hat mich gesehen, und irgendwie muss sie so ein dummes Notizbuch in meine Tasche gesteckt haben, denn sie hat der Verkäuferin erzählt, ich hätte es gestohlen.«

»Nein.« Rosalies Gesicht wurde blass. »Was hast du gemacht?«

»Na, ich habe der Frau versichert, dass ich das Buch nicht gestohlen habe, aber sie hat mir nicht geglaubt.«

Rose schnaubte.

Ich konnte es immer noch nicht fassen. Sah ich wirklich so aus, als würde ich Ladendiebstahl begehen? Zugegeben, vermutlich würde man es mir noch eher zutrauen als Michelle, aber das war nicht der springende Punkt.

»Und dann plötzlich fand ich mich auf dem Polizeirevier wieder. Dort musste ich warten, bis der Filialleiter auftauchte, damit die Polizei sich das Überwachungsvideo ansehen konnte.«

»Dann haben sie begriffen, dass du gar nichts getan hast«, schlussfolgerte Rose, und ich nickte. »Das kann doch nicht wahr sein! Was ist los mit dieser Frau?«

»Das frage ich mich allerdings auch …«

»Weiß Jamie davon?«

Ich biss mir auf die Zunge. »Nein. Ich habe ihn angerufen, aber Michelle ist an sein Handy gegangen.«

»War ja klar.« Der Gesichtsausdruck meiner Schwester spiegelte ihren Ärger nur zu deutlich wider. »Du musst es ihm sagen, Claire. Er muss erfahren, was für eine Mistkuh seine Freundin ist.«

»Ich werde ihm gar nichts sagen«, unterbrach ich sie. »Jamie ist doch überhaupt erst der Grund, warum es Michelle auf mich abgesehen hat. Sie wollte, dass ich mich von ihm fernhalte. Und diese Aktion war nichts weiter als eine nette Erinnerung, dass ich ihrem Freund nicht zu nahekommen soll.«

»Weißt du, was du wirklich tun solltest?«

»Rose«, unterbrach ich sie, da ich zu wissen befürchtete, worauf sie hinauswollte.

»Du spannst ihr Jamie aus.«

»Nein.«

Ich stand von der Couch auf, um diesem Gespräch zu entkommen, doch meine Schwester folgte mir auf Schritt und Tritt.

»Komm schon, Claire. Das ist die einzige vernünftige Lösung.«

Ich schnaubte. »Du hast sie ja nicht mehr alle. In welchem Universum ist das eine vernünftige Lösung?«

»Na, in diesem hier.« Rose griff nach meinem Arm, doch ich marschierte einfach weiter in mein Schlafzimmer. »Hast du noch nie darüber nachgedacht?«

Diese Frage beantwortete ich besser nicht.

»Aha!«

»Nichts aha«, gab ich genervt zurück. Ich blieb in der Mitte des Raumes stehen und drehte mich zu meiner Schwester um. Langsam hatte ich wirklich genug. »Lass mich bloß mit deinen Plänen in Ruhe. Ich will keinen Ärger, weder mit Michelle noch mit sonst jemandem. Wenn sie darauf besteht, Jamie für sich alleine haben zu müssen, dann bitte. Ich stehe ihrem Glück bestimmt nicht im Weg.«

»Ihrem nicht, aber deinem eigenen.«

Ich verdrehte die Augen und deutete auf die Tür. »Raus mit dir.«

Einen Moment lang zögerte Rose, als wäre sie sich nicht sicher, ob ich das ernst meinte. Doch dann murmelte sie etwas Unverständliches und schlich aus meinem Zimmer.

Als sich die Tür hinter ihr schloss, ließ ich mich erschöpft auf mein Bett fallen und schloss die Augen. Dieser Tag war anstrengend gewesen. Richtig, richtig anstrengend. So etwas wollte ich nie wieder erleben, und dafür konnte ich nur sorgen, wenn ich das tat, was Michelle verlangte. Auch wenn es mir gegen den Strich ging, hatte ich kaum eine andere Wahl.

Ich öffnete die Augen und betrachtete den Traumfänger über meinem Bett. Bestimmt hatte er in den letzten Tagen schon so einige Träume gesammelt. Und nicht wenige davon hatten Jamie beinhaltet, da war ich mir sicher.

Genau da würde er bleiben: in meinen Träumen. Denn die konnte Michelle mir nicht wegnehmen.

Einen Tweet entfernt

Ein kurzer Blick auf Twitter reichte aus, um zu wissen, dass Michelle nicht zu Hause war. Das war *die* Gelegenheit. Ich konnte meine Sachen packen und dann endlich verschwinden. Ich konnte sie und ihre Intrigen ein für alle Mal hinter mir lassen.

Zum Glück hatte Jamie mir verraten, wo sich der Ersatzschlüssel für seine Wohnung befand. Zwar hatte ich ihm damals erklärt, wie schrecklich leichtsinnig das doch war, ihn im Hausflur zu verstecken, aber nun war ich darüber doch ganz froh. So konnte ich zumindest in die Wohnung, ohne Jamie dabei über den Weg laufen zu müssen.

Schnurstracks lief ich durch den Wohnbereich ins Gästezimmer, um keine Zeit zu verlieren. Der Inhalt meiner Tasche lag dort auf dem Bett verstreut, als hätte jemand etwas Wichtiges gesucht. Noch einmal dankte ich dem Himmel, dass ich daran gedacht hatte, mein Handy mitzunehmen. Das wäre mein Ende gewesen. So hatte sie nur das Foto von mir und meiner Schwester genommen. Ich hatte keine Ahnung, wo sie es versteckt hatte, aber das war mir im Moment auch mehr als egal. Sollte sie es doch behalten, wenn es sie glücklich machte.

Mein Blick wanderte suchend durch den Raum, um sicherzugehen, dass ich dieses Mal auch ja nichts vergaß. Dabei blieb er an dem Gemälde hängen, das immer noch neben dem Türrahmen lehnte. Vermutlich wusste Michelle nicht, dass ich es gemalt hatte. Ansonsten hätte sie es bestimmt bereits entsorgt.

Ich zögerte einen Moment lang, entschied mich dann aber

dafür, es nicht mitzunehmen. Zum einen, weil ich es nicht den ganzen Weg bis nach Hause schleppen wollte, und zum anderen, da Jamie gemeint hatte, es würde ihm gefallen. Es war mein Geschenk an ihn. Und mir gefiel der Gedanke, dass etwas von mir in dieser Wohnung blieb und Michelle vermutlich jedes Mal ärgerte, wenn sie es sah.

Gerade verstaute ich noch meine restlichen Sachen in der Tasche, als ich hörte, wie sich die Wohnungstür öffnete.

Einen Moment lang hielt ich inne und lauschte in die Stille. Nicht Michelle, nicht Michelle, nicht Michelle.

»Claire?«

Schon fast erleichtert atmete ich durch, als ich Jamies Stimme vernahm. Zwar war ich auch nicht scharf darauf, ihm über den Weg zu laufen, aber er war mir immer noch lieber als seine Freundin.

»Ja, ich bin es«, sagte ich und beeilte mich dabei, alles mehr oder weniger ordentlich in die Tasche zu stopfen. Ich merkte, dass Jamie im Türrahmen auftauchte, doch ich wandte mich nicht zu ihm um. Ich war so unendlich wütend, ich konnte ihn im Moment einfach nicht ansehen. »Und keine Sorge, ich packe nur das ein, was mir auch wirklich gehört. Es gibt also keinen Grund, die Polizei zu rufen.«

»Die Polizei?« Jamie klang verwirrt. »Warum sollte ich das tun? Und warum hast du nicht angerufen? Ich hätte dir die Sachen doch auch vorbeibringen können.«

»Ich glaube nicht, dass damit alle einverstanden gewesen wären.« Ich warf mir die Tasche über die Schulter. »Ich muss gehen, Michelle hat dafür gesorgt, dass die Polizei mir einen Platzverweis erteilt hat.«

»Was?« Ich wollte an Jamie vorbeimarschieren, doch er hielt mich am Arm fest. Zwar versuchte ich, mich zu befreien, aber er ließ es nicht zu. »Was redest du da, Claire?«

»Du weißt es nicht?« Endlich konnte ich mich dazu überwinden, ihm in die Augen zu sehen. Ich hatte genug Wut angestaut, um nicht sofort anzufangen zu heulen, wenn ich ihn ansah. »Ich wurde festgenommen. Wegen Ladendiebstahls, den ich nicht begangen habe.«

»Was? Aber –« Jamie verstummte. Ich konnte deutlich zusehen, wie die Zahnräder in seinem Kopf zu rotieren begannen. »Warum hast du mich nicht angerufen?«

»Das habe ich. Du warst unter der Dusche.« Ich bemühte mich um einen möglichst neutralen Tonfall. Trotzdem befürchtete ich, dass ein leichtes Zittern in meiner Stimme mitschwang. Schnell wandte ich den Blick ab. Ich musste erst wieder genug Ärger ansammeln, um den Schmerz zu überdecken.

Ich hatte ihn angerufen, obwohl sich alles in mir dagegen gesträubt hatte. Ich war bereit gewesen, seine Hilfe anzunehmen, und was hatte ich nun davon? Ich kam mir so dumm vor.

Zwischen Jamies Augen bildeten sich tiefe Falten der Verwirrung. »Woher –«

Ich warf ihm einen vorwurfsvollen Blick zu, und er bremste sich schnell selbst. Endlich schien ihm ein Licht aufzugehen.

»Michelle«, schlussfolgerte er. »Sie hat mir nichts gesagt.«

Sollte mich das etwa wundern? Das tat es nicht. Immerhin war es nur ihre Schuld, dass ich erst in diese Lage geraten war. Aber ich hatte es satt, darüber zu diskutieren. Besonders mit Jamie, er würde mir ohnehin nicht glauben. Ich war schließlich nicht Michelle. Ich war alles andere als perfekt.

Ohne etwas zu erwidern, machte ich einen Bogen um Jamie und marschierte auf die Tür zu. Selbst wenn ich wollte, könnte ich hier nicht bleiben. Ich musste weg, bevor Michelle auftauchte. Sie war der letzte Mensch, dem ich momentan begegnen wollte. Außerdem musste ich zurück zu Rose, bestimmt machte sie sich schon Sorgen.

»Warte.« Bevor ich den rettenden Ausgang erreicht hatte, versperrte Jamie mir den Weg. »Das ist doch alles nur ein Missverständnis, oder? Ich meine, du hast doch nicht wirklich etwas gestohlen, oder?«

Ich betrachtete Jamie einen Moment lang. Er wirkte so hoffnungsvoll, dass es mir fast das Herz brach. Was glaubte er, wen er hier vor sich hatte? »Würde das etwas ändern?«

Ich merkte, dass er zögerte, und eigentlich war das bereits Antwort genug.

»Claire –«, setzte er an, doch ich ließ ihn nicht aussprechen. Erneut machte ich einen Bogen um ihn, und dieses Mal hielt Jamie mich nicht auf.

Geburtstagskind

»Alles Gute zum Geburtstag!«

Rose hatte kaum ihr Zimmer verlassen, als ich auch schon auf sie zulief und sie fest umarmte. Sie brummte etwas, das ich nicht verstehen konnte, doch ich nahm einfach an, dass es *danke* bedeuten sollte.

»Ich kann nicht fassen, dass du schon achtzehn Jahre alt bist«, meinte ich, ohne sie dabei loszulassen. Es war immer wieder erschreckend, wie schnell meine Schwester doch älter wurde. Ich erinnerte mich noch genau daran, wie ich ihr noch die Schuhbänder hatte binden müssen. Und nun war sie erwachsen.

»Und ich kann nicht fassen, dass du mich an meinem Geburtstag in die Schule schickst.« Rosalies Stimme klang rau – sie war gerade erst aufgewacht.

Ich musste grinsen. »Eigentlich solltest du alt genug sein, um zu wissen, dass man die Schule nicht schwänzt.«

»Als ob du nie die Schule geschwänzt hättest«, gab Rose zurück, doch diesen Einwurf ignorierte ich.

»Wer feiern kann, der kann auch zur Schule gehen.«

Meine Schwester zuckte mit den Schultern und marschierte an mir vorbei in die Küche, erstarrte jedoch bereits nach ein paar Schritten. Ihre Augen weiteten sich, als sie den geschmückten Frühstückstisch entdeckte.

»Gehört das alles mir?«

Ich zuckte mit den Schultern. »Hat hier noch jemand Geburtstag?«

»Oh mein Gott!« Sie lief auf den Haufen Geschenke zu, der um die Torte herum aufgebaut war. Ihre Aufregung war kaum zu übersehen.

Nach diesem Zwischenfall mit Michelle hatte ich mein Glück noch einmal versucht und dabei mehr Geschenke gefunden, als mir lieb war. Und auch meinem Bankkonto. Aber das war mir im Moment egal. Ich wollte nur, dass Rose glücklich war.

»Claire, ich weiß gar nicht, was ich sagen soll!«

»Du solltest die Geschenke erst auspacken«, gab ich zu bedenken. »Am Ende findest du sie ganz schrecklich.«

Das Grinsen auf ihrem Gesicht hielt stand. »Das kann ich mir nicht vorstellen! Danke, Claire. Danke, danke, danke.«

»Schon gut. Und jetzt mach sie auf, ich will dein Gesicht sehen.«

Voller Freude griff Rose nach dem ersten Paket, in dem sich ein Asos-Gutschein befand, als die Stille mit einem Mal durch ein lautes Vibrieren durchschnitten wurde. Sie gingen los: Rosalies Geburtstagsanrufe. Jedes Jahr aufs Neue überraschte es mich, wie viele Leute anriefen, um meiner Schwester zum Geburtstag zu gratulieren.

Rose warf einen Blick auf ihr Handy, und ihr Gesicht wurde blass. »Es ist Mom«, erklärte sie und wandte sich hilfesuchend an mich, als ob ich ihr dieses Gespräch abnehmen könnte. »Was könnte sie wollen?«

»Na, was wohl?« Ich verdrehte die Augen. »Geh ran.«

»Das will ich aber nicht.«

»Rose –«, setzte ich an, wurde aber von einem tiefen Stöhnen unterbrochen.

»Na schön«, willigte Rose schließlich ein und marschierte in ihr Zimmer, um dort ungestört telefonieren zu können.

Einen Moment lang hielt ich den Atem an und lauschte in die Stille, um sicherzugehen, dass Rose auch wirklich mit Mom sprach und es mir nicht nur vorspielte. Als ich ihre leise Stimme vernahm, atmete ich tief durch.

Es ging bergauf, da war ich mir sicher. Zwar war Rose alles andere als begeistert von unserem gemeinsamen Abendessen gewesen, aber das machte nichts. Sie würde schon noch sehen, dass Mom sich verändert hatte.

Ich konnte nicht glauben, dass das wirklich passierte. Als ich aus der Wohnung meiner Mutter gestürmt war, hatte ich gedacht, ich würde sie nie wiedersehen. Und jetzt das. Wenn ich daran dachte, dass ich ihr wie Rose womöglich gar keine zweite Chance gegeben hätte, wenn Jamie nicht gewesen wäre …

Ich drehte mich um, als ich hörte, wie sich die Tür zu Rosalies Zimmer öffnete. »Also, was hat sie gesagt?«

»Alles Gute zum Geburtstag«, gab sie knapp zurück, doch ich merkte, dass das nicht alles war. Meine Schwester war nicht besonders gut darin, ihre Gefühle zu verbergen. »Sie klang gutgelaunt, Claire«, meinte Rose dann. »Denkst du, sie hat sich wirklich geändert?«

Ich zuckte mit den Schultern. »Ich wünsche es mir.«

Einen Moment lang hielt ich den Atem an. Ich *wünschte* es mir. So lange hatte ich mir den Kopf darüber zerbrochen, was ich mir wünschte, und dabei war es direkt vor meiner Nase gelegen. Ich wünschte mir nichts sehnlicher als eine intakte Familie – ein geordnetes Leben.

»Vielleicht sollten wir sie mal zu uns einladen«, schlug Rose zu meiner Überraschung vor. »Damit sie auch mal sieht, wie wir leben.«

»Ist das dein Ernst?«, wollte ich mit hochgezogenen Brauen wissen. »Bisher hast du nicht gerade den Anschein gemacht, als würdest du sie wieder in deinem Leben haben wollen.«

Rose zuckte mit den Schultern und griff dabei nach dem Messer, das neben der Torte auf dem Teller lag, und schnitt ein Stück für sich ab. »Du hast doch selbst gesagt, dass Menschen sich ändern können. Dieses Gespräch gerade war, als würde ich mit Mom vor fünf Jahren reden.« Sie machte eine Pause und warf mir einen kurzen Blick zu. »Ich will sie zurück.«

»Es geht mir nicht anders«, versicherte ich meiner Schwester und bemühte mich um ein Lächeln. »Und jetzt iss deinen Kuchen, damit du nicht zu spät zur Schule kommst.«

Rose verdrehte die Augen. Vermutlich hatte sie gehofft, sich doch irgendwie rausschummeln und zu Hause bleiben zu können. Tja, da hatte sie Pech.

»Heute Abend um neun Uhr geht es los«, informierte sie mich. »Ich treffe mich mit ein paar Leuten, und wir gehen tanzen.«

»Bleib aber nicht zu lange weg. Auch wenn du schon achtzehn bist, bist du trotzdem erst achtzehn.«

Grinsend schüttelte Rose den Kopf. »Ich wollte ohnehin nicht länger bleiben als bis zwei Uhr.«

»Ein Uhr«, sagte ich. »Länger will ich nicht wach bleiben.«

»Claire.« Meine Schwester klang genervt. »Ich bin jetzt erwachsen. Du musst nicht wach bleiben, bis ich zu Hause bin. Ich kann auf mich selbst aufpassen.«

»Du bist meine kleine Schwester, Rose. Ob es dir gefällt oder nicht, ich werde immer auf dich aufpassen.«

Rosalie schob sich das letzte Stück Kuchen in den Mund und erhob sich dann von ihrem Stuhl. »Na toll, jetzt bin ich schon spät dran und hab noch nicht einmal die Geschenke ausgepackt.«

»Sie laufen dir ja nicht weg«, gab ich zu bedenken, auch wenn ich gerne sofort ihr Gesicht gesehen hätte. Ich musste wohl oder übel warten, bis Rose von der Schule zurück war. »Dein Geburtstag hat doch gerade erst begonnen.«

Von Clubs und Stecknadeln

Angespannt drehte ich meine Runden in der Wohnung und warf dabei noch einen Blick auf die Uhr. Eigentlich sollte Rose seit zwei Stunden zu Hause sein. Wo steckte sie nur?

Erneut griff ich nach meinem Handy und wählte ihre Nummer. Aber wieder ging nur die Mailbox ran.

»Rose«, sagte ich. »Wo bist du? Du solltest längst zu Hause sein. Ruf mich sofort an, wenn du das hörst.«

Ich ließ das Handy sinken und schlang die Arme um meinen Körper. Sie hätte doch längst wieder da sein sollen. Ich hatte absolut keine Ahnung, wo sie steckte oder mit wem sie unterwegs war. Was war ich bloß für eine Schwester? Wie hatte ich Rose nur gehen lassen können, ohne zu wissen, wo sie sich aufhalten würde? Das war doch mehr als unverantwortlich!

Noch einmal wählte ich ihre Nummer, und wieder ging sie nicht an ihr Handy. Ich fluchte. Was, wenn ihr etwas passiert war? Ich musste sie finden, aber wie?

Langsam machte sich Panik in mir breit.

Ohne so richtig zu wissen, was ich da tat, wählte ich eine andere Nummer, die mir durch den Kopf schwirrte.

»Claire?«

Ich schluckte. Erst als ich Jamies Stimme hörte, wurde mir klar, dass es *seine* Nummer gewesen war.

»Was ist denn los? Ist etwas passiert?«

»Rose ist weg«, brachte ich schließlich hervor, doch meine Stimme zitterte unkontrolliert.

»*Was?*« Mit einem Mal klang er kein bisschen verschlafen mehr. »*Was soll das heißen, sie ist weg? Was ist passiert?*«

»Heute ist ihr Geburtstag«, erklärte ich. »Sie ist mit ein paar Freunden weggegangen und sollte eigentlich längst zurück sein. Aber sie ist nicht da, und ich kann sie nicht erreichen. Ich –« Ich beendete den Satz nicht, da meine Stimme brach. Zitternd holte ich Luft. »Ich weiß nicht, was ich machen soll.«

»*Bist du zu Hause?*«

Ich nickte, auch wenn Jamie das nicht sehen konnte. Im Moment traute ich meiner Stimme nicht. Ich musste mich erst beruhigen, bevor ich ihm antworten konnte. »Ja.«

»*Warte dort. Ich bin gleich da.*«

Meine Augen weiteten sich. Er wollte kommen? »Das –« *ist nicht nötig*, wollte ich sagen, doch Jamie kam mir zuvor.

»*Keine Widerrede. Ich bin gleich bei dir.*«

Langsam ließ ich das Handy sinken. Was hatte ich da nur getan? Wenn Michelle das erfuhr … Andererseits war Michelle im Moment meine kleinste Sorge. Gerade interessierte es mich nur, meine Schwester zu finden. Und alleine würde ich das garantiert nicht schaffen.

Ich musste weiterhin versuchen, Rose zu erreichen. Vielleicht hatte sie bei all der lauten Musik ihr Handy bloß nicht gehört. Zumindest versuchte ich mir das einzureden. Womöglich hatte sie es auch verloren. Wenn es so war, würde ich ihr mit Freuden ein neues kaufen, solange sie nur gesund und heil nach Hause kam.

Ich hatte das Gefühl, die Sekunden vergingen langsamer als sonst, während ich angespannt auf Jamie wartete. Immer wieder versuchte ich, meine Schwester zu erreichen, doch das Ergebnis war stets das gleiche.

Unruhig marschierte ich in der Wohnung auf und ab, während mein Kopf mir jegliches Horrorszenario vorspielte, das er sich nur ausdenken konnte. Ich hasste das. Ich hasste es, hier herumzulaufen und nichts tun zu können! Dieses Gefühl der Hilflosigkeit machte mich noch krank.

Erschrocken zuckte ich zusammen, als es mit einem Mal an der Tür klingelte. Eine Sekunde lang beschleunigte sich mein Herzschlag in der Hoffnung, Rose würde im Gang stehen und hätte bloß ihren Schlüssel irgendwo verloren. Dann aber fiel mir ein, dass ich auf jemand ganz anderen wartete.

Ich hatte kaum die Tür geöffnet, als ich Jamie auch schon um den Hals fiel. »Es tut mir so leid.« Meine Stimme zitterte fast so sehr wie meine Hände. »Ich weiß, es ist spät, aber ich wusste einfach nicht, was ich tun soll. Rose ist bis jetzt noch nicht von ihrer Geburtstagsfeier zurück, und ich kann sie nicht erreichen. Ich weiß nicht, was los ist.«

»Hey.« Jamie schob mich ein Stück von sich weg und musterte mich, doch ich hielt den Blick abgewandt. Mir war klar, dass Tränen über meine Wangen liefen, und ich wollte nicht, dass er mich so sah. »Es wird alles gut, okay? Wir finden sie.«

»Aber ich weiß nicht, wie.« Verzweifelt schüttelte ich den Kopf. »Ich habe keine Ahnung, wo sie sich gerade aufhält oder mit wem sie unterwegs ist. Dabei bin ich doch für sie verantwortlich, Jamie. Ich müsste all diese Sachen wissen. Ich –« Ich brach den Satz ab, da ich mit einem Mal keine Luft mehr bekam. *Ich* war für meine Schwester verantwortlich. Und ich hatte sie nicht einmal gefragt, wohin sie gehen wollte und mit wem sie sich traf. »Sie hätte um ein Uhr zu Hause sein sollen.«

»Claire, setz dich erst einmal hin.« Jamie schloss die Tür hinter sich und führte mich zum Sofa. »Gib mir dein Handy, ich versuche noch einmal, sie anzurufen.«

Ich schüttelte gerade den Kopf, als mein Handy plötzlich zu vibrieren begann. Mein Puls beschleunigte sich, als ich den Namen auf dem Display las.

»Rose?«

»Nein, hier ist Marcel.«

Einen Moment lang setzt mein Herz aus. Wer zum Teufel war Marcel? Ich konnte mich nicht erinnern, dass sie diesen Namen jemals erwähnt hatte.

»Warum hast du das Handy meiner Schwester?«

Dieser Satz weckte Jamies Aufmerksamkeit, und er näherte sich mir.

»Ihr geht es gerade nicht so gut.« Es fiel mir schwer, den Jungen zu verstehen, da zu viele Geräusche im Hintergrund seine Stimme übertönten. *»Ich bin bei ihr, aber ich dachte, es wäre besser, jemanden zu verständigen, bevor noch etwas passiert.«*

Bevor etwas passiert. Mein Herz zog sich schmerzhaft zusammen bei der Vorstellung, dass Rose etwas zustoßen könnte. »Wo seid ihr?«

»Das weiß ich selbst nicht so genau.«

Ich schloss die Augen. Na toll. Wie sollten wir sie dann finden? Was hatte Rose sich nur gedacht? Sie hatte mir doch versprochen, um ein Uhr zu Hause zu sein.

»Was soll das heißen, du weißt nicht, wo ihr seid?« Es fiel mir schwer, meine Stimme im Zaum zu halten. »Wo ist meine Schwester?«

Eigentlich wollte ich noch etwas hinzufügen, doch da nahm Jamie mir das Handy einfach aus der Hand. Fassungslos sah ich ihm hinterher, als er sich ein paar Schritte von mir entfernte.

»Weißt du, wie man auf dem Handy die Ortungsdienste aktiviert?«

Was zur Hölle waren Ortungsdienste? Ich war mir ziemlich sicher, dass mein Handy so etwas nicht besaß.

»Gut«, sagte Jamie in das Handy. »Schick euren aktuellen Standort an mein Handy, mein Name ist Jamie Rushton. Rose hat meine Nummer in ihrem Telefonbuch. Kriegst du das hin? Wunderbar. Wir sind so schnell wie möglich bei euch. Du bleibst inzwischen bei Rose. Okay, bis gleich.« Er legte auf und wandte sich an mich. »Gleich haben wir sie wieder.«

Ich nickte, da ich im Moment kein Wort hervorbrachte. Meine Augen brannten verräterisch.

»Na komm schon.« Jamie streckte seinen Arm nach mir aus, und ich näherte mich ihm nur zögernd. Eine Sekunde später zog er mich auch schon an sich. »Ich sagte doch, wir finden sie. Es wird alles gut, Claire.«

Das sagte er so einfach. Ich hatte keine Ahnung, was mit ihr passiert war oder warum sie mich nicht selbst hatte anrufen können. Irgendetwas stimmte also nicht mit ihr, und ich hatte schreckliche Angst.

Ein plötzliches Vibrieren ließ mich erschrocken zusammenfahren.

»Das ist die Adresse«, sagte Jamie und griff nach meiner Hand. »Komm mit, wir holen Rose.«

Jamies Auto stand vor dem Haus. Es war ein schicker, sportlicher Audi, für den ganz bestimmt sein Vater bezahlte. Aber mir sollte es recht sein, solange er uns nur an unser Ziel führte.

Stur blickte ich durch das Seitenfenster, während Jamie seinen Wagen durch die überfüllten Straßen navigierte. Mein Herz schlug schnell vor Aufregung, und ich konnte mich einfach nicht entscheiden, ob ich Angst hatte oder wütend war.

Rose hatte sich nicht an unsere Vereinbarung gehalten. Das würde bestimmt noch Konsequenzen haben. Aber nicht heute. Heute war es mir nur wichtig, dass ich sie gesund und munter nach Hause brachte.

»Wir sind gleich da«, informierte Jamie mich, doch ich bekam im Moment kein Wort hervor. Ich hatte absolut keine Ahnung, wo wir uns im Moment befanden. Mit ziemlicher Sicherheit konnte ich behaupten, noch nie zuvor hier gewesen zu sein.

Was dachte Rose sich nur dabei, sich hier nachts herumzutreiben? War ihr denn gar nicht bewusst, in welche Gefahr sie sich damit bringen könnte?

»Da vorne.« Jamie deutete auf ein hellerleuchtetes Gebäude, und mein Puls beschleunigte sich. Vor dem Haus konnte ich zwei Gestalten in der Dunkelheit stehen sehen. Noch während Jamie auf den Parkplatz zusteuerte, löste ich meinen Sicherheitsgurt, um so schnell wie möglich aus dem Auto springen zu können.

»Lass mich hier raus«, bat ich, und Jamie blieb stehen.

Ohne darüber nachzudenken, kletterte ich aus dem Auto und eilte auf die beiden Gestalten zu.

»Rose!« Ganz automatisch schloss ich meine Schwester in die Arme, ohne sie davor zu mustern, wie ich es mir eigentlich vorgenommen hatte. Im Moment war ich einfach nur froh, sie wiederzuhaben.

»Es tut mir leid, Claire«, hörte ich sie sagen. Ihre Stimme klang rau, und die Worte waren kaum zu verstehen, was mich vermuten ließ, dass sie getrunken hatte. Dabei war sie doch noch viel zu jung. Sie durfte keinen Alkohol trinken.

»Ich bin nur froh, dass dir nichts passiert ist«, sagte ich, ohne sie dabei loszulassen. Die Standpauke konnte auch noch bis morgen früh warten. Aber sie würde kommen, darauf konnte Rose sich verlassen.

»Hey.« Mit einem Mal tauchte Jamie auf. »Ist alles in Ordnung?«

»Es geht ihr gut«, meldete sich plötzlich die zweite Gestalt zu Wort, die vor dem Haus auf uns gewartet hatte. Es war ein Junge, etwa in Rosalies Alter, mit dunkler Haut und noch dunkleren Augen. »Ich dachte, ich bringe sie mal an die frische Luft.«

»Wer zur Hölle bist du denn?«, kam ich nicht umhin zu fragen. Doch offensichtlich hatte ich den falschen Tonfall angeschlagen, denn der Junge wich schnell zurück und hob abwehrend die Hände in die Luft.

»Ich bin Marcel, wir haben telefoniert. Ich hab euch die Stecknadel geschickt.«

»Die was?« Verwirrt legte ich die Stirn in Falten, doch dann beschloss ich, dass mir scheißegal war, wovon *Marcel* da sprach. Ich drückte Rose enger an mich und strich ihr beruhigend über den Rücken.

»Was ist passiert?«, wollte Jamie währenddessen wissen.

Das würde mich allerdings auch interessieren. Es passte nicht zu Rose, so lange wegzubleiben. Es sah ihr absolut nicht ähnlich.

»Na ja.« Marcel zierte sich ganz offensichtlich, uns die Wahrheit zu sagen. »Ein paar der Leute hatten die Idee, einen Wettbewerb zu veranstalten, wer am meisten trinken kann. Zwar ist Rose nicht mal in die zweite Runde gekommen, aber offensichtlich hat das bereits ausgereicht.«

»Bist du verrückt?« Ich hielt meine Schwester eine Armlänge von mir und musterte sie eingehend. »Du bist viel zu jung, um zu trinken!«

»Das habe ich ihr auch gesagt«, stimmte Marcel mir zu, als würde das irgendeinen Unterschied machen. Allerdings verstummte er schnell, als ich ihm einen strengen Blick zuwarf.

»Danke für deine Hilfe«, wandte sich Jamie unterdessen an ihn. »Wir bringen sie nach Hause, sollen wir dich auch irgendwo absetzen?«

Marcel schüttelte den Kopf. »Nein, danke. Ich bin selbst mit dem Auto hier. Aber ich bin heute der Fahrer, ich muss also noch auf die anderen warten.« Sein Blick wanderte zu mir, wobei er immer noch etwas verunsichert wirkte. Dann wandte er sich wieder an Jamie. »Ich gehe dann jetzt.«

»Danke, Marcel«, rief Rose ihm noch hinterher, als er sich von uns entfernte.

»Na komm.« Jamie griff nach Rosalies Arm, um sie zu stützen und sie zum Auto zu begleiten. »Wir fahren nach Hause.«

Stumm setzten wir uns in Bewegung, und ich merkte, dass Jamie mir grinsend einen Blick zuwarf.

»Was?«, wollte ich wissen, doch er zuckte nur mit den Schultern.

»Der Junge hatte richtig Angst vor dir.«

Ich schnaubte. »So ein Unsinn.«

»Und wie.« Er kramte den Schlüssel aus seiner Jackentasche hervor und sperrte damit den Wagen auf. Nachdem er Rose auf der Rückbank platziert hatte, wandte er sich noch einmal an mich. »Ich finde es toll, wie du dich um deine Schwester kümmerst.«

Ohne Jamie dabei anzusehen, schüttelte ich den Kopf. »Ganz

offensichtlich mache ich doch alles falsch. Es war meine Pflicht, auf sie aufzupassen. Ich hätte wissen müssen, wohin sie geht und mit wem sie sich trifft.«

»Sie ist achtzehn Jahre alt«, fiel Jamie mir ins Wort. »Rose ist erwachsen. Du kannst nicht jeden ihrer Schritte überwachen.«

Ich zuckte mit den Schultern. Schon möglich. Trotzdem lag es in meiner Verantwortung, auf sie aufzupassen. Und heute hatte ich kläglich versagt.

»Rose kann sich glücklich schätzen, jemanden wie dich zu haben«, sagte Jamie noch, bevor er in das Auto einstieg. Einen Moment lang sah ich ihm überrascht nach, doch dann setzte ich mich ebenfalls, und wir machten uns endlich auf den Weg nach Hause.

* * *

»Wie geht es ihr?«, wollte Jamie wissen, als ich aus Rosalies Zimmer kam. Er erhob sich von der Couch und kam auf mich zu. Auch wenn ich es hasste, gab es nichts, was ich im Moment lieber täte als Trost in seinen Armen zu suchen. Dabei gab es dafür doch gar keinen Grund: Rose war hier. Es ging ihr so weit gut. Die Sache war noch einmal glimpflich ausgegangen.

»Sie schläft, zumindest fürs Erste. Ich bin mir aber sicher, dass da noch etwas kommt. Sie hat zuvor noch nie Alkohol getrunken, dass sie das einfach so wegsteckt, kann ich mir nicht vorstellen.«

Jamie verzog mitfühlend das Gesicht. »Spätestens morgen früh wird sie ihren Fehler bereuen.«

»Das hoffe ich.« Ich bemühte mich um ein Lächeln, doch es misslang. Der Schreck steckte mir noch zu tief in den Knochen. Was, wenn wir Rose nicht rechtzeitig gefunden hätten? Wenn dieser Junge nicht gewesen wäre? Es hätte sonst etwas mit ihr passieren können!

»Hey.« Jamie streckte seinen Arm nach mir aus, und ich bewegte mich keinen Millimeter von der Stelle. »Ihr ist nichts passiert. Und den Kater hat sie sich selbst zuzuschreiben. Wenn du nicht vorgehabt hättest, sie den ganzen Abend zu überwachen, gibt es rein gar nichts, was du hättest tun können.«

»Ich weiß, aber –« Ich verstummte, da ich meiner Stimme nicht traute. Trotzdem versuchte ich, meinen Gedanken zu Ende zu sprechen. »Wenn ihr etwas passiert wäre …«

»Daran darfst du nicht denken. Solange wir beide da sind, wird Rose nie etwas passieren.« Jamie zog mich enger an sich und gab mir einen Kuss auf die Stirn. Ganz automatisch schloss ich die Augen. Seine Berührung fühlte sich so vertraut an, dabei war sie so falsch. »Du solltest jetzt auch besser ins Bett gehen. Ich melde mich morgen bei dir.«

Ich folgte Jamie zur Tür und widerstand dem Drang, ihn zum Bleiben zu überreden. Stattdessen umarmte ich ihn noch einmal und versuchte, den Moment nicht zu sehr zu genießen.

»Danke«, flüsterte ich ihm zu.

»Kein Problem«, antwortete er. »Gute Nacht, Claire.«

»Gute Nacht, Jamie.«

Geschenke

Seit fast zehn Minuten stand ich vor Rosalies Zimmertür und traute mich nicht anzuklopfen. Ich wusste nicht, wie es ihr ging und ob sie noch schlief. Ich hoffte es. Sie sollte wieder zu Kräften kommen. Gestern Nacht hatte sie alles andere als gut ausgesehen.

So leise wie möglich öffnete ich die Tür und warf einen vorsichtigen Blick in ihr Schlafzimmer.

»Claire?«, hörte ich ihre leise Stimme zu mir vordringen und trat einen Schritt weiter in den Raum ein.

»Ja?«

»Würdest du mir Pancakes zum Frühstück machen?«

Ich atmete tief durch und verdrehte die Augen. »Na, so schlecht kann es dir ja nicht gehen, wenn du schon Pancakes verträgst.«

»Doch, natürlich geht es mir schlecht!«, protestierte meine Schwester und setzte sich dabei in ihrem Bett auf. Ihre Haut war immer noch blass, aber sie sah schon viel besser aus als gestern noch. Das beruhigte mich. Sollte sie ihre Pancakes haben, wenn es sie glücklich machte. Auch wenn es schon fast Mittag war. »Darum brauche ich ja was Anständiges zu essen.«

Anständig.

»Raus aus dem Bett«, sagte ich. »Du musst etwas trinken und deinen Kreislauf in Schwung bringen. Dann mache ich dir Pancakes.«

Ein Grinsen stahl sich auf Rosalies Gesicht, und ich wandte ihr den Rücken zu, da es in diesem Moment an der Tür klingelte.

»Hey.« Ohne es zu wollen, machte sich ein Strahlen auf meinem Gesicht breit, als ich Jamie entdeckte. Er hatte zwar gesagt, er würde sich melden, aber dass er persönlich vorbeischauen würde, damit hatte ich nicht gerechnet. »Was machst du denn hier?«

»Na, was wohl? Du hast mir verschwiegen, dass Rose Geburtstag hat, also hatte ich kein Geschenk für sie.«

»Und … das willst du jetzt nachholen?«, schlussfolgerte ich etwas verwirrt. Er musste ihr doch nichts schenken.

»Ganz genau.« Er grinste. »Wie geht es ihr? Ist sie schon wach?«

»Sie wird gleich kommen. Ihr geht es schon viel besser als gestern.«

»Das ist gut.«

Ich nickte und wandte den Blick von Jamie ab. Es war seltsam, ihn heute wieder zu sehen. Gestern Nacht war er der Held in strahlender Rüstung gewesen, der mir geholfen hatte, Rose zu finden. Und heute war er wieder Michelles Freund. Es war unfair, aber ich konnte nichts dagegen tun. Sobald ich ihn ansah, hatte ich ihr Gesicht vor Augen.

»Jamie!« Rose hatte kaum einen Schritt aus ihrem Zimmer gemacht, als sie auch schon auf ihn zulief und ihm um den Hals fiel. »Was machst du denn hier?«

»Ich hab eine Überraschung für dich«, verkündete Jamie, und Rosalies Augen weiteten sich vor Aufregung.

»Tatsächlich? Was ist es?«

Er grinste. »Zieh dir etwas an, dann können wir auch schon los.«

»Okay!« Im nächsten Moment war Rose in ihrem Zimmer verschwunden, um sich fertig zu machen. Währenddessen blieb ich bei Jamie im Eingangsbereich und schlang meine Jacke fester um meinen Körper.

»Das müsstest du nicht tun«, erklärte ich ihm, doch Jamie zuckte nur mit den Schultern.

»Ich möchte es aber. Du solltest dich schämen, dass du mir nichts von ihrem Geburtstag gesagt hast, Claire.«

»Muss ich dir wirklich erst erklären, warum ich es nicht erwähnt habe?«

Jamie schwieg, so wie auch ich. Ich wollte ihm nicht all die Gründe aufzählen, die gegen diese Freundschaft sprachen. Aber vermutlich musste ich das auch gar nicht. Er kannte sie selbst.

»Da bin ich!« Ich war mehr als erleichtert, als sich mit einem Mal die Tür hinter mir öffnete und Rosalie zum Vorschein kam. Nur mit Mühe widerstand ich dem Drang, sie zu fragen, ob ihr in diesem Outfit nicht kalt werden würde. Sie hatte sich für eines ihrer Lieblingskleider entschieden, und die Strümpfe, die sie darunter trug, würden sie bestimmt nicht warm halten. Allerdings war ich mir sicher, dass sie mich hassen würde, sollte ich dieses Thema vor Jamie ansprechen.

»Viel Spaß«, rief ich ihr nur hinterher, als sie Jamie bereits am Arm aus der Wohnung zerrte. Einen Moment lang sah er sich noch nach mir um, doch dann wandte er sich bereits an meine Schwester.

»Wie geht es deinem Magen?«, hörte ich seine Stimme noch durch das Treppenhaus hallen. »Ich wüsste da nämlich einen phantastischen Italiener, zu dem wir später gehen könnten.«

Vorsichtig schloss ich die Tür, da ich mir sicher war, dass Rose bei Jamie in besten Händen war. Hoffentlich würde er ihr dabei helfen, die gestrige Nacht zu vergessen. Nun musste nur noch ich es schaffen, mir nicht mehr ständig den Kopf darüber zu zerbrechen.

* * *

Der Tag verging nur schleppend. Es fiel mir schwer, etwas anzufangen, doch ich hatte keine andere Wahl. Ich musste mich ablenken, weshalb ich endlich mit dem Aufhübschen der Küche begann. Zwar ging mir die Arbeit nur zäh von der Hand, aber das war immer noch besser als herumzusitzen und auf Rose zu warten. Ich konnte nur hoffen, dass sie mit Jamie einen schönen Tag verbrachte. Und dass sie mit der mintgrünen Wandfarbe zufrieden war, die ich ausgewählt hatte. Aber bisher hatte sie sich über noch keine Veränderung in der Wohnung beschwert, weshalb ich davon ausging, dass sie mit dem neuen Look ganz zufrieden war.

Ich hatte bereits die Wände gestrichen, die ersten Deko-Sachen aufgestellt und die Möbel wieder zurück an ihren Platz postiert, als ich endlich den Schlüssel im Schloss hörte.

Einen Moment lang hielt ich den Atem an, um herauszufinden, ob Rose auch alleine war oder ob ich Jamies Stimme hörte. Die Sekunden vergingen, und ich vernahm Schritte, die sich näherten.

»Wow«, meinte Rose, als sie sich in der Küche umsah. »Die Farbe ist ja mega!«

War das gerade ein Kompliment? Hatte sie da gerade etwas gutgeheißen, was ich getan hatte? Was hatte Jamie nur mit ihr angestellt?

»Danke.« Ich versuchte, mir meine Überraschung nicht anmerken zu lassen. »Na, wie war dein Tag? Was habt ihr gemacht?«

Das Strahlen auf Rosalies Gesicht machte mir schon fast Angst, als sie ihren Mantel auszog und ihn an die Garderobe hängte. »Du wirst es nicht glauben, aber wir haben eine dieser irrsinnig teuren Kutschfahrten gemacht! Gott, das war ja so cool! Dieses Gefühl, wenn man in dem Wagen sitzt und auf alle Leute herabsieht, lässt sich kaum beschreiben!«

Ich blinzelte Rose an. Eine Kutschfahrt. Das hatte er sich gemerkt?

»Und dann waren wir noch in einem kleinen Café, und ich durfte mir so viel Kuchen aussuchen, wie ich wollte.«

»Ich hoffe, du hast es nicht übertrieben.« Ich bemühte mich um ein Lächeln.

»Wenn mir nicht immer noch etwas schlecht von gestern

gewesen wäre, hätte ich die ganze Vitrine leergeräumt.« Rose grinste mich an. Sie wirkte glücklich, und das freute mich. Es war nett von Jamie gewesen, ihr einen zweiten, richtigen Geburtstag zu schenken. Ohne mich.

Ich spürte, wie mein Bauch zu schmerzen begann. Er hatte einen schönen Tag mit ihr verbracht und ich nicht. Ich hatte ihr einen Kuchen und Geschenke besorgt, die sie vermutlich noch nicht einmal aufgemacht hatte. Ich fühlte mich wie in einem Scheidungskrieg. Und Rose mochte Jamie lieber.

»Das klingt toll.« Ich zwang mich zu einem Lächeln. »Ich freue mich, dass du einen schönen Tag hattest.«

»Das hatte ich.« Rose strahlte über das gesamte Gesicht. »Aber ich glaube, ich muss mich jetzt noch einmal niederlegen. Ich bin so k. o.! Außerdem muss ich fit für die Schule sein.« Rose zwinkerte mir zu, als wollte sie sagen: *Merkst du, wie verantwortungsbewusst ich bin?*

Sie gab mir einen Kuss auf die Wange, bevor sie auf ihr Zimmer stürmte und mich alleine zurückließ.

Gerechtigkeit

Eigentlich wäre ich heute schon vor Rose zu Hause gewesen, doch ich hatte mich dazu entschlossen, Überstunden zu machen. Nicht nur, weil eine neue Lieferung Bücher gekommen war, die ich erst einsortieren musste. Ich wollte mich ablenken und nicht daran denken, dass Jamie ihr den *besten Geburtstag aller Zeiten* beschert hatte.

Ich hasste es, dass ich eifersüchtig auf ihn war. Und auch auf Rose, weil sie ungestraft Zeit mit ihm verbringen konnte. Es schien, als würde die Welt sich plötzlich ohne mich weiterdrehen. Das Stück ging in den nächsten Akt, nur ich hatte meine Rolle darin verloren.

Zu Hause angekommen, warf ich einen Blick in den Briefkasten, doch der war leer. Vermutlich hatte Rose die Post bereits mit hochgenommen.

Erschöpft von dem langen Tag, schleppte ich mich die Treppen hinauf und sperrte die Tür auf. Doch kaum hatte ich einen Schritt in die Wohnung gemacht, kam meine Schwester auch schon auf mich zugelaufen.

»Wir sind reich!«, quietschte sie, bevor sie mir um den Hals fiel.

Verwirrt legte ich die Stirn in Falten und befreite mich aus ihrer Umarmung. »Hast du schon wieder an meinem Rum genippt? Rose, ich habe dir tausend Mal gesagt, dass dieses Zeug nichts für dich ist. Du bist noch zu jung, um zu trinken. Oder muss ich dich erst an deinen Geburtstag erinnern?«

Genervt verdrehte meine Schwester die Augen und hielt mir dann einen bereits geöffneten Brief entgegen. »Es gibt keinen Grund zu trinken. Wir sind *wirklich* reich.«

Ich nahm ihr den Brief ab und überflog die Zeilen.

»Siehst du die Zahl?«, fragte sie mich aufgeregt, doch so weit war ich noch nicht. Das Schreiben besagte, dass Michelle dazu verpflichtet war, mir eine Entschädigung zu zahlen. Dafür, dass sie mir die Polizei auf den Hals gehetzt hatte. Alleine diese Tatsache rettete meinen Tag. Zumindest dachte ich das, bis mein Blick auf die vierstellige Zahl fiel, die als Summe angegeben war. Ich hatte mich geirrt: *Das* rettete meinen Tag!

»Oh mein Gott.« Mehr bekam ich im Moment einfach nicht hervor. Doch das musste ich auch nicht.

»Nicht wahr!« Aufgeregt zupfte Rose an meinem Ärmel. »Jetzt können wir uns endlich ordentliche Betten leisten!«

Ich konnte nicht anders als zu lachen. Dieser Betrag machte uns zwar bei weitem nicht *reich*, aber er würde uns das Leben um einiges erleichtern. Ich konnte es nicht fassen. Vermutlich sollte ich mich bei Michelle für die Unannehmlichkeiten bedanken, dachte ich und musste grinsen. So hatte sie sich das bestimmt nicht vorgestellt.

»Hol deine Tasche«, sagte ich und legte den Brief zur Seite. »Wir gehen essen. Das müssen wir feiern.«

Blau wie der Himmel

»Glaub mir, Liebes, die Farbe wird dir gefallen«, meinte Penny, die mir die Haare einpinselte. Sie war die Friseurin meines Vertrauens – nur bei ihr konnte ich mir sicher sein, dass meine Haare genau den Blauton annahmen, den ich mir wünschte.

Das erste Mal war ich vor drei Jahren bei ihr gewesen. Ich hatte mich fürchterlich mit meiner Mutter gestritten. Oder besser gesagt, ich hatte sie angeschrien. Ich hatte geschrien und gehofft, sie würde irgendeine Art von Reaktion zeigen, aber das hatte sie nicht. Ich wusste nicht einmal mehr, weshalb ich so wütend gewesen war. Ich wusste nur noch, dass ich auf direktem Weg hierhergekommen war.

»Siehst du diese Farbe?« Ich hatte Penny meine Halskette entgegengehalten, die einen hellblauen Stein trug. »Die will ich.«

»Auf dem Kopf?«, hatte sie mich völlig perplex gefragt.

Es hatte mir einiges abverlangt, nicht zu lachen. Sie selbst trug jede Woche eine andere Haarfarbe – mal war sie blond, dann grünhaarig, dann wieder hatte sie pinke Haare. Aber sie blau zu färben, war ihr offensichtlich noch nie in den Sinn gekommen.

Ich warf Penny einen kurzen Blick durch den Spiegel hinweg zu. »Ich vertraue dir, Pen«, sagte ich und grinste. »Verwandle mich in ein Alienmädchen.«

»Mit dem größten Vergnügen.«

Auch wenn es seltsam klang, gab es für mich kaum etwas Entspannenderes, als Penny dabei zuzusehen, wie sie meine Haare einpinselte. Dabei konnte ich die Gedanken schweifen lassen, was mir zurzeit unheimlich schwerfiel. Ständig drehte sich alles um Geld, um Rosalies Ausbildung und um Michelle und Jamie. Aber nicht heute. Heute sollte sich alles nur darum drehen, meine Haare wieder strahlen zu lassen. Die Tatsache, dass ich das Ganze mit Michelles Geld bezahlen würde, versüßte mir den Tag nur noch zusätzlich.

»Es war aber auch schon wieder Zeit, dass du kommst«, meinte Penny. »Deine Haare sehen schrecklich aus. Wann warst du das letzte Mal hier?«

»Vor fast einem halben Jahr.«

Ungläubig schüttelte sie den Kopf, ohne dabei von ihrer Arbeit aufzusehen. »Ich habe dir gesagt, dass das so nicht geht. Ich habe gesagt, dass man mit einer Farbe wie dieser regelmäßig färben muss.«

Ich hatte mir doch die Haare gefärbt. Zu Hause. Mit der billigsten Farbe, die ich hatte finden können. Aber das durfte Penny unter gar keinen Umständen erfahren.

»Also, was gibt es Neues? Hast du irgendwelchen Tratsch für mich?«

»Wohl kaum«, blockte ich ab. Ich hatte keine Lust, ihr von Michelle oder Jamie oder dem Streit mit meiner Mutter zu erzählen. So nahe standen wir uns dann auch wieder nicht. »Nichts, was der Rede wert wäre. Rose und ich haben eine neue Wohnung, das ist aber auch schon alles.«

»Wie schön!« Penny klang begeistert. »Und seid ihr zufrieden damit?«

Um ehrlich zu sein …

»Und wie. Es tut so gut, endlich ein eigenes Zuhause zu haben.«

Penny seufzte entzückt. »Wem sagst du das?«

Ich beobachtete sie eine Weile. Fast die Hälfte meiner Haare hatte sie bereits eingepinselt. Penny war schnell. Und konzentriert, und das, obwohl sie neben ihrer Arbeit unheimlich gerne tratschte.

»Pen, kann ich dich etwas fragen?«

»Mhm.«

»Wovon träumst du im Leben?«

Sie machte eine Pause und betrachtete mich durch den Spiegel hinweg etwas amüsiert. »Wovon ich träume?«

»Ja. Wie soll dein Leben in zehn Jahren aussehen? Wenn alles glattläuft, natürlich.«

Ein Grinsen machte sich auf ihrem Gesicht breit, als sie ihre Arbeit wieder aufnahm. »Also, wenn alles glattläuft, dann habe ich in zehn Jahren meinen eigenen Salon. Und einen stinkreichen Mann, damit ich nicht auf diesen Salon angewiesen bin. Ich will arbeiten, weil es mir Spaß macht, und nicht, weil ich es muss.«

Das klang nach einem guten Plan. Es schien, als hätte Penny sich darüber schon einige Gedanken gemacht.

Ich hasste es, dass Jamie recht gehabt hatte. Offensichtlich hatte eben doch *jeder* Träume.

»Und was ist mit dir?«

Ich betrachtete mein Gesicht im Spiegel. »Mit mir?«

»Wovon träumst du?«

Ich schluckte, ohne dabei den Blick von meinem Spiegelbild abzulassen. »Ich hab absolut keine Ahnung.«

Möglichkeiten

»Ich geh schon!«, rief Rose, als es heute Nachmittag an der Tür klingelte. Ich war gerade dabei, das Essen für uns beide zuzubereiten, weshalb ich keine Hand frei hatte, um selbst die Tür zu öffnen.

»Sieh aber erst durch den Spion«, mahnte ich meine Schwester. Zwar war dieses Wohnhaus nicht so schlimm wie die anderen, die ich mir im Internet angesehen hatte, aber sicher war sicher. Ich wollte kein Risiko eingehen und womöglich noch ausgeraubt werden. Aber andererseits würde ein Räuber wohl kaum an der Tür klingeln.

»Jamie!«, quietschte Rose, und ich erstarrte in meiner Bewegung. Was um alles in der Welt machte *er* denn hier?

Angespannt beobachtete ich, wie das Nudelwasser im Topf zu kochen begann. Das war eine gute Ausrede: Ich konnte nicht mit ihm sprechen, ich musste mich um das Essen kümmern.

»Hey, Kid. Ist Claire da?«

Seine Stimme drang nur leise bis in die Küche vor, doch das reichte bereits aus, um meine Brust zum Schmerzen zu bringen.

Sag nein, beschwor ich meine Schwester stumm.

»Ja klar!«

An unseren telepathischen Fähigkeiten mussten wir noch feilen.

»Komm rein.«

»Das ist sehr nett, aber eigentlich bin ich auf dem Sprung …«

Auf dem Sprung zu seiner kriminellen Freundin. Das war es vermutlich, was er sagen wollte, darum sprach er den Satz nicht zu Ende.

»Oh.« Rose klang enttäuscht. Ich hasste es, wie lieb sie ihn gewonnen hatte. »Claire! Jamie ist da!«

Ich schloss einen Moment lang die Augen. Ich wollte da nicht raus. Ich wollte ihn nicht sehen und nicht mit ihm reden. Nicht nach all dem, was vorgefallen war. Aber ich konnte mich wohl schlecht verstecken. Nur widerwillig schaltete ich die Herdplatte ab und schob den Topf zur Seite. Bevor ich mich auf den Weg zu den beiden machte, atmete ich tief durch, entfernte das Haarband und schüttelte mein Haar auf. Dann warf ich einen prüfenden Blick in meinen Taschenspiegel und setzte mich schließlich in Bewegung.

»Hey.« Mein Herz schlug schmerzhaft fest. »Was machst du denn hier?«

»Ich wollte mit dir reden.«

Einen Moment lang betrachtete ich Jamie, dann wanderte mein Blick zu Rose.

»Oh«, sagte sie, als sie begriff, was ich von ihr wollte. Sie schien nicht begeistert zu sein, aber sie setzte sich in Bewegung. »Na gut. Ich bin in der Küche, wenn mich jemand braucht.«

Ich wartete, bis Rosalie verschwunden war, bevor ich mich wieder an Jamie wandte. »Also?«

»Deine Haare sehen anders aus.«

Meine Augen verengten sich. »Lenk nicht vom Thema ab.«

»Na schön.« Jamie atmete tief durch. »Ich weiß jetzt, was passiert ist«, erklärte er mir. »Michelle hat einen Brief von der Polizei bekommen. Ich meine, ein Urteil, oder so. Sie hat angegeben, du hättest etwas gestohlen, aber das stimmt nicht.«

»Ach, nicht?«

»Claire.« Jamie machte einen Schritt auf mich zu, doch ich wich zurück.

»Ich dachte, du hättest es eilig.«

»Claire, es tut mir leid. Ich weiß wirklich nicht, was in sie gefahren ist. Ich –«

Jamie verstummte. Er wirkte verlegen. Gut so. Er sollte sich für das Verhalten seiner Freundin schämen!

»Hier.« Er trat zurück in den Gang und griff nach etwas, das hinter der Tür versteckt war. Eine Sekunde später hielt er mir auch schon ein Paket entgegen. Darauf lag ein silberglänzender Umschlag. »Das ist für dich.«

Ohne ihm das Paket abzunehmen, musterte ich Jamie. »Ich habe schon eine Abfindung von Michelle bekommen«, stellte ich klar. »Damit ist die Sache für mich erledigt. Du musst dir also mein Schweigen nicht erkaufen.«

»Das will ich auch gar nicht. Was Michelle gemacht hat, ist falsch. Ich will mich nicht für ihr Benehmen entschuldigen, sondern für meines.«

Etwas verwirrt legte ich die Stirn in Falten. »Was genau meinst du?«

»Ich hätte nicht an dir zweifeln sollen. Ich weiß doch, dass du niemals einen Diebstahl begehen würdest.«

Na ja, ich hatte den Stern von seinem Weihnachtsbaum gestohlen …

»Vergibst du mir?«

Ich zögerte einen Moment lang, und mein Blick wanderte zu der großen, schick verpackten Schachtel in seinen Händen. Ich wollte mich nicht kaufen lassen, aber auf der anderen Seite hatte ich ihm längst verziehen. Und es wäre schade, wenn er dieses Geschenk zurückgeben müsste. Also nahm ich es ihm ab und sagte: »Kommt ganz darauf an, was sich hier drin versteckt. Ich sehe es mir an, und wenn ich mich danach bei dir melde, ist dir vergeben.«

Jamie grinste. »Einverstanden.«

Ohne noch etwas hinzuzufügen, schloss ich die Tür vor seiner Nase und trug das Geschenk zum Küchentisch.

»Mach es auf, mach es auf, mach es auf!« Kaum hatte ich das

Päckchen abgestellt, kam auch schon Rosalie auf mich zugelaufen.

»Hast du uns etwa belauscht?«, wollte ich wissen, doch sie ignorierte meine Frage. Vermutlich hatte sie sie nicht einmal gehört, dazu war sie viel zu sehr damit beschäftigt, das Päckchen zu begutachten.

»Was da wohl drin ist?«

»Egal, was es ist«, setzte ich an. »Es gehört mir, nicht dir.«

Rose verdrehte ungeduldig die Augen. »Das ist mir schon klar. Und jetzt mach es auf!«

»Na gut.« Ich konnte nicht anders, als zu grinsen, als ich das Band öffnete und den Deckel der Schachtel abnahm. Allerdings verschwand das Grinsen augenblicklich aus meinem Gesicht, als ich sah, was sich darin befand.

»Oh. Mein. Gott.« Rose griff nach dem glitzernden, silberblauen Stoff und nahm ihn vorsichtig aus der Schachtel. »Oh mein *Gott*!«

Fassungslos betrachtete ich das Kleid, das meine Schwester in ihren Händen hielt. Es hatte lange Ärmel und reichte bis zum Boden hinab. Ich fühlte, wie die Elster in mir erwachte – ganz automatisch streckte ich die Arme danach aus.

»Bist du dir sicher, dass er die Päckchen nicht vertauscht hat? Vielleicht ist das ja ein Geschenk für Michelle …«

Langsam schüttelte ich den Kopf, der sich mit einem Mal schrecklich leicht anfühlte. Nein, dieses Kleid passte nicht zu Michelle. Dazu war der Ausschnitt nicht weit genug. Und es verdeckte definitiv zu viel Haut.

»Zieh es an!« Rose rüttelte an meinem Arm, um mich aus meiner Schreckstarre zu holen. »Mach schon, ich will es sehen!«

»Rose, das kann ich nicht annehmen. Ich kann das nicht anziehen!«

»Gut, dann zieh ich es an.« Bevor ich protestieren konnte, war Rose mit dem Kleid auch schon ins Bad verschwunden. Währenddessen tastete ich wie betäubt nach dem Umschlag, der auf dem Paket gelegen hatte, traf dabei mit den Fingern aber auf etwas anderes.

Mein Blick wanderte zu der Schachtel, und mir wurde klar, dass diese noch gar nicht leer war. Mehrere silbern glitzernde Sterne lagen darin, die mir nur allzu bekannt vorkamen. Jamies Weihnachtsdekoration.

Es fiel mir schwer, das Lächeln zu unterdrücken, das sich auf meinem Gesicht breitmachte. Er hatte ja erwähnt, dass ich die ganze Schachtel Sterne haben könnte, aber ich hatte ihm nicht geglaubt. Das hatte ich nun davon.

Schnell schnappte ich mir den Umschlag und öffnete ihn. Zwei Eintrittskarten und ein Brief lagen darin. Ganz automatisch griff ich nach dem zusammengefalteten Stück Papier.

Liebe Claire,
ich mag dich. Wirst du mit mir auf den Ball gehen?
☐ *Ja*
☐ *Nein*
☐ *Vielleicht*

In der Hoffnung, deine Begleitung zu sein,
Jamie

Kopfschüttelnd griff ich nach meinem Handy und wählte seine Nummer.

»Das ging ja schnell«, hörte ich ihn sagen. *»Du sagst doch ja, oder?«*

»Du bist verrückt.«

»Ich habe kein Ja gehört.«

»Vielleicht«, gab ich zurück.

»Vielleicht?« Er klang beleidigt. *»Na ja, das ist besser als ein Nein. Gefällt dir das Kleid?«*

Gerade als er das fragte, kam Rosalie zurück in das Wohnzimmer stolziert, und ich konnte mir nur mit Mühe ein Lachen verkneifen. Sie war viel zu klein für das lange Kleid, es schleifte hinter ihr über den Boden. Auch die Ärmel waren ihr zu lang, doch ansonsten sah sie aus wie eine Prinzessin.

»Es ist atemberaubend«, versicherte ich ihm.

»Okay, dann ist nicht das Kleid der Grund für dein Zögern. Dann muss es wohl an mir liegen.«

»Oder an deiner Freundin.«

Einen Moment lang herrschte Stille am anderen Ende der Leitung, und ich fragte mich, ob ich diesen Gedanken besser für mich hätte behalten sollen.

»Sie wird es schon verkraften, einen Abend lang alleine zu sein.«

Zugegeben, mir gefiel die Vorstellung, Jamie einen Abend lang für mich zu haben. Aber ausnahmsweise musste ich auch an die Konsequenzen denken. An die Entzugserscheinungen, die ich haben würde, wenn diese Nacht vorbei war. Jamie war wie eine Droge, und ich war noch nicht bereit, auf ihn zu verzichten. War es nicht besser, einen kalten Entzug durchzuziehen, als noch einmal rückfällig zu werden?

»Ich überlege es mir«, sagte ich dann, auch wenn die Entscheidung eigentlich längst gefällt war. Ich konnte nicht mit ihm auf einen Ball gehen. »Aber du kannst beruhigt sein, Jamie. Ich habe dir verziehen.«

Versteckspiel

Ja oder nein. Ja oder nein. Ja oder nein.

Und doch war die Versuchung so groß. Beinahe zu groß.

Langsam hatte ich das Gefühl, verrückt zu werden. Sollte ich Jamies Einladung annehmen? Ich wollte es auf jeden Fall. Ich wollte dieses Kleid anziehen und mit Jamie auf diese Feier gehen. Aber wie konnte ich das? Wie konnte ich glauben, dass Michelle damit einverstanden war? Das wäre sie nämlich ganz bestimmt nicht.

Was war das Schlimmste, das mir passieren könnte, sollte sie Wind von diesem *Date* bekommen? Das wollte ich mir gar nicht erst vorstellen.

Ich wusste ja, dass Michelle zu schrecklichen Dingen fähig war. Das hatte ich am eigenen Leib erfahren. Und Jamie wusste das. Wenn er glaubte, dass von seiner Freundin irgendeine Gefahr ausging, dann hätte er mir dieses Geschenk doch niemals gemacht, oder?

Und bedeutete diese Einladung gar, dass er vorhatte, sich von Michelle zu trennen? Nun, wo er ihr wahres Gesicht kannte?

Gedankenversunken betrachtete ich die rotglühende Ampel vor mir, so wie auch gefühlt hundert andere Menschen, die neben mir an der Kreuzung warteten. Eigentlich hatte ich es eilig. Ich sollte längst zu Hause sein und das Essen für Rose und mich zubereiten. Bestimmt war meine Schwester bereits unheimlich gereizt – das war sie immer, wenn sie ihre Mahlzeiten nicht rechtzeitig bekam.

Ich ließ meinen Blick über die vorbeirasenden Autos wandern und auch über die Menschen auf der anderen Seite der Straße. Keiner von ihnen glich dem anderen. Immer wieder überraschte es mich, wie unterschiedlich die Bewohner von New York doch waren.

Ein schrilles Lachen riss mich aus meiner Traumwelt, und ich drehte mich um. Augenblicklich stolperte mein Herzschlag über seinen eigenen Rhythmus, als ich Jamie entdeckte. Und Michelle. Die beiden spazierten gerade die Straße hinter mir entlang.

Meine Brust schmerzte. Sie wirkten so glücklich. Ich hatte keine Ahnung, warum, aber irgendwie war ich davon ausgegangen, dass sie zumindest eine Zeitlang in Streit leben würden, nach dem, was passiert war. Ganz offensichtlich hatte ich mich geirrt. Anscheinend hatten sie sich schon wieder vertragen. Oder es hatte nie einen Streit gegeben.

Denkst du, ich könnte mit jemandem zusammen sein, der in der Lage ist, jemandem so schlimme Dinge anzutun?

Jamie wusste doch, was Michelle getan hatte. Wie konnte er ihr einfach so verzeihen?

Ich spürte, wie meine Augen verräterisch zu brennen begannen, und fixierte wieder die Ampel vor mir.

Ich hatte gehofft gehabt, Michelle nicht so schnell wiederzusehen. Oder besser gesagt hatte ich nicht erwartet, ihr jemals wieder über den Weg zu laufen. Verdammt, New York hatte acht Millionen Einwohner, und die einzige Person, die ich nicht sehen wollte, tauchte immer wieder auf. Wie war das nur möglich?

Und warum konnte ich nicht die Augen von den beiden lassen? Schon wieder ertappte ich mich dabei, sie zu beobachten. Als Jamie jedoch nach Michelles Hand griff, wandte ich den Blick ab, um mich wieder dem Verkehr zu widmen. Warum konnte es nicht endlich Grün werden? Ich wollte hier weg, bevor einer der beiden mich noch entdeckte.

Wieder tönte Michelles Lachen zu mir herüber. Die beiden

schienen Spaß zu haben. Warum raubte mir diese Erkenntnis die Luft zum Atmen? Es sollte doch an meiner Gleichgültigkeit abprallen, aber das tat es nicht.

Ich merkte, dass die Leute um mich herum sich in Bewegung setzten. Auch ich setzte meinen Weg fort, allerdings konnte ich nicht anders, als noch einen letzten, verstohlenen Blick auf Jamie zu werfen. Doch das war ein großer, großer Fehler, denn genau in diesem Moment drehte er sich zu mir um. Meine Beine schienen zu Stein zu erstarren, und ich blieb wie erstarrt stehen. Ich wollte weitergehen, konnte es aber nicht. Ich konnte mich nicht mehr bewegen.

Es war, als würden mich seine Augen durchbohren, und schon in der nächsten Sekunde waren sie verschwunden. Plötzlich lag ich auf der Motorhaube eines Taxis, und mein Körper schmerzte.

Meine Arme zitterten, als ich mich vorsichtig aufrichtete und mich umsah. Hunderte schockierter Blicke musterten mich, und langsam wurde mir klar, was eben passiert war.

Ich suchte die Menge nach Jamie ab und fand ihn auch. Die Angst in seinen Augen war nicht zu übersehen, und ich merkte, dass er sich seinen Weg durch die Massen bahnte. In diesem Moment fiel der Bann von mir ab, der meinen Körper an das Auto fesselte. Ich rutschte von der Motorhaube und begann zu laufen.

Meine Beine fühlten sich an wie Gummi, aber das machte mir nichts. Ich musste weg von hier. So schnell wie möglich. Ich wusste nicht einmal, wohin ich laufen sollte, doch mein Fluchtinstinkt trug mich einfach immer weiter, bis ich mich in einer verlassenen Gasse wiederfand.

Erschöpft lehnte ich mich mit dem Rücken gegen eine Hauswand und rutschte daran entlang zu Boden. Mein Körper schmerzte, und meine Energiereserven waren restlos aufgebraucht.

Ich musste nach Hause, aber ich konnte mich nicht bewegen. Mein Atem ging viel zu schnell, und ich hatte das Gefühl, mein Herz würde sich gar nicht mehr beruhigen.

Mit geschlossenen Augen lehnte ich den Kopf gegen die Hauswand hinter mir. Ich sah immer noch Jamie vor mir, den Schock in seinem Gesicht, und meine Brust begann zu schmerzen. Warum musste er mir immer wieder über den Weg laufen? Und dann noch gemeinsam mit Michelle.

Bestimmt war sie begeistert gewesen von meinem Stunt. Das war doch genau das, was sie sich wünschte: dass ich aus ihrem und Jamies Leben verschwand. Auf die eine oder andere Weise.

Ich holte tief Luft und versuchte, mich aufzurappeln, doch es gelang mir nicht. Meine Rippen schmerzten so stark, dass ich mich kaum bewegen konnte. Mist. Das hatte mir noch gefehlt.

Das war bestimmt nur der Schreck, versuchte ich mich zu beruhigen. Nichts weiter.

Vorsichtig tastete ich meinen Oberkörper ab, doch das hatte keinen Sinn. Durch die dicke Jacke konnte ich ohnehin kaum etwas fühlen. Trotzdem sagte ich mir, dass nichts gebrochen war. Zumindest wünschte ich es mir. Das Letzte, was ich wollte, war, in einer miefenden Gasse zu sterben. Oder um Hilfe rufen zu müssen und bei meinem Glück noch einmal auf Jamie zu treffen. Ich war mir nicht sicher, was schlimmer war.

Ich schloss die Augen und atmete tief durch. Zuallererst musste ich mich beruhigen. Das war das Wichtigste. Wenn ich bloß einen kühlen Kopf bewahrte, würde schon alles gut werden. Zumindest hoffte ich das.

Eines war jedoch klar: Das Essen musste noch ein wenig warten.

Solidarität

»Da bist du ja endlich.« Rose kam auf mich zugelaufen, als ich die Wohnung betrat. Mein Körper schmerzte noch immer, aber zumindest hatte ich es geschafft, ohne größere Probleme nach Hause zu gelangen. »Wo warst du? Ich habe mir Sorgen gemacht. Jamie hat angerufen.«

»Dann hat er dir ja gesagt, was passiert ist«, gab ich müde zurück, doch Rose schüttelte den Kopf.

»Ich hab nicht abgehoben.«

Verwirrt legte ich die Stirn in Falten. »Warum nicht?«

»Ich dachte, das ist es, was du willst.«

War es das? Ich wusste doch, wie gerne Rose Jamie hatte. Sie sollte ihn nicht aus reiner Solidarität hassen. Nur weil ich Probleme mit ihm – oder besser gesagt, seiner Freundin – hatte, galt das Gleiche nicht auch für sie.

»Du musst keine Rücksicht auf mich nehmen. Von mir aus kannst du immer mit ihm reden, wenn du das willst.«

»Aber darum geht es doch gerade gar nicht«, widersprach Rose und musterte mich von oben bis unten. Ich hatte noch nicht in den Spiegel gesehen und konnte daher nur raten, was sie sah. »Wo hast du gesteckt?«

»Rose –«, setzte ich an, verstummte dann aber wieder, als ich die Besorgnis in ihrem Blick entdeckte. Auch wenn ich gerne so tat, war meine Schwester kein kleines Kind mehr. Sie war schon fast erwachsen, es gab keinen Grund, Geheimnisse vor ihr zu haben. Ganz im Gegenteil: Das würde alles nur viel schlimmer machen.

»Ich bin von einem Taxi angefahren worden.«

Ihre Augen weiteten sich vor Schreck. »*Was*? Wie ist das denn passiert? Warst du schon im Krankenhaus? Was haben die Ärzte gesagt?«

»Ich war nicht im Krankenhaus.« Vorsichtig ließ ich mich auf einen der Esszimmerstühle sinken, bemüht, mir die Schmerzen nicht anmerken zu lassen. »Ich konnte dort nicht bleiben.«

»Heißt das, du hast Fahrerflucht begangen?«

»Hast du mir gerade nicht zugehört? Ich bin nicht am Steuer des Autos gesessen, sondern auf der Motorhaube gelegen.«

»Wie um alles in der Welt –«

»Jamie«, fiel ich ihr ins Wort. »Ich weiß nicht, er war plötzlich da, und ich habe irgendwie die Ampel übersehen.«

»Deshalb hat er also angerufen.« Mit einem Mal wurde ihr Gesicht unheimlich blass. »Du hast ihm doch gesagt, dass mit dir alles in Ordnung ist, oder? Claire?«

Ich schwieg.

Hätte ich das denn tun sollen? Es war nicht so, als würde ihn das etwas angehen. Wir wohnten nicht mehr unter einem Dach und hatten auch keinen Kontakt mehr. Ich war nicht dazu verpflichtet, ihn auf dem Laufenden zu halten.

»Claire.«

»Nein, ich habe nicht mit ihm gesprochen«, platzte es aus mir heraus. »Und das werde ich auch nicht. Ich will ihn nicht mehr in meinem Leben haben.«

»Aber Jamie ist nicht Michelle.«

»Aber er ist mit ihr zusammen, und das reicht.« Ich verschränkte die Arme vor der Brust, um Rose klarzumachen, dass ich nicht mehr über dieses Thema diskutieren wollte. Für mich hatte es sich ein für alle Mal erledigt. Und die Karten für den Ball würde ich ihm zurückgeben. Sollte er doch mit Michelle hingehen.

»Soll ich es ihm sagen?«

Ich warf meiner Schwester einen finsteren Blick zu. Was hatte ich eben noch gesagt?

»Mach doch, was du willst«, sagte ich und erhob mich dabei von meinem Stuhl. »Ich gehe ins Bett. Wenn du Hunger hast, musst du dir heute selbst was machen.«

Ich atmete tief durch, als ich die Tür hinter mir geschlossen hatte. Ein schmerzhafter Druck lag auf meiner Brust, doch es fühlte sich nicht mehr so schlimm an wie zuvor.

Vorsichtig quälte ich mich aus meinem Mantel und warf ihn zur Seite. Dann hob ich mein T-Shirt an und betrachtete meinen Oberkörper. Die blauen Flecken, die sich anbahnten, konnte ich bereits deutlich erkennen.

Behutsam tastete ich meinen Bauch und meine Rippen ab. So weit schien alles in Ordnung zu sein, das beruhigte mich ungemein.

Erschrocken zuckte ich zusammen, als es mit einem Mal an der Tür klingelte.

»Ich geh schon!«, hörte ich Rose rufen und zog ganz automatisch mein Shirt wieder hinunter.

Leise näherte ich mich der Tür und lehnte mich dagegen. Zwar wollte ich im Moment niemanden sehen, aber ich war trotzdem neugierig.

»Rose. Ist Claire da?«

Jamie. Er klang außer Atem. Und besorgt. Ohne es zu wollen, hatte ich seinen Gesichtsausdruck von vorhin vor Augen.

Angespannt hielt ich die Luft an und legte den Kopf gegen die Tür, um das Gespräch zu belauschen.

»Ja, sie ist da«, erklärte Rose ihm. »Es geht ihr gut, aber sie will im Moment niemanden sehen.«

»Ich muss aber mit ihr reden.«

Ich schloss die Augen. Was gab es da noch zu reden? Michelle hatte versucht, mich ins Gefängnis zu bringen, und er hatte ihr verziehen. Da gab es nichts mehr zu besprechen. Es war alles gesagt.

»Das geht nicht, Jamie. Sie muss sich ausruhen.« Langsam wurde Rosalies Stimme ungeduldig. Ich war ihr unendlich dankbar dafür, dass sie meinen Wunsch respektierte und Jamie nicht in die Wohnung ließ. Sie hatte definitiv etwas gut bei mir.

»Komm schon, Rose.«

Einen Moment lang herrschte Stille, und ich öffnete die Augen wieder. Was passierte da?

Mit einem Mal vernahm ich Schritte.

»Claire?« Jamies Stimme klang plötzlich lauter, und mein Herzschlag wurde unregelmäßig. Von wegen, sie ließ ihn nicht in die Wohnung.

Meine Finger zitterten, als ich nach dem Schlüssel griff und ihn im Schloss umdrehte – gerade noch rechtzeitig. Schon in der nächsten Sekunde wurde die Türklinke nach unten gedrückt.

Ganz automatisch wich ich zurück, als Jamie gegen die Tür klopfte.

»Claire«, sagte er, »mach auf.«

Ich schüttelte den Kopf, da ich gerade kein Wort hervorbrachte. Ich musste erst einmal schlucken, um mich wieder zu sammeln.

»Nein.«

»Was ist nur los mit dir?«

»Das fragst du noch?« Meine Stimme klang verzweifelt – zumindest in meinen Ohren. Bei jedem Atemzug schmerzte meine Brust und erinnerte mich an das, was heute passiert war. »Ich will dich nicht sehen, Jamie. Du kannst mich nicht zwingen, diese Tür zu öffnen.« Ich machte eine Pause und wartete, ob er etwas dazu zu sagen hatte. Doch als auch Jamie schwieg, fuhr ich fort. »Deine Tickets liegen auf der Kommode im Wohnzimmer. Nimm sie mit. Ich will sie nicht.«

»Sei nicht kindisch, Claire.«

Kindisch? Ich fand an der ganzen Situation rein gar nichts Lustiges.

»Geh, Jamie.«

Einen Moment lang herrschte Stille. Nur mein Herzschlag rauschte in meinen Ohren.

»Na gut«, hörte ich ihn dann sagen. »Die Tickets gehören dir. Mach damit, was du willst. Ich hoffe nur, dir ist nichts passiert.«

Erleichtert schloss ich die Augen, als ich hörte, wie sich Schritte entfernten. Ich ließ mich auf mein Bett fallen und vergrub das Gesicht in meinen Händen. Ich war so erschöpft, ich musste endlich schlafen. Ob ich das konnte, war jedoch eine andere Sache.

»Claire.« Leise klopfte meine Schwester gegen die Tür. »Ich wollte dir nur sagen, dass Jamie weg ist. Und dass ich ihn eigentlich gar nicht reinlassen wollte.«

Ich atmete tief durch. »Ist schon gut, Rose«, sagte ich. »Es ist ja nichts passiert. Aber ich denke, ich sollte jetzt wirklich etwas schlafen.«

»Ja.« Ich merkte, dass sie noch etwas hinzufügen wollte, aber aus irgendeinem Grund tat sie es nicht. Vermutlich, um mich nicht länger unnötig wach zu halten. »Schlaf gut.«

Vorsichtig kletterte ich in mein Bett, wobei mein Blick auf den Traumfänger fiel, der an der Wand hing. Ich zögerte einen Moment, doch dann nahm ich ihn ab und warf ihn achtlos zur Seite. Es tat unerwartet gut, ihn loszuwerden. Im Moment konnte ich ihn einfach nicht ansehen. Er erinnerte mich an Jamie, und ich hatte so schon genug damit zu kämpfen, ihn aus meinem Kopf zu verbannen.

Rückzieher

Morgens beim Frühstück schwiegen Rose und ich uns bloß an. Ich hatte mich für heute krankgemeldet, aber meine Schwester musste zur Schule. Darum war ich früher aufgestanden, um ihr ein Pausenbrot und das Frühstück vorzubereiten. Schweigend.

Ich war eindeutig noch nicht bereit, über das zu sprechen, was gestern passiert war. Mir war klar, dass es Rose auf der Seele brannte, aber zum Glück konnte sie sich beherrschen.

Gedankenversunken nippte ich an meinem Tee, der mich ein weiteres Mal an Jamie erinnerte.

»Er hat sich Sorgen um dich gemacht«, sagte Rose mit einem Mal, als könnte sie meine Gedanken lesen. »Du hättest ihn nicht wegschicken müssen.«

Doch, das hätte ich. Ich hatte doch keine andere Wahl als einen großen Bogen um Jamie zu machen. Michelle hatte mich in der Hand.

»Jetzt weiß er ja, dass es mir gutgeht«, gab ich zurück, ohne meine Schwester dabei anzusehen, und nahm noch einen Schluck.

»Schon, aber –« Rose verstummte, und das war auch besser so. Ich wollte nicht darüber reden.

Es war schließlich nicht so, als würde ich Jamie gerne aufgeben. Ich mochte ihn, sehr sogar. Aber meine Freiheit war mir wichtiger. Ich wollte mich nicht mit Michelle anlegen. Ich hatte ja gesehen, was dabei rauskam …

Rose atmete tief durch und erhob sich dann von ihrem Stuhl.

»Na schön, ich sollte mich langsam auf den Weg machen. Ich will nicht zu spät kommen.«

Ich nickte. »Viel Spaß in der Schule.« Es fühlte sich so falsch an, das zu sagen. Ohne es zu wollen, musste ich an meine Schulzeit denken. An den Knoten in meinem Magen, wenn ich am Frühstückstisch gesessen und gewusst hatte, dass ich an diesen schrecklichen Ort gehen musste.

»Danke, bis später.«

Müde stellte ich die Tasse vor mir auf dem Tisch ab. Wie hatte ich es nur zulassen können, dass Michelle meine gesamte Highschoolzeit beherrschte? Und wie konnte ich jetzt zulassen, dass sie schon wieder versuchte, mich unterzukriegen? Ich war kein Kind mehr. Ich musste mich nicht mehr herumschubsen lassen. Ich durfte keine Angst mehr vor ihr haben.

Ohne so richtig zu wissen, was ich da tat, erhob ich mich und marschierte in mein Schlafzimmer, wo ich meinen Schreibblock und Stifte hervorkramte. Ich musste Jamie endlich sagen, was Sache war. Aber das konnte ich nicht persönlich machen. Seine Augen verunsicherten mich zu sehr. Also musste ich auf ein anderes Mittel zurückgreifen.

Ich blätterte auf die nächste Seite und wollte bereits zu schreiben beginnen, doch etwas ließ mich zögern.

Ich hatte Angst.

Was, wenn das hier jemand zu lesen bekam? Michelle zum Beispiel. Das wäre mein Ende. Aber andererseits, was sollte schon passieren? Wollte sie mich noch einmal verhaften lassen? Das Risiko war es wert.

Jamie,

ich war nicht ehrlich zu dir, und das tut mir leid. Ich habe so getan, als könnten wir Freunde sein. Als könnte ich all die Umstände ausblenden, die eine Freundschaft unmöglich machen. Aber das kann ich nicht.

Egal, wohin ich gehe oder was ich auch mache, ich werde immer an dich erinnert. Jeder einzelne Stern am Himmel führt meine Gedanken zurück zu dir. Noch nie habe ich mich so geborgen gefühlt wie in deiner Nähe. Du hast mir gezeigt, dass es sich lohnt, an seinen Träumen festzuhalten. Auch wenn sich ein ganz besonderer Wunsch niemals erfüllen wird, möchte ich mich trotzdem dafür bedanken.
Du warst immer für mich da, wenn ich dich gebraucht habe. Aber von nun an muss ich alleine zurechtkommen. Nicht, weil ich es will, sondern weil es das Beste für uns beide ist.
Du wolltest wissen, was mit mir los ist – jetzt weißt du es. Ich hoffe, dass du unter diesen Umständen verstehst, dass wir keine Freunde sein können.
Ich wünsche dir nur das Beste.

Claire

Der Moment der Wahrheit

»Kannst du an die Tür gehen?«, fragte Rose mich. Sie saß auf der Couch und war völlig in ihre Lieblingsserie vertieft. Vermutlich hatte sie nur bemerkt, dass es geläutet hatte, weil sie einen Satz des heißen Hauptdarstellers nicht verstanden hatte.

Genervt legte ich das Messer beiseite, mit dem ich gerade das Gemüse fürs Abendessen geschnitten hatte, wischte meine Hände in einem Geschirrtuch ab und machte mich auf den Weg zur Tür.

»Du könntest auch mal den Tisch decken«, rief ich ihr dabei über die Schulter hinweg zu, doch Rose ignorierte mich, wie sie es immer tat, wenn sie ins Fernsehprogramm vertieft war.

Es klingelte erneut, und ich riss die Tür auf, erstarrte aber noch in derselben Sekunde.

»Claire.« Ein breites Grinsen machte sich auf Michelles Gesicht breit, das mich nichts Gutes ahnen ließ. »Ich habe gehofft, dich hier anzutreffen.«

»Was willst du, Michelle?« Ich bemühte mich, meine Stimme so neutral wie möglich klingen zu lassen. Sie sollte nicht wissen, dass ihre reine Anwesenheit mein Blut zum Brodeln brachte. Das würde ihr nur gefallen.

»Ein paar Antworten.« Mit einem Mal war das Lächeln aus ihrem Gesicht verschwunden, und sie wurde ernst. Ich war mir nicht sicher, ob mir das gefallen sollte. Michelle hob ihr Handy in die Höhe. »Zum Beispiel, was das hier soll.«

Ich schluckte, als ich darauf ein Foto von meinem Brief entdeckte. Dem Brief, den ich an Jamie geschrieben hatte. Eigentlich sollte es mich nicht wundern. Bei meinem Glück war es nur logisch gewesen, dass er gerade *ihr* in die Hände fiel.

»Also?«

»Was? Willst du, dass ich ihn dir vorlese?«

Michelles Gesichtszüge verhärteten sich. »Ich bin nicht dumm, Claire. Ich weiß, was in dem Brief steht.«

»Dann verstehe ich dein Problem nicht, Michelle. Denn eigentlich sollte er all deine Fragen beantworten.«

Angespannt ließ Michelle das Handy sinken. »Nicht ganz. Mich würde interessieren, was dir einfällt, *meinem Freund* so etwas zu schicken. Ich dachte, ich hätte mich deutlich ausgedrückt. Ich will dich weder in meinem noch in seinem Leben. Was gibt es daran nicht zu verstehen?«

Ich biss die Zähne zusammen. Nur nichts Falsches sagen, beschwor ich mich selbst. Ich musste vorsichtig sein, was Michelle anging.

»Oh, ich habe dich verstanden«, räumte ich dann ein, »aber vielleicht wäre es klug, Jamie ebenfalls Bescheid zu geben. Ich habe nämlich das Gefühl, er weiß nichts von dieser Abmachung.«

»Natürlich nicht«, stieß Michelle hervor. Sie war wütend, vielleicht sollte ich es besser nicht übertreiben. Schließlich wollte ich nicht, dass sie etwas Unüberlegtes tat. Sie hatte den Brief. Den Beweis dafür, dass ich versuchte, ihr ihren Freund auszuspannen. Zumindest würde sie es ihren Followern so verklickern. Das wäre mein Ende. Das gesamte Internet würde mich hassen. Gut, vielleicht nicht das ganze. Aber Michelles Community war groß, und solche Nachrichten verbreiteten sich in der Regel wie ein Lauffeuer. Das wollte ich nicht.

»Keine Angst«, sagte ich dann. Mit einem Mal fühlte ich mich unheimlich erschöpft. Von diesem Gespräch und all den Zerwürfnissen, die Michelle und ich bereits durchlaufen hatten. Davon hatte ich genug. Ich wollte nicht mehr streiten. »Du hast gewonnen. Mir reicht es. Von mir aus mach doch, was du willst.

Ich werde Jamie nichts von unserer Abmachung erzählen, aber lass mich einfach in Ruhe, okay?«

»Gut.« Sie straffte den Rücken. »Das würde ich dir auch empfehlen. Wir wollen doch nicht zurück in alte Muster verfallen, nicht wahr?«

»Das wollen wir nicht«, bestätigte ich. »Schlimm genug, dass ich dich in der Highschool ertragen musste.«

»Oh.« Michelle verzog spielerisch das Gesicht. »Bist du so nachtragend, Claire? Das ist doch schon *so lange* her. Sag mal, bist du in der Zwischenzeit mal schwimmen gewesen?«

»Moment.«

Gerade hatte ich Luft geholt, um ihr zu antworten, als Jamies Stimme durch das Treppenhaus hallte. Augenblicklich verstummten wir beide.

Nur wenige Sekunden später vernahm ich seine Schritte, als er die letzten Treppen zur Wohnung hochstieg. Sein Blick fixierte erst Michelle, dann mich.

Mein Herz setzte einen Moment lang aus.

»Das Mädchen aus der Geschichte, das war Michelle?« Er wandte sich wieder an seine Freundin. »Das warst *du*?«

»Welche Geschichte?«, wollte Michelle wissen. Als Jamie ihr keine Antwort gab, drehte sie sich zu mir um. »Welche Geschichte? Was hast du ihm erzählt?«

Auch wenn es vermutlich falsch war, genoss ich doch die plötzliche Stille. Ich konnte zusehen, wie sich Michelles hübsches Gesicht rot verfärbte – ob nun aus Wut oder Verzweiflung, war mir dabei egal. Es tat einfach gut, sie zumindest einmal in meinem Leben unentschlossen zu sehen.

»Was machst du überhaupt hier?«, wollte sie dann von Jamie wissen.

Er hielt den Brief in die Höhe. »Ich habe das hier zu Hause im Mülleimer gefunden.«

»Warum durchsuchst du unseren Müll?« Ihre Stimme klang schon fast hysterisch.

#dummgelaufen

Am liebsten hätte ich einfach die Türe geschlossen und die beiden das unter sich ausmachen lassen, aber dazu war ich zu neugierig, was als Nächstes passieren würde.

»Ich habe nach einer Rechnung gesucht, die ich weggeworfen habe«, erklärte Jamie unheimlich sachlich und hielt seiner Freundin noch einmal den Brief unter die Nase. »Michelle, was hat das zu bedeuten? Warum lag dieser *an mich adressierte* Brief geöffnet im Müll?«

Michelle wandte den Blick ab, und in genau diesem Moment hatte sie verloren. Bestimmt hätte sie es schon irgendwie geschafft, Jamie um den Finger zu wickeln, aber diese Chance hatte sie sich eben selbst verbaut.

Ich beobachtete den Ausdruck auf Jamies Gesicht. Mit jeder Sekunde veränderte er sich immer mehr.

»Michelle«, forderte er sie noch einmal zum Reden auf, und mein Herz verkrampfte sich schmerzhaft. Wollte er tatsächlich noch eine Erklärung? Reichten die Fakten nicht aus? Wünschte er sich wirklich so sehr, dass es sich hierbei um ein Missverständnis handelte?

Michelle hob den Blick und bedachte Jamie mit einem Augenaufschlag, der schon fast filmreif war. Er war genauso perfekt wie auch falsch. Und das lag nicht nur an den aufgeklebten Wimpern.

»Ich hatte doch keine andere Wahl!«, beteuerte sie, und ihre Stimme begann zu beben. »Was sollte ich denn deiner Meinung nach tun? Erst nimmst du diese Frau in unsere Wohnung auf, ohne mir ein Wort davon zu sagen, und nun schreibt sie dir auch noch heimlich Briefe. Ich hatte Angst, dich zu verlieren!«

Erwartungsvoll wandte ich mich an Jamie, doch er bewegte sich keinen Millimeter. Sein Gesicht war wie versteinert.

»Ich wusste doch nichts von dem Brief«, sagte er dann. Und diese sieben Wörter reichten aus, um die Welt um mich herum wie ein Kartenhaus in sich zusammenstürzen zu lassen. Er hatte nichts von dem Brief gewusst? Das war seine Antwort?

Ich musste fest die Kiefer aufeinanderpressen, um nicht vor den beiden zusammenzubrechen. Das würde Michelle bestimmt gefallen.

Meine Hand zitterte, als ich nach der Tür griff. Doch davon bemerkte Jamie nichts, denn er war zu sehr mit Michelle beschäftigt.

Stumm standen die beiden im Hausflur und sahen sich an. Die Stille war kaum zu ertragen. Das musste aufhören. Ich wünschte mir so sehr, Jamie würde wieder zu Sinnen kommen, doch darauf konnte ich nicht warten. Bevor ich es mir anders überlegte, schloss ich die Haustür. Leise. Immerhin wollte ich die beiden nicht stören.

Mit geschlossenen Augen lehnte ich mich mit dem Rücken gegen die Tür. Ich war erschöpft. Von diesem Gespräch und von meiner Freundschaft mit Jamie. Sie war das reinste Auf und Ab. Ich konnte nicht mehr.

»Claire.« Ich hörte Jamies Stimme, doch ich reagierte nicht darauf. »Claire, mach die Tür auf, wir müssen reden.«

Worüber?, wollte ich ihn fragen. *Über den Brief oder darüber, dass deine Freundin die Ausgeburt der Hölle ist?* Beide Themen konnte ich im Moment nicht ertragen. Und ich konnte ihn im Moment auch nicht ansehen. Darum sagte ich gar nichts und entfernte mich nur von der Tür, um das Klopfen nicht mehr zu hören.

Nachbeben

Ich saß neben Rose am Esstisch und beobachtete, wie sie unbekümmert das Essen in ihren Mund schaufelte. Selbst bekam ich im Moment keinen Bissen hinunter, weshalb mehr für meine Schwester blieb. Bestimmt hatte sie nichts dagegen.

Mein Körper fühlte sich immer noch merkwürdig zittrig an. Die Situation von vorhin steckte mir noch in den Knochen. Es war also doch ein Fehler gewesen, den Brief zu schreiben. Oder war es das nicht? Immerhin hatte Jamie nun endlich begriffen, was für eine Art Mensch Michelle war. Aber das war doch gar nicht meine Absicht gewesen. Ich hatte sie nicht schlechtmachen wollen. Ansonsten wäre ich doch kein Stück besser als sie …

»Du hättest dir anhören sollen, was Jamie zu sagen hatte«, meinte Rose, als sie bemerkte, dass ich nicht ganz bei der Sache war.

Wie betäubt schüttelte ich den Kopf. »Das hätte rein gar nichts geändert. Für mich ist das alles erledigt.«

»Wenn es dir immer noch durch den Kopf schwirrt, dann ist es nicht vorbei, Claire.«

Ich warf Rose einen kurzen Blick zu. Seit wann war sie diejenige von uns beiden, die mit weisen Sprüchen um die Ecke kam?

»Schlaf eine Nacht darüber, und wenn Jamie dann immer noch in deinen Gedanken feststeckt, dann denke ich, ist er das Risiko wert.«

Ich atmete tief durch. Irgendwie hatte sie ja recht. Jamie schwirrte mir tatsächlich noch im Kopf herum. Aber das bedeutete nicht, dass ich nachgeben durfte. Irgendwann würde es bestimmt besser werden.

Um mich abzulenken, betrachtete ich meine Schwester. Kauend tippte Rose auf ihrem Handy herum, als könnte das nicht bis später warten.

»Oh. Mein. Gott«, stieß Rose mit einem Mal hervor und ließ mich hochschrecken.

»Was?«, wollte ich wissen. »Was ist los?«

»Na, das hier.« Sie hielt mir ihr Handy entgegen. »Alle reden über den neuesten Tweet von Michelle, also wollte ich wissen, was es damit auf sich hat.«

»Dinge passieren. Die Welt dreht sich weiter. #staystrong«, las ich vor und legte dabei die Stirn in Falten. »Was soll das denn bitte heißen?«

»Das habe ich mich auch gefragt.« Ein vorfreudiges Grinsen machte sich auf Rosalies Gesicht breit, als sie etwas auf ihrem Handy zu suchen schien. »Und dann habe ich das hier gesehen. Siehst du? Sie hat alle Bilder von sich und Jamie gelöscht! Und dann das hier.« Sie machte eine Pause und scrollte über den Bildschirm. *»Der einzige Mann, der ein Mädchen niemals enttäuschen wird, ist ihr Dad. Unendlich glücklich, wieder zu Hause zu sein.* Weißt du, was das bedeutet?«

»Dass Michelle ein Faible für schlechte Zitate hat?«

Ungeduldig schüttelte Rose den Kopf. »Dass die beiden nicht mehr zusammen sind! Ganz offensichtlich ist Michelle ausgezogen.«

Ich schnaubte. »Es wäre ja noch schöner gewesen, wenn er mit ihr zusammengeblieben wäre. So blauäugig ist Jamie dann auch nicht.«

»Muss ich es dir auch noch buchstabieren?« Rose klang ungeduldig. »Jamie ist wieder auf dem Markt!«

Ich wandte den Blick von ihr ab. »Und warum sollte mich das interessieren? Ich will ihn nie wieder sehen.«

»Das wird sich aber nicht vermeiden lassen. Nur weil ihr nicht zusammen hingeht, bedeutet das nicht, dass ihr euch auf diesem Ball nicht sehen werdet.«

Den Ball, den hatte ich schon fast vergessen. Die Karten lagen auf der Kommode.

»Dann werde ich eben nicht hingehen.«

»Wie bitte?« Meine Schwester klang völlig entsetzt. »Bist du irre? Du *musst* hingehen, Claire. Hast du gesehen, wie schick die Einladungen aussehen? Das wird bestimmt total cool! Vielleicht laufen da ja sogar ein paar Prominente herum!«

Als ob mich das interessieren würde. Mit diesem Argument konnte Rose mich nicht locken.

»Bestimmt gibt es gratis Getränke und Essen.«

Nun wurde ich doch hellhörig. Bestimmt war das Essen auf einer Veranstaltung wie dieser ganz vorzüglich …

»Wie groß ist schon die Wahrscheinlichkeit, dort auf Jamie zu treffen? Ich meine, da sind bestimmt hunderte von Leuten, nicht wahr?«

Rosalies Augen begannen zu leuchten. »Heißt das etwa, du wirst hingehen?«

Mein Blick wanderte zu meiner Schwester. »Gut möglich«, sagte ich zu meiner eigenen Überraschung. »Aber nicht alleine. Du kommst mit mir.«

Ihr Gesichtsausdruck hellte sich auf. »Ist das dein Ernst? Oh mein Gott, Claire! Ich bin so aufgeregt! Aber ich habe doch gar nichts, was ich anziehen könnte!«

Ich bemühte mich um ein Lächeln. Wenn das ihre geringste Sorge war … »Der Ball ist doch erst in ein paar Tagen. Bis dahin finden wir schon noch etwas.«

Sternenklar

Das größte Gefängnis der Menschen war die Angst vor dem, was andere denken. Heute Abend versuchte ich, mich aus diesem Gefängnis zu befreien. Und das trotz meiner Zweifel – das auffällige, viel zu enge Kleid, das Make-up, die hohen Schuhe. Das alles passte nicht zu mir, und die Leute würden das merken. Sie würden sich über mich lustig machen.

Doch ich musste lernen, diese Gedanken aus meinem Kopf zu verbannen. Auf dieser Feier würde niemand sein, der mich kannte. Niemand, der wusste, wie ich *normalerweise* aussah. Heute Abend konnte ich mich neu erfinden.

Die Halle war völlig überfüllt, als Rose und ich sie betraten. Das war gut, in dieser Masse würden wir bestimmt nicht herausstechen. Genau das war es, was ich wollte – nicht auffallen. Allerdings war das in einem Kleid wie diesem alles andere als einfach. Es reflektierte jeden noch so kleinen Lichtstrahl und zog sämtliche Augen auf sich.

»Ich hätte mir auch ein anderes Kleid zulegen sollen«, meinte ich, während wir die Treppen zum Ballsaal hinunterstiegen.

Rose grinste. »Noch ist es nicht zu spät, wir können ja tauschen.«

Ich schüttelte den Kopf. Nie im Leben würde ich diesen pinken Alptraum anziehen, den Rose sich ausgesucht hatte. Da versteckte ich mich lieber in einer dunklen Ecke des Saals.

»Es ist so cool hier«, fügte sie dann hinzu. Ihr Blick blieb auf der anderen Seite der Halle hängen, an der eine Bühne aufgebaut war. »Sieh mal, es gibt sogar Live-Musik. *Live-Musik*, Claire. Das ist so cool.«

»Das sagtest du bereits.« Angespannt sah ich mich zwischen den Leuten um, doch von Jamie oder Michelle gab es zum Glück keine Spur. Keinem der beiden wollte ich heute Nacht über den Weg laufen.

»Da siehst du mal, *wie* cool es ist. Bin ich froh, dass du nicht mit Jamie hier bist.«

Ich warf Rosalie einen kurzen, aber warnenden Blick zu. Sie schien den Hinweis zu verstehen, denn sie presste fest die Lippen aufeinander, als Zeichen, dass sie von nun an den Mund halten würde.

»Aber du hast recht. Ich war definitiv schon auf schlechteren Partys.«

Rose grinste. »Sollen wir uns etwas zu trinken holen?«

»Du meinst, soll *ich* uns etwas zu trinken holen?«, fragte ich, und meine Schwester gab mir einen Kuss auf die Wange.

»Ich warte dort drüben bei den Tischen auf dich«, meinte sie, und schon war sie verschwunden.

Ich seufzte. Nach diesem Zwischenfall an ihrem Geburtstag war es vermutlich ein Fehler, ihr Alkohol zu besorgen. Aber auf der anderen Seite war der heutige Abend in jeder Hinsicht eine Ausnahme. Also bahnte ich mir den Weg zur Bar, um uns etwas zu besorgen.

»Claire, richtig?«

Erschrocken fuhr ich herum, als ich die Stimme hinter mir vernahm.

»Mr. Rushton.« Meine Stimme klang atemlos. Ich hatte nicht damit gerechnet, ihn hier zu sehen. Oder besser gesagt, ihn jemals wiederzusehen, immerhin verkehrten wir nicht gerade in den gleichen Kreisen.

Doch was mich noch mehr überraschte, war die Tatsache, dass er sich an mich zu erinnern schien.

»Eine schöne Feier, nicht wahr?« Er grinste gespannt, als erwartete er, dass ich daran auch etwas auszusetzen hatte – so wie an den Einzelstücken in seinem Geschäft.

»Ja«, sagte ich knapp. »Ich bin aber gerade erst gekommen.«

Mr. Rushton nickte. »Sie sind doch aber nicht alleine hier?«

»Meine Schwester begleitet mich«, erklärte ich, als wäre das von Bedeutung. »Ich wollte uns gerade etwas zu trinken holen.«

»Das geht auf mich.« Mr. Rushton hob die Hand und gab dem Barkeeper ein Zeichen, bevor er sich wieder an mich wandte. »Und haben Sie es schon bereut, mein Angebot abgelehnt zu haben?«

Zwar grinste er, als er das sagte, aber ich wusste, dass das nur Fassade war. Ich dachte an die Kerze, die er mir geschenkt hatte, als Erinnerung daran, was ich verpasst hatte.

»Ich hätte Ihr Angebot furchtbar gerne angenommen«, versicherte ich ihm. »Aber manchmal muss man das tun, was das Beste für einen ist, und nicht das, was man sich wünscht.«

»Und anstatt zu verhandeln, lehnen Sie einfach ab? Für seine Träume muss man kämpfen, Claire. Vergessen Sie das nie.« Zumindest wusste ich nun, woher Jamie seine Beharrlichkeit hatte, wenn es um Träume ging. »Kommen Sie Montag zu mir ins Büro, dann besprechen wir das Ganze noch einmal in Ruhe.«

Überrascht blinzelte ich ihn an. »Danke.«

Mr. Rushton nickte, als mit einem Mal die Musik verstummte und eine Stimme aus den Lautsprechern drang, die meinen Körper erstarren ließ.

»Ich freue mich, dass ihr alle gekommen seid, um meinen Geburtstag mit mir zu feiern!«

Es war sein *Geburtstag*?

Ich fuhr herum und entdeckte Jamie auf der Bühne. Er trug einen dunklen Anzug, der im Licht der Scheinwerfer bläulich schimmerte. Es war sein Geburtstag. Deshalb die Riesenfeier.

Unfassbar. Warum hatte er nichts gesagt?

»Ich hoffe, ihr habt eine schöne Zeit. In einer Stunde wird die

Torte angeschnitten, bis dahin könnt ihr euch am Buffet bedienen.«

Ich beobachtete Jamie, wie er seine Rede beendete und damit die Band des Abends ankündigte. Erst, als er Anstalten machte, von der Bühne zu kommen, fiel die Starre von mir ab. Um auf meiner Flucht nicht zu stolpern, raffte ich das Kleid und suchte mir einen Weg durch die Menge.

»Claire«, hörte ich dabei Rosalies Stimme. »Es ist Jamies Geburtstag!« Als wäre mir das eben entgangen. »Wir haben kein Geschenk! Hast du ihm schon gratuliert? Wo willst du hin?«

»Ich komme gleich wieder, Rose«, rief ich ihr zu, ohne stehen zu bleiben. »Bleib hier, ich bin sofort bei dir.«

Ich wusste nicht einmal, wohin ich lief. Zu den Toiletten, vorzugsweise. Irgendwohin, wo ich mich verstecken konnte. Mein Weg führte mich hinter einen dicken Vorhang, und mit einem Mal waren sämtliche Leute verschwunden. Völlig allein stand ich vor der großen Glasfront, die in einen Innenhof führte.

Zögernd sah ich mich um, doch dann öffnete ich die Tür und trat ins Freie. Endlich hatte ich das Gefühl, wieder durchatmen zu können. Da drin war die Luft knapp geworden, aber hier ging es mir gut. Zwar war es kalt, aber das störte mich nicht. Mein Blick wanderte zum Himmel, und ich traute meinen Augen kaum. Da waren sie. So lange hatte ich nach ihnen gesucht, und endlich waren sie da. Die scheinbar unendlich dicke Wolkenschicht hatte sich gelichtet, und der Himmel wurde von Millionen von Sternen erleuchtet.

»Claire.«

Jamies Stimme riss mich aus den Gedanken, und ich wandte den Blick von den Sternen ab.

»Was machst du hier?«, wollte ich von ihm wissen. »Solltest du nicht da drin sein und deinen Geburtstag feiern?«

»Nicht, wenn der wichtigste Gast fehlt.«

Ich wandte den Blick von ihm ab. Das konnte er sich sparen. So leicht ließ ich mich nicht um den Finger wickeln. »Warum hast du mich eingeladen und mir nicht gesagt, dass es dein Geburtstag ist?«

Jamie zuckte mit den Schultern, während er die letzten Schritte auf mich zukam. »Du wärst nicht gekommen. Ich habe ja gesehen, was du von *meiner Welt* hältst.«

Stur betrachtete ich den kleinen Innenhof, um nicht in die Versuchung zu kommen, Jamie anzusehen. Wenn er darauf wartete, dass ich meine Meinung revidierte, dann hatte er Pech. Denn obwohl ich nun dieses schicke Kleid trug, fühlte ich mich immer noch schrecklich fehl am Platz.

»Gefällt dir die Feier denn?« Jamie hatte sich neben mich gestellt und betrachtete nun ebenfalls den Sternenhimmel.

Ich zuckte mit den Schultern. »Wir sind gerade erst gekommen. Hast du Rose schon gesehen?«

»Ja.« Er grinste. »Sie war die Erste auf der Tanzfläche.«

Ein müdes Lächeln legte sich auf mein Gesicht. Es war manchmal erschreckend, wie verschieden wir beide doch waren.

»Aber wenn ich ehrlich sein soll, gefällt es mir hier draußen um einiges besser.«

»Ist das der Grund, warum du dich gerade hier vor deinen Gästen versteckst?«, fragte ich, wobei meine Stimme unbeabsichtigt verbittert klang.

Ich merkte, dass Jamie mich von der Seite ansah. »Ich verstecke mich nicht. Ich habe dich gesucht. Und wenn ich in den letzten Wochen etwas über dich gelernt habe, dann, dass man dich meistens in der Nähe der Sterne findet.«

Da ich keine Ahnung hatte, was ich erwidern sollte, schwieg ich. Ich wollte Jamie bitten, wieder hineinzugehen, aber ich konnte ihm an seinem Geburtstag wohl kaum Anweisungen erteilen.

»Du willst also nicht mit mir reden«, schlussfolgerte er dann und hob ebenfalls wieder den Blick zum Himmel. »Ich kann es dir nicht einmal verdenken. Ich meine, nach dieser ganzen Sache mit Michelle …«

Es geht hier nicht um Michelle, wollte ich sagen, konnte mich aber gerade noch rechtzeitig davon abhalten. Schließlich wollte ich hören, wohin Jamies Vortrag führte.

»Weißt du noch, was ich zu dir über den Mond gesagt habe?«, fragte er und warf mir einen kurzen Blick zu. »Er strahlt nur, wenn er von der Sonne beschienen wird. Ich bin der Mond, du bist die Sonne. Ich wusste nicht, dass mir etwas fehlt, bis du gekommen bist. Ich brauche dich, Claire. Du kannst mich nicht im Stich lassen.«

Zwar konnte ich nur raten, aber ich vermutete, dass der Ausdruck auf meinem Gesicht meine Überraschung ganz gut widerspiegelte. Ich hatte mit einer Ausrede gerechnet, vielleicht sogar mit einer Entschuldigung. Aber damit …

»Claire?« Jamie wirkte etwas verwirrt, als ich ihn nur wortlos anstarrte.

Ich schluckte. »Du wolltest doch, dass ich einen Traum für mein Leben finde. Möchtest du wissen, was ich mir gewünscht habe?«

»Was?«

»Genau das hier.« Es war so seltsam, diese Worte auszusprechen. Alles wirkte mit einem Mal so surreal. »Ich habe mir gewünscht, dass mein Leben wieder auf Kurs kommt. Ich wollte genug Geld verdienen, um Rose ein anständiges Zuhause bieten zu können, und ich wollte mich mit meiner Mutter wieder vertragen. Das war alles, was ich mir erträumt habe. Endlich läuft in meinem Leben wieder alles glatt, da kann ich kein Drama brauchen.«

»Claire –«, setzte Jamie an, doch ich ließ ihn nicht aussprechen.

»Es ist mir egal, wie es im Moment mit Michelle und dir steht. Fakt ist aber, dass sie mich abgrundtief hasst, und ich will bestimmt nicht diejenige sein, die ihre Beziehung auf dem Gewissen hat.«

»Aber das hat sie sich doch selbst zuzuschreiben. Claire, du kannst nicht alles wegwerfen, und das nur wegen Michelle.«

»Das will ich auch nicht.« Ich spürte, wie meine Augen zu brennen begannen. »Ich weiß nur, dass ich im Moment nicht mehr ertragen kann. Vielleicht irgendwann, aber nicht jetzt. Es ist einfach der falsche Zeitpunkt.«

»Der falsche Zeitpunkt?« Jamie klang verwirrt. »Claire, ich würde jede verdammte Uhr auf diesem Planeten umstellen, um zu beweisen, dass das hier nicht der falsche Zeitpunkt ist.«

Ich zögerte einen Moment, da es mir seine Worte schwerer machten, als ich gedacht hatte. »Ich will mein Glück nicht aufs Spiel setzen.«

»Das ist nicht dein Ernst, Claire.« Jamie griff nach meinen Händen, doch ich wandte den Blick von ihm ab, um nicht doch schwachzuwerden. »Und wenn ich dir versichere, dass es kein Drama geben wird?«

»Das kannst du nicht.« Ich befreite mich von seiner Berührung und machte einen Schritt zurück. »Bitte, Jamie. Glaub mir, es ist mir nicht leichtgefallen, die Entscheidung zu treffen, aber ich habe mich entschlossen. Das musst du akzeptieren.«

Ich konnte zusehen, wie sich seine Kiefermuskeln anspannten.

»Okay«, meinte er dann. »Wenn das dein Wunsch ist. Aber du bleibst doch noch, oder? Die Torte wurde noch nicht angeschnitten.«

»Ich bleibe«, bestätigte ich ihm. »Ich will Rose den Abend nicht verderben.«

»Dann lass uns reingehen.«

Ich zögerte. Wenn ich ehrlich sein sollte, dann wollte ich nicht, dass Rosalie von diesem Gespräch erfuhr. Bestimmt hätte sie tausend Fragen, die ich ihr nicht beantworten könnte.

»Geh doch schon mal vor«, sagte ich dann. »Und wenn du Rose siehst, dann erzähl ihr bitte nichts von diesem Gespräch.«

Offensichtlich widerwillig nickte Jamie, bevor er mir den Rücken zuwandte.

Ich beobachtete ihn, wie er durch die Glastür ins Innere des Gebäudes verschwand. Der dunkle Anzug, den er trug, saß wie angegossen. Bestimmt hatte sein Vater ihn für Jamie maßanfertigen lassen.

In der nächsten Sekunde war er auch schon verschwunden, und ein seltsames Gefühl machte sich in mir breit. Es war, als hätte ich eben etwas verloren, das mir nie wirklich gehört hatte. Mit einem Mal flutete Einsamkeit meinen Körper. Ich wusste, dass ich die richtige Entscheidung getroffen hatte, auch wenn ich sie bereits bereute. So war es das Beste – für mich und auch für Jamie.

* * *

»Wo warst du denn?« Wie aus dem Nichts schob sich Rosalie aus der Menge, als ich zurück in den Saal kam. Sie hatte bereits ein Getränk in der Hand, und ich hoffte, dass es sich dabei um ihr erstes handelte. »Ist etwas passiert? Warum warst du plötzlich weg?«

»Ich musste nachdenken«, rief ich Rose über den Lärm der Musik und der Gespräche hinweg zu. Es war nicht zu übersehen, sie war verwirrt, also sprach ich schnell weiter. »Mr. Rushton hat mir den Job in seiner Firma noch einmal angeboten. Er will, dass ich Montag zu ihm ins Büro komme, um alles abzuklären.«

Die Augen meiner Schwester weiteten sich. »Und wirst du es machen? Wirst du den Job annehmen?«

Ein Ziehen machte sich in meinen Bauch breit, doch es war kein unangenehmer Schmerz. Es war Vorfreude. Ich spürte, wie ich lächelte, auch wenn mir im Moment nach allem anderen als Lachen zu Mute war. »Ich denke schon.«

Rose gab ein schrilles Quietschen von sich, bevor sie mir überschwänglich um den Hals fiel, allerdings darauf bedacht, nichts von ihrem Glas zu verschütten.

»Ich bin ja so aufgeregt! Das müssen wir feiern! Wo ist dein Drink?«

»An der Bar.« Ich deutete auf die andere Seite des Raumes. »Ich hole mir etwas, warte hier auf mich.«

Zwar hörte ich Rosalies Antwort nicht mehr, aber ich nahm an, sie würde meine Anweisung befolgen.

Es war nicht einfach, sich einen Weg durch die Massen zu bahnen. Ich hielt den Blick auf den Boden gerichtet, um nicht aus Versehen auf Jamie zu stoßen. Ich wollte ihm heute Abend nicht unbedingt noch einmal über den Weg laufen. Und er mir vermutlich auch nicht. Ich hoffte nur, ich hatte ihm nicht die Stimmung verdorben. Das hier war schließlich seine Feier. Seine *Geburtstagsfeier*. Ich wollte nicht daran schuld sein, wenn –

»Was kann ich dir zu trinken bringen?«

Ungläubig starrte ich Jamie an, der mit einem Mal hinter der Bar stand und ein Cocktailglas polierte.

»Das ist nicht dein Ernst«, sagte ich. »Was machst du da? Es gibt hier genug Personal, um die Leute zu bedienen.«

»Na was wohl?« Jamie warf mir einen kurzen Blick zu und grinste, doch das nahm ich ihm nicht ab. Seine Augen verrieten ihn. »Ich erfülle mir hier gerade einen Traum. Also, was möchtest du trinken?«

»Überrasch mich.« Ich ließ mich auf einen der Barhocker sinken, der eben frei geworden war, und beobachtete ihn bei seiner Arbeit. »Jamie?«

»Hm?« Er sah nicht einmal auf, was eigentlich bereits die Antwort auf meine Frage war.

»Bist du wütend auf mich?«

Jamie hob den Blick – ganz kurz. Dann wandte er sich wieder dem Mixen meines Cocktails zu. »Nein, dazu gibt es keinen Grund. Oder siehst du das anders?«

»Nein, aber –« Ich verstummte. »Ich wollte dir deinen Geburtstag nicht verderben.«

»Das hast du nicht.« Da war wieder dieses aufgesetzte Lächeln, das mir in der Seele weh tat. »Mach dir bitte keine Gedanken darum. Hier.« Er stellte einen hellblauen Cocktail vor mir ab und steckte einen Strohhalm in das Glas.

»Der sieht hübsch aus.«

»Ich dachte mir, dass er dir gefällt.« Er grinste, und dieses Mal war es echt. »Na los, geh zu deiner Schwester. Bestimmt wartet sie schon auf dich.«

»Bestimmt.« Ich wollte mich auf den Weg zu ihr machen, aber ich schaffte es nicht, mich von der Stelle zu bewegen. Ich wollte nicht gehen und Jamie hier zurücklassen. Ich fühlte mich so schuldig.

»Claire.«

»Ja?«

»*Geh.*« Jamie deutete mit dem Kopf in die Richtung, aus der ich gekommen war. »Lass Rose nicht zu lange alleine. Es ist hier viel zu einfach, an Alkohol zu gelangen. Und du weißt genauso gut wie ich, dass das keine guten Voraussetzungen sind.«

Ich zögerte, doch schließlich nickte ich und wandte Jamie den Rücken zu.

»Claire«, hörte ich da seine Stimme hinter mir und drehte mich noch einmal zu ihm um. Jamie zögerte, und mein Herzschlag beschleunigte sich. »Das Kleid steht dir wirklich gut.«

Ohne es zu wollen, blickte ich an mir herab. Als er mir das Kleid geschenkt hatte, hatte ich gedacht, wir würden gemeinsam zu dieser Feier gehen. Ich hatte gedacht, er würde sich von Michelle trennen – doch das hatte er nicht getan. Und wenn Jamie nicht rein zufällig ihr Geheimnis herausgefunden hätte, wäre er vermutlich heute mit ihr hier.

Es wäre wie damals auf der Highschool gewesen. Ich wäre alleine, und Michelle hätte den Jungen an ihrer Seite, der mir mehr bedeutete als alles andere. Aber wir waren nicht mehr auf der Highschool. Die Zeiten hatten sich geändert, für Michelle und auch für mich.

Heute war sie es, die mit Liebeskummer zu Hause saß, und ich war heute hier mit dem Menschen, der mir am wichtigsten war – meiner Schwester.

»Danke«, sagte ich, bevor ich mich endgültig auf den Weg machte.

Ein Geständnis

»Ich glaube, ich muss dir etwas gestehen.« Der eisige Wind zerzauste mein Haar, und ich hoffte, das Taxi würde bald hier sein und uns nach Hause bringen.

Der Abend war ein voller Erfolg gewesen. Ich konnte mich nicht erinnern, wann ich mich zum letzten Mal so gut unterhalten hatte. Und der Alkohol hatte die Erinnerung an Jamie mit jedem Drink ein Stück weiter aus meinem Kopf gedrängt. Doch nun, wo wir hier draußen standen und ich die kalte Nachtluft einatmete, fühlte ich mich mit einem Schlag wieder nüchtern.

Mein Magen schmerzte, und das lag garantiert nicht am Alkohol. Es hatte einen ganz anderen Grund.

Immer wieder hatte ich Jamie vor Augen, und ich konnte nicht aufhören, mich zu fragen, ob es die falsche Entscheidung gewesen war, ihn abblitzen zu lassen. Aber das war es nicht. Ich wollte mich im Moment einfach nur um *mich* kümmern. Um mich ganz alleine. In meinem Leben gab es zurzeit einfach keinen Platz für Drama.

»Und was wäre das?« Rosalies Stimme klang kratzig, so wie meine vermutlich auch. Das lag an der lauten Musik, über die wir hatten hinwegschreien müssen. Mein Hals fühlte sich rau an, aber das würde schon bald nachlassen. Spätestens morgen früh.

»Jamie hat meinetwegen mit Michelle Schluss gemacht.«

Meine Schwester wirkte verwirrt. »Hat er dir das gesagt?«

Ohne sie dabei anzusehen, nickte ich. »Vorhin, als ich kurz weg war, hat er mir seine Gefühle gestanden.«

»*Was?*« Nun war sie ganz und gar fassungslos. »Aber ihr habt da drin kaum ein Wort miteinander gesprochen. Wollt ihr eure Beziehung noch geheim halten? Wegen Michelle?«

Rose verstummte, als ich bloß den Kopf schüttelte.

»Was soll das heißen?«, fragte sie nach.

Ich atmete tief durch. Konnte sie sich nicht vorstellen, dass es mir schwerfiel, die Worte auszusprechen? »Das bedeutet, dass es nichts geheim zu halten gibt.«

»Das ist nicht dein Ernst.« Rosalie betrachtete mich entgeistert. »Du hast Jamie abblitzen lassen? An seinem Geburtstag?«

Ich hätte es ihr wohl doch nicht sagen sollen. Etwas unbeholfen zuckte ich mit den Schultern.

»*Jamie.*«

»Ich weiß.« Ich schloss die Augen und atmete tief durch. »Es ist nicht so, als hätte ich keine Gefühle für ihn, aber ...« Ich zögerte und überlegte, wie ich es am besten ausdrücken sollte. Es fiel Rose oft schwer, meine Beweggründe nachzuvollziehen. Besonders, wenn es dabei um Jamie ging, würde sie ihre Schwierigkeiten haben, meine Lage zu verstehen. »Der Zeitpunkt ist falsch.«

»Der Zeitpunkt.« Die Fassungslosigkeit auf ihrem Gesicht war nicht zu übersehen. Gerade wollte ich die Hand nach einem vorbeifahrenden Taxi ausstrecken, als sie nach meinem Arm griff und ihn festhielt. Offensichtlich hatte sie es alles andere als eilig, nach Hause zu gelangen. »Du willst mir also erklären, dass der Zeitpunkt falsch ist. Hast du das Jamie auch so gesagt?«

»Ja.«

»Gott, Claire.« Rose schüttelte verzweifelt den Kopf. »Nur weil zwei Leute füreinander bestimmt sind, heißt das nicht, dass sie noch eine Chance bekommen, nur weil das Timing schlecht war.«

Ich ließ den Blick sinken. »Das weiß ich, aber ich muss das Risiko eingehen.«

»Nein.« Rose verschränkte die Arme vor der Brust. »Jamie ist das Risiko, das du eingehen musst. Nicht das, ihn womöglich für immer zu verlieren. Sei vernünftig, Claire.«

»Du willst mir etwas über Vernunft erzählen?« Langsam machte sich Wut in mir breit. »Davon hast du doch keine Ahnung! Man kann dich doch nicht einmal abends alleine weggehen lassen. Du bist noch ein halbes Kind, Rose.«

Ihr Gesichtsausdruck verfinsterte sich auf die Sekunde. Rose hasste es, wenn ich auf den Altersunterschied zwischen uns anspielte. Zu Recht. Es war unfair, und das wusste ich auch. Aber es war die einzige Möglichkeit, von Jamie abzulenken.

»Zumindest weiß ich, was gut für mich ist«, meinte sie und stapfte beleidigt davon, auf das nächste Taxi zu.

Einen Moment lang sah ich Rose hinterher, dann folgte ich ihr widerwillig. Schon möglich, dass sie recht hatte: Manche Gelegenheiten boten sich nur einmal im Leben. Aber das änderte nichts daran, dass es *meine* Entscheidung war. Und ich fühlte mich im Moment nicht bereit dazu, eine Beziehung einzugehen. Nicht, solange ich nicht mit mir selbst im Reinen war.

Nachtragend

»Hör auf damit«, sagte ich, ohne dabei von meiner Arbeit aufzusehen. Ich saß am Küchentisch und versuchte, sämtliche Zeugnisse und Dokumente zusammenzusammeln, die ich besaß. Es waren nicht viele.

Ich wusste, dass ich kaum etwas aufzuweisen hatte, aber dieses Gespräch morgen mit Mr. Rushton war mir wichtig. Ich wollte einen guten Eindruck machen, und dazu gehörte es auch, sämtliche Unterlagen dabeizuhaben. Zumindest aus meiner Sicht war es so.

Während ich an einem guten Auftritt arbeitete, saß Rose nur gegenüber von mir am Tisch und musterte mich mit einem düsteren Blick. Ohne Zweifel hatte sie mir das mit Jamie immer noch nicht verziehen.

»Ich mach doch gar nichts«, meinte sie, doch ihre Stimme klang aggressiv.

Ich hob kurz den Blick, bevor ich mich wieder meinem Ordner zuwandte, den ich gerade befüllte. »Wenn du etwas zu sagen hast, dann sag es.«

Rose schwieg. Die Frage war nur: wie lange? Wie lange würde sie es wohl aushalten, ihre Vorwürfe für sich zu behalten? Dass sie mich nicht noch während des Frühstücks damit überschüttet hatte, grenzte schon fast an ein Wunder.

»Aber wenn nicht, dann lass mich das hier in Ruhe fertig machen. Ich will diesen Job, und ich werde ihn nicht bekommen, wenn ich unvorbereitet auftauche.«

»Du hättest ihn bereits in der Tasche, wenn du Jamie keine Abfuhr gegeben hättest.«

Ich schüttelte den Kopf. Das war lächerlich. »Das Angebot hat nichts mit Jamie zu tun. Ob ich genommen werde oder nicht, liegt nicht in seiner Hand.«

Meine Schwester schnaubte, doch das ignorierte ich. Sollte sie nur wütend sein, das würde nichts an meiner Entscheidung ändern.

»Wenn du das sagst«, meinte sie nur und erhob sich von ihrem Stuhl. »Ich muss los. Ich treffe mich mit einem Freund.«

Ich hielt in meiner Bewegung inne. *»Einem Freund?«*

»Ja, Claire. Hin und wieder treffe ich mich mit Leuten. Das könntest du auch ruhig machen. Zum Beispiel mit Jamie, wie wär's?«

Grinsend schüttelte ich den Kopf. So leicht konnte sie nicht vom Thema ablenken. »Und darf ich auch erfahren, mit *wem* du dich da triffst?«

»Mit Marcel.« Zwar gab Rose sich offensichtlich Mühe, doch sie konnte sich ein Lächeln nicht verkneifen.

Meine Gedanken wanderten zurück zu ihrem Geburtstag. Marcel war derjenige gewesen, der sie aus diesem Club gebracht und Jamie und mich angerufen hatte. Er hatte sich um sie gekümmert, als ich nicht da gewesen war.

»Ah«, sagte ich nur, und Rose verdrehte die Augen.

»Nichts *ah*«, meinte sie. »Wir sind Freunde, nichts weiter.« Sie zögerte einen Moment. »So wie Jamie und du.«

Gerade wollte ich nachfragen, was das bedeuten sollte, da war meine Schwester auch schon zur Tür hinaus.

Wie Jamie und du.

Ich wusste nicht, wie ich das verstehen sollte, und mir wurde auch schnell der Grund dafür klar: Jamie und ich waren mehr als Freunde. Dass wir kein Paar waren, änderte an dieser Tatsache nichts.

Ich klappte den Ordner zu, da es ohnehin nichts gab, was ich noch hinzufügen könnte, und lehnte mich in meinem Stuhl zurück.

Na toll. Rose hatte es geschafft. Ich zweifelte an meiner Entscheidung. Aber das durfte ich nicht. Sie selbst hatte es gesagt, und auch Jamie: Ich musste etwas finden, wovon ich träumte. Nur ich. Etwas, woran ich dachte, bevor ich einschlief. Und dieses Etwas durfte nicht Jamie sein.

Seit meiner Schulzeit war mein Glück von anderen abhängig gewesen, das wollte ich nicht mehr. Ich konnte nicht die Geschichte meines Lebens schreiben und dabei jemand anderen den Stift halten lassen. Nur ich selbst entschied, was ich mit meinem Leben machte. Zum ersten Mal seit Jahren hatte ich das Gefühl, frei zu sein.

Karrieresprung

Veränderungen machten mir Angst, so wie vermutlich jedem anderen auch. Doch diese eine Veränderung könnte mein ganzes Leben auf den Kopf stellen – im positiven Sinne.

Ich stand auf der Straße vor *Rushton And More* und betrachtete das gigantische Gebäude. Als ich mit Jamie hier gewesen war, war es mir noch nicht so groß vorgekommen. Oder ich hatte es einfach nur falsch in Erinnerung. In sieben Minuten hatte ich einen Termin mit Mr. Rushton, und mein Kopf flehte mich noch immer an, wegzulaufen. Ich hatte Angst vor dem Gespräch. Angst, es könnte nicht so enden, wie ich es mir wünschte.

Einen Job in dieser Firma zu bekommen, wäre einfach unvorstellbar. Trotzdem fürchtete ich, nicht die Richtige für diesen Ausbildungsplatz zu sein. Genau genommen hatte ich keine Ahnung von Design. Ich verließ mich da eher auf mein Gefühl.

Noch einmal atmete ich tief durch, bevor ich das Geschäft betrat. Wieder stachen mir die schick gekleideten Menschen ins Auge, die ihre Runden in den verschiedenen Abteilungen drehten. Ich hatte zwar darüber nachgedacht, mir ebenfalls etwas Schickes für dieses Gespräch zuzulegen, hatte mich dann aber dagegen entschieden. So wichtig, dass ich mich selbst dafür veränderte, war mir dieser Job dann auch nicht.

Mein Blick wanderte durch das Erdgeschoss, bis ich einen Infotisch entdeckte, auf den ich schnell zumarschierte.

»Entschuldigung«, sagte ich. »Ich habe einen Termin mit Mr. Rushton. Können Sie mir sagen, wo ich ihn finde?«

»Name?«, fragte die Frau, ohne dabei von dem Computerbildschirm aufzusehen. Sie trug eine weiße Bluse, und ihre dunklen Haare waren hochgesteckt.

»Claire McAllister.«

»Mhm …« Die Augen der Frau verengten sich, als sie den Bildschirm überflog. »Ah ja, neun Uhr.« Sie deutete zu dem gläsernen Aufzug in der Mitte der Eingangshalle. »Fahren Sie bis in den obersten Stock, dann rechts und immer der Nase nach. Das Büro ist nicht zu übersehen.«

Ich zögerte einen Moment, doch dann nickte ich. »Danke«, sagte ich noch, bevor ich ihr den Rücken zuwandte und mich auf den Weg zum gläsernen Aufzug machte.

Nur langsam setzte er sich in Bewegung und gab mir dabei genug Zeit, mich in den unterschiedlichen Stockwerken und Abteilungen umzusehen. Der Ausblick war einfach unbeschreiblich. Von hier aus hatte ich alles und jeden im Blick. Das gefiel mir.

Ein leises Klingeln ertönte, bevor sich die Türen des Aufzugs öffneten. Ganz automatisch bog ich nach rechts ab und folgte dann dem langen Gang bis zum Ende. Dort befand sich eine gigantische Tür aus dunklem Holz. Das hatte die Frau also gemeint. Sie war wirklich kaum zu übersehen.

Vor der Tür blieb ich noch einmal stehen und warf einen Blick auf mein Handy. Es war eine Minute vor neun, das konnte man wohl durchgehen lassen.

Mein Herz schlug schmerzhaft schnell, als ich an die Tür klopfte und wartete, bis mir jemand die Erlaubnis erteilte, einzutreten.

Das Erste, was ich sah, als ich einen Schritt in das Büro machte, war der wuchtige Schreibtisch, hinter dem Mr. Rushton saß. Er notierte gerade noch etwas auf einen kleinen gelben Zettel, dann hob er den Blick und betrachtete mich.

»Pünktlich auf die Minute«, stellte er fest und erhob sich von seinem Stuhl, um mir seine Hand entgegenzustrecken. Ich musste zugeben, dass er hier in seinem Büro um einiges einschüchternder wirkte als unten in der Deko-Abteilung. »Das gefällt mir.«

»Danke für die Einladung«, sagte ich und setzte mich dabei auf den Stuhl vor dem Schreibtisch, wie Mr. Rushton es mir bedeutete.

Ich legte den Ordner, den ich extra vorbereitet hatte, auf dem Tisch ab, damit er ihn sich ansehen konnte.

»Ich freue mich, dass Sie gekommen sind. Mein Sohn spricht in den besten Tönen von Ihnen, und dass Sie ein Auge für guten Geschmack haben, davon konnte ich mich ja selbst überzeugen.«

Ich biss fest die Zähne zusammen, um nichts zu erwidern. Sprach Jamie immer noch *in den besten Tönen* von mir, oder hatte das seit dem letzten Wochenende aufgehört?

Es schien, als hätte ich während des gesamten Gesprächs einen Jamie-bedingten Black-out, denn als Mr. Rushton plötzlich aufstand, um mir die Hand zu reichen, hatte ich plötzlich keine Ahnung, worüber wir gesprochen hatten oder ob ich überhaupt ein Wort gesagt hatte.

Er lächelte, was mich allerdings vermuten ließ, dass dieses Gespräch gut gelaufen war.

»Ich bin froh, Sie an Bord zu haben«, sagte er, und mein Herz machte einen überraschten Satz. Bedeutete das tatsächlich, dass ich den Job hatte? Ich konnte kaum glauben, dass das gerade wirklich passierte.

»Vielen, vielen Dank für diese Chance«, schaffte ich es schließlich, ein paar Wörter hervorzubringen. »Sie werden es nicht bereuen.«

Mr. Rushtons Grinsen wurde breiter. »Davon gehe ich wohl aus.«

»Wir sehen uns dann in einer Woche.« Ich wollte ihm gerade den Rücken zuwenden, als mich seine Stimme noch einmal zurückhielt.

»Ach, Ms. McAllister, bevor ich es vergesse.« Ich wandte mich zu ihm um und musterte ihn fragend, bis er weitersprach. »Ich bin noch nicht Ihr Boss, also kann ich Ihnen keine Anweisungen erteilen«, sagte Mr. Rushton. »Aber ich kann Ihnen einen gutgemeinten Rat geben. Reden Sie mit Jamie. Das wird euch beiden guttun.«

Ich zögerte, doch dann nickte ich. Schließlich konnte ich nicht leugnen, dass er recht hatte. Ich vermisste Jamie mehr, als ich es mir eingestehen wollte.

»Bis Montag.«

Ein sanftes Lächeln zeichnete sich auf Mr. Rushtons Gesicht ab, als wüsste er genau, was ich dachte. »Bis Montag.«

Ich verließ *Rushton And More* mit gespaltenen Gefühlen. Mein Kopf sagte mir, gefälligst glücklich zu sein. Ich hatte soeben einen genialen Job mit guter Bezahlung an Land gezogen. Das war etwas, worüber man sich freuen sollte! Zumindest wäre es das, wenn mein Herz nicht schmerzen würde.

Mr. Rushtons Worte hallten noch immer in meinem Kopf.

Reden Sie mit Jamie. Das wird euch beiden guttun.

Vielleicht hatte er recht. Vielleicht hatte ich gar nicht Angst vor dem Ärger mit Michelle. Womöglich fürchtete ich mich einfach nur davor, Jamie in mein Leben zu lassen. Ich hatte zu viele schlechte Erfahrungen gemacht. Ständig waren Leute aufgetaucht, nur um kurz darauf wieder zu verschwinden. Der Zehn-Tage-Virus hatte seine Wirkung nie verfehlt. Außer bei Jamie.

Ganz offensichtlich war er immun dagegen. Nur ich nicht. Ich hatte ihn von mir gestoßen, aus Angst, ihn zu verlieren. Aber das war völlig lächerlich.

Wenn es jemanden gab, der mir beigebracht hatte, Risiken einzugehen, dann war es doch Jamie. Ich hatte Michelles Terrorherrschaft überwunden, also konnte ich das auch mit meiner Angst, verlassen zu werden.

Auf der Straße vor meiner zukünftigen Arbeitsstelle blieb ich stehen und zog mein Handy hervor. Wie von selbst wählten meine Finger Jamies Nummer, die ich mittlerweile bereits auswendig kannte.

»*Ja?*«

Jamie klang gestresst, was das Ziehen in meinem Magen nur noch verstärkte. Vielleicht sollte ich später noch einmal anrufen …

»Jamie, ich bin's, Claire.«

»*Hey.*« Besonders begeistert klang er nicht, aber das konnte ich ihm nicht verübeln. »*Was gibt's?*«

»Ich komme gerade aus dem Büro deines Vaters«, erklärte ich und versuchte dabei, den abweisenden Unterton in seiner Stimme nicht an mir nagen zu lassen. »Ich hab den Job.«

»*Das ist ja toll.*«

Verwirrt legte ich die Stirn in Falten. »Ist alles in Ordnung? Du klingst angespannt.«

»*Ja. Wenn ich ehrlich sein soll, bin ich etwas im Stress. Mein Flieger geht in zehn Minuten.*«

»Dein –«, setzte ich an, kam aber nicht dazu, den Satz zu Ende zu sprechen. Zum einen, da meine Stimme versagte, und zum anderen, da Jamie bereits weitersprach.

»*Ich hab's wirklich eilig. Ich besuche Dylan in London, und von dort aus geht es direkt nach Madrid. Wir haben eine kleine Tour quer durch die Welt geplant.*«

Ich spürte, wie mein Magen das Frühstück von sich stoßen wollte. Eine *kleine Tour durch die Welt*? Was sollte das denn bitte bedeuten?

»Wann- wann kommst du denn wieder?«

»*Keine Ahnung.*« Jamie klang abgelenkt. »*Ich weiß noch nicht mal, wohin die Reise geht. Dylan hat alles geplant. Ich erfahre es erst, wenn ich in London lande.*«

Oh.

Ich wollte etwas erwidern, brachte aber kein Wort hervor. Ich fühlte mich wie betäubt. Es war zu spät. Rose hatte recht gehabt: Es gab keine zweite Chance.

Auch wenn Jamie mich nicht sehen konnte, zwang ich mich zu einem Lächeln. Ich wollte nicht, dass meine Stimme mich verriet. »Das klingt ja phantastisch«, stellte ich fest. »Das wolltest du doch schon lange.«

Jamie zögerte mit seiner Antwort, und ich hoffte schon fast, meine Stimme hätte mich doch verraten. Ich hoffte, er würde merken, was los war, und seine Meinung ändern. Aber es war naiv, darauf zu bauen. Und es wäre mehr als egoistisch, ihn zu bitten, nicht zu fliegen.

Er hatte mir von seinen Träumen erzählt. Jamie verfolgte seine und ich meine. Getrennt voneinander.

»Ja«, meinte er dann. *»Sag Rose, es tut mir leid, dass ich mich nicht verabschieden konnte. Aber die ganze Sache ist wirklich spontan, und ich hab noch keine Ahnung, wie ich es meinem Vater erklären soll.«*

Das war seine Sorge? Wie er es seinem Vater erklären sollte?

Tränen schossen in meine Augen, und ich drehte mich zur Hauswand, damit keiner der Passanten mich für verrückt hielt.

»Ich wünsche dir viel Spaß.« Nicht einmal ich selbst war mir sicher, ob das eine Lüge oder die Wahrheit war. »Und mach dir keine Sorgen um deinen Vater. Nach der Sache mit Michelle wird er schon verstehen, dass du eine Auszeit brauchst.«

Wieder dieses Zögern.

»Das denke ich auch. Aber ich muss jetzt wirklich los. Mach's gut, Claire.«

»Leb wohl, Jamie.«

Frühlingsgefühle

Drei Monate später

Wenn der Schnee schmolz und die ersten Sonnenstrahlen die kahle Stadt fluteten, fühlte ich mich immer am lebendigsten.

Ich hatte heute beschlossen, etwas früher von der Arbeit nach Hause zu gehen, um den Tag zu nutzen. Langsam schlenderte ich durch den Park und inspizierte die Beete und Wiesen auf Blumen. Es gefiel mir, zu beobachten, wie sich die Welt um mich herum veränderte.

Ohne es zu wollen, musste ich dabei an Jamies Worte denken: Im Winter schien die Zeit stillzustehen. Doch im Frühling passierte alles im Zeitraffer. Und das galt nicht nur für die Pflanzen, sondern auch für mein Leben. Alles entwickelte sich plötzlich so rasend schnell.

»Claire?«

Augenblicklich blieb ich auf der Brücke stehen, als ich meinen Namen hörte. Ich erkannte die Stimme, doch zu meiner eigenen Überraschung jagte sie mir keinen kalten Schauer über den Rücken.

Ich wandte mich um und entdeckte Michelle, deren blondes Haar die Frühlingssonne reflektierte und mich schon fast blendete. Seit Wochen hatte ich nichts mehr von ihr gehört. Sogar ihr Blog und ihr Twitter-Account verstaubten online. Und mit jedem Tag, der verstrich, verschwanden weitere Follower. Ihre Herrschaft war zu Ende.

Nicht, dass mich das freuen würde.

»Michelle.«

»Ich bin froh, dass ich dich hier treffe«, meinte sie, und ich glaubte, etwas Nervosität aus ihrer Stimme herauszuhören. »Ich wollte mich eigentlich mal bei dir melden, aber …«

Aber?, wollte ich fragen, verzichtete aber darauf. Es wunderte mich kaum, dass sie es nicht getan hatte. Nach allem, was sie sich geleistet hatte.

»Ist schon gut, Michelle«, sagte ich, um ihr diese schwere Aufgabe abzunehmen. »Ich bin nicht wütend auf dich, wenn das deine Sorge ist. Vergessen wir das Ganze einfach, okay?«

Es fiel mir überraschend leicht, die Worte auszusprechen. Denn es war die Wahrheit. Ich hatte gelernt, mich nicht mehr wegen anderen verrückt zu machen. Besonders nicht wegen Michelle. In meinem Leben hatten sie und ihre Intrigen keinen Platz.

Ich hatte ihr bereits den Rücken zugewandt, um meinen Spaziergang fortzusetzen, als ihre Worte mich noch einmal zum Stehenbleiben brachten.

»Es tut mir leid.«

Verwirrt legte ich die Stirn in Falten und drehte mich zu ihr um. »Wie bitte?«

Michelle verdrehte die Augen, verärgert, dass sie gezwungen war, die Worte zu wiederholen. »Es tut mir leid. Wie ich dich behandelt habe, war nicht fair. Ich hatte Angst, Jamie zu verlieren. Mit meinen bescheuerten Aktionen habe ich alles nur noch viel schlimmer gemacht.«

Ich antwortete ihr nicht. Um ehrlich zu sein, hatte ich absolut keine Lust, ausgerechnet mit ihr über Jamie zu sprechen. Dieser gondelte vermutlich gerade durch Venedig oder schlug sich durch irgendeinen Urwald. Seit unserem Telefonat hatte ich nichts mehr von ihm gehört.

»Wie gesagt«, setzte ich an, »es ist okay. Jeder macht Fehler. Mich eingeschlossen.«

Michelle nickte, doch sie erwiderte nichts. Und auch ich hatte nicht das Gefühl, als gäbe es noch etwas hinzuzufügen. Freunde würden Michelle und ich vermutlich niemals werden, aber irgendwie fühlte es sich gut an, diesen Dauerstreit endlich aus der Welt geschafft zu haben.

Hundert Träume

»Ms. McAllister, bitte in mein Büro.«

Ich hätte nie gedacht, dass sechs einfache Worte solche Panik in mir auslösen könnten. Mein Herz schlug wie wild in meiner Brust, während ich mich auf den Weg zum Aufzug machte, um Mr. Rushton in seinem Büro einen Besuch abzustatten.

Ich tat so, als würde ich die neugierigen Blicke der Mitarbeiter gar nicht bemerken. Und um ehrlich zu sein, nahm ich sie auch kaum wahr. In meinem Kopf überlegte ich panisch, ob ich etwas falsch gemacht hatte. Irgendetwas. Es musste schließlich einen Grund geben, warum der Chef mich zu sich zitierte.

So angestrengt ich auch nachdachte, mir wollte kein vernünftiger Grund einfallen. Vielleicht hatten ihm die Skizzen nicht gefallen, die ich ihm auf den Schreibtisch gelegt hatte. Aber deshalb hatte es noch nie Probleme gegeben. Schließlich hatte ich die Entwürfe auch nicht alleine ausgearbeitet. Es war im Team passiert. Wenn er also tatsächlich etwas an der Arbeit auszusetzen hätte, hätte er das gesamte Team zu sich bestellen müssen. Die Lautsprecherdurchsage hatte aber lediglich meinen Namen genannt.

Nervös knetete ich meine Hände, während der Aufzug in das oberste Stockwerk fuhr. Schneller als sonst, wie mir schien.

Ich klopfte nur kurz an die Tür und trat dann ein, um keine Zeit zu verlieren. Mr. Rushton saß an seinem Schreibtisch und schien in seine Arbeit versunken zu sein, so dass er mich nicht einmal richtig wahrnahm.

Eine Sekunde lang zog ich in Erwägung, mich geirrt zu haben.

Vielleicht hatte er mich gar nicht zu sich gerufen, und ich störte ihn hier gerade nur bei seinen Geschäften. Doch da hob er den Blick, und sein Gesicht klärte sich.

»Ah, Ms. McAllister«, sagte er und bedeutete mir, näher zu kommen.

»Gibt es denn irgendein Problem?«, wollte ich wissen, als ich mich gegenüber von ihm setzte. »Ist etwas mit meiner Arbeit, ich –«

»Was?« Verwirrt legte Mr. Rushton die Stirn in Falten. »Nein, nein. Es ist alles in Ordnung. Ich brauche Ihre Hilfe.«

»Meine Hilfe?« Ich klang ebenso überrascht, wie ich mich fühlte. Wofür um alles in der Welt könnte Mr. Rushton meine Hilfe benötigen?

»Ja. Hören Sie zu. Mein Sohn kommt heute Nachmittag aus Hongkong zurück, und ich hatte vor, eine kleine Feier zu organisieren.«

Völlig perplex blinzelte ich ihn an. Jamie kam zurück? Für wie lange? Würde er bleiben? Wie ging es ihm?

Ich biss mir auf die Zunge, um keine dieser Fragen zu stellen, während Mr. Rushton unbekümmert weitersprach.

»Ich verlange natürlich nicht, dass Sie das organisieren. Dafür werde ich jemanden einstellen. Aber es wäre nett, wenn Sie dem Team zur Seite stehen könnten.«

»Das … verstehe ich jetzt nicht ganz«, gab ich zu.

»Na, Sie kennen meinen Sohn sehr gut. Sie wissen, was er mag. Welche Musik, welches Essen. Da dachte ich, Sie könnten helfen, den Abend zu etwas Besonderem zu machen.«

Sprachlos blickte ich den Mann mir gegenüber an. War das sein Ernst? *Ich* sollte die Party für seinen Sohn organisieren?

»Natürlich werden Sie für Ihre Arbeit bezahlt.«

»O-kay.« Bevor ich wusste, wie mir geschah, hatte ich auch schon zugesagt. Dass das eine gute Idee war, bezweifelte ich allerdings. Andererseits musste Jamie nie erfahren, dass ich an dieser Feier beteiligt war.

»Wunderbar.« Mr. Rushton strahlte über das ganze Gesicht. »Meine Assistentin wird sich mit Ihnen in Verbindung setzen. Vielen Dank für Ihre Zeit, Ms. McAllister.«

* * *

Erschöpft ließ ich die Wohnungstür hinter mir zufallen und ließ Rose und meine Mutter damit ungewollt hochschrecken. Sie beide saßen bei einer Tasse Tee und Kuchen am Esstisch und hatten vermutlich bereits auf mich gewartet.

Seit einigen Wochen hatten wir es geschafft, uns jeden Montag und jeden Freitag zum Essen entweder bei uns oder in Moms Wohnung zu treffen. Mit jedem dieser Tage kamen wir uns wieder näher, und wir unternahmen sogar gemeinsame Ausflüge – unter anderem in unser Lieblingsdiner und zu unseren Großeltern nach Baltimore.

Moms Entwicklung war größer, als ich es mir je hätte erträumen können. Mein Leben verlief endlich in geordneten Bahnen.

»Da bist du ja endlich!«, rief Rose, als ich zu den beiden ins Wohnzimmer stieß. »Das Essen ist schon kalt. Wo warst du so lange?«

»Ich musste Überstunden machen«, erklärte ich wahrheitsgemäß und gab mir Mühe, das sich anbahnende Grinsen zu verstecken. »Aber ihr ahnt nie, wofür.«

»Wofür?«, fragte meine Mutter nach und schob mir einen Teller Kuchen entgegen. Aus der Papierverpackung, die am Tischende lag, schloss ich, dass sie ihn aus unserem Lieblingsdiner mitgenommen hatte.

»Ich habe eine Party geplant.«

Beide wirkten verwirrt, was ich ihnen nicht verübeln konnte. Dabei hatten sie noch nicht einmal die großen Neuigkeiten gehört.

»Dein Job ist verrückt«, meinte Rose und schob sich dabei ein Stück Kuchen in den Mund.

»Ich dachte, du wärst Designerin«, fügte unsere Mutter irritiert hinzu.

»Das bin ich auch«, bestätigte ich. »Außer, der Sohn der Geschäftsleitung ist in der Stadt. Dann werden meine Schwerpunkte offensichtlich verlagert.«

Mit einem Mal begann Rose, heftig zu husten, als hätte sie sich eben an ihrem Kuchen verschluckt.

Besorgt klopfte unsere Mutter ihr auf den Rücken, bis sie die Worte endlich hervorbrachte, die sie beinahe hätten ersticken lassen. »Jamie ist wieder da?«

Ich nickte und stach mit der Gabel in den Kuchen. Der Biskuitteig war weich und mit Sahne und Erdbeeren belegt. »Heute Abend kommt er nach Hause.«

»*Was?*« Rosalies Stimme überschlug sich beinahe. »Claire, wir müssen ihn besuchen! Vielleicht hat er mir ja was von seinen Reisen mitgebracht!«

Während meine Mutter Rose rügte, kaute ich gedankenversunken auf meinem Kuchen. Es war nicht so, als hätte ich nicht auch daran gedacht, ihn zu besuchen. Aber dann war mir wieder eingefallen, unter welchen Umständen wir auseinandergegangen waren. Und ich hatte es mir anders überlegt.

»Du kannst ja zu der Party gehen«, meinte ich, ohne jemanden dabei direkt anzusehen. »Morgen Abend, ich schenke dir meine Eintrittskarte.«

Rose wirkte verwirrt. »Aber willst du denn gar nicht hingehen?«

Ich schüttelte den Kopf. »Ich denke, das ist keine so gute Idee. Jamie soll schließlich nicht gleich nach seiner Ankunft an all die Gründe erinnert werden, warum er New York verlassen hat.«

»Claire –«, setzte Rose an, sprach den Satz aber nicht zu Ende. Ich nahm an, dass es an dem warnenden Blick lag, den Mom ihr zuwarf.

»Rosalie, es ist alleine Claires Entscheidung, ob sie zu der Party gehen möchte oder nicht.«

»Danke, Mom.«

»Obwohl ich es ihr sehr empfehlen würde.«

Ich stöhnte. So viel zur Unterstützung.

»Zum Glück muss ich mich ja nicht sofort entscheiden«, meinte ich und erhob mich dabei vom Stuhl. »Ich hoffe, ihr seid mir nicht böse, aber ich muss ins Bett. Das war heute ein langer Tag.«

Ich schloss die Tür zu meinem Schlafzimmer, doch damit konnte ich die Stimmen nicht aussperren. Rose und Mom diskutierten – über mich.

Mit geschlossenen Augen versuchte ich, sie durch meine eigenen Gedanken zu übertönen. Als das nichts bewirkte, schaltete ich meine Stereoanlage ein und ließ mich aufs Bett fallen.

Zwar war ich tatsächlich müde, aber an Schlafen war nicht zu denken. Mit schweren Augen betrachtete ich die Wand hinter meinem Bett. Ich hatte sie mit verschiedenen Zeichnungen und motivierenden Sprüchen vollgepflastert.

Turn your dream into plans stand da. Oder: *You can do it.* Allesamt Redewendungen, über die ich vor einem halben Jahr nur die Nase gerümpft hätte. Mittlerweile waren sie jedoch voller Bedeutung. Und das alles nur wegen Jamie.

Ich erhob mich von meinem Bett und schlich zu meinem Schreibtisch. In der obersten Schublade bewahrte ich meinen Traumfänger auf. Ich hatte ihn vor mir selbst verstecken müssen, um nicht mehr Tag für Tag an das erinnert zu werden, was ich kaputtgemacht hatte. Aus Angst vor Verlusten hatte ich Jamie verloren, so etwas sollte mir nie wieder passieren.

Vorsichtig nahm ich ihn in die Hand und betrachtete die Steine und Federn darin. Wie viele Gedanken an Jamie sich wohl bereits in diesem Netz verfangen hatten? Bestimmt waren es zu viele. Hunderte unerfüllte Träume, die nur darauf warteten, eine zweite Chance zu bekommen.

Clair de lune

Mein Herz schlug schmerzhaft, und mein Körper wollte wieder einmal die Flucht ergreifen. Aber nicht dieses Mal. Ich würde bestimmt keinen Rückzieher machen. Heute musste ich mutig sein. Wenn auch nur ein einziges Mal.

Ich hatte mich entschlossen, Rose mein Ticket für heute Abend zu überlassen. Ihr bedeuteten solche Feiern weitaus mehr als mir. Der einzige Grund für mich, dort hinzugehen, wäre Jamie. Und da ich mir nicht sicher war, ob ihm mein Anblick nicht den Abend verderben würde, hatte ich entschieden, nicht zu gehen.

Beinahe von allein trugen meine Beine mich die Treppen hoch. Ich wusste nicht, ob das, was ich vorhatte, eine gute Idee war. Und doch konnte ich einfach nicht anders. Das war meine letzte Chance, all diese Träume aus meiner Schreibtischschublade zum Leben zu erwecken.

Als ich die Türglocke betätigte, merkte ich, dass meine Hand zitterte, und steckte sie schnell zurück in meine Jackentasche. Ich wusste auch so, dass ich aufgeregt war, ich musste nicht auch noch ständig daran erinnert werden.

Mit einem Mal schien die Welt um mich herum einen Gang zurückzuschalten. Sekunden erschienen mir plötzlich wie Stunden. Was, wenn er nicht zu Hause war? Oder wenn er mich nicht sehen wollte? Ich konnte ihm wohl kaum verübeln, dass er nicht so gut auf mich zu sprechen war nach der Sache auf seiner Geburtstagsfeier.

Einen Moment lang setzte mein Herz aus, als sich die Tür plötzlich öffnete. Mein Puls beschleunigte sich.

»Claire.«

Ich wollte etwas erwidern, brachte jedoch kein Wort hervor. Drei Monate hatte ich ihn nicht mehr gesehen, und doch stockte mir bei seinem Anblick der Atem. Seine Haut war etwas gebräunter als sonst, aber er schien unheimlich blass. Unter seinen Augen befanden sich dunkle Ringe, und wenn ich mich nicht irrte, waren sie sogar etwas geschwollen.

»Was machst du hier?«

»Tut mir leid, wolltest du wo hin?« Mein Blick wanderte an Jamie hinab. Er trug einen schwarzen Anzug. Dabei war es eindeutig noch zu früh, als dass es sich dabei um sein Partyoutfit handeln könnte. Gepaart mit seinen geröteten Augen, ließ das die Alarmglocken in meinem Kopf schrillen. »Ist etwas passiert?«

Jamie zögerte einen Moment, und das Ziehen in meinem Bauch verstärkte sich. Würde er mich wegschicken?

»Willst du nicht erst einmal hereinkommen?« Er machte einen Schritt zur Seite, damit ich die Wohnung betreten konnte.

Ich zögerte einen Moment lang, da ich merkte, dass der Moment für einen Besuch alles andere als passend war. Aber wann dann, wenn nicht jetzt? Also kam ich seiner Aufforderung nach.

Die Wohnung hatte sich kaum verändert, seit ich das letzte Mal hier gewesen war. Einige Koffer standen im Eingangsbereich, die Jamie noch nicht ausgepackt hatte.

Etwas unentschlossen blieb ich im Wohnzimmer stehen, während Jamie sich auf die Couch fallen ließ.

»Also«, setzte ich noch einmal vorsichtig an. »Was ist los?«

»Erinnerst du dich an Trudy?«

Was für eine Frage? Natürlich erinnerte ich mich an die Frau, die niemals aufhörte, an ihre Träume zu glauben. Während Jamies Abwesenheit hatte ich mit Rose die Eröffnung ihres neuen Cafés besucht. Es war genauso hinreißend wie das, in das Jamie mich geschleppt hatte. Und der Kuchen war genauso vorzüglich, wie ich ihn in Erinnerung gehabt hatte.

Als ich bloß nickte, schluckte Jamie, als würden ihm seine nächsten Worte alles andere als leicht über die Lippen kommen.

»Sie ist gestorben.«

Ich wusste nicht, was mich tiefer traf. Der Gedanke, dass Trudy tot sein sollte, oder die Art, wie Jamies Stimme brach, als er mir davon erzählte.

Mit einem Mal war mein Mund staubtrocken, und ich brachte kein Wort hervor.

»Wann ist das denn passiert?«, schaffte ich es schließlich zu fragen.

»Letzte Woche.« Jamie sah mich nicht an, als er das sagte. Stattdessen betrachtete er die Wand gegenüber der Couch, an der das Bild hing, das ich gemalt hatte. »Die Beerdigung ist in einer Stunde.«

Ungläubig schüttelte ich den Kopf, als würde das irgendetwas ändern.

Deshalb war er also zurückgekehrt.

»Ich kann da nicht hingehen«, stellte Jamie plötzlich fest. Er setzte sich auf, doch sein Blick verlor sich noch immer irgendwo in der Wohnung. »Ich kann das nicht.«

»Doch, natürlich«, widersprach ich ihm. Endlich löste sich der erste Schock aus meinen Gliedern, und ich näherte mich Jamie. Neben ihm ließ ich mich auf die Couch sinken. »Du *musst* gehen, Jamie. Denk nur daran, wie enttäuscht sie wäre, wenn du nicht gehen würdest.«

Er schluckte.

Ich spürte, wie meine Augen zu brennen begannen. Trudy war doch gerade einmal über fünfzig gewesen. Es war nicht fair, dass sie so früh hatte sterben müssen. Kaum jemand hatte in seinem Leben so viel durchgemacht wie sie. Zumindest niemand, der sich doch immer wieder aufrappelte, die Krone zurechtrückte und weitermachte.

Trudy war eine Freundin von Jamies Mutter gewesen. Ich wusste, dass sie ihm viel bedeutet hatte, das war bei unserem Besuch bei ihr nicht zu übersehen gewesen.

Mein Blick musterte sein Gesicht. Der Drang in mir, ihn in den Arm zu nehmen und ihm die Angst zu nehmen, war beinahe unerträglich. Aber ich hielt mich zurück. Es erschien mir nicht richtig, wenn ich bedachte, wie unser letztes Treffen vonstattengegangen war.

»Soll ich dich begleiten?« Meine Stimme war leise, trotzdem reichte es aus, um Jamies Aufmerksamkeit zu erlangen. Endlich hörte er auf, die Wand vor sich anzustarren, und wandte sich stattdessen an mich.

»Würdest du das wirklich tun?«

Ich bemühte mich um ein Lächeln, doch es scheiterte kläglich. Meine Augen füllten sich mit Tränen, und ich blinzelte ein paarmal, um sie daran zu hindern, über meine Wangen zu laufen. »Sie war mein Vorbild.« Ich zuckte mit den Schultern. »Niemand glaubt so sehr an seine Träume wie Trudy.«

Jamie wandte den Blick ab und ich biss mir fest auf die Lippe. *Glaubte.* Niemand *glaubte* so sehr an seine Träume.

»Danke, Claire.«

Vorsichtig streckte ich meine Hand nach seiner Schulter aus, um ihn zu berühren. Um ehrlich zu sein, hatte ich mir meinen Besuch hier etwas anders vorgestellt. Ich hatte mir vorgenommen, ihm zu sagen, was ich wirklich fühlte. Und dass ich keine Angst mehr hatte – weder vor Michelle noch meiner Vergangenheit. Aber das war wohl kaum der richtige Zeitpunkt.

Eine Weile saßen wir stumm nebeneinander auf der Couch, bis mir etwas auffiel. Die sanften Klaviertöne lagen mir schon die ganze Zeit über im Ohr, vor Aufregung hatte ich sie nur nicht richtig wahrgenommen. Ich hatte solche Musik noch nie zuvor bei ihm gehört.

»Was ist das für ein Lied?«, fragte ich, um die gedrückte Stimmung etwas aufzulockern.

»Es heißt Clair de lune.« Immer noch sah Jamie mich nicht an. Allerdings schien die Anspannung in ihm langsam nachzulassen. »Gefällt es dir?«

Ich schluckte. »Das tut es«, sagte ich beinahe tonlos.

»Mir auch. Es erinnert mich an dich.«

Mein Herz setzte einen Schlag aus, als Jamie den Kopf hob und mich ansah. Mir war gar nicht bewusst gewesen, *wie sehr* ich seine himmelblauen Augen vermisst hatte.

Ich musste ihm sagen, warum ich hier war, sagte mein Herz. Aber doch nicht jetzt!, warnte mich meine Vernunft. Doch nicht direkt vor einem Begräbnis!

»Sollten wir nicht langsam los?« Nervös knetete ich meine Hände. »Wir wollen doch nicht zu spät kommen, nicht wahr?«

Jamie nickte. »Nein. Das wollen wir nicht.«

Träume leben ewig

Meine Knie zitterten, als ich aus Jamies Auto stieg. Das letzte Mal, als ich auf einem Friedhof war, waren wir bei Dads Begräbnis gewesen. Ich hatte den Tag in nicht sonderlich guter Erinnerung. Wie in einem schlechten Film hatte es geregnet. Wenn nicht sogar geschüttet. Am Ende waren wir alle völlig durchnässt gewesen – Rose hatte sich sogar eine Erkältung eingefangen.

Im Gegensatz zu damals schien heute die Sonne, als gäbe es etwas zu feiern.

Mein Bauch schmerzte. Warum nur tat ich mir das an? Warum kam ich zurück an diesen Ort, der mir nichts als Kummer bereitete?

»Noch kannst du es dir anders überlegen.« Jamie war neben mir aufgetaucht. Sein Blick war in die Ferne gerichtet, wo sich bereits eine kleine Gruppe von Leuten versammelt hatte.

Es war, als könnte er meine Gedanken lesen.

Ich war nicht gerne hier, aber wer war das schon? Was ich vorhin zu Jamie gesagt hatte, galt allerdings auch für mich: Trudy hatte es verdient, gebührend verabschiedet zu werden. Auch wenn ich sie nicht sonderlich gut gekannt hatte, hatte sie doch unbewusst einen großen Teil dazu beigetragen, dass mein Leben so war, wie es jetzt war. Und dafür war ich dankbar.

»Ich möchte dabei sein«, versicherte ich ihm.

Jamies Blick wanderte zu mir. Ein mattes Lächeln stahl sich auf sein Gesicht. Es war nichts im Vergleich zu dem Grinsen, das ich in Erinnerung hatte. Aber wenn ich an den Ausdruck auf seinem Gesicht dachte, als er vorhin die Tür geöffnet hatte, war das bereits ein großer Fortschritt.

»Warum bist du eigentlich gekommen, Claire?«

Ich biss mir auf die Zunge. Richtig, eigentlich war ich aus einem ganz anderen Grund zu ihm gekommen.

»Das kann warten«, versicherte ich ihm, doch Jamie schüttelte den Kopf.

»Bitte, ich will es wissen.«

Seine Worte von der Geburtstagsfeier hallten durch meinen Kopf. Und auch meine eigenen. Damals hatte ich Angst gehabt vor dem, was auf mich zukam. Und als ich erkannt hatte, dass es dazu keinen Grund gab, war es bereits zu spät gewesen. Drei Monate lang hatte ich Jamie nicht gesehen, doch es war kein Tag vergangen, an dem ich nicht an ihn gedacht hatte.

»Hier.« Ich fischte einen Umschlag aus meiner Handtasche und hielt ihn Jamie entgegen. »Ich habe dir etwas mitgebracht.«

Er zögerte einen Moment lang, doch dann nahm er ihn mir ab und musterte ihn skeptisch. »Was ist das?«, wollte er wissen, doch er wartete meine Antwort nicht ab, um den Umschlag zu öffnen. Also erwiderte ich auch nichts, sondern beobachtete Jamie nur.

Sein Blick wanderte über den marmorierten Zettel, den er aus dem Briefumschlag gezogen hatte. Ich konnte zusehen, wie sich seine Stirn in Falten legte und sein Gehirn zu arbeiten begann.

»Das ist meine Liste«, erklärte ich. »Auch wenn ich es nicht gerne zugebe: Du hattest recht. Jeder hat Träume. Sogar ich. Ich wusste es nur nicht.«

Immer noch war Jamies Blick auf das Papier geheftet.

»Ohne dich hätte ich das nie erkannt, Jamie. Vermutlich würde ich auch jetzt noch auf der Straße sitzen und auf ein Wunder hoffen. Du hast mir beigebracht, an mich selbst und an meine Träume zu glauben.«

Jamie hob den Blick und sah mich an. Mein Herzschlag beschleunigte sich, und es fiel mir schwer, mich weiterhin zu konzentrieren. Dabei hatte ich mir doch zu Hause eine Rede zurechtgelegt. Ein paar Stichwortkarten wären im Moment allerdings ganz hilfreich.

Ich atmete tief durch. »Ich gebe es ja nicht gerne zu, aber ich habe mich geirrt.«

Jamie hob skeptisch eine Augenbraue. »Geirrt? Inwiefern?«

»Ich habe keine Angst vor Michelle«, erklärte ich. »Das war nichts weiter als eine dumme Ausrede.« Ich schüttelte den Kopf, da ich mir mit einem Mal so dumm vorkam. Ich spürte, dass meine Augen zu brennen begannen, versuchte aber, die Tränen hinunterzuschlucken. »Ich hatte nur Angst davor, dich zu verlieren. Und ganz offensichtlich habe ich das auch geschafft.«

Ich sah Jamie nicht direkt an, weshalb ich keine Ahnung hatte, was in ihm vor sich ging. Er sagte kein Wort, was meine Angst nur noch zusätzlich schürte und den Knoten in meinem Hals verstärkte.

»Ich kann es nicht glauben, dass gerade mir das passiert. Das Buchlager ist voll mit diesen bescheuerten Geschichten über Mädchen, die sich in Millionäre verlieben.«

»Na ja.« Jamie steckte den Umschlag in die Innentasche seines Anzugs, als Zeichen, dass er die Liste behalten würde. »Mein Vater ist Millionär. Ich nicht. Genau genommen besitze ich keinen Cent. Macht es das denn irgendwie besser?«

Ich schüttelte bloß den Kopf, da ich meiner Stimme nicht traute. Das Geld auf seinem Konto änderte rein gar nichts daran, dass ich es vermasselt hatte. Alles.

»Claire.«

»Müssen wir nicht langsam los?«, fragte ich und deutete dabei in die Richtung der Menschenansammlung. Schon von weitem konnte ich sehen, dass die Beerdigung noch nicht begonnen hatte, aber da war plötzlich wieder diese Angst in mir. Die Angst vor Jamies Antwort.

»Wir haben Zeit«, versicherte er mir. »Außerdem denke ich, wir sind hier noch nicht fertig.«

Mit wild schlagendem Herzen wandte ich mich wieder an Jamie, der unbemerkt einen Schritt näher gekommen war. Behutsam legte er die Hände an mein Gesicht. Ich fühlte die Wärme seiner Haut und schloss die Augen, als sich unsere Lippen berührten.

Einen Moment lang war ich der festen Überzeugung, dass es sich hierbei nur wieder um einen dieser Träume handelte und Jamie in Wahrheit noch irgendwo durch Asien wanderte.

Doch das plötzliche Hupen, das mich zusammenfahren ließ, überzeugte mich vom Gegenteil. Das hier war *echt.*

»Jamie.«

Ein Mädchen stieg aus dem Auto, das eben auf den Parkplatz gerollt war, und ich erkannte es sofort wieder. Das war Trudys Tochter.

»Lola. Mein herzliches Beileid.« Er umarmte das Mädchen mit den geröteten Augen kurz. »Du kennst Claire?«

»Ja.« Lola nickte. »Wir waren im selben Jahrgang.«

Und wie wir das gewesen waren. Jasmine, Abigale, Imogen, Lola und Michelle – die unzertrennliche Clique.

Ganz automatisch streckte ich meine Arme aus, um sie zu umarmen, als Lola auf mich zukam.

»Es tut mir so leid«, flüsterte ich ihr zu. Und das waren keine leeren Worte. Egal, wie schrecklich diese Mädchen zu mir gewesen waren. So etwas hatte niemand verdient. Niemand sollte in kürzester Zeit beide Elternteile verlieren. »Ich weiß, wie du dich fühlst.«

»Danke, Claire. Danke, dass ihr gekommen seid.« Lola machte einen Schritt zurück und betrachtete mich einen Moment lang, als wollte sie etwas hinzufügen. Ich merkte, dass ihr die Worte auf der Zunge lagen, doch ich kam ihr zuvor.

»Sollen wir gehen?«

Lolas Blick wanderte zu ihrer Begleitung. Ich vermutete, dass es sich dabei um ihren Freund handelte, der eben noch das Auto geparkt hatte.

Dann nickte sie, und die beiden gingen voraus.

Als ich ihnen folgen wollte, spürte ich, wie Jamie nach meinem Arm griff. Er hielt mich zurück.

»Ich bin stolz auf dich«, sagte er so leise, dass nur ich seine Worte hören konnte. »Ich weiß, dass Lola eng mit Michelle befreundet war. Das gerade ist dir bestimmt nicht leichtgefallen.«

»Um ehrlich zu sein, ist es das schon«, gab ich fast überrascht zurück. »Was passiert ist, ist passiert. Aber wir leben im Hier und Jetzt. Und gerade jetzt hat Lola ihre Mutter verloren. Ich denke, es ist an der Zeit, einen Schlussstrich zu ziehen.«

Jamie lächelte, bevor er mir einen Kuss auf die Stirn gab und nach meiner Hand griff. »Na, komm. Verabschieden wir uns von der größten Traumsammlerin aller Zeiten.«

Und versuchen wir, in ihre Fußstapfen zu treten.

Ende